2e Livraison de la Collection.

THÉATRE EUROPÉEN

NOUVELLE COLLECTION

DES CHEFS-D'ŒUVRE DES THÉATRES

Allemand, Anglais, Danois, Espagnol, Français, Hollandais, Italien, Polonais, Russe, Suédois, etc.,

AVEC DES NOTICES ET DES NOTES

HISTORIQUES, BIOGRAPHIQUES ET CRITIQUES

Théâtre Espagnol.

Ire SÉRIE. — TOME II.

LE MÉDECIN DE SON HONNEUR

Comédie fameuse, en trois actes,

PAR CALDERON.

PARIS

Au Bureau d'administration du Théâtre Européen

Rue du Dragon, 30.

DELLOYE	HEIDELOFF	BARBA
Éditeur de la	ET	Éditeur de la
FRANCE PITTORESQUE	CAMPÉ	FRANCE DRAMATIQUE
place de la Bourse, 5.	rue Vivienne, 16.	Palais-Royal.

ET CHEZ TOUS LES DÉPOSITAIRES DE PUBLICATIONS HEBDOMADAIRES.

UNE LIVRAISON.

LE THÉATRE EUROPÉEN

SE COMPOSERA

DE PLUS DE DEUX CENT CINQUANTE PIÈCES TRADUITES

Et accompagnées de Notices et de Notes

historiques, biographiques et critiques

Par MM. J.-J. AMPÈRE; le Baron DE BARANTE, de l'Académie française; BERR; CAMPENON, de l'Académie française; Philarète CHASLES; CHATELAIN; L. CHODSKO; COHEN; DEFAUCONPRET; DELATOUCHE; A. DE LATOUR; DENIS; Émile DESCHAMPS; Ernest DESCLOZEAUX; Alex. DUMAS; Léon GOZLAN; GUIZARD; GUIZOT; DAMAS-HINARD; Jules JANIN; LEBRUN; LOÈVE VEIMARS; MAGNIN; SAINT-MARC GIRARDIN; X. MARMIER; MENNECHET; P. MÉRIMÉE; MERVILLE; Prince MESTCHERSKY; NISARD; Charles NODIER, de l'Académie française; Amédée PICHOT; Comte DE REMUSAT; Comte DE SAINT-AULAIRE; Comte Alex. DE SAINT-PRIEST; Baron TAYLOR; TROGNON; VILLEMAIN, de l'Académie française; Madame la Duchesse D'ABRANTÈS, etc., etc.

Cette importante collection se divisera par séries, divisées elles-mêmes en volumes. Le théâtre espagnol, *première* série, comprendra l'époque de Calderon, de Cervantes, de Lope de Vega, de Montalvan, de Moreto, de Rojas, de Solis, de Zamora, de Tirso de Molina, d'Alarcon, de Cubillo, de Cañizares et autres auteurs de tragédies *fameuses*, de comédies et de saynetes dont il n'a pas même été fait mention dans la première traduction des théâtres étrangers; la *seconde* série, plus moderne, commencera à Moratin et finira à Martinez de la Rosa.

Le théâtre anglais, qui offre quatre époques plus tranchées, aura *quatre* séries; la *première* comprendra les auteurs des règnes d'Élisabeth et de Jacques : Shakspeare et ses contemporains, Marlow, Decker, Heywood, Lilly, Green, Peel, Marston, Rowley, Middleton, Ben-Jonson, Massinger, Webster, Beaumont et Fletcher, Ford, Shirley, etc.

La *seconde* comprendra les auteurs des règnes des derniers Stuarts, de Guillaume et de la reine Anne, jusqu'à l'avénement de la maison de Hanovre : Lee, Howard, Dryden, Shadwell, Etheredge, Cibber, Vanbrugh, Congreve, Otway, Wycherley, Southerne, Lillo, Farquhar, Centlivre, Gay, Addison, O'Keeffe, Bickerstaff, etc.

La *troisième* comprendra les auteurs qui ont écrit sous les Georges, jusqu'au moment de la révolution française, Fielding, Thomson, Murphy, Hughes, Foote, Goldsmith, Garrick, Colman, Home, Kelly, O'Keeffe, Bickerstaff.

Et la *quatrième* enfin, plus moderne, commencera à Sheridan et finira à son homonyme Sheridan Knowles encore vivant; elle comprendra Cumberland, Morton, Reynolds, Holcroft, Inchbald, Tobin, Colman J[or], Shiel, Coleridge, Maturin, Milman, Bedoes, Joanna Baillie, Croly, Payne, Walter Scott, Byron, etc.

Dans le théâtre italien, la *première* série embrassera les vieilles pièces en remontant jusqu'à Machiavel; la *seconde*, l'époque de Goldoni; la *troisième*, celle d'Alfieri et de ses contemporains.

Le théâtre allemand, quoique presque aussi riche que le théâtre anglais, n'aura que *deux* séries à cause des dates : la *première* comprendra Lessing, Schiller, et leurs contemporains; la *seconde* Goëthe, Kotzebue, Werner, Mullner, et l'époque actuelle, Grabb, Raupach, Grillparzer, Iffland, Kleist, Kœrner, Zimmerman, etc.

Les autres théâtres n'auront chacun qu'*une* série, quoique nous ne manquions pas de pièces inédites pour compléter ce qu'on connaît déjà en France des théâtres danois, hollandais, polonais, portugais, russe et suédois.

CONDITIONS.

Le THÉATRE EUROPÉEN est publié par livraisons, format grand in-8°.

Chaque pièce parait *complète* avec les notices et notes qui s'y rattachent.

Les notices sur les auteurs seront toujours placées en tête de la *première* pièce de chaque auteur, non la première dans l'ordre de la mise en vente, mais la première dans l'ordre de la classification des séries et des volumes. — Les notices sur les pièces précéderont chaque pièce.

Les pièces qui ont moins de *quatre* actes ne forment qu'*une seule* livraison.

Les pièces en *quatre* et en *cinq* actes forment *deux* livraisons.

Il paraît régulièrement au moins *une* pièce, souvent *deux* pièces le *samedi* de *chaque semaine*, et alternativement de chacun des théâtres indiqués et de leurs diverses séries.

La couverture de chaque pièce et la *signature* au bas de chaque feuille, indiquent le *théâtre*, la *série* et le *volume* dont la pièce fait partie. Les pièces appartenant au même volume ont une pagination suivie.

La *première* pièce de chaque volume sera toujours accompagnée du *frontispice* du volume, à la fin duquel il sera donné une table des matières.

Prix de chaque livraison:

50 CENT. POUR PARIS; — 60 CENT. POUR LES DÉPART.; — 70 CENT. POUR L'ÉTRANGER.

On ne peut souscrire pour moins de *vingt-cinq* livraisons, payables d'avance aux prix ci-dessus. — Les souscripteurs sont servis à *domicile*.

On peut acquérir chaque pièce séparément.

THÉATRE

EUROPÉEN.

IMPRIMERIE DE E. DUVERGER,

4, RUE DE VERNEUIL.

THÉATRE
EUROPÉEN

NOUVELLE COLLECTION
DES CHEFS-D'ŒUVRE DES THÉATRES

ALLEMAND, ANGLAIS, ESPAGNOL,
DANOIS, FRANÇAIS, HOLLANDAIS, ITALIEN, POLONAIS,
RUSSE, SUÉDOIS, ETC.

AVEC DES NOTICES ET DES NOTES
HISTORIQUES, BIOGRAPHIQUES ET CRITIQUES

PAR MM.

J. J. AMPÈRE; le baron DE BARANTE, de l'Académie française; BERR; CAMPENON, de l'Académie française; Philarète CHASLES; CHATELAIN; L. CHODSKO; COHEN; DEFAUCONPRET; DELATOUCHE; A. DE LATOUR; DENIS; Émile DESCHAMPS; Ernest DESCLOZEAUX; Alexandre DUMAS; Léon GOZLAN; GUIZARD; GUIZOT; DAMAS-HINARD; Jules JANIN, LEBRUN; LOÈVE-VEIMARS; MAGNIN; SAINT-MARC GIRARDIN; X. MARMIER; MENNECHET; P. MÉRIMÉE; MERVILLE; prince METSCHERSKY; NISARD; Charles NODIER, de l'Académie française; Amédée PICHOT; comte DE REMUSAT; comte DE SAINT-AULAIRE; comte Alexandre DE SAINT-PRIEST; baron TAYLOR; TROGNON; VILLEMAIN, de l'Académie française; Madame la duchesse D'ABRANTÈS; etc., etc.

Théâtre Espagnol.

PREMIÈRE SÉRIE.

TOME II.

PARIS

ED. GUÉRIN ET Cie, ÉDITEURS, RUE DU DRAGON, 30.

1835

LE MÉDECIN

DE SON HONNEUR

(El Medico de su Honra)

COMÉDIE FAMEUSE

DE DON PEDRO CALDERON DE LA BARCA.

NOTICE

SUR LE MÉDECIN DE SON HONNEUR.

On serait tenté de croire que M. Schlegel avait en vue le *Médecin de son honneur* (*el Medico de su honra*), lorsque, dans son éloquente apologie de Calderon, il écrivait ces lignes remarquables : « Je ne saurais trouver une plus parfaite image de la délicatesse avec laquelle Calderon représente le sentiment de l'honneur que la tradition fabuleuse sur l'hermine, qui, dit-on, met tant de prix à la blancheur de sa fourrure, que, plutôt que de la souiller, elle se livre elle-même à la mort quand elle est poursuivie par les chasseurs[1]. » Cette comparaison, si ingénieuse et si exquise, devient d'une justesse frappante si on l'applique au *Médecin de son honneur*. En effet, dans les autres comédies que le sévère dramatiste a consacrées à peindre la vengeance de maris outragés, la femme est déjà coupable ; ici, don Gutierre, le mari, se venge en quelque sorte à l'avance d'un outrage qu'il redoute. C'est le point d'honneur espagnol au premier degré.

À quelle source Calderon a-t-il puisé le sujet de sa pièce ? nous l'ignorons. Tout ce que nous pouvons dire à cet égard, c'est qu'il est à peu près impossible qu'il l'ait emprunté à aucune tradition étrangère ; et quant à celles des traditions nationales que nous connaissons, nous n'y avons rien trouvé qui ait pu inspirer au poète l'idée première de son drame.

Sous le rapport de l'art, le *Médecin de son honneur* est, selon nous, l'un des chefs-d'œuvre de Calderon. Ce n'est pas qu'on ne pût y blâmer avec justice, comme dans les autres comédies de notre poète, un certain abus de l'esprit et de l'imagination, des comparaisons redoublées, des métaphores déplacées, des hyperboles plus que castillanes ; mais que de beautés rachètent ces défauts ! Même en laissant de côté l'ensemble de la composition, qui révèle un si grand génie, que l'on en étudie les diverses parties avec soin et l'on verra comme elles sont heureusement inventées, curieuses, originales. — Dans la première journée, c'est l'exposition qui, par parenthèse, a été imitée tant de fois. Dans la seconde journée, c'est la scène, imitée aussi par Beaumarchais, où don Gutierre cherchant dans sa maison un homme qui s'y est clandestinement introduit, saisit, à travers l'obscurité, son propre valet qu'il prend pour cet homme et qui pousse des cris, tandis que doña Mencia s'abandonne à la terreur, s'imaginant que c'est son amant qui a été découvert par son mari ; puis le monologue où don Gutierre s'ingénie à expliquer de la manière la plus favorable les incidents qui ont alarmé sa jalousie ; puis cet entretien nocturne entre don Gutierre et sa femme, où celle-ci, croyant parler à son amant, décèle peu à peu à son mari le trouble de son cœur. Mais ce qui nous semble vraiment admirable, c'est la troisième journée tout entière. Dès lors, pas un instant de langueur, de répit : une situation intéressante succède à une autre ; l'action marche avec une entraînante rapidité jusqu'à la scène qui termine la pièce si énergiquement. Nous nous

(1) Traduction de M. de Sismondi. Voy. *Littérature du Midi de l'Europe*, t. IV.

contenterons d'appeler l'attention du lecteur sur ces deux scènes, que sépare la catastrophe, où un musicien mystérieux chante une romance composée sur le départ de l'infant. Shakspeare lui-même n'a pas, à notre avis, un effet qui soit en même temps plus poétique et plus dramatique.

Tous les critiques allemands s'accordent à vanter l'habileté prodigieuse avec laquelle Calderon soutient les caractères de ses personnages d'un bout à l'autre de ses comédies. Le *Médecin de son honneur* est une preuve de cette habileté.

D'autre part on a dit et répété que Calderon ne peint jamais que des caractères généraux; ici cela n'est vrai que pour les personnages secondaires. Ainsi l'Infant, c'est le jeune homme qui aime, peu scrupuleux, décidé, hardi; don Diègue, c'est le vieillard réservé et prudent; don Arias, c'est le cavalier espagnol, ardent, brave, dévoué à son prince; Jacinthe, c'est la duègne ou la suivante toujours prête à favoriser les amours de sa maîtresse. Mais les personnages principaux, quoiqu'ils manquent peut-être de nuances (car le talent caractéristique ne peut pas s'exercer à loisir dans un drame d'intrigue et de passion), sont à notre avis bien individualisés. Ainsi doña Léonor, qui préfère la vertu à la réputation, qui est subtile et dévote, qui déteste mais estime l'homme qui l'a quittée, n'est pas un caractère général. — Doña Mencia non plus; elle est faible et coupable, mais honnête au fond. Cette jalousie, véritable ou feinte, qu'elle témoigne à son mari un moment après la sortie de l'Infant, annonce chez Calderon une connaissance profonde du cœur féminin. — Le rôle de don Gutierre abonde en traits caractéristiques. Nous n'en citerons qu'un : c'est que, malgré sa loyauté, don Gutierre a abandonné sur un simple soupçon la femme à laquelle il avait promis sa main. — Enfin le roi don Pèdre, frère de Henri de Transtamare, qu'en France nous avons surnommé le Cruel et auquel les Espagnols ont donné le surnom de Justicier, nous apparaît ici plein d'une grandeur et d'une vigueur qui ne sont qu'à lui, avec sa sévérité presque féroce et son terrible amour de la justice. Calderon avait sans doute une secrète prédilection pour ce prince; car il lui fait jouer un très beau rôle dans plusieurs de ses comédies : il l'y représente toujours comme une sorte de Destin espagnol qui récompense ou châtie les autres personnages de la pièce, les jugeant du point de vue de l'honneur. — Quant au *Gracioso*, sans essayer de démontrer la nécessité de ce rôle dans les comédies espagnoles, nous remarquerons seulement que cette fois il s'harmonise on ne peut mieux avec le reste de l'ouvrage. Il n'appartenait qu'à un artiste de génie d'imaginer ce contraste entre le bouffon et le roi don Pèdre, et de rendre le premier plus sérieux et plus triste à mesure que le drame tourne au tragique.

Bien que l'action se passe vers le milieu du quatorzième siècle, les mœurs du *Médecin de son honneur* sont en général les mœurs espagnoles du dix-septième. Remarquons cependant que si les rois d'Espagne, au moyen-âge, n'avaient qu'un pouvoir politique très limité, ils avaient, dans leurs rapports civils ou privés avec leurs vassaux, un pouvoir à peu près sans bornes; les chroniques et les vieilles romances espagnoles sont là pour l'attester. Au reste, ceci est un fait que nous constatons indépendamment de sa conséquence. Nous avouons tenir fort peu, pour notre part, à cette couleur locale qui a fait, ces dernières années, tant de fanatiques, et, l'on pourrait ajouter, tant de martyrs.

L'effet moral qui résulte de cette comédie considérée dans son ensemble est, selon nous, excellent. Calderon ne cherche jamais à exciter ce sentiment que le législateur de notre Parnasse appelle « *une pitié charmante* »; mais il est impossible d'achever la lecture d'une de ses pièces, surtout de celles qui ont un dénouement tragique, sans se sentir plus ou moins l'ame agrandie, fortifiée. Jean-Jacques, qui a si justement condamné l'influence énervante du théâtre, aurait sans nul doute applaudi à Calderon.

Et maintenant, nous ne retarderons pas davantage la lecture du *Médecin de son honneur*, que nous avons traduit de notre mieux, comme pour satisfaire à la haute admiration que nous inspire Calderon.

DAMAS-HINARD.

LE MÉDECIN

DE SON HONNEUR

COMÉDIE FAMEUSE.

PERSONNAGES.

LE ROI DON PÈDRE.
L'INFANT DON HENRI.
DON GUTIERRE.
DON ARIAS, cavalier.
DON DIÈGUE.
DOÑA LÉONOR.
DOÑA MENCIA.
JACINTHE, esclave.
INÈS, suivante.
THÉODORA, suivante.
COQUIN (Gracioso), ou valet bouffon.
UN CHIRURGIEN.
SOLDATS.
MUSICIENS.
CORTÉGE OU SUITE.

La scène se passe à Séville et dans les environs.

JOURNÉE PREMIÈRE.

SCÈNE I.

Un grand chemin. On aperçoit sur le côté un château.

L'INFANT DON HENRI *entre.* (*Il vient de tomber de cheval.*) *Bientôt après entrent* LE ROI DON PÈDRE, DON DIÈGUE *et* DON ARIAS. — *Ils sont tous en habit de voyage.*

L'INFANT.

Jésus! Jésus!

DON DIÈGUE.

Que le ciel vous protége!

LE ROI.

Qu'y a-t-il?

DON ARIAS.

Le cheval est tombé et il a jeté à terre l'infant.

LE ROI.

Si c'est de cette façon qu'il salue les tours de Séville, il n'aurait jamais dû venir à Séville, il n'aurait jamais dû laisser la Castille. — Henri! mon frère!

DON DIÈGUE.

Seigneur!

LE ROI.

Commence-t-il à revenir un peu à lui?

DON ARIAS.

Hélas! sire, il ne donne aucun signe de vie. Voyez sa pâleur; son pouls a cessé de battre. Quelle disgrace!

DON DIÈGUE.

Quelle douleur!

LE ROI.

Allez à ce château qui est sur le bord du chemin, don Arias; peut-être quelques instants de repos suffiront-ils à remettre l'infant. Restez avec lui, vous autres, et que l'on me donne, à moi, un cheval; il faut que je poursuive ma route. Cet accident m'a assez long-temps retardé. J'ai hâte d'arriver à Séville; j'attendrai là de vos nouvelles.

(*Il sort.*)

DON ARIAS.

Cette circonstance m'est une preuve de son caractère insensible et dur. Vive Dieu! comment peut-on ainsi laisser un frère qui se débat dans les bras de la mort?

DON DIÈGUE.

Taisez-vous, don Arias! Songez que si les

murs ont des oreilles, quelquefois aussi les arbres ont des yeux! Croyez-moi, taisez-vous.

DON ARIAS.

Vous, brave don Diègue, veuillez vous rendre à ce château; dites que l'infant, mon seigneur, est tombé, et que... Mais non, il vaut mieux que nous l'y transportions afin qu'il ait plus tôt les soins que son état exige.

DON DIÈGUE.

C'est bien dit.

DON ARIAS.

Oh! que l'infant puisse-t-il revenir à la vie! Je ne demande rien de plus à la destinée.

(Ils sortent en portant l'infant.)

SCÈNE II.

Un salon.

Entrent DOÑA MENCIA *et* JACINTHE.

DOÑA MENCIA.

Je les ai vus de la terrasse, mais je n'ai pu distinguer qui ils sont. Jacinthe, il sera arrivé là quelque malheur. Un brillant cavalier venait sur un cheval si léger et si rapide qu'on eût dit un oiseau qui volait, d'autant que les plumes colorées de son panache semblaient flotter au gré du vent. Bref, le cheval qui courait a trébuché, et son maître a été violemment renversé.

JACINTHE.

Regardez, madame! les voici qui entrent.

DOÑA MENCIA.

Qui donc?

JACINTHE.

Sans doute les seigneurs que vous avez vus de la terrasse.

(Entrent don Diègue et don Arias [illegible] l'infant et le déposent dans un faute[illegible]

DON DIÈGUE.

Tout ce qui appartient au sang royal a de tels priviléges dans les maisons des nobles, que nous nous sommes crus autorisés à entrer chez vous ainsi librement.

DOÑA MENCIA.

Ciel! que vois-je?

DON DIÈGUE.

L'infant don Henri, frère du roi don Pèdre; il est tombé de cheval à votre porte et nous craignons bien que cette chute ne lui soit funeste.

DOÑA MENCIA, *à part.*

Que Dieu me protége!

DON ARIAS.

Dites-nous, madame, je vous prie, en quel appartement, en quelle chambre, nous pourrions placer le prince en attendant qu'il reprenne ses sens. — Mais à qui parlé-je? Est-ce bien vous, madame?

DOÑA MENCIA.

Ah! don Arias!

DON ARIAS.

Sur mon ame! je crois que c'est un songe que tout ce que je vois et entends... L'infant don Henri, plus épris que jamais, revenait à Séville; faut-il qu'il vous retrouve de cette manière malheureuse!... N'est-ce qu'un songe, ou bien est-ce une réalité?

DOÑA MENCIA.

C'est la réalité! Plût à Dieu que ce ne fût qu'un songe!

DON ARIAS.

Donc que faites-vous ici?

DOÑA MENCIA.

Vous le saurez plus tard. A présent c'est de votre maître que nous devons l'un et l'autre nous occuper.

DON ARIAS.

Qui eût dit que vous le retrouveriez en ce triste état?

DOÑA MENCIA.

Silence, don Arias! cela importe.

DON ARIAS.

Et en quoi?

DOÑA MENCIA.

Mon honneur en dépend. — Entrez dans la pièce voisine, il y a un lit sur lequel l'infant pourra mieux se reposer. Il y sera plus commodément. — Jacinthe, sors de l'armoire ce qui est nécessaire, de l'eau et des essences. Prends ce que tu trouveras de plus convenable à un si noble usage.

(Jacinthe sort.)

DON ARIAS, *à don Diègue.*

Et nous, laissons ici l'infant, et allons aider cette esclave.

(Ils sortent.)

DOÑA MENCIA.

Enfin ils partent! me voici seule! Oh! que ne puis-je, grand Dieu, m'abandonner à tous les sentiments qui m'agitent sans que mon honneur ait à se plaindre! Oh! que ne puis-je parler, pleurer, gémir en liberté!... Mais non. Pourquoi cette faiblesse? Non, non! je suis celle que je suis!... [1] Que le vent emporte et dissipe au plus tôt les paroles insensées qui

(1) *Yo soy quien soy.* Je suis celui (ou celle) que je suis. — Cette locution, qui est familière aux personnes qui se sont occupées des anciennes chroniques et des vieilles poésies espagnoles, se retrouve assez fréquemment dans les comédies de Calderon. Elle exprime on ne peut mieux, selon nous, cet orgueil tout castillan qui empêche un Espagnol de mal faire, ne serait-ce que par un sentiment de haute estime pour lui-même. C'est pour cela que nous avons cru devoir la reproduire littéralement, quelque étrange qu'elle puisse paraître à des lecteurs français.

ont échappé à mon délire! Loin de me décourager moi-même de la sorte, je dois me réjouir au contraire de ce qu'une occasion m'est donnée de connaître enfin ce que je vaux; car de même que l'or s'éprouve dans le feu, de même la vertu s'éprouve dans les crises. Mon honneur sortira de celle-ci plus pur et plus brillant... Pitié, pitié, grand Dieu!... je n'ai pas la force de me contenir davantage. — Don Henri! mon seigneur?

L'INFANT.

Qui m'appelle?

DOÑA MENCIA.

O bonheur! il a parlé.

L'INFANT.

Que le ciel me protége!

DOÑA MENCIA.

Quoi! Votre Altesse revient à la vie!

L'INFANT.

Où suis-je?

DOÑA MENCIA.

Dans une maison où il y a quelqu'un qui s'intéresse à votre sort.

L'INFANT.

En croirai-je mes yeux? Que ce bonheur, pour être à moi, ne s'évanouisse pas dans les airs... Je ne sais ce que je dis; j'ai besoin de me consulter pour voir si je rêve éveillé ou si je parle en dormant. Mais s'il est vrai que je dorme en ce moment, fasse le ciel que je ne me réveille plus; et s'il est vrai que je sois éveillé, fasse le ciel que je ne me rendorme jamais! — Où suis-je donc?

DOÑA MENCIA.

Que Votre Altesse, monseigneur, ne s'inquiète pas de la sorte; qu'elle s'occupe seulement du soin que réclament ses souffrances. — Revenez, revenez à la vie, et ensuite vous apprendrez de moi où vous êtes.

L'INFANT.

Non, je ne désire plus rien savoir, puisque je vis et que je vous contemple. Je ne souhaiterais pas une plus grande félicité, alors même que je serais en ce moment dans le séjour des morts. Peut-être suis-je dans le séjour de la gloire, car je me trouve près du plus beau des anges... Et ainsi, non, je ne désire pas savoir quelle suite d'aventures m'a conduit en ces lieux et vous y a conduite également. Je sais que je suis où vous êtes, et je suis content... Et ainsi, vous, vous n'avez rien à me dire, et moi je n'ai rien à entendre de vous.

DOÑA MENCIA.

Le temps dévoilera bien des choses. — A cette heure, dites-moi comment se trouve Votre Altesse?

L'INFANT.

Oh! très bien! tellement bien que je ne me suis jamais trouvé mieux. Seulement je sens un reste de douleur à ce pied.

DOÑA MENCIA.

Votre chute a été terrible; mais avec un peu de repos, j'espère que vous ne tarderez point à vous remettre. — On prépare un lit à votre intention.—Vous me pardonnerez, je vous prie, l'extrême simplicité du logement, quoique je n'aie pas besoin d'excuse. Il m'était impossible de prévoir que j'aurais à vous recevoir aujourd'hui.

L'INFANT.

Vous parlez tout-à-fait comme une haute et noble dame, Mencia. — Êtes-vous la maîtresse de cette maison?

DOÑA MENCIA.

Non, seigneur, mais je suis liée intimement avec quelqu'un qui en est le maître.

L'INFANT.

Et qui est-ce?

DOÑA MENCIA.

Un illustre cavalier, Gutierre Alfonso de Solis, mon époux et votre serviteur.

L'INFANT, *se levant.*

Votre époux!

DOÑA MENCIA.

Oui, seigneur.

L'INFANT.

Ah!

DOÑA MENCIA.

Mais ne vous levez pas, rasseyez-vous, vous ne pouvez point vous tenir debout, seigneur.

L'INFANT.

Si fait, si fait, je le puis.

DOÑA MENCIA.

Mais votre pied?

L'INFANT.

Je n'y sens plus rien.

(*Entre don Arias.*)

DON ARIAS.

Permettez, monseigneur, que j'embrasse vos genoux. Combien je suis charmé de cette heureuse fortune! Votre salut nous rend la vie à tous.

(*Entre don Diègue.*)

DON DIÈGUE.

Maintenant Votre Altesse peut se retirer dans cette chambre, on y a tout disposé pour le mieux.

L'INFANT.

Non, je veux partir. Don Arias, donne-moi un cheval; donne-moi un cheval, don Diègue. Quittons ces lieux promptement.

DON ARIAS.

Que dites-vous

L'INFANT.

Que l'on me donne un cheval.

DON DIÈGUE

Mais, seigneur...

DON ARIAS.

Considérez, je vous prie...

L'INFANT.

Ah! vous ignorez l'un et l'autre ce qui se passe dans mon cœur, vous ignorez tout ce qu'il souffre. (*à doña Mencia.*) Pourquoi le ciel n'a-t-il pas voulu que je fusse brisé dans cette chute? Je n'éprouverais pas ces tourments, cette rage; je ne vous aurais pas vue pour apprendre de vous que vous appartenez à un autre; je ne serais pas en proie à la plus horrible jalousie. Ah! doña Mencia, devais-je m'attendre à une telle conduite de votre part?

DOÑA MENCIA.

Mais, seigneur, en vérité, celui qui entendrait Votre Altesse, ses plaintes, ses mépris, ses injures, n'aurait pas de peine à concevoir des pensées défavorables à mon honneur. Cependant je n'ai nul reproche à me faire; et quand vous m'accusez, il m'est facile de vous répondre. Votre Altesse, libérale de ses désirs, généreuse de ses goûts, prodigue de ses affections, jeta les yeux sur moi; distinction glorieuse, je l'avoue: mais elle peut aussi se souvenir que, durant plusieurs années, je n'ai pas cessé un moment de résister à ses hommages et à ses séductions: car si je n'étais pas d'un rang à être son épouse, j'étais aussi d'un rang à n'être pas sa maîtresse. Et c'est pourquoi je me suis mariée à un autre. — Maintenant que je me suis disculpée sur ce point, permettez, seigneur, que je vous supplie en grace et humblement de ne pas vous remettre sitôt en chemin; il y a trop de péril pour vous à partir.

L'INFANT.

Il y a moins de péril pour moi à partir qu'à rester.

(*Entrent don Gutierre et Coquin.*)

DON GUTIERRE.

Je baise les pieds de Votre Altesse. — J'ai appris avec douleur le fâcheux accident qui vous était arrivé et je me suis empressé d'accourir; je suis heureux de voir que la renommée cette fois encore s'est trompée. Daignez, monseigneur, honorer quelques instants ce logis de votre présence. Il est bien peu digne de vous sans doute: mais la plus pauvre demeure devient un brillant palais dès qu'elle est habitée par un roi.

L'INFANT.

Je vous remercie des sentiments que vous m'exprimez, Gutierre Alfonso de Solis; je m'efforcerai de ne pas les oublier de ma vie.

DON GUTIERRE.

Vous me comblez, seigneur.

L'INFANT.

Cependant, quelque charme qu'ait pour moi votre hospitalité, je ne puis m'arrêter ici davantage... Les plus graves motifs m'en empêchent... Il y a une chose qui m'inquiète... et jusqu'à ce que je sois éclairci... ou désabusé, chaque instant me durera des siècles. Il vaut mieux que je m'éloigne.

DON GUTIERRE.

Quoi! seigneur, Votre Altesse aurait d'assez puissants motifs pour aventurer ainsi une santé à laquelle se rattachent tant d'espérances!

L'INFANT.

Il convient que j'arrive aujourd'hui à Séville.

DON GUTIERRE.

Je crains de paraître indiscret en insistant auprès de Votre Altesse; mais ma loyauté, mon dévouement...

L'INFANT.

Et si je vous confiais le motif de mon départ, que diriez-vous?

DON GUTIERRE.

Je ne le demande pas à Votre Altesse. Loin de là, seigneur, il me semble que ce serait mal à moi d'essayer de pénétrer dans votre cœur.

L'INFANT.

Non, Gutierre, je puis l'ouvrir devant vous. Écoutez donc. J'ai eu autrefois un ami que je regardais comme un autre moi-même.

DON GUTIERRE.

Son sort était digne d'envie.

L'INFANT.

Eh bien! cet ami, que je chargeai de mes intérêts auprès d'une dame que j'aimais passionnément, me trahit pendant une absence que je fis. Qu'en pensez-vous?

DON GUTIERRE.

Je pense que c'était un ami perfide et qui aurait mérité mille tortures.

L'INFANT.

Il laissa un autre cavalier rendre des soins à cette dame, et même il servit le nouveau prétendant auprès d'elle. Ce fut bien mal, n'est-ce pas?

DON GUTIERRE.

Je ne sache point une pire trahison.

L'INFANT.

Et moi qui ai été ainsi trompé, ainsi trahi, moi qui suis plus épris que jamais de l'infidèle, dites, voulez-vous que je sois tranquille au milieu de tant d'ennuis? voulez-vous que je goûte le repos au milieu de tant de peines?

DON GUTIERRE.

Non, certes, seigneur; je conçois votre inquiétude.

L'INFANT.

Depuis ce malheur tout me pèse, et le ciel et la terre, et la nature et les hommes. Partout où je suis, je ne songe qu'à la jalousie qui m'obsède... La cause de mes chagrins n'est sans cesse tellement présente qu'ici même je la vois devant mes yeux; de sorte qu'en m'éloignant j'imagine que je pourrai la laisser ici.

DOÑA MENCIA.

On dit, monseigneur, que le premier conseil appartient à la femme. Ainsi que Votre Altesse me pardonne si j'ose la conseiller. Pour ce qui est de votre ami, attendez qu'il se disculpe; il y a des espèces de fautes que l'on commet sans être coupable. Quant à la dame, si elle a changé à votre égard, qui sait? il peut se faire que ce ne soit point chez elle inconstance ou légèreté, et qu'elle ait été contrainte. Voyez-la, écoutez-la, et je suis assurée que vous reconnaîtrez bientôt son innocence.

L'INFANT.

Cela est bien difficile.

DON DIÈGUE, *à l'infant.*

D'après votre ordre, monseigneur, le cheval est prêt qui vous attend.

DON GUTIERRE.

Si c'est le même qui vous a renversé, ne vous y fiez plus, monseigneur. J'ai à votre disposition une jument qui est presque digne d'un aussi noble cavalier. Elle est jeune, belle, douce et vive; elle a le pied le plus sûr et un galop délicieux. — Que Votre Altesse ne me refuse pas!

L'INFANT.

Vous me donnez envie de l'essayer, votre jument.

COQUIN, *s'approchant.*

Holà! Dieu me pardonne! vous parliez de la jument, monseigneur, et j'accours.

DON GUTIERRE.

Retire-toi, imbécile.

L'INFANT.

Et pourquoi? — Son humeur me plaît.

COQUIN.

On a parlé de la jument; c'est comme si l'on avait parlé de moi. Je prends fait et cause pour elle.

L'INFANT.

Qui es-tu, mon garçon?

COQUIN.

Ma foi! cela n'est pas si difficile à deviner. — Je suis... je suis... je suis enfin — de mon nom Coquin, fils de Coquin, écuyer et pourvoyeur de la jument. Je suis chargé de sa pitance; je lui rogne chaque matin la moitié de sa portion.

L'INFANT.

Il est heureux pour elle d'avoir affaire à un coquin aussi zélé.

COQUIN.

N'en badinez pas, monseigneur, il y a bien des palefreniers qui auraient voulu gagner les trois quarts sur elle et qui l'auraient fait mourir de faim, — tandis qu'avec moi seulement elle ne mourra pas d'indigestion. Et ainsi il est avantageux pour l'un et l'autre que nous mangions tous deux au même râtelier.

L'INFANT.

Il est gai, ce garçon-là.

COQUIN.

Mais, oui, assez gai, quand je ne suis pas triste.

GUTIERRE.

Seigneur, si Votre Altesse, malgré mes instances, est toujours résolue à partir, il me semble qu'il vaut mieux peut-être qu'elle n'attende pas davantage. Voilà que le jour disparaît peu à peu, et la nuit aura pris bientôt sa place.

L'INFANT.

Vous avez raison, il faut que je parte. — Que le ciel vous garde, belle Mencia! Je profiterai du conseil que vous m'avez donné, je chercherai cette dame, et j'apprendrai d'elle son excuse. (*à part.*) Quel dépit d'être obligé de se taire ou de parler à mots couverts, lorsqu'on aurait à dire tant de choses! (*haut.*) Je vous salue, Don Gutierre. Adieu de nouveau, belle Mencia!

(*L'infant se retire, suivi de don Arias et de don Diègue.*)

DON GUTIERRE, *à Coquin.*

Et toi, va-t-en, s'il te plaît.

COQUIN.

Certes, oui, je vais voir partir ma jument. Pauvre bête! pourvu qu'on nous la rende; ce serait là une perte!

(*Il sort.*)

DON GUTIERRE, *à doña Mencia.*

Chère maîtresse de mon ame, malgré toute la joie que j'aurais à rester près de vous, je vous demande au contraire de me permettre d'aller baiser les pieds au roi mon seigneur qui arrive de Castille. C'est le devoir de tout chevalier d'aller lui donner la bienvenue, et je puis y manquer moins qu'un autre. Adieu donc, ma chère ame.

DOÑA MENCIA.

Don Gutierre! pourquoi cherchez-vous à m'affliger?

DON GUTIERRE.

Moi! je cherche à vous affliger!

DOÑA MENCIA.

Cette visite dont vous parlez n'est qu'un prétexte; ce n'est pas là la véritable raison qui vous appelle à Séville.

DON GUTIERRE.

Je vous jure sur vos yeux qu'il n'y en a point d'autre.

DOÑA MENCIA.

Si fait, et je la connais.

DON GUTIERRE.

Et laquelle?

DOÑA MENCIA.

Je n'en puis douter, c'est doña Léonor que vous allez voir.

DON GUTIERRE.

Que dites-vous? doña Léonor?

DOÑA MENCIA.

Oui, cette doña Léonor que vous avez tant aimée.

DON GUTIERRE.

Laissons cela. Ne prononcez pas même son nom; il me déplaît, je le déteste.

DOÑA MENCIA.

Vous êtes ainsi faits, vous autres hommes. Un jour l'amour le plus dévoué, le plus ardent, le lendemain l'oubli; un jour une passion que rien n'arrête, le lendemain la lassitude, l'indifférence ou la haine.

DON GUTIERRE.

Oui, elle me plaisait, je la trouvais belle avant que de vous connaître; mais depuis que je vous ai vue, je m'étonne qu'elle ait pu fixer ma pensée un seul instant. Ainsi le voyageur, la nuit, regarde une étoile qui brille dans le ciel; mais quand le soleil a paru, il détourne les yeux avec dédain de cette étoile qui l'a charmé.

DOÑA MENCIA.

Voilà une comparaison beaucoup trop flatteuse pour moi.

DON GUTIERRE.

Enfin, m'accordez-vous la permission que je vous demande?

DOÑA MENCIA.

Il paraît que vous tenez beaucoup à aller à Séville?

DON GUTIERRE.

Si je ne consultais que mon cœur, j'aimerais bien mieux demeurer auprès de vous; mais mon devoir m'appelle auprès du roi.

DOÑA MENCIA.

Alors, partez.

DON GUTIERRE.

Adieu, doña Mencia.

DOÑA MENCIA.

Adieu, don Gutierre.

(Il sort.)

JACINTHE.

Vous êtes bien triste, madame.

DOÑA MENCIA.

Ah! Jacinthe, qui ne le serait à ma place?

JACINTHE.

Les événements de la journée paraissent vous avoir laissé une inquiétude, un trouble...

DOÑA MENCIA.

Et ce n'est pas sans raison. Si tu savais!...

JACINTHE.

Qu'y a-t-il donc, madame?

DOÑA MENCIA.

Non, rien.

JACINTHE.

Confiez-vous à moi, de grace.

DOÑA MENCIA.

Tu veux que je te confie ma vie et mon honneur!

JACINTHE.

Vous le pouvez, madame.

DOÑA MENCIA.

Eh bien! écoute.

JACINTHE.

Dites.

DOÑA MENCIA.

Tu n'ignores pas que je suis née à Séville. — C'est là que don Henri, — je te parle de l'infant, — c'est là que don Henri me rendit des soins en secret pendant plusieurs années. Il fut obligé de s'éloigner. Alors don Gutierre se présenta, et mon père, abusant de son autorité, me contraignit à l'épouser. — Maintenant que te dirai-je? L'infant est de retour; il m'aime, et moi j'ai de l'honneur. — Ah! Jacinthe!...

JACINTHE.

Eh! madame, ne vous chagrinez pas pour si peu. Vous connaissez ce proverbe castillan : — Il y a remède à tout, fors à la mort.

(Doña Mencia et Jacinthe sortent.)

SCÈNE III.

La galerie du palais à Séville.

Entrent DOÑA LÉONOR *et* INÈS.

INÈS.

Voilà que le roi sort pour se rendre à la chapelle; attendez-le sur son passage, et jetez-vous à ses pieds.

DOÑA LÉONOR.

Je ne demanderai plus rien au ciel si j'obtiens réparation et vengeance.

UN HUISSIER.

Place! place! place au roi!

(Le roi paraît, et il est aussitôt entouré de solliciteurs qui tiennent un placet à la main.)

UN SOLDAT.

Que Votre Majesté daigne lire ceci.

LE ROI.

Très bien; soyez tranquille.

UN AUTRE SOLDAT.

Sire, que Votre Altesse prenne connaissance de ce papier.

LE ROI.

C'est bien ; on le lira.

UN AUTRE SOLDAT.

Sire!... Sire!...

LE ROI.

Que me voulez-vous ?

LE MÊME SOLDAT.

Sire, je suis un soldat de votre armée, qui...

LE ROI.

Donnez le placet.

LE MÊME SOLDAT.

C'est que je suis si troublé...

LE ROI.

Et de quoi ?

LE MÊME SOLDAT.

De vous voir, Sire.

LE ROI.

Que demandez-vous ?

LE MÊME SOLDAT.

Il y a vingt ans que je sers; je voudrais de l'avancement.

LE ROI.

Ce n'était pas la peine de vous troubler. — Je vous donne une compagnie.

LE MÊME SOLDAT.

Ah ! Sire, mille graces!...

UN MENDIANT.

Sire, je suis un pauvre vieux sans ressource ; faites-moi l'aumône, je vous prie.

LE ROI, *lui donnant sa bourse.*

Tenez.

LE MENDIANT.

Quoi ! Sire, pour moi tout cela !

LE ROI.

Sans doute.

LE MENDIANT.

Et le diamant qui ferme cette bourse, pour moi aussi ?

LE ROI.

Il est donné.

DOÑA LEONOR.

Sire, je me jette à vos pieds!... Sire, je viens toute éplorée, de la part de mon honneur, vous demander justice; et si vous me la refusez, d'avance j'en appelle à Dieu.

LE ROI.

Remettez-vous, madame, et levez-vous.

DOÑA LÉONOR.

Souffrez, Sire, que je reste dans cette posture suppliante.

LE ROI.

Levez-vous, madame, et attendez que nous soyons seuls. — (*Il la relève. Aux solliciteurs :*) Sortez tous. (*Tous les solliciteurs se retirent.*) Maintenant, madame, parlez; car si vous venez réellement de la part de votre honneur, c'eût été une chose indigne que les plaintes de l'honneur eussent été proférées en public. On ne saurait garder trop de ménagements ni prendre trop de précautions quand il s'agit de l'honneur de la beauté. Parlez, madame.

DOÑA LÉONOR.

Puissant roi don Pèdre, que le monde appelle le Justicier ! soleil brillant de la Castille, dont les rayons illuminent cet hémisphère ! vrai Jupiter espagnol, dont l'épée redoutable frappe au loin les Maures épouvantés ! vous voyez devant vous l'infortunée Léonor que l'Andalousie avait surnommée Léonor-la-Belle. Hélas ! si tant est que j'aie autrefois mérité ce surnom, je n'ai connu des priviléges de la beauté que le chagrin et le malheur. Il y a quelques années, je fus distinguée par un cavalier de ce pays. Il m'aima ; je crus du moins qu'il m'aimait, à le voir rôder nuit et jour dans ma rue, autour de ma maison. Pour moi, sire, vous l'avouerai-je? quoique je fisse en public l'indifférente et la dédaigneuse, je me sentis intérieurement touchée de tous ses témoignages de tendresse; puis vint la reconnaissance, et puis l'amour. Cependant je continuai de le traiter comme par le passé. A la fin, ce cavalier m'ayant donné sa parole qu'il m'épouserait, — que de femmes ont été trompées par ce moyen ! — je consentis à le recevoir en ma maison. — N'allez pas croire, sire, que j'aie jamais eu quelque faiblesse qui ne fût pas digne de ma fierté; je n'ai pas oublié ce que je me devais; mais le monde nous juge d'après les apparences, et il aurait mieux valu pour moi que j'eusse perdu l'honneur en secret et que je l'eusse conservé devant le monde. J'ai demandé justice, mais je suis pauvre ; j'ai porté plainte, mais il est puissant. Enfin ce cavalier s'est marié avec une autre, et aujourd'hui qu'il n'est plus possible que je recouvre par le mariage mon honneur, roi don Pèdre, je viens vous supplier d'ordonner qu'il soit tenu de payer ma pension dans un couvent. Ce cavalier, c'est don Gutierre Alfonso de Solis.

LE ROI.

Madame, je sens vivement vos ennuis, et comme homme et comme roi. Puisque don Gutierre est marié, il ne pourra, j'en conviens, complètement satisfaire à votre honneur; mais je vous rendrai justice de telle sorte que tout s'arrange pour le mieux. — Toutefois j'écouterai ce que de son côté il me dira pour sa défense; car aussi bien il faut entendre un accusé. — Fiez-vous à moi, Léonor; je me charge de votre cause. Je ne veux point que vous puissiez dire une autre fois que vos droits ont été méconnus parce que vous êtes pauvre et qu'il est riche, et cela en un temps où, moi, je suis roi de Castille. — Mais j'aperçois là-bas don Gutierre qui s'avance vers nous. S'il vous voyait avec moi, il se douterait que vous m'avez instruit. — Cachez-vous derrière cette tapisserie; vous vous montrerez quand il en sera temps.

LÉONOR.

Je m'empresse de vous obéir.

(*Léonor se cache. Entre Coquin.*)

COQUIN, *à part.*

En courant de chambre en chambre, à l'ombre de mon maître qui est resté là-bas, j'arrive jusqu'ici. Que le ciel me protége! voilà le roi, et il m'a vu. Heureusement que le balcon n'est pas très élevé au-dessus du sol; vingt coudées seulement... Et alors, s'il plaît à Sa Majesté de ne pas vouloir que je sorte par où je suis entré, moyennant une jambe ou deux j'en suis quitte.

LE ROI.

Qui êtes-vous?

COQUIN.

Moi, Sire!

LE ROI.

Vous?

COQUIN, *à part.*

Que le ciel me protége encore, et qu'il m'inspire ma réponse! (*haut.*) Ma foi! Sire, je suis tout ce qu'il plaira à Votre Majesté que je sois, sans rien ajouter ni retrancher; — car, pas plus tard qu'hier, un homme de très haute sagesse et de beaucoup d'esprit m'a conseillé de ne prétendre jamais être autre chose que ce que vous voudriez que je fusse, et je me suis promis de profiter de la leçon. C'est pourquoi j'ai été ce qu'ordonnera votre fantaisie, je serai ce que commandera votre caprice, et je suis ce qu'ordonne et commande votre bon plaisir. Et c'est pourquoi encore, avec votre autorisation toute royale, je m'en irai d'un pas mesuré par où je suis venu en mesurant mon pas.

LE ROI.

Vous n'avez pas répondu à ma question; je vous ai demandé qui vous êtes.

COQUIN.

Et moi, Sire, j'aurais répondu à la teneur de la demande, si je n'avais craint qu'en vous disant qui je suis vous ne m'eussiez renvoyé par le balcon; car j'ai pénétré ici sans ordres ni raison, et j'exerce un office dont vous n'avez aucun besoin.

LE ROI.

Et quel est votre office?

COQUIN.

Je suis courrier à pied et à cheval; je porte toutes les nouvelles, les mauvaises et les bonnes; je me mêle de tous les intérêts, des grands et des petits. Je dis du bien et dis du mal; je mange lentement et m'endors vite. Je sers pour mon plaisir le seigneur don Guttierre Alfonso. Enfin, tel que vous me voyez, je suis majordome de la gaîté, gentilhomme de la joie et valet de chambre du plaisir. Je porte sa livrée, et je crains qu'on ne me reconnaisse à cause d'elle. Je dis : Je crains, parce qu'avec un roi qui ne rit pas, un homme aimable qui aime à rire doit avoir peur à chaque instant de recevoir la bastonnade sur ce que renferme son pourpoint.

LE ROI.

Je devine enfin ce que vous êtes. Vous êtes un garçon chargé du rire en titre d'office.

COQUIN.

Oui, Sire, et pour qu'il ne vous reste plus de doute, j'use de mon droit. (*Il se couvre.*) C'est le droit du Gracioso dans le palais.

LE ROI.

A merveille!... — Maintenant que je sais qui vous êtes, faisons un arrangement entre nous deux.

COQUIN.

Et lequel?

LE ROI.

Vous faites profession de faire rire, n'est-il pas vrai?

COQUIN.

Cela est vrai; tant que je peux.

LE ROI.

Eh bien! chaque fois que vous me ferez rire je vous donnerai cent écus; mais si d'ici à un mois vous ne m'avez pas fait rire, on vous arrachera les dents.

COQUIN.

A moi, Sire!

LE ROI.

A vous-même.

COQUIN.

Diable! c'est un contrat illicite et frauduleux que vous me proposez, et dans lequel, si je l'accepte, je risque évidemment d'être lésé.

LE ROI.

Comment donc?

COQUIN.

Cela est clair. D'une part quand un homme rit, on dit de lui qu'il montre ses dents, — et moi je rirai sans montrer les miennes. Puis, d'autre part, on rapporte que vous êtes si sévère que vous montrez les dents à tout le monde, et à moi seul vous voulez qu'on les arrache; mais n'importe. Je consens, c'est convenu. J'en passe par où vous voulez afin que vous me laissiez passer mon chemin. Ainsi, à moi vos écus, si je gagne, et si je perds, à vous mes dents. D'ailleurs, j'ai un mois, et d'ici là je trouverai bien quelque chose qui vous aille, car je ne veux pas que la vieillesse arrive en poste dans ma bouche. Mais aujourd'hui je vois qu'il n'y a pas à mordre sur vous, et je prends congé de Votre Altesse pour aller réfléchir à ma gaîté. Adieu, Sire, au revoir.

(Il sort.)

(Entrent l'infant, don Gutierre, don Diègue et don Arias.)

L'INFANT.

Que Votre Majesté me donne la main.

LE ROI.

Soyez le bienvenu, Henri; comment vous trouvez-vous?

L'INFANT.

Très bien, Sire; j'ai eu plus de peur que de mal.

DON GUTIERRE.

Sire, s'il m'était permis, à moi chétif et humble, de prétendre à une faveur si haute, je demanderais à Votre Majesté de baiser votre main royale. Il y avait bien long-temps que l'Andalousie n'avait été honorée de votre présence glorieuse.

LE ROI.

Trève de compliments, don Gutierre Alfonso!

DON GUTIERRE.

D'où vient le ton sévère de Votre Majesté?

LE ROI.

J'ai entendu parler de vous.

DON GUTIERRE.

Par mes ennemis, sans doute?

LE ROI.

Connaissez-vous, dites-moi, doña Léonor, une dame principale de Séville?

DON GUTIERRE.

Oui, Sire; c'est une dame renommée pour sa beauté et de l'une des meilleures maisons de ce pays.

LE ROI.

N'êtes-vous pas son obligé? n'avez-vous pas à vous reprocher à son égard quelque déloyale ingratitude?

DON GUTIERRE.

Sire, je vous répondrai avec sincérité; car l'homme de bien ne ment jamais et surtout devant un roi. J'ai rendu des soins à cette dame autrefois, et je l'aurais épousée si, avec le temps, une résolution différente ne me fût venue. Je l'ai visitée dans sa maison publiquement; quand j'ai vu que mes hommages n'étaient pas bien accueillis, j'ai changé de sentiment. Alors, libre de cet amour, j'ai épousé, à Séville, doña Mencia de Acuña, dame d'une naissance illustre, avec laquelle j'habite une maison de plaisance hors de Séville. Doña Léonor mal conseillée, car le dépit ne conseille jamais bien les femmes, a essayé de s'opposer à mon mariage; mais les juges les plus rigoureux n'ont rien trouvé contre moi. — Elle prétend aujourd'hui qu'il y a eu de la faveur, comme si la faveur eût pu manquer à une femme jeune et belle. C'est sans doute sous ce prétexte qu'elle espère votre appui. Pour moi, Sire, je me prosterne à vos pieds en implorant votre justice, et si vous me jugez coupable, je vous remets mon épée et ma tête.

LE ROI.

Quel si grand motif avez-vous eu pour délaisser ainsi cette dame?

DON GUTIERRE.

Ce n'est pas chose nouvelle que de voir un homme léger, volage, inconstant; cela se voit tous les jours.

LE ROI.

Oui; mais ce qu'on ne voit pas tous les jours, c'est un homme qui passe d'une extrémité à l'autre, d'une tendresse empressée à un brusque abandon. Il faut pour agir ainsi des motifs bien puissants?

DON GUTIERRE.

Sire, je vous supplie de ne me point presser. Je suis homme qui perdrais la vie plutôt que de prononcer contre une femme, en son absence, une seule parole qui l'accuse.

LE ROI.

Donc, vous avez eu alors quelque motif pour la laisser?

DON GUTIERRE.

Oui, Sire, je l'avoue; mais croyez bien que, s'il le fallait révéler aujourd'hui pour ma décharge, alors même qu'il s'en irait de ma fortune et de ma vie, comme je viens de vous le dire, amant fidèle de son honneur, je ne le révélerais pas.

LE ROI.

Eh bien! je veux le savoir, moi!

DON GUTIERRE.

Sire!...

LE ROI.

Je suis curieux!

DON GUTIERRE.

Considérez, je vous supplie...

LE ROI.

Ne me répliquez plus si vous ne voulez pas m'irriter; ou par l'ame de mon père!...

DON GUTIERRE.

Sire, Sire, ne jurez pas!... Il vaut mieux que je cesse d'être celui que je suis que de vous irriter.

LE ROI, *à part*

C'est ce que je voulais. S'il me trompe, Léonor l'entendra; et s'il me dit la vérité,

Léonor connaîtra que je la sais. (*haut.*) Parlez donc.

DON GUTIERRE.

C'est contre mon gré, Sire. — Une nuit, étant entré chez elle, j'entendis du bruit dans une pièce; j'y allai, mais au moment même où j'ouvrais la porte, je distinguai à travers l'obscurité le corps d'un homme qui se précipitait du balcon. Je descendis après lui et me mis à sa poursuite. Que vous dirai-je? Il s'échappa sans que j'eusse pu le reconnaître. Après cela, quoique doña Léonor se soit expliquée avec moi, et quoique je n'aie jamais cru entièrement à un véritable outrage, cela en fut assez pour que je renonçasse à l'épouser; car, à mon avis, l'amour et l'honneur sont deux passions de l'ame qui font cause commune et s'enchantent ou s'irritent l'une l'autre; et, par conséquent, ce qui offense l'amour offense aussi l'honneur.

DON ARIAS, *à part.*

Que le ciel me soit en aide! C'est lui!

(*Entre doña Léonor.*)

DOÑA LÉONOR.

Que Votre Majesté me pardonne; je ne puis ne pas paraître en entendant exprimer des soupçons aussi injurieux.

LE ROI, *à part.*

Vive Dieu! don Gutierre me trompait; autrement Léonor n'aurait point paru.

DOÑA LÉONOR.

En entendant traiter ainsi mon honneur, c'eût été à moi une grande lâcheté que de ne pas répondre; et je répondrai. — Quoi! don Arias, c'est vous!

DON ARIAS.

Calmez-vous, de grace, madame.

DOÑA LÉONOR.

C'est vous, don Arias, et vous vous taisez!

DON ARIAS.

Un moment, madame, et vous serez satisfaite. — Sire, que Votre Majesté me permette de dire quelques mots; c'est à moi qu'il appartient de défendre l'honneur de cette dame. Cette même nuit dont il est question, une femme avec laquelle je me serais marié, si depuis la parque cruelle n'eût tranché le fil de ses jours, avait été rendre visite à doña Léonor. Moi je suivis ses pas et j'entrai dans la maison de doña Léonor sans qu'elle pût s'y opposer. Alors arriva don Gutierre. Aussitôt doña Léonor éperdue m'ordonna de me retirer dans une pièce voisine. J'obéis, maudit soit celui (quoique je ne veuille pas me maudire) qui écoute les vaines craintes d'une femme! J'entendis bientôt la voix de don Gutierre et les pas qui approchaient. Je m'imaginai qu'il était le mari de la maîtresse de la maison, et je pris la fuite. Je ne devais pas moins à l'honneur compromis d'une dame. Mais puisque aujourd'hui je vois que don Gutierre n'était pas le mari de doña Léonor, et qu'elle n'a pas manqué à ce qu'elle est, que Votre Majesté m'accorde le champ où je défende une si juste, si noble et si belle cause. La loi le concède aux chevaliers.

DON GUTIERRE.

Je me présenterai. En quel lieu? à quelle heure?

DON ARIAS, *mettant la main sur son épée.*

Marchons!

DON GUTIERRE, *de même.*

Je vous suis!

LE ROI.

Comment! vous mettez la main sur vos épées en ma présence? Vous avez donc oublié tout respect? Il y a donc de la fierté là où je suis? (*Il appelle.*) Holà! hommes d'armes! (*Entrent des soldats.*) Qu'on les emmène prisonniers et qu'on les mette à la Tour! — Remerciez-moi l'un et l'autre de ce que je ne vous châtie pas autrement.

(*Il sort.*)

DON ARIAS.

Si Léonor a perdu par moi sa renommée, elle la retrouvera par moi aussi. On ne m'accusera pas d'avoir mal défendu l'honneur d'une dame.

DON GUTIERRE.

Ce qui m'afflige, ce n'est pas de voir le roi si sévère et si cruel; ce qui m'afflige, c'est de ne pas te voir aujourd'hui, ô Mencia!

(*Don Arias et don Gutierre sortent, emmenés par les soldats.*)

L'INFANT, *à part.*

Voilà don Gutierre prisonnier! Cette nuit, parti sous le prétexte d'une chasse, je verrai celle que j'aime. (*haut.*) Viens avec moi, don Diègue. (*à part.*) Je serai vainqueur ou je périrai.

(*L'infant et don Diègue sortent.*)

DOÑA LÉONOR, *seule.*

Grands dieux, je me meurs! — Ingrat, perfide et traître, sans loi et sans foi, daigne le ciel me venger de l'injure que tu as faite à mon honneur! Puisses-tu souffrir les mêmes maux que je souffre et mourir pareillement déshonoré! — Hélas! hélas!... amen! amen!

JOURNÉE DEUXIÈME.

SCÈNE I.

Un jardin. Il est nuit.

L'INFANT et JACINTHE, *entrent en marchant à tâtons.*

JACINTHE.

Doucement! Pas de bruit!

L'INFANT.

A peine si je pose le pied sur le sol, à peine si je respire.

JACINTHE.

Vous voici au jardin. Et comme don Gutierre est en prison et que la nuit vous favorise de ses ténèbres, n'en doutez pas, monseigneur, vous obtiendrez tout ce que Votre Altesse désire. Ce sera là une douce victoire.

L'INFANT.

Jacinthe, si la liberté que je t'ai promise te semble une trop faible récompense pour un si grand service, demande davantage et tu l'auras. Je te dois plus que la vie, je te dois la joie et le bonheur de mon ame.

JACINTHE.

C'est ici que ma maîtresse a coutume de venir. Elle passe d'ordinaire une partie de la nuit sous ce berceau.

L'INFANT.

Tais-toi, tais-toi, je crains que le vent ne nous écoute et que l'écho ne trahisse nos paroles.

JACINTHE.

Je vous laisse; moi, afin que mon absence ne réveille aucun soupçon, je vais de ce côté.

(Elle sort.)

L'INFANT.

Amour, amour protége-moi! Que ce feuillage épais me cache à tous les yeux! — Je ne suis pas le premier dont le feuillage des bois ait favorisé les amours. C'est ainsi qu'autrefois le chasseur Actéon contempla les charmes de Diane.

(Il s'éloigne.)

(Entrent doña Mencia, Jacinthe et Théodora.)

DOÑA MENCIA, *appelant.*

Silvia!.. Jacinthe!.. Théodora!

JACINTHE.

Que voulez-vous, madame?

DOÑA MENCIA.

Apportez-moi des flambeaux. — Mais non, venez toutes. Essayons de faire diversion à l'ennui qui m'accable. Don Gutierre ne rentre pas. Théodora!

THÉODORA.

Plaît-il, madame?

DOÑA MENCIA.

Chante-moi quelque chose afin de dissiper ma tristesse.

THÉODORA.

Voulez-vous une romance?

DOÑA MENCIA.

Ce que tu voudras; cela m'est égal.

(Elle s'étend sur une chaise longue et s'endort.)

THÉODORA.

Voyons si ma guitare est d'accord.

(Elle accorde sa guitare.)

JACINTHE.

Ne chante pas, Théodora. Vois, déjà la fatigue l'a plongée dans le sommeil. Gardons-nous de la réveiller.

THÉODORA.

Pourtant ma guitare allait bien.

JACINTHE.

Ce sera pour une meilleure occasion. Retirons-nous. *(à part.)* O combien de fois le plus brillant honneur a été terni par l'entremise d'une servante [1]!

(Jacinthe, Théodora et Silvia sortent.)

(Entre l'Infant.)

L'INFANT.

Elle est seule! Je ne puis désormais douter de mon bonheur; l'heure et le lieu m'en empêchent. Elle dort. *(Il appelle à voix basse.)* Mencia! belle Mencia! adorable Mencia

DOÑA MENCIA, *se réveillant.*

Dieu me protége!

L'INFANT.

N'ayez pas peur.

DOÑA MENCIA.

Qui est là?

L'INFANT.

C'est moi, madame.

DOÑA MENCIA.

Que prétendez-vous? — Quelle audace!

L'INFANT.

Une audace qui se comprend et s'excuse après tant d'années de regrets et de douleurs.

DOÑA MENCIA.

Quoi! seigneur...

(1) *O criadas, — y quantos honras ilustres. — Ise han perdido por vosotras!* Tous les peintres des mœurs espagnoles ont remarqué l'intervention empressée des duègnes et des servantes dans les amours de leurs maîtresses. Cervantes en a parlé en plusieurs endroits de ses ouvrages. Voyez, dans ses Nouvelles instructives (*Novelas ejemplares*), le Jaloux d'Estramadure (*el Zeloso Estremeño*).

L'INFANT.

Ne vous troublez pas.

DOÑA MENCIA

Vous avez osé...

L'INFANT

Calmez-vous.

DOÑA MENCIA.

Pénétrer ainsi...

L'INFANT.

Remettez-vous.

DOÑA MENCIA.

Dans ma maison. — Et vous n'avez pas craint de détruire la réputation d'une femme, d'offenser un vassal généreux et illustre?

L'INFANT.

J'ai suivi votre conseil. Vous m'avez conseillé tantôt d'écouter les excuses de cette dame, et je suis venu ici afin de voir ce que vous me direz pour excuser votre inconstance.

DOÑA MENCIA.

Hélas! oui, la faute en est à moi. Mais si j'ai parlé de m'excuser, que Votre Altesse le sache, j'obéissais alors à la voix de l'honneur. —Mais je ne pensais pas... je ne voulais pas vous revoir à cette heure, en ce lieu.

L'INFANT.

Croyez-vous donc, madame, que j'ignore les égards que je dois à votre nom et à votre vertu? J'ai quitté Séville sous le prétexte d'une chasse; mais je ne songeais pas à m'attaquer aux oiseaux de l'air. C'est à vous que j'en voulais, ô ma blanche tourterelle [1]!

DOÑA MENCIA.

Oui, seigneur, vous n'avez que trop raison de me comparer à cet oiseau timide. On raconte que, quand il est poursuivi par les faucons royaux et qu'il fuit devant eux à tire d'aile, un secret instinct lui découvre celui qui parmi eux lui donnera la mort, et qu'alors, en le voyant s'approcher, il frémit, il frissonne et tremble. De même moi, seigneur, en vous voyant, je suis saisie d'effroi et d'épouvante, parce que j'ai un secret pressentiment que c'est vous, vous, seigneur, qui me tuerez!

L'INFANT.

Ne vous abandonnez pas à ces craintes, madame.

DOÑA MENCIA.

Au nom du ciel! laissez-moi.

L'INFANT.

Je suis venu pour vous parler. Cette occasion, souhaitée si long-temps, elle ne m'échappera pas par ma faute.

(1) Le traducteur s'empresse de déclarer ici, à l'honneur de Calderon, qu'il n'est point question de tourterelle chez le grand dramatiste. Il dit : *garza*, subst. fém. qui signifie *héron*. On nous pardonnera de n'avoir pas traduit plus fidèlement.

DOÑA MENCIA.

Et le ciel le souffrirait! — Je vais crier.

L'INFANT.

Vous vous perdriez vous-même.

DOÑA MENCIA.

De grace, éloignez-vous!

L'INFANT.

Ne me l'ordonnez pas, je vous en conjure, — doña Mencia!

DOÑA MENCIA.

Par pitié, don Henri!

DON GUTIERRE, *du dehors.*

Tiens l'étrier, Coquin, et frappe à cette porte.

DOÑA MENCIA.

O ciel! grand Dieu! — Mes pressentiments ne me trompaient pas; la fin de mes jours est venue. Voilà don Gutierre!

L'INFANT.

Malheureux que je suis!

DOÑA MENCIA.

Hélas! que deviendrai-je s'il vous trouve avec moi?

L'INFANT.

Que faire?

DOÑA MENCIA.

Cachez-vous.

L'INFANT.

Moi, me cacher!

DOÑA MENCIA.

C'est bien le moins que vous deviez à l'honneur d'une femme. — Vous ne pouvez plus sortir. Mes servantes, sans savoir ce qu'elles faisaient, ont ouvert et refermé la porte. Vous ne pouvez plus sortir maintenant.

L'INFANT.

Commandez, j'obéis.

DOÑA MENCIA.

Retirez-vous dans ce cabinet qui donne dans ma chambre.

L'INFANT.

Je n'ai jamais su jusqu'à présent ce que c'était que la crainte. Oh! comme un mari offensé doit être redoutable!

(*Il se cache.*)

DOÑA MENCIA.

Si une femme innocente éprouve mes terreurs, Dieu puissant, comme une femme coupable doit trembler!

SCÈNE II.

Une chambre.

Entrent DOÑA MENCIA, DON GUTIERRE *et* COQUIN.

DON GUTIERRE.

O mon bien, ma chère vie! laisse-moi te presser mille et mille fois contre mon sein.

DOÑA MENCIA.

Je ne m'attendais pas, seigneur, à... Je me réjouis, seigneur...

DON GUTIERRE.

Tu ne diras pas que je ne suis pas venu te voir.

DOÑA MENCIA.

C'est une véritable surprise d'un amant constant et fidèle.

DON GUTIERRE.

Je n'ai pas cessé de t'aimer comme un amant parce que je suis ton époux. Non, mon bien, ma chère vie, c'est toujours la même tendresse et la même adoration.

DOÑA MENCIA.

Vos bontés me confondent.

DON GUTIERRE.

Heureusement pour moi que l'alcayde à la garde duquel on m'a confié est mon parent et mon ami. Sans lui je gémirais loin de toi dans ma prison. Quelle reconnaissance je lui dois! il m'a permis de te voir!

DOÑA MENCIA.

Je suis également son obligée; en vous accordant la liberté, c'est une grace qu'il m'a faite.

DON GUTIERRE.

Oh! redis-moi encore ces paroles charmantes qui me consolent dans mes peines.

DOÑA MENCIA.

Je disais, seigneur, que je suis plus que vous encore obligée à l'alcayde... parce que je vous vois.

DON GUTIERRE.

O ma vie! ô mon ame!

COQUIN.

Ma foi, madame, vous ne risquez rien de bien caresser aujourd'hui le pauvre prisonnier et de lui laisser baiser votre main tant qu'il voudra; car je ne sais pas trop s'il peut se promettre long-temps ces douceurs.

DOÑA MENCIA.

Que dis-tu là?

DON GUTIERRE.

Des folies.

COQUIN.

Non pas, monseigneur, ce ne sont pas des folies que je dis là. Mais, madame, ne vous inquiétez pas par avance. Je suis très bien avec le roi; il m'aime à la rage, et je vous garantis qu'il sera indulgent envers le maître en faveur de l'écuyer.

DON GUTIERRE.

Tais-toi, mauvais plaisant.

COQUIN.

Je n'ai plus qu'un mot à dire; c'est que, madame, nous avons tant galopé, galopé pour arriver ici de bonne heure, que mon maître doit avoir faim, et si vous lui donnez quelque chose, je profiterai de l'occasion.

DOÑA MENCIA, *à don Gutierre.*

Il me sera difficile de vous bien traiter, car je ne vous attendais pas, et vous m'avez prise au dépourvu. Néanmoins je vais préparer le souper.

DON GUTIERRE.

Appelez une esclave.

DOÑA MENCIA.

Je suis la vôtre, moi, seigneur, et je cours vous servir. *(à part.)* Sauvons par un coup hardi, s'il est possible, mon honneur. Que le ciel me soit en aide!

(Elle sort.)

DON GUTIERRE.

Toi, Coquin, ne t'éloigne pas, fais trève un peu à tes extravagances, et songe qu'il faut que nous soyons de retour à la prison avant le jour. Il ne tardera pas à paraître. Tu peux rester ici avec moi.

COQUIN.

Je songe, au contraire, à vous conseiller une ruse, une ruse de guerre, la ruse la plus curieuse, la plus étonnante que jamais l'imagination des hommes ait inventée. Votre vie en dépend. C'est là une ruse, une excellente ruse!

DON GUTIERRE.

Et quelle est-elle, voyons?

COQUIN.

Elle aboutit à vous faire sortir de prison sain et sauf.

DON GUTIERRE.

Et comment?

COQUIN.

Par un moyen à moi connu.

DON GUTIERRE.

Et quel moyen?

COQUIN.

C'est de ne pas y retourner.

DON GUTIERRE.

Finis, misérable.

COQUIN.

Il n'y a pas de misérable qui tienne. Il est évident que, comme vous êtes sorti sain et sauf de prison, si vous n'y retournez pas, vous en serez sorti sain et sauf.

DON GUTIERRE.

Vive Dieu! sot vilain, tu mériterais mille morts. Quoi! tu me conseilles une action aussi honteuse, sans considérer ce que je dois à la confiance de l'alcayde! tu veux que je manque à ma parole! tu veux que je sois cause qu'il ait trahi la sienne! — Non, j'irai, j'irai me remettre entre ses mains, et au plus tôt.

COQUIN.

Je vois que vous ne connaissez pas l'humeur du roi.

DON GUTIERRE.

Il n'importe.

COQUIN.

Quant à moi, qui la connais, monseigneur, et qui ne trouve pas de honte à ne pas retourner à la prison, et qui n'ai pas donné ma parole, et pour qui personne n'a donné la sienne, — vous approuverez, je l'espère, que je ne vous accompagne pas cette fois et que je vous laisse aller tout seul.

DON GUTIERRE.

Comment, tu ne reviendrais pas ! tu m'abandonnerais !

COQUIN.

Vous n'avez pas besoin d'écuyer en prison, je pense.

DON GUTIERRE.

Et que dirait-on de toi, malheureux ?

COQUIN.

Je me moque des discours ! — Voulez-vous, par hasard, que je me laisse mourir par vaine gloire ? pour soutenir ma réputation ? pour que l'on vante ma fidélité quand je ne serai plus là pour jouir de ces éloges ? Fi donc ! — Si l'on vivait deux fois de suite, monseigneur, je ferais volontiers pour vous le sacrifice de ma première vie, je vous le jure ; mais comme on ne vit qu'une fois, et qu'après en voilà pour des siècles, je tiens bon et je vivrai ma vie jusqu'à la fin. Ainsi soit-il !

(Entre doña Mencia.)

DOÑA MENCIA.

Seigneur ! seigneur ! au secours !

DON GUTIERRE.

Dieu me protége ! Qu'est-il arrivé ? qu'y a-t-il ?

DOÑA MENCIA.

Un homme...

DON GUTIERRE.

Un homme !... un homme, dites-vous ? où est-il, cet homme ?

DOÑA MENCIA.

Je l'ai trouvé caché dans mon appartement... Il était debout... enveloppé dans son manteau jusqu'aux yeux... Je n'ose plus y retourner...

DON GUTIERRE.

Quoi !... un homme ! un homme ici ! Je ne sais quelle secrète épouvante a saisi mon cœur. — Vous l'avez vu, cet homme ?...

DOÑA MENCIA.

Je l'ai vu, seigneur.

DON GUTIERRE.

Et moi je vais le voir. *(à Coquin.)* Prends ce flambeau.

COQUIN.

Moi, seigneur ?

DON GUTIERRE.

Prends, te dis-je.

COQUIN.

Mais, seigneur, peut-être qu'il n'y a personne.

DON GUTIERRE.

Ne crains rien, puisque tu viens avec moi.

DOÑA MENCIA.

Ne pressez point ce vilain lâche. Tirez votre épée, je marche devant vous. *(Elle prend le flambeau et le laisse exprès tomber à terre.)* O mon Dieu ! le flambeau m'est échappé !

DON GUTIERRE.

Il ne manquait plus que cela ! *(Entrent l'infant et Jacinthe, qui traversent la chambre.)* Mais j'irai sans lumière.

(Il sort.)

L'INFANT.

Où me mènes-tu, Jacinthe ?

JACINTHE.

Suivez-moi sans peur ; je connais bien la maison.

(L'infant et Jacinthe sortent.)

COQUIN, *à part.*

Où irai-je, moi ?

DON GUTIERRE, *rentrant, à part.*

Il me semble avoir entendu un homme.

COQUIN, *à part.*

Si je me cachais dans l'armoire ?...

DON GUTIERRE, *rencontrant Coquin.*

Holà ! je le tiens !

(Il le prend au collet.)

COQUIN.

Mais, monseigneur...

DON GUTIERRE.

Ne bougez pas !

COQUIN.

Vous vous trompez, monseigneur !

DON GUTIERRE.

Vive Dieu ! je ne te lâche pas que je ne sache qui tu es !... et ensuite je t'étrangle.

COQUIN.

En vérité, c'est moi, je vous jure !

DOÑA MENCIA, *à part.*

Dieu puissant ! Jésus ! Jésus ! c'est l'infant qu'il a rencontré ! — Quelle horrible position !...

DON GUTIERRE, *criant.*

Eh bien ! un flambeau ! la lumière !

(Entre Jacinthe, un flambeau à la main.)

JACINTHE.

La voilà ! la voilà !... Un peu de patience !...

DON GUTIERRE.

Avance donc !

JACINTHE.

Il faut voir quel est cet homme.

COQUIN.

Eh! seigneur, c'est moi!

DON GUTIERRE.

Quelle mauvaise plaisanterie

COQUIN.

Je vous le disais bien, monseigneur, que c'était moi.

DON GUTIERRE.

J'entendais bien que tu me parlais; mais j'en croyais tenir un autre. *(à part.)* Il y a là-dessous, ô mon ame! quelque profond mystère.

DOÑA MENCIA, *bas à Jacinthe.*

Eh bien! est-il parti?

JACINTHE, *de même.*

Oui, madame.

DOÑA MENCIA, *à don Gutierre.*

Voilà le résultat de votre absence. Les voleurs auront su que vous étiez dehors, — et cela les aura encouragés.

DON GUTIERRE.

Je vais visiter la maison. *(à part.)* Mais je tremble de découvrir la vérité; il y a là-dessous quelque horrible mystère.

(Il sort.)

JACINTHE.

Ç'a été bien hardi à vous, madame, de vous décider à cette action.

DOÑA MENCIA.

J'y ai trouvé mon salut.

JACINTHE.

Comment avez-vous pu vous y décider?

DOÑA MENCIA.

Par la raison que si je n'eusse rien dit et que don Gutierre se fût aperçu de quelque chose, — il aurait pu croire que j'étais la complice de l'infant; et puis je n'avais que ce moyen de le sauver. — Tu vois, le ciel m'a protégée.

(Entre don Gutierre; il tient un poignard à la main et le regarde avec attention.)

DON GUTIERRE, *à part.*

Ce poignard si riche n'est pas l'arme d'un homme obscur. *(Il le cache sous son manteau.)* O ma chère Mencia! vous avez été abusée par une vaine illusion. J'ai visité toute la maison du haut en bas, et je n'ai pas même aperçu l'ombre d'un homme. *(à part.)* Hélas! je cherche à me tromper moi-même, car ce poignard soulève en mon sein mille soupçons, mille terreurs. Mais le moment n'est pas venu encore. *(haut.)* Mencia, mon cher bien, ma chère épouse, voici le jour qui commence à paraître à l'horizon; il faut que je parte. Je regrette vivement d'être obligé de te laisser, — de te laisser ainsi tout émue, après cette aventure; mais il le faut.

DOÑA MENCIA.

Vous ne m'embrassez pas, monseigneur?

DON GUTIERRE.

Je ne l'aurais pas oublié, ma chère vie.

(Il va pour l'embrasser et il montre, sans le vouloir, sa main qui tient le poignard.)

DOÑA MENCIA, *effrayée.*

Ah! seigneur. — Quoi! vous voulez me tuer! Grace, je vous prie!... Je ne vous ai point offensé!... Grace! grace, monseigneur!

DON GUTIERRE.

Pourquoi ce trouble, Mencia? — Remettez-vous, mon bien, mon épouse, ma vie, mon ame!

DOÑA MENCIA.

C'est que, monseigneur, en vous voyant armé de ce poignard, je me suis imaginée que vous m'en portiez un coup et que je tombais ici blessée, et que je mourais baignée dans mon sang.

DON GUTIERRE.

Moi, vous frapper! — Au moment de visiter la maison j'ai tiré ce poignard de son fourreau.

DOÑA MENCIA.

Quelle folle idée j'avais là!

DON GUTIERRE.

Oui, une idée bien folle, en effet.

DOÑA MENCIA.

Je ne vous ai jamais offensé, n'est-il pas vrai?

DON GUTIERRE.

Non, certes, jamais. — *(à part.)* Comme elle s'excuse mal avec tout son esprit!

DOÑA MENCIA.

C'était sans doute ma tristesse qui m'offrait ces noires images.

DON GUTIERRE.

Il faut la chasser au plus vite.

DOÑA MENCIA.

Est-ce que vous partez, seigneur?

DON GUTIERRE.

Je devrais être déjà loin.

DOÑA MENCIA.

Reviendrez-vous bientôt?

DON GUTIERRE.

Si je puis, ce soir.

DOÑA MENCIA.

Que le ciel vous accompagne!

DON GUTIERRE.

Adieu, Mencia!

DOÑA MENCIA, *à part.*

Les forces m'abandonnent!

DON GUTIERRE, *à part.*

O mon honneur! mon honneur! nous avons de quoi causer beaucoup tous deux seul à seul!

SCÈNE III.

La place du palais

Entrent LE ROI *et* DON DIÈGUE. *Ils sont enveloppés chacun dans un manteau de couleur et ils tiennent une épée à la main*

LE ROI.

Tenez cette épée, don Diègue.

DON DIÈGUE.

Vous rentrez bien tard, Sire

LE ROI.

J'ai couru toute la nuit à travers les rues de la ville. On parle beaucoup des incidents, des aventures qui se passent la nuit à Séville. J'ai voulu voir les choses par moi-même afin de mieux savoir ce qu'il convient de faire pour mettre l'ordre ici.

DON DIÈGUE.

Je ne puis que vous approuver, car un roi doit être un Argus veillant toujours sur son royaume. Les deux yeux que l'on a peints sur votre sceptre sont l'emblème de votre vigilance. Mais qu'a vu Votre Majesté?

LE ROI.

J'ai vu des galants cachés, des dames voilées, des musiciens, des bals, des fêtes, — et bien d'autres choses curieuses. J'ai vu aussi un nombre infini de bravaches. Mais il n'y a rien qui m'ennuie comme de voir de ces bravaches qui, dit-on, forment ici une espèce de corporation. Pour que ces dignes seigneurs ne me reprochent pas un jour de leur avoir refusé ma protection, j'ai eu la fantaisie de les examiner, et j'ai mis seul à l'épreuve, dans une rue, une troupe de bravaches [1].

DON DIÈGUE.

Votre Majesté s'est bien exposée.

LE ROI.

Nullement, don Diègue; au contraire, ce n'a été qu'un jeu.

DON DIÈGUE.

Cependant ces bravaches sont, dit-on, redoutables.

LE ROI.

N'en croyez rien. Dès qu'ils m'ont vu marcher sur eux avec une épée, ils ont pris la fuite, plus d'un en fuyant a laissé tomber à terre son diplôme.

DON DIÈGUE.

Quel diplôme?

LE ROI.

Son diplôme de bravache.

(*Entre Coquin.*)

(1) Voyez, sur les bravaches de Séville, la nouvelle de Cervantes citée plus haut

COQUIN.

Je n'ai pas voulu accompagner mon maître à la Tour. J'ai préféré rester dehors afin de savoir fidèlement ce que l'on dit de sa prison. — Mais j'aperçois le roi, ce me semble.

LE ROI.

C'est vous, Coquin?

COQUIN.

Oui, Sire.

LE ROI.

Comment va?

COQUIN.

Je vous ferai la réponse des étudiants.

LE ROI.

Quelle réponse?

COQUIN.

De corpore, bene; mais *de pecuniis, male* [1].

LE ROI.

Alors dites-nous quelque chose. Vous n'avez pas oublié que j'ai toujours cent écus à votre service.

COQUIN.

Que voulez-vous que je vous dise? que je suis en train de ruminer une comédie où vous pourriez jouer le principal rôle, parce qu'elle sera intitulée : Le Roi des écus.

LE ROI.

Mauvais.

COQUIN.

Eh bien! voici un conte. J'ai rencontré ce matin un chapon, lequel portait soigneusement suspendu au cou un sachet qui contenait les titres de noblesse de sa chaponnerie. Je me suis approché de lui avec le respect que l'on doit à un chapon, et...

LE ROI.

Assez, vilain drôle.

COQUIN.

Eh bien! Sire, là, sans détour, riez, je vous en prie. Je ne vous demande pas un château, une maison; je ne vous demande pas des prés, des champs, des vignes; je vous demande seulement de rire une fois par jour quand je vous parle. Riez, Sire, de grace.

LE ROI.

Je rirai dans un mois.

COQUIN.

Avant cela, j'espère. Mais pour aujourd'hui tous mes efforts sont inutiles. Le rire ne dépend pas de la gaîté du conteur; il dépend de la bonne humeur de l'auditoire.

(*Entre l'infant.*)

L'INFANT.

Daignez me donner la main, Sire.

LE ROI.

Comment vous trouvez-vous, infant?

(1) Bien quant à la santé, mais mal quant à l'argent.

L'INFANT.

Je me trouve bien, Sire, puisque Votre Majesté est contente. — J'aurais une grace à solliciter.

LE ROI.

Je devine de quoi il s'agit. Don Arias est votre confident et don Gutierre vous a donné dernièrement l'hospitalité. En votre considération je leur pardonne à tous deux pour cette fois. Ce que j'en fais est pour vous seul, don Henri.— Allez à la Tour, don Diègue, et dites de ma part à l'alcayde qu'il délivre les prisonniers.

DON DIÈGUE.

J'y vais de ce pas, Sire.

(Il sort.)

LE ROI.

Adieu, infant; remerciez-moi.

L'INFANT.

Ah! Sire, quelle reconnaissance!... *(Le roi sort.)* Insensé que je suis d'avoir si mal exprimé mon désir. Je voulais seulement la grace de don Arias, et j'obtiens malgré moi celle de don Gutierre. — O ciel! donne-moi la patience de supporter ce contre-temps! — *(apercevant Coquin.)* Comment, Coquin, tu étais là?

COQUIN.

Plût à Dieu que j'eusse été en Flandre!

L'INFANT.

M'aurais-tu entendu, par hasard?

COQUIN.

Non pas, je songeais à mes affaires et au roi.

L'INFANT.

Pourquoi songes-tu au roi?

COQUIN.

Parce que le roi est le plus prodigieux de tous les animaux.

L'INFANT.

Qu'est-ce que cela signifie?

COQUIN.

Cela signifie que de tous les animaux il n'y a que le roi qui manque à la destination de la nature. — Voyez plutôt : Le lion rugit, le taureau mugit, l'âne brait, le cheval hennit, l'oiseau chante, le chien aboie, le chat miaule, le loup hurle, le cochon grogne, l'homme doit rire, et le roi ne rit jamais. Il serait plus facile, hélas! de m'arracher mes grosses dents que de lui arracher de la bouche un sourire.

(Il sort. — Entrent don Gutierre et don Arias, conduits par don Diègue.)

DON DIÈGUE.

Voici les prisonniers, seigneur.

DON GUTIERRE.

Recevez mes remerciements, illustre infant de Castille.

DON ARIAS.

Et les miens, monseigneur, que je mets à vos pieds avec mon dévouement.

L'INFANT.

C'est le roi que vous devez l'un et l'autre en remercier; je n'ai eu d'autre mérite que de lui demander votre grace.

DON GUTIERRE.

Nous ne pourrions souhaiter une protection plus puissante.

DON ARIAS.

Non, certes.

DON GUTIERRE, *à part.*

Ciel! que vois-je? — Dieu! comme son épée ressemble à ce poignard!

L'INFANT.

Donnez-vous la main l'un à l'autre.

DON ARIAS.

Voici la mienne.

L'INFANT.

Et vous, don Gutierre?

DON GUTIERRE.

Que commandez-vous, seigneur?

L'INFANT.

Votre main à don Arias.

DON GUTIERRE.

La voici.

L'INFANT.

Vous êtes tous deux de nobles chevaliers. Il faut que vous soyez amis tous deux. Et celui qui trouvera que cela n'est pas bien, qu'il me le dise! — Il m'aura pour ennemi.

DON GUTIERRE.

Ce n'est pas moi, seigneur, qui m'exposerai volontiers au malheur de vous avoir pour ennemi.—Je souhaiterais au contraire que Votre Altesse fût convaincue de la sincérité de mon respectueux attachement, et je prie le ciel de permettre que je ne vous rencontre jamais en un tel lieu et à une telle heure que je risque de vous combattre sans avoir eu le loisir de reconnaître qui vous êtes. Car, seigneur, ce serait un grand chagrin pour moi, oui, un grand chagrin! vous n'en doutez pas, seigneur.

L'INFANT, *à part.*

Ces paroles renferment de vagues soupçons. *(haut.)* Venez avec moi, don Arias, j'ai à vous parler.

DON ARIAS.

Je vous suis, seigneur.

L'INFANT.

Adieu, don Gutierre.

DON GUTIERRE.

Je salue Votre Altesse et la remercie de nouveau.

(L'infant et don Arias sortent.)

DON GUTIERRE, *seul.*

L'infant ne m'a rien répondu. Il aura compris sans doute qu'il n'avait rien à me répondre. — Je suis seul à présent, je puis me plaindre; mais, hélas! je ne puis me consoler. — Ah! Dieu, comment osé-je rappeler à mon souvenir tant d'ennuis qui m'accablent, tant de peines qui m'assiégent, tant d'outrages qui me tuent! — Maintenant, mon honneur, vous permettrez qu'un infortuné pleure dans une aussi cruelle situation. — Pleurez, mes yeux, pleurez sans honte!... — Maintenant, mon honneur, maintenant il est temps de montrer que vous savez mener de front la valeur et la prudence. Cessons de nous plaindre, parce que l'on se distrait de ses peines en se plaignant, et que j'ai besoin d'examiner sincèrement et froidement ma position. Voyons ce qui en est. — Je ne veux pas m'abuser, grand Dieu! non, je ne veux pas m'abuser; mais peut-être mon imagination effarouchée s'est-elle forgé des chimères, des monstres que la réflexion dissipera. — Je suis arrivé la nuit à ma maison... Très bien! mais on m'a ouvert la porte aussitôt, et ma femme était calme et tranquille. — Il y avait un homme chez moi... Oui! mais elle m'en a prévenu elle-même; elle m'en a averti la première. — Le flambeau s'est éteint!... Oui! mais cela arrive tous les jours... Il n'y a rien là de si extraordinaire, de si merveilleux, un flambeau qui s'éteint! — J'ai trouvé un poignard dans une chambre!... Oui! mais j'ai des amis qui peuvent avoir perdu chez moi un poignard depuis long-temps, des domestiques à qui ce poignard pourrait, à la rigueur, appartenir, qu'ils l'aient trouvé ou volé. — Mais ce poignard s'appareille avec l'épée de l'infant... Oui! voilà ma douleur!... Et pourquoi encore? Ce poignard n'a rien en soi de si précieux qui oblige à croire qu'il soit celui de l'infant de Castille. Ou le même ouvrier qui a fabriqué son épée peut avoir fabriqué deux poignards semblables... ou lui-même enfin peut avoir donné son poignard à quelqu'un! — Eh bien? allons plus loin. Supposons que ce poignard soit celui de l'infant, que l'infant soit venu dans ma maison, qu'il ait perdu cette arme dans la chambre de ma femme, le soir, la nuit!... Eh bien! est-ce que Mencia est nécessairement coupable pour cela?... est-ce que l'infant ne peut pas s'être introduit seul chez moi, ou avoir séduit quelque servante?... — Oh! que je me félicite d'avoir trouvé à tout une excuse! Ainsi, finissons ces discours puisque la conclusion en est sans cesse que ma femme est celle qu'elle est, et que moi je suis celui que je suis. Rien n'est capable d'altérer la pureté de son innocence; un nuage passe devant le soleil, le soleil n'est point souillé pour cela. — O mon honneur! j'ai beau me rassurer, vous êtes en péril; chaque instant peut vous être funeste, à chaque instant vous risquez de périr. Il faut donc que je veille sur vous, mon honneur! Et puisque dans les maladies graves les premiers accidents sont les plus dangereux, et qu'on y doit porter remède au plus tôt, voici ce que le médecin de son honneur dit et ordonne. — D'abord que l'on veillera sur la maison de peur qu'une seconde fois la contagion n'y pénètre. — Ensuite, que l'on observera la diète du silence pour qu'il n'y ait point de paroles d'impatience prononcées. — Ensuite, que l'on emploiera auprès de cette femme les soins, les assiduités, les flatteries, les caresses et l'amour; car les reproches, les mépris, les injures, loin de guérir cette femme souffrante, augmenteraient son mal. — En conséquence, cette nuit j'irai secrètement à ma maison, j'y entrerai secrètement, je verrai en secret où en est la maladie; et je dissimulerai, s'il est possible, ma peine, ma douleur, mon offense, mon délire et ma jalousie... Ma jalousie, ai-je dit!... Je suis fou! — Pourquoi un pareil mot est-il tombé de mes lèvres? Il serait capable de me tuer, comme on raconte de la couleuvre que souvent elle a péri de son propre venin! — De la jalousie! de la jalousie!... Non! non!... hélas! hélas!... quand un mari infortuné a laissé naître dans sa poitrine cet ulcère redoutable, — alors il n'y a plus qu'un seul remède pour celui qui veut être le médecin de son honneur. Partons!

(Il sort.)

SCÈNE IV.

Une promenade.

Entrent DON ARIAS *et* DOÑA LÉONOR.

DON ARIAS.

Ne pensez point, belle Léonor, que mon absence m'ait fait oublier la dette sacrée que j'ai contractée envers votre réputation. Loin de là, votre débiteur se présente à vous, non pas pour s'acquitter, car il serait trop présomptueux à lui de penser qu'il puisse satisfaire à une pareille obligation, mais pour vous dire qu'il n'a cessé de reconnaître qu'il est et qu'il sera toujours votre débiteur.

DOÑA LÉONOR.

C'est moi, seigneur don Arias, qui suis et qui serai toujours votre obligée: vous n'en douteriez plus si nous réglions nos comptes. Il est vrai que vous m'avez enlevé un amant qui devait être mon époux; mais, qui sait? peut-être que par l'événement vous avez amélioré mon sort: car il vaut mieux encore pour une femme de vivre comme je vis sans renommée, que de vivre sous la loi d'un époux qui l'abhorre. Quoi qu'il en soit, je ne me plaindrai jamais de vous; je ne me plains que de moi et de mon étoile.

DON ARIAS.

Je vous en supplie, belle Léonor, ne m'excusez pas; c'est m'ôter toute espérance. Oui, permettez qu'ici je vous le déclare; je vous aime, et mon ambition ne prétend à rien moins qu'à réparer le tort que je vous ai causé. Puisque j'ai été la cause de vos peines et que vous avez perdu un époux par ma faute, je désire vivement que vous consentiez à retrouver en moi un époux.

DOÑA LÉONOR.

Seigneur don Arias, j'estime ainsi que je le dois une offre aussi flatteuse et j'en conserverai le souvenir précieusement; mais souffrez que je vous dise avec sincérité qu'il m'est impossible de l'agréer, quelque glorieuse qu'elle me soit. Car si c'est à cause de vous que j'ai été délaissée par don Gutierre, et qu'il me vît maintenant vous donner ma main, n'aurait-il pas, sur les apparences, quelque droit de penser qu'il m'a abandonnée avec justice? ne serait-il pas excusé par tout le monde? ne dirait-on pas qu'il a eu raison dans ses mépris? Non, seigneur, j'estime si fort le droit de me plaindre justement que je ne veux pas que rien excuse celui dont je me plains; je ne veux pas que l'on croie qu'il a bien agi, celui qui s'est mal conduit à mon égard.

DON ARIAS.

C'est une frivole et subtile réponse que cela, belle Léonor. Alors même que cette union viendrait à vous convaincre d'une ancienne liaison avec moi, elle la légitimerait en même temps. Il est bien plus triste pour vous que l'homme qui a cru à votre offense n'en voie pas la réparation.

DOÑA LÉONOR.

Ces conseils, don Arias, ne sont pas d'un amant prudent et sage. Ce qui a été offense autrefois ne cesserait pas d'être une offense, et votre renommée, à vous aussi, souffrirait d'une telle conduite.

DON ARIAS.

Comme je sais quelle est la noblesse de votre cœur, je serai toujours satisfait d'avoir eu l'occasion de vous parler. — J'ai connu en ma vie un amant à moitié fou, scrupuleux au dernier point, et jaloux comme on ne l'est pas, qui aurait mérité d'être puni par le ciel dans son mariage. Don Gutierre le connaît mieux que moi encore; Don Gutierre qui, après s'être si fort effarouché pour avoir rencontré un homme dans la maison de sa maîtresse, ne s'effarouche pas aujourd'hui en voyant ce qui se passe dans sa propre maison.

DOÑA LÉONOR.

Seigneur don Arias, il m'est impossible de vous écouter davantage; car en ce que vous dites, ou vous vous êtes trompé vous-même, ou vous cherchez à me tromper. Don Gutierre est un tel cavalier que, dans quelques circonstances qu'il se trouve, il saura toujours agir et parler comme il le doit; un tel cavalier que jamais il ne souffrira d'injures de personne, non pas même d'un infant de Castille. Si vous avez pensé qu'avec cela vous flatteriez mon ressentiment, vous avez mal pensé, don Arias. Vous l'avouerai-je? vous avez beaucoup perdu dans mon esprit; car si vous eussiez été vraiment noble, vive Dieu! vous n'auriez pas ainsi parlé de votre ennemi. — Pour moi, bien que don Gutierre m'ait publiquement outragée et que je sois toujours prête à le tuer de ma main, loin de dire de lui le moindre mal, il est un homme, je le déclare, plein de loyauté et d'honneur. Sachez cela, don Arias.

(*Elle sort.*)

DON ARIAS, *seul.*

Voilà une femme qui a de dignes sentiments et qui m'a donné une bonne leçon. J'en profiterai. Je vais de ce pas trouver l'infant, et je le prierai de se choisir un autre confident pour ses amours. — Le jour disparaît, ne tardons pas. Non, quoi qu'il puisse m'en coûter et dussé-je périr, non, je ne l'accompagnerai pas à la maison de don Gutierre.

(*Il sort.*)

SCÈNE V.

Un jardin. — La nuit.

Entre DON GUTIERRE.

DON GUTIERRE.

Me voici arrivé chez moi sans que l'on m'ait aperçu. Je n'ai pas averti Mencia que le roi m'avait accordé ma liberté; elle m'aurait attendu, elle aurait pris ses précautions. — J'aime la nuit, et son silence, et ses ténèbres; je l'aime malgré l'effroi secret qu'elle m'inspire; je l'aime comme le tombeau de la vie humaine! — Puisque je me suis appelé le médecin de mon honneur, il faut que de lui je prenne soin. — C'est la même heure à laquelle il a eu déjà une crise hier au soir; voyons si les mêmes symptômes se représenteront aujourd'hui. — Que l'honneur m'inspire, lui pour qui je veille! J'ai franchi le mur de clôture du jardin pour qu'on ignore ma présence. — O Dieu! quelle folie c'est à l'homme de vouloir connaître son malheur! — On dit qu'il est impossible à un infortuné de retenir ses pleurs. — Celui qui a dit cela en a menti, trois fois menti! Je suis le plus infortuné des hommes, et cependant je ne pleure pas. — Voilà le pavillon où elle a coutume de se tenir au commencement de la nuit. Marchons sans bruit; rien ne doit trahir le pas des soupçons jaloux. (*Une décoration s'enlève et l'on voit Mencia endormie.*) Ah! Mencia, adorable Mencia, quels tourments, quels affreux tourments tu causes à mon amour! — Retirons-nous pour cette fois; mon honneur va bien, il ne court aucun hasard pour aujourd'hui. — Mais quoi! pas une femme de chambre, pas une servante, pas une esclave auprès d'elle!... Si elle attendait quelqu'un! — O pensée injuste! ô crainte misérable! ô infâme soupçon!... — Restons ici cependant. Il m'est impossible de m'éloigner. Je suis curieux de voir où en est la maladie. Eteignons ce flambeau. (*Il éteint le flambeau.*) Allons près d'elle à travers une double obscurité, privé de la lumière de ce flambeau et de la lumière de ma raison... (*Il s'approche.*) C'est son voile que je touche!... Quelle suave odeur elle exhale!... (*Il l'appelle et la reveille.*) Mencia! ma chère Mencia!

DOÑA MENCIA.

Ah! mon Dieu! qu'est-ce donc?

DON GUTIERRE.

Ne criez pas.

DOÑA MENCIA.

Qui êtes-vous?

DON GUTIERRE.

Mon bien chéri, c'est moi; ne me reconnaissez-vous pas?

DOÑA MENCIA.

Si fait, monseigneur, car un autre que vous n'aurait pas eu cette hardiesse.

DON GUTIERRE, *à part.*

Elle m'a reconnu.

DOÑA MENCIA.

Un autre que vous, ne serait pas venu ainsi me surprendre impunément.

DON GUTIERRE, *à part.*

Agréables paroles!

DOÑA MENCIA.

Un autre que vous qui se serait présenté à moi de la sorte, aurait été déchiré par mes mains.

DON GUTIERRE, *à part.*

Oh! qu'il est doux d'entendre ces menaces, — ces menaces qui me rassurent! (*haut.*) Je suis trop heureux, Mencia, — pourvu que votre émotion se dissipe.

DOÑA MENCIA.

Hélas! je tremble.

DON GUTIERRE.

Non, calmez-vous.

DOÑA MENCIA.

Savez-vous qu'il est bien mal au moins d'être venue — à Votre Altesse.

DON GUTIERRE, *à part.*

Votre Altesse! O ciel! qu'ai-je entendu?— Elle n'était pas avec moi! elle était avec l'infant! O douleur!

DOÑA MENCIA.

Voulez-vous m'exposer au même péril une seconde fois?

DON GUTIERRE, *à part.*

Dieu puissant!

DOÑA MENCIA.

Pensez-vous que chaque nuit vous pourrez vous cacher?...

DON GUTIERRE, *à part.*

Jésus! Jésus!

DOÑA MENCIA.

Et qu'en éteignant le flambeau vous pourrez sortir en présence de Gutierre?

DON GUTIERRE, *à part.*

O jalousie! tue-moi!

DOÑA MENCIA.

Votre Altesse est bien imprudente, bien cruelle.

DON GUTIERRE, *à part.*

Qui suis-je donc, puisque je n'ai pas la force de mourir et que je la laisse vivre! — Elle ne s'est pas étonnée que l'infant fût venu la trouver seule, — au jardin, — la nuit; — elle ne l'a pas renvoyé, elle ne l'a pas repoussé! Non, elle a craint seulement d'être obligée une seconde fois de l'aider à se cacher! — Oh! comment me venger d'un tel outrage?

DOÑA MENCIA.

Seigneur, retirez-vous promptement.

DON GUTIERRE, *à part.*

Il est bien temps, grand Dieu!

DOÑA MENCIA.

Que Votre Altesse ne se présente plus ici.

DON GUTIERRE, *à part.*

Elle l'engage à revenir!

DOÑA MENCIA.

Considérez que Gutierre va arriver.

DON GUTIERRE, *à part.*

Y a-t-il un homme au monde qui pût se contenir? — Oui, si c'était pour attendre une occasion favorable à sa vengeance.

DOÑA MENCIA.

Mais, monseigneur, je vous le répète, Gutierre va rentrer.

DON GUTIERRE.

Soyez tranquille, adorable Mencia; je l'ai laissé occupé ailleurs d'une affaire importante; et pendant que je m'entretiens avec vous, un ami veille sur moi. — Il ne viendra pas, j'en suis certain.

(*Entre Jacinthe.*)

JACINTHE, *à part.*

Il m'a semblé que l'on parlait de ce côté. Qui cela peut-il être?

DOÑA MENCIA.

J'ai entendu quelqu'un.

DON GUTIERRE.

Que ferai-je, madame?

DOÑA MENCIA.

Eloignez-vous, cachez-vous; mais pas dans ma chambre... Dans quelque coin du jardin.

DON GUTIERRE.

J'obéis, madame.

(*Il sort.*)

DOÑA MENCIA.

Eh bien?

JACINTHE.

Plaît-il, madame?

DOÑA MENCIA.

L'air, qui se précipitait à travers ce feuillage, a éteint la lumière. Apporte-moi vite un flambeau.

(*Jacinthe sort.*)

DON GUTIERRE, *rentrant, à part.*

Si je reste là, caché, on pourra m'y découvrir et Mencia verrait bien que j'ai tout entendu. — Et pour qu'elle ne m'offense pas deux fois en même temps, l'une par sa conduite, l'autre par la pensée qu'elle aurait que je la connais et m'y prête, je vais la tromper encore. (*à haute voix.*) Holà! holà!... Eh bien! que fait-on ici?

DOÑA MENCIA.

Ah! c'est lui! — don Gutierre!

DON GUTIERRE.

Comment! on n'a pas encore allumé à cette heure?

JACINTHE, *entrant avec un flambeau.*

Voici, monseigneur!

DON GUTIERRE.

Ma chère Mencia!

DOÑA MENCIA.

O mon époux bien-aimé!

DON GUTIERRE, *à part.*

Quelle hypocrisie!

DOÑA MENCIA.

Par où donc êtes-vous entré, monseigneur?

DON GUTIERRE.

J'ai toujours sur moi une clé qui ouvre la poterne. — Mais de quoi vous occupiez-vous là, ma bien-aimée, toute seule?

DOÑA MENCIA.

J'arrive au jardin. L'air, comme je passais près de la fontaine, a éteint mon flambeau.

DON GUTIERRE.

Je ne m'étonne pas, madame, que l'air ait éteint votre flambeau. Il est si vif, si froid, que si vous vous fussiez endormie en ce lieu il aurait pu éteindre votre honneur.

DOÑA MENCIA.

Je cherche à vous comprendre, et, malgré mes efforts, je ne vous comprends pas.

DON GUTIERRE.

Voici une chose digne de remarque: quand un souffle a éteint un flambeau, un autre souffle le rallume. Mais il n'en est pas ainsi de la vie, il n'en est pas ainsi de l'honneur. La vie! l'honneur! hélas!...—une fois éteints ne se rallument plus. C'est pour toujours.

DOÑA MENCIA.

Évidemment, seigneur, vous donnez à vos paroles un double sens qu'il m'est impossible de saisir. Auriez-vous, par hasard de la jalousie?

DON GUTIERRE.

Moi, de la jalousie! moi!... Savez-vous ce que c'est que la jalousie? Quant à moi, je ne le sais pas; et si je le savais!...

DOÑA MENCIA.

Ah! seigneur!

DON GUTIERRE.

Ne craignez rien. — Qu'est-ce que la jalousie? une illusion, une idée, une folie. — Pour moi, si j'aimais une femme et que j'en fusse jaloux, alors même que ce serait une servante, une esclave, je lui déchirerais la poitrine, j'en tirerais son cœur, puis je le couperais, puis je le mangerais!... Et ensuite, je boirais son sang goutte à goutte avec volupté, avec délices.

DOÑA MENCIA.

Seigneur! seigneur! vous m'effrayez!

DON GUTIERRE.

Qu'ai-je dit? — O mon bien, ma joie, mon ciel, ma gloire, ô mon épouse bien-aimée, ô ma chère Mencia, pardonne-moi, je t'en supplie, ces discours insensés! Je te jure par tes beaux yeux, que je te respecte, que je t'adore, que ma vie est à toi, dépend de toi; j'avais perdu la raison.

DOÑA MENCIA.

Vous m'avez bien effrayée.

DON GUTIERRE, *à part, après un moment de silence.*

Point de faiblesse. Puisque je m'appelle *le médecin de mon honneur*, j'ensevelirai mon déshonneur dans les entrailles de la terre!

JOURNÉE TROISIÈME.

SCÈNE I.

La galerie du palais.

Entrent DON GUTIERRE, LE ROI, *et* DES SOLDATS.

DON GUTIERRE.

Roi don Pèdre, je voudrais vous parler sans témoins.

LE ROI, *aux soldats.*

Allez-vous-en tous! (*Les soldats sortent.*) Maintenant, parlez.

DON GUTIERRE.

Eh bien! Atlas castillan qui soutenez sur vos épaules robustes le fardeau pesant de ce globe, je viens mettre à vos pieds ma vie, si toutefois on peut appeler de ce nom une existence toute remplie d'ennuis et de misères. Ne vous étonnez point de ce que je pleure : on dit que l'amour et l'honneur donnent souvent à un homme le triste droit de verser des larmes, et moi j'ai de l'honneur et de l'amour. L'honneur, je l'ai toujours conservé soigneusement comme noble et bien né; l'amour, je n'y ai pas renoncé en épousant celle que j'aimais. Hélas! je croyais ne les perdre jamais ni l'un ni l'autre, et voilà qu'un nuage a passé qui a terni la splendeur de mon épouse et l'éclat de ma loyauté. Je ne sais comment vous raconter ma peine : je suis si troublé, et surtout lorsque je pense que celui contre lequel j'implore la rigueur de votre justice est votre frère don Henri; non pas, Sire, que je souhaite du mal à un prince de votre sang, mais afin qu'il apprenne, Sire, que je ne suis pas indifférent sur mon honneur. Grace à ces précautions, j'espère que Votre Majesté rétablira mon honneur malade; et si mon infortune voulait qu'elles fussent inutiles et que mon honneur fût en péril, je ne balancerais pas à recourir au dernier remède, je le laverais avec du sang. Ne vous troublez point, Sire, je ne parle que du sang qui coule dans mes veines; car votre frère don Henri, croyez-le, n'a rien à craindre de moi. Voici un témoin qui en dépose et vous rassure. (*Il montre le poignard.*) Ce poignard si brillant, c'est le sien; il l'a laissé dans ma maison; et par-là vous voyez, Sire, que je ne suis pas un mari si farouche, puisque l'infant m'a confié son poignard.

LE ROI.

C'est bien, don Gutierre; jamais il n'a vécu un cavalier plus délicat et plus loyal. Votre langage révèle une noblesse rare, une fierté sans égale. Quoique vous ayez à vous plaindre du sort, vous pouvez vivre satisfait avec un tel honneur

DON GUTIERRE.

Sire, de grace, que Votre Majesté ne cherche pas à me donner des consolations là où je n'en ai aucun besoin, là où je ne saurais en recevoir. Vive Dieu! j'ai une épouse si chaste et si honnête, si constante et si inébranlable dans sa foi, qu'elle laisse bien loin derrière elle et Lucrèce, et Porcia, et Thomiris. Ce sont seulement des précautions que je prends contre moi-même.

LE ROI.

Eh bien! alors dites-moi, Gutierre, qu'est-ce donc que vous avez vu, qui vous ait engagé à prendre de pareilles précautions?

DON GUTIERRE.

Je n'ai rien vu, Sire, car les hommes comme moi n'attendent pas de voir; il suffit qu'ils imaginent, qu'ils soupçonnent.... qu'ils aient une crainte, une idée... Je ne sais comment m'exprimer, il n'y a pas de mot dans notre langue pour rendre ce que je veux dire... Bref, je me suis adressé à Votre Majesté afin qu'elle prévienne ou détourne le mal, s'il est possible; car, une fois arrivé, au lieu de demander un remède, je me chargerais de l'enseigner.

LE ROI.

Puisque vous vous appelez le médecin de votre honneur, dites-moi, don Gutierre, quels sont les remèdes que vous avez employés déjà?

DON GUTIERRE.

Je n'ai point montré ma jalousie à ma femme, je ne lui ai témoigné qu'une tendresse plus empressée. Ainsi, par exemple, elle vivait à quelques lieues d'ici, dans une maison de campagne; j'ai craint qu'elle ne s'ennuyât dans cette solitude, je l'ai emmenée avec mes gens à Séville, et je tâche de lui procurer toutes les distractions et tous les plaisirs qu'elle souhaite. Car, à mon avis, Sire, les mauvais traitements ne conviennent qu'à ces maris méprisables qui se consolent d'un affront quand ils le racontent.

LE ROI.

L'infant se dirige de ce côté. S'il vous voyait

avec moi, il devinerait sans peine que vous m'avez porté plainte contre lui. Je me rappelle qu'un de ces derniers jours, quelqu'un s'étant plaint de vous à moi, comme vous arriviez, j'engageai cette personne à se cacher derrière cette tapisserie. La même circonstance veut la même conduite. Seulement, j'ordonne en outre que, quelque chose que vous voyiez ou que vous entendiez, vous demeuriez caché et gardiez le silence.

DON GUTIERRE.

J'obéirai, Sire. Ma bouche sera muette comme celle d'une statue[1].

(Il se cache.)

(Entre l'infant.)

LE ROI.

Soyez le bienvenu, don Henri, ou plutôt le mal venu!

L'INFANT.

Hélas! Sire, pourquoi?

LE ROI.

Parce que vous me trouvez irrité.

L'INFANT.

Contre qui donc, Sire?

LE ROI.

Contre vous, infant, contre vous.

L'INFANT.

La vie alors me sera bien pénible à supporter, si elle est chargée du poids de votre colère.

LE ROI.

Vous ne savez donc pas, Henri, que plus d'une épée a vengé un outrage dans le sang royal?

L'INFANT.

A quel propos Votre Majesté me parle-t-elle ainsi?

LE ROI.

Je vous parle ainsi, infant, pour que vous en fassiez votre profit. L'honneur est un bien réservé qui n'appartient qu'à l'ame, et je ne puis disposer de l'honneur de mes vassaux parce que je ne suis pas le roi des ames. — En voilà assez sur ce sujet.

L'INFANT.

Je ne vous comprends pas, Sire.

LE ROI.

Eh bien! Henri, si votre amour ne se décourage pas de poursuivre une beauté rebelle sur laquelle un gentilhomme possède un souverain empire, prenez-y garde, le sang royal lui-même n'échapperait pas à ma justice.

L'INFANT.

Je vous comprends, Sire, à cette heure; mais souffrez que je me défende. Un juge doit écouter également les deux parties; la justice le commande, et l'on vous a surnommé le Justicier. Je vous dirai donc, Sire, que j'ai autrefois aimé une femme, celle dont vous voulez parler sans doute; je l'ai aimée à tel point que....

LE ROI.

Qu'importe, si elle est une beauté rebelle?

L'INFANT.

Je l'avoue; mais pourtant...

LE ROI.

Taisez-vous, infant!

L'INFANT.

Permettez-moi du moins de me défendre.

LE ROI.

Vous n'avez pas à vous défendre, si cette dame est une beauté rebelle.

L'INFANT.

J'en conviens de nouveau; mais le temps et l'amour sont bien puissants sur un cœur.

LE ROI.

Taisez-vous, infant, taisez-vous! *(à part.)* Dieu me pardonne! j'ai eu tort de faire cacher Gutierre.

L'INFANT.

Ne vous échauffez pas contre moi. Vous ne savez pas les motifs qui m'autorisent à en agir ainsi.

LE ROI.

Je sais tout, je sais tout; c'est assez.

L'INFANT.

J'ai le droit de parler, Sire, quand je suis accusé. Cette femme, je l'ai aimée quand elle était demoiselle...

DON GUTIERRE, *à part.*

Ah! malheureux!...

L'INFANT.

Et elle a reçu mes hommages...

DON GUTIERRE.

Hélas! hélas!

L'INFANT.

Et avant d'être l'épouse de cet homme à qui elle appartient aujourd'hui...

LE ROI.

Taisez-vous, infant, pour la dernière fois, taisez-vous! ou vive Dieu!... — Je sais que vous ne me dites cela que pour vous excuser. Mais laissons tous ces détails et venons au but. Connaissez-vous ce poignard?

L'INFANT.

Oui, Sire; il est à moi.

LE ROI.

Vous l'avez donc oublié quelque part?

L'INFANT.

Un soir, en rentrant au palais, je me suis aperçu que je ne l'avais plus.

LE ROI.

Où est-ce que vous l'avez perdu?

(1) L'espagnol dit: *Seré el pajaro que fingen — con una piedra en la boca*, mot à mot: Je serai le moineau que l'on représente tenant une pierre en son bec

L'INFANT.

Sire, je ne sais.

LE ROI.

Eh bien! je le sais, moi! — Vous l'avez perdu en un lieu où il aurait pu arriver qu'il fût plongé dans votre sein, si celui qui l'a trouvé n'était pas le plus loyal et le plus noble des vassaux. — Vous devinez sans doute, à cette heure, qu'il demande vengeance l'homme qui, outragé par vous, ne s'est pas vengé lui-même. — Regardez bien ce poignard, infant don Henri; c'est un témoin qui dépose solennellement contre vous et que je dois entendre. — Prenez ce poignard et mirez-vous dans son acier poli; vous y verrez le visage d'un traître.

L'INFANT.

Sire, la fureur où vous êtes m'empêche de vous répondre. J'en suis si troublé que...

LE ROI.

Prenez ce poignard, vous dis-je!

(En prenant le poignard l'infant blesse le Roi à la main.)

L'INFANT.

Ah! Sire.

LE ROI.

Qu'avez-vous fait, malheureux?.. Oui, vous êtes un traître!

L'INFANT.

Il n'y a pas eu de ma faute, Sire.

LE ROI.

Quoi! vous n'épargnez pas même votre frère et votre roi!... Vous voulez me tuer! vous tournez contre moi le poignard que je vous ai donné!

L'INFANT.

Comment Votre Majesté peut-elle m'accuser d'une intention si criminelle?

LE ROI.

Henri! Henri! c'est à moi que vous vous attaquez! Quelle horreur!

L'INFANT.

Je demeure interdit et confus. *(Il laisse tomber le poignard.)* Il vaut mieux que je m'éloigne de votre présence et que je me retire en un lieu où vous ne puissiez pas vous imaginer que je veuille verser votre sang, moi malheureux!

(Il sort.)

LE ROI.

Que le ciel me soit en aide! — Qu'est-ce que cela signifie? Ce n'est pas la douleur physique que je sens; c'est une peine de cœur bien autrement insupportable. — Un frère qui attente à la vie de son frère! un infant de Castille qui attente à la vie de son roi! — Après tout, pourquoi m'en étonné-je? De quel projet si noir ne serait pas capable celui qui, par les plus vils moyens, cherche à séduire l'épouse d'un loyal gentilhomme! — Mon ame en est encore soulevée! — Plaise à Dieu que ces commencements n'arrivent pas à une telle fin que le monde soit épouvanté par un déluge de sang!

(Il sort.)

DON GUTIERRE.

Quelle affreuse journée! quels assauts j'ai eu à soutenir! — Et le roi qui oublie que je suis là, que j'écoute et entends tout! — Dieu me protége! que disait donc l'infant? — Non, jamais ma bouche ne répétera des paroles qui renferment mon outrage! — Arrachons d'un seul coup toutes les racines du mal. Que Mencia périsse; qu'elle baigne de son sang le lit sur lequel elle repose; et puisque l'infant a laissé ce poignard une seconde fois à ma disposition, qu'elle meure par ce poignard! *(Il ramasse le poignard.)* Cependant il convient que le public ne soit pas instruit de la chose... Un outrage secret demande une vengeance secrète... Que Mencia meure de telle sorte que personne ne devine le motif de sa mort!... — Mais avant que j'en vienne là, que le ciel me frappe moi-même pour que je ne voie pas les tragédies d'un amour si malheureux!

(Il sort.)

SCÈNE II.

Une chambre.

Entrent DOÑA MENCIA *et* JACINTHE.

JACINTHE.

D'où vient, madame, cette tristesse qui ternit votre beauté? Vous ne faites plus que pleurer maintenant nuit et jour.

DOÑA MENCIA.

Il est vrai; mais j'en ai bien le sujet. Oui, Jacinthe, depuis cette matinée où je te confiai, s'il t'en souvient, que j'avais eu la nuit précédente un entretien avec l'infant, et que toi tu me répondis que cela n'était pas possible, parce qu'à la même heure l'infant causait dehors avec toi, — oui, depuis lors je vis dans l'incertitude, la confusion et la crainte, en pensant qu'il pourrait bien se faire que j'eusse parlé à don Gutierre.

JACINTHE.

En vérité, madame? le croyez-vous?

DOÑA MENCIA.

Oui, Jacinthe, il est des moments où je n'en puis douter. C'était la nuit, il parlait à voix basse, et moi j'étais si persuadée et si troublée de la visite de l'infant que cette erreur a pu avoir lieu. Ajoute à cela qu'il joue une gaîté extrême quand il est près de moi, et que seul il ne fait que pleurer et gémir. — Oh! quelle affreuse situation que la mienne!

(Entre Coquin.)

COQUIN.

Madame!

DOÑA MENCIA.

Qu'y a-t-il de nouveau?

COQUIN.

J'ose à peine me risquer à vous le dire. L'infant don Henri...

DOÑA MENCIA.

Assez, ne continue pas; que ce nom ne m'importune plus désormais. Je le redoute et l'abhorre.

COQUIN.

Ce n'est pas un message d'amour, et c'est pour cela que je m'en suis chargé.

DOÑA MENCIA.

Alors je t'écoute.

COQUIN.

L'infant, madame, a eu aujourd'hui une querelle avec son frère le roi don Pèdre. Je n'essaierai pas de vous la conter, d'abord parce que je n'en connais pas trop les détails et ensuite parce qu'il n'appartient pas à un bouffon de mon espèce de rapporter les discours des rois. Quoi qu'il en soit, après cela l'infant m'a appelé et m'a dit en grand secret: « Tu diras de ma part à doña Mencia que ses dédains sont cause que j'ai perdu les bonnes graces de mon frère, que je quitte ma patrie dès aujourd'hui et que je fuis en pays étranger où je n'espère pas de vivre puisque je meurs détesté de Mencia. »

DOÑA MENCIA.

L'infant aurait perdu les bonnes graces du roi et serait obligé de s'exiler par rapport à moi! Cet événement sera cause que ma réputation deviendra la proie des bavardages du vulgaire! Que faire, grand Dieu?

JACINTHE.

Il faudrait, madame, prévenir ce malheur.

COQUIN.

Oui, mais comment?

JACINTHE.

Si l'infant quitte Séville, on saurait bientôt les motifs de son départ, et ce serait un affront public pour madame. Il faudrait que madame le priât de rester.

COQUIN.

Oui, mais l'infant a peut-être déjà le pied dans l'étrier.

JACINTHE.

Eh bien! il faudrait que madame lui écrivît un billet où elle lui dirait qu'il importe à sa renommée qu'il demeure à Séville. Le billet arrivera toujours à temps, si c'est toi qui le portes.

DOÑA MENCIA.

Les épreuves de l'honneur sont des épreuves périlleuses. N'importe, je vais tenter ce moyen; j'écrirai. J'ai beau chercher dans mon esprit, je ne vois rien de mieux. Passez tous deux dans la pièce voisine pendant que j'écris.

SCÈNE III.

Une autre pièce.

Entrent JACINTHE *et* COQUIN.

JACINTHE.

Qu'as-tu donc depuis quelques jours, Coquin, que tu es si triste? Toi qui étais si gai, si joyeux! D'où vient ce changement?

COQUIN.

Que veux-tu? je me suis mis à faire l'homme d'esprit et mal m'en a pris. J'ai été saisi d'une mélancolie qui me tue.

JACINTHE.

Mélancolie, dis-tu? Qu'est-ce donc que la mélancolie?

COQUIN.

C'est une espèce de maladie qu'on ne connaissait pas et qui n'existait pas il y a deux ans. Elle est née subitement, je ne sais comme: elle a gagné de proche en proche, et chacun aujourd'hui prétend en être atteint. On ne voit plus de tous côtés que mélancolie et mélancoliques. — Mais voici mon maître.

JACINTHE, *à part.*

Mon Dieu! mon Dieu! je cours avertir ma maîtresse.

(Entre don Gutierre.)

DON GUTIERRE.

Un moment, Jacinthe; où vas-tu?

JACINTHE.

Où je vais, moi, monseigneur?

DON GUTIERRE.

Ne me réponds pas ainsi par des questions. Où allais-tu? La vérité!

JACINTHE.

La vérité, monseigneur, est bien simple; j'allais prévenir ma maîtresse de votre arrivée.

DON GUTIERRE, *à part.*

O infâmes servantes! ce sont des ennemis que nous entretenons parmi nous... Mon entrée ici les a bien troublés tous deux..... *(haut.)* Ce n'était que pour cela seulement que tu courais?

JACINTHE.

Oui, monseigneur, certainement.

DON GUTIERRE, *à part.*

Je ne saurai rien d'elle; adressons-nous à l'autre, il est plus franc. *(haut.)* Coquin, tu m'as toujours fidèlement servi, et, de ta part.

tu n'as eu qu'à te louer de mes bontés. Je me confie à toi. Voyons, dis-moi, dis-moi, pour Dieu! ce qui se passe.

COQUIN.

Je l'ignore, monseigneur!... Je vous assure bien, monseigneur!... Plût au ciel, monseigneur!...

DON GUTIERRE.

Pas si haut! plus bas! — Pourquoi t'es-tu ému de la sorte à mon entrée?

COQUIN.

C'est que... je m'émeus facilement.

DON GUTIERRE, *à part.*

Il n'y a pas moyen de rien savoir. Ils se sont fait des signes l'un à l'autre. (*haut.*) Retirez-vous tous deux.

(*Coquin et Jacinthe sortent.*)

DON GUTIERRE, *seul.*

O mon honneur! je vous plains!... — Doña Mencia est occupée à écrire... —Voyons ce qu'elle écrit.

SCÈNE IV.

Une chambre.

DOÑA MENCIA, DON GUTIERRE.

(*Doña Mencia est assise devant une table. Entre don Gutierre. Il s'approche sans bruit et s'empare de la lettre. Doña Mencia s'évanouit.*)

DOÑA MENCIA.

Ah Dieu! que le ciel me soit en aide!

DON GUTIERRE.

La voilà privée de sentiment et froide comme un marbre!... — (*Il lit.*) « Monseigneur, je prie Votre Altesse de ne pas s'éloigner... » (*Il parle.*) Elle le prie de ne pas s'éloigner!... Mon malheur est si grand que je m'en réjouis presque et m'en énorgueillis!..... Je serais tenté de lui donner la mort sans retard!... Mais non; je dois procéder avec prudence. — Commençons par écarter d'ici tous mes gens, les valets, les servantes. — O mon honneur! comme Mencia est la femme que j'ai le plus aimée en ma vie, permettez que j'aie pour elle une dernière pitié; permettez, si je la tue, que je ne tue pas du moins son ame!

(*Il écrit quelques mots au bas de la lettre et sort.*)

DOÑA MENCIA, *revenant à elle.*

Grace, monseigneur! Retenez votre épée!... Je ne suis point coupable! Le ciel le sait bien que je meurs innocente!... Détournez, ah! détournez ce fer de mon sein!... Arrêtez! je ne suis point coupable; je suis innocente! — Comment! Gutierre n'était-il pas ici tout à l'heure?... Il m'a semblé pourtant que je le voyais, et il me plongeait sa dague dans le cœur, et je mourais baignée dans mon sang!... — Ah Dieu! cet évanouissement n'a-t-il été qu'un essai de ma mort?... — C'est ma lettre qui en est cause!... Il faut que je la déchire au plus tôt. — Mais qu'est-ce? l'écriture de don Gutierre!... Qu'a-t-il donc à me dire? — (*Elle lit.*) « L'amour t'adore, mais l'honneur te déteste; c'est pourquoi celui-ci te tue et l'autre t'avertit. Tu n'as plus que deux heures à vivre; tu es chrétienne, sauve ton ame. Pour ta vie, c'est impossible. » — (*Elle parle.*) Que Dieu me soit en aide!... Holà, Jacinthe!... — Point de réponse! — Holà, Jacinthe!... — La maison est déserte!... — Hélas! on a fermé la porte!... Oh! l'affreux tourment!... Ces fenêtres sont garnies de barreaux et elles donnent sur un jardin; on ne m'entendrait pas si j'appelais!... O ciel! où irai-je! O mon Dieu! sauvez-moi!

(*La scène change.*)

SCENE V.

Une rue. — La nuit.

Entrent LE ROI *et* DON DIÈGUE.

LE ROI.

A la fin Henri est parti?

DON DIÈGUE.

Oui, Sire, il a quitté Séville à l'entrée de la nuit.

LE ROI.

En vérité, il se flattait, le présomptueux, que, seul au monde, il pourrait se jouer de moi impunément. — Et où va-t-il?

DON DIÈGUE.

A Consuegra, je présume.

LE ROI.

L'infant a sa maîtrise dans cette cité; il y sera joint par mon autre frère et ils essaieront tous deux de se venger de moi.

DON DIÈGUE.

Non, Sire; j'espère bien qu'ils considéreront l'un et l'autre que vous êtes leur frère et leur roi, et qu'à ce double titre vous avez droit à leur obéissance.

LE ROI.

Le temps nous l'apprendra. — Henri emmène-t-il quelqu'un avec lui?

DON DIÈGUE.

Oui, Sire, don Arias.

LE ROI.

C'est son grand confident.

DON DIÈGUE.

Il y a de la musique dans cette rue.

LE ROI.

Allons un peu de son côté; peut-être qu'elle

me calmera. Il n'y a pas de meilleur remède contre la tristesse que la musique. — C'est le prélude d'une romance. Écoutons.

UNE VOIX, *chantant.*

L'infant don Henri de Castille
A pris tantôt congé du roi,
Et vient de sortir de Séville;
Mais personne ne sait pourquoi.

LE ROI.

Qu'est-ce donc qu'ils chantent là, ces misérables ? — Don Diègue, courez, vous, par cette rue, tandis que j'irai de ce côté. Il ne faut pas que l'insolent nous échappe.

(*Ils sortent.*)

SCÈNE VI.

Une chambre.

Entrent DON GUTIERRE *et un* CHIRURGIEN. *Ce dernier a un bandeau sur les yeux.*

DON GUTIERRE.

Entre, Ludovico, ne crains rien. Il est temps que je t'ôte ce bandeau.

(*Il lui ôte le bandeau.*)

LE CHIRURGIEN.

Dieu me protége !

DON GUTIERRE.

Que rien de ce que tu vas voir ne t'étonne.

LE CHIRURGIEN.

Que me voulez-vous donc, seigneur? — Vous m'avez tiré de ma maison au milieu de la nuit. A peine avons-nous été dans la rue, que vous m'avez mis un poignard sur le cœur et que vous m'avez commandé de me laisser bander les yeux. J'ai cédé sans résistance. Puis vous m'avez dit de ne point me découvrir, qu'il y allait de ma vie. J'ai marché au moins une heure avec vous, en faisant mille détours, sans savoir où vous me conduisiez. — Je croyais que là finiraient mes surprises, et voilà qu'une émotion nouvelle et plus vive me saisit en me voyant dans une maison si riche, inhabitée, et en voyant que vous, enveloppé de votre manteau jusqu'aux yeux, vous vous tenez immobile devant moi. — Que me voulez-vous donc, seigneur ?

DON GUTIERRE.

Attends-moi là un instant.

(*Il sort.*)

LE CHIRURGIEN.

Qu'est-ce que tout cela signifie? — Une terreur profonde s'empare de mon cœur. Que le ciel me protége !

DON GUTIERRE, *revenant.*

Il est temps que tu entres ; mais avant, écoute. Ce poignard te percera le sein si tu me refuses ce que je vais te demander. — Approche-toi de cette chambre. Qu'y vois-tu?

LE CHIRURGIEN.

Je vois je ne sais quoi qui ressemble à un mort, étendu sur un lit ; il y a de chaque côté une torche, et sur le devant un crucifix ; mais il me serait impossible de dire qui cela est, parce que le visage est couvert de voiles épais.

DON GUTIERRE.

Eh bien ! à ce vivant cadavre que tu vois, il faut que tu donnes la mort.

LE CHIRURGIEN.

Que me commandez-vous?

DON GUTIERRE.

Que tu la saignes, — que tu laisses saigner sa blessure, — et que tu demeures près d'elle et la surveilles jusqu'à ce que tout son sang soit sorti et qu'elle expire. Ne me réplique point si tu tiens à ma pitié.

LE CHIRURGIEN.

Seigneur, je le sens, je ne pourrai jamais.

DON GUTIERRE.

Celui qui conçu un tel projet, si rigoureux et si cruel, et qui a résolu de l'accomplir, te donnera la mort sans balancer. — Eh bien ?

LE CHIRURGIEN.

Ah ! monseigneur.

DON GUTIERRE.

Que décides-tu ?

LE CHIRURGIEN.

Je ne veux point mourir.

DON GUTIERRE.

Alors, — obéis.

LE CHIRURGIEN.

Je suis prêt.

DON GUTIERRE.

Tu fais bien ; rien ne m'eût arrêté. Entre devant moi. Je t'observe d'ici, Ludovico.

(*Le chirurgien sort.*)

DON GUTIERRE, *seul.*

Je n'avais que ce moyen de me venger sans qu'on le sache. On aurait aperçu des blessures ; le poison aurait laissé des traces... Maintenant quand je dirai qu'elle avait besoin d'être saignée et que les bandes se sont détachées, personne ne pourra me prouver le contraire. — Quant à cet homme, ça été une bonne précaution de l'amener ici de la sorte. Il ne sait où il est, et s'il raconte qu'il a saigné par force une femme, il lui sera impossible de dire quelle femme. D'ailleurs, au besoin, quand ce sera fini et que je l'aurai accompagné assez loin de ma maison, — j'ai mon poignard. — Je suis le médecin de mon honneur, il faut que je lui rende la vie avec une saignée. La saignée est à la mode aujourd'hui.

(*Il sort.*)

SCÈNE VII.

Une rue.

Entrent LE ROI *et* DON DIÈGUE.

LE ROI.

L'as-tu rencontré à la fin?

DON DIÈGUE.

Je n'ai pas été plus heureux que vous, Sire.

(*Une voix chante dans l'éloignement.*)

L'infant don Henri de Castille
A pris tantôt congé du roi, etc.

LE ROI.

Eh bien! don Diègue?

DON DIÈGUE.

Sire?

LE ROI.

Maudit soit l'insolent! — C'est dans cette rue que l'on chante. Sachons qui c'est... à moins que ce ne soit le vent par hasard!

DON DIÈGUE.

Eh! Sire, ne vous inquiétez pas d'une pareille sottise. Que vous importe que l'on ait composé et que l'on chante une mauvaise romance de plus ou de moins à Séville?

LE ROI.

Deux hommes viennent par ici.

DON DIÈGUE.

Nous n'avons qu'à les interroger.

(*Entrent don Gutierre et le chirurgien.*)

DON GUTIERRE, *à part.*

Je ne sais pourquoi le ciel m'empêche d'assurer mon secret en tuant cet homme. — En voilà deux autres qui s'avancent; il importe que je m'éloigne. (*au chirurgien.*) Attends-moi ici, Ludovico.

(*Il sort.*)

DON DIÈGUE.

Sire, l'un des deux hommes qui venaient s'est enfui; je n'en vois plus qu'un.

LE ROI.

Il n'y en a plus qu'un en effet. — Mais regarde donc; il semble qu'il ait la tête et la moitié du corps toute blanche; on dirait, à travers la faible lumière du crépuscule, un fantôme.

DON DIÈGUE.

Que Votre Majesté n'avance pas; moi, j'irai.

LE ROI.

Non, laisse-moi aller, don Diègue. (*au chirurgien.*) Qui es-tu, homme?

LE CHIRURGIEN, *ôtant un drap qui lui couvre la tête.*

Le roi!

LE ROI.

Que signifie ce déguisement? Qui es-tu?

LE CHIRURGIEN.

Sire, — car j'ai reconnu la voix de Votre Majesté, — deux motifs m'empêchent de vous répondre ainsi que je le dois : d'abord l'humble profession de celui qui vous parle, qui n'est qu'un pauvre chirurgien; et ensuite la surprise et l'horreur où je suis encore à la suite de la plus étonnante aventure.

LE ROI.

Que t'est-il donc arrivé?

LE CHIRURGIEN.

Permettez que je vous le dise à part, a vous seul.

LE ROI.

Eloigne-toi un peu, don Diègue.

DON DIÈGUE, *à part*

Il s'est déjà passé bien des choses bizarres cette nuit... La journée avait été déjà assez mauvaise... Que le ciel me tire de là sain et sauf!

LE ROI.

Mais quelle était cette femme?

LE CHIRURGIEN.

Je n'ai point vu son visage. Au milieu de soupirs plaintifs elle disait : « Je ne suis point coupable!... Je meurs innocente! Que Dieu ne vous demande pas compte de ma mort! » Elle a expiré en disant cela. Aussitôt l'homme a éteint les deux flambeaux, il m'a recouvert la tête de ce drap, et, si je ne me trompe, nous nous en sommes allés par le même chemin par où nous étions venus. En entrant dans cette rue il a entendu du bruit et il m'a laissé seul. Il me reste à vous prévenir qu'étant sorti les mains toutes mouillées de sang, j'en ai taché tous les murs contre lesquels je faisais semblant de m'appuyer. Par-là il sera facile de retrouver la maison.

LE ROI.

C'est bien. Ne manquez pas de venir me conter ce que vous aurez appris. J'entends qu'on vous laisse parler à moi à quelque heure du jour que vous veniez. Prenez cette bague; vous n'aurez qu'à la montrer.

LE CHIRURGIEN.

Que le ciel vous garde, Sire!

(*Il sort.*)

LE ROI.

Ah! don Diègue!

DON DIÈGUE.

Qu'y a-t-il, Sire?

LE ROI.

L'aventure du monde la plus étonnante.

DON DIÈGUE.

Vous paraissez triste.

LE ROI.

Je n'en ai que trop de raisons, et je suis accablé de fatigue.

DON DIÈGUE.

Votre Majesté ferait bien peut-être d'al

ler se reposer. Voilà le jour qui commence à paraître là-bas à l'horizon.

LE ROI.

Je ne puis aller me reposer jusqu'à ce que je sois instruit d'une chose qui m'intéresse vivement.

(Entre Coquin.)

COQUIN.

Sire, quand même vous devriez me tuer pour vous avoir reconnu, j'ai à vous parler. Daignez m'entendre.

LE ROI.

Tes plaisanteries sont hors de saison.

COQUIN.

Ecoutez-moi; je viens vous parler sérieusement. Je veux vous faire pleurer puisque je ne peux vous faire rire. — Le seigneur don Gutierre, mon maître, trompé par les apparences, avait conçu d'injustes soupçons sur la fidélité de sa femme. Aujourd'hui, ou pour mieux dire hier, il l'a surprise qui écrivait une lettre à l'infant où elle l'engageait à ne pas s'éloigner de Séville de peur que ce départ subit ne portât préjudice à sa réputation. Il est entré et lui a enlevé cette lettre. Après s'être livré à mille transports de jalousie, il a renvoyé tous ses domestiques, hommes et femmes; il a fermé toutes les portes et il est demeuré seul avec elle. Je crains un malheur. Sauvez-la, Sire, sauvez ma maîtresse!

LE ROI.

Comment pourrais-je te récompenser?

COQUIN.

En rompant notre marché, en renonçant à l'action que vous avez contre mes dents.

LE ROI.

Ce n'est pas l'heure de rire.

COQUIN.

Hélas! ce n'est jamais cette heure-là; la vie est si triste!

LE ROI.

Avant que le jour n'ait paru, marchons, don Diègue. Il m'est venu une idée. Nous entrerons, sous un prétexte quelconque dans la maison de don Gutierre; une fois là, j'examinerai à loisir les circonstances de cet incident et après je prononcerai comme juge suprême.

DON DIÈGUE.

Je ne puis qu'approuver Votre Majesté.

(Ils marchent.)

COQUIN.

Vous allez à la maison de don Gutierre, Sire? La voilà, c'est celle-ci.

LE ROI.

Celle-ci, dis-tu?

COQUIN.

Oui, Sire.

LE ROI.

Arrête, don Diègue, et regarde!

DON DIÈGUE.

Qu'est-ce donc?

LE ROI.

Ne vois-tu pas une main sanglante empreinte sur cette porte?

DON DIÈGUE.

Pardon, Sire; j'en suis surpris et effrayé.

LE ROI, *à part.*

Don Gutierre a été bien cruel de commettre une telle action... Je ne sais que résoudre. Il s'est rigoureusement vengé!

(Entrent doña Léonor et Inès.)

DOÑA LÉONOR.

Rendons-nous sans délai à la messe avant que le jour ne paraisse. Je ne veux pas que l'on me voie à Séville où les médisants prétendraient que j'oublie aisément mes peines. Dépêchons, Inès. — Mais j'aperçois du monde par-là. Ciel, le roi! Que fait-il donc devant cette maison?

INÈS.

Couvrez-vous de votre voile en passant.

LE ROI.

La précaution est inutile, madame; je vous ai reconnue.

DOÑA LÉONOR.

Je voulais, Sire, éviter vos regards de peur que ma présence ne vous fût importune.

LE ROI.

Vive Dieu! madame, ce serait à moi à me cacher de vous, puisque vous êtes mon créancier, car vous avez un engagement de moi; je vous ai donné ma parole de satisfaire à votre honneur, et je n'y manquerai pas à la première occasion.

DOÑA LÉONOR.

Vous me comblez, Sire.

DON GUTIERRE, *du dehors.*

O ciel inexorable! que ne laisses-tu tomber ta foudre sur le plus infortuné des hommes, afin de le réduire en poussière!

LE ROI.

D'où partent ces cris?

DON DIÈGUE.

C'est don Gutierre qui sort comme un insensé de sa maison.

(Entre don Gutierre.)

LE ROI.

Où allez-vous ainsi, don Gutierre?

DON GUTIERRE.

Ah! Sire, qu'est-il besoin que Votre Majesté apprenne mes malheurs?

LE ROI.

Je veux en être instruit. Parlez.

DON GUTIERRE.

Hélas! Sire, vous entendrez le récit le plus triste que jamais homme ou roi ait entendu. — Écoutez. — Doña Mencia, mon épouse bien-aimée, que j'adorais de toute la puissance de mon ame, Mencia qui était si belle et qui était en même temps si attachée à son devoir, si chaste, si vertueuse (que la renommée redise au loin cet éloge!), Mencia, cette nuit, a éte prise tout à coup de l'indisposition la plus grave... Un médecin, le meilleur médecin qui soit au monde et qui mérite des louanges éternelles, a visité la malade et ordonné contre son mal, comme le seul remède, une saignée. Là-dessus le chirurgien est venu; c'est moi-même qui le suis allé chercher parce que, mes domestiques étant sortis, je n'avais personne à la maison. Bref, ce matin, j'ai voulu entrer dans sa chambre. Que vous dirai-je? J'ai vu tout son lit, tous ses draps couverts de sang; et elle, au milieu, gisait étendue morte... Sans doute les bandes qu'on lui avait liées autour du bras s'étaient défaites. — Mais en voilà assez; je n'essaierai point d'exprimer par des paroles une infortune si lamentable. Tournez les yeux de ce côté, Sire, et vous verrez le soleil terni, la lune obscurcie, les étoiles pâlies; — vous verrez la beauté, naguère si brillante, qui n'est plus ici-bas qu'une image sans nom, et qui, pour mon malheur, a emporté mon ame avec elle.

(*La décoration du fond s'enlève, et l'on aperçoit doña Mencia sur son lit.*)

LE ROI, *à part*.

Voilà une étrange aventure!... La prudence est ici nécessaire. Quelle singulière et atroce vengeance!... (*haut.*) Dérobez-moi cette horreur; j'ai assez vu ce spectacle d'épouvante et de deuil! Gutierre, vous devez avoir besoin de consolations dans une telle disgrace. Je vous en trouverai une, la seule qui soit digne de vous. Donnez la main à Léonor. Il est temps que vous répariez vos torts envers elle; il est temps que je lui tienne ma parole : je lui ai promis d'accorder une juste réparation à son mérite et à sa renommée.

DON GUTIERRE.

Sire, puisque les cendres d'un si grand incendie sont encore toutes brûlantes, permettez que je pleure sur mon bonheur détruit. Ne dois-je pas profiter d'une pareille leçon?

LE ROI.

Il faut que cela soit; point de réplique.

DON GUTIERRE.

Quoi! Sire, vous voulez qu'à peine échappé à ce naufrage j'affronte de nouveau la mer et ses tempêtes! Quelle serait mon excuse?

LE ROI.

L'ordre de votre roi.

DON GUTIERRE.

Sire, daignez écouter à l'écart mes raisons.

LE ROI.

Qu'avez-vous à me dire?

DON GUTIERRE.

Si mon infortune est telle une autre fois que je trouve votre frère mystérieusement couvert de son manteau, la nuit, dans ma maison?

LE ROI.

Eh bien! vous repousserez des soupçons mal fondés.

DON GUTIERRE.

Et si je trouve encore dans ma chambre le poignard de don Henri?

LE ROI.

Eh bien! vous vous direz que l'on a mille fois suborné des servantes, et vous en appellerez à la force de votre ame.

DON GUTIERRE.

Et si je vois l'infant rôder nuit et jour autour de ma maison?

LE ROI.

Eh bien! vous vous plaindrez à moi.

DON GUTIERRE.

Et si, lorsque je viens pour me plaindre, obligé de me cacher, je l'entends qui me dévoile un plus grand malheur?

LE ROI.

Qu'importe s'il vous désabuse et si vous apprenez que la beauté de votre femme a été défendue constamment par sa vertu?

DON GUTIERRE.

Et si, de retour à ma maison, je surprends une lettre par laquelle on prie l'infant de ne pas s'éloigner?

LE ROI.

Il y a remède à tout.

DON GUTIERRE.

Est-il possible qu'il y en ait un à cela?

LE ROI.

Oui, Gutierre.

DON GUTIERRE.

Lequel, Sire?

LE ROI.

Le vôtre même.

DON GUTIERRE.

Et quel est-il?

LE ROI.

La saignée!

DON GUTIERRE.

Que dites-vous?

LE ROI.

Je dis que vous fassiez nettoyer la porte de votre maison, car il y a empreinte sur elle une main ensanglantée.

DON GUTIERRE.

Sire, ceux qui exercent un office public ont coutume de placer au-dessus de leur porte un écu à leurs armes. Mon office à moi, c'est l'honneur. Et c'est pourquoi j'ai mis au-dessus de ma porte ma main baignée dans le sang, parce que l'honneur, Sire, ne se lave qu'avec du sang.

LE ROI.

Donnez donc votre main à Léonor; je sais qu'elle en est digne.

DON GUTIERRE.

J'obéis. — Mais considérez bien qu'elle est tachée de sang, Léonor.

DOÑA LÉONOR.

Peu m'importe, je n'en suis ni étonnée ni effrayée.

DON GUTIERRE.

Considérez, Léonor, que j'ai été le médecin de mon honneur et que je n'ai pas oublié ma science.

DOÑA LÉONOR.

Avec elle vous guérirez ma vie, si elle devient mauvaise.

DON GUTIERRE.

A cette condition, voilà ma main.

TOUS LES PERSONNAGES.

Ainsi finit le Médecin de son honneur. Pardonnez ses nombreuses imperfections.

FIN DU MEDECIN DE SON HONNEUR.

MAISON A DEUX PORTES

MAISON DIFFICILE A GARDER,

(Casa con dos Puertas mala es de guardar)

COMÉDIE FAMEUSE

DE DON PEDRO CALDERON DE LA BARCA.

NOTICE

SUR

MAISON A DEUX PORTES, MAISON DIFFICILE A GARDER.

Plusieurs comédies de Calderon ont pour titre un proverbe qu'elles semblent destinées à justifier par le dénouement. Le but manifeste que se propose alors l'auteur, ainsi qu'on l'a dit avec raison, contribue à l'intérêt de cette sorte de drames.

Le poète qui a été si bien inspiré en traitant — *La Vie est un songe*, ou — *Gardez-vous de l'eau qui dort*, ou — *Mieux vaut se taire que parler,* devait être tenté par — *Maison à deux portes*, etc., etc. Le choix de ce sujet était heureux, et il l'a traité avec sa supériorité habituelle.

Une critique exacte aurait sans doute quelque droit de reprocher à Calderon de n'avoir pas motivé suffisamment sa comédie ; en effet, on ne sait pas trop, au premier abord, pourquoi les deux couples d'amants courent tant d'aventures avant de se marier, lorsqu'il n'y avait pas de plus sérieux obstacles à leur mariage. Mais, outre que le goût passionné des Espagnols pour la galanterie, et ses périls et ses mystères, excuserait, à notre avis, le poète auprès de la critique exacte, il pourrait encore se défendre en disant que cette précision rigoureuse ne va pas mieux à l'imagination de son public qu'à la sienne, et en ajoutant comme le personnage d'une de ses pièces : « Nous ne sommes pas ici pour faire de la mathématique. » D'ailleurs ce défaut, si c'en est un, serait, selon nous, bien compensé par tous les mérites divers qui brillent dans cette œuvre de Calderon : dans l'ensemble, par la simplicité extrême des ressorts qu'il emploie, par le petit nombre de personnages avec lequel il remplit la scène, par la variété, la rapidité et la clarté de son intrigue; dans le détail, par la verve, l'esprit et la facilité du dialogue, et aussi par l'admirable richesse d'une poésie pleine d'images et d'harmonie, que, malheureusement, le traducteur ne saurait se flatter d'avoir reproduite.

On peut dire en somme que, dans cette comédie comme dans la plupart de ses comédies d'intrigue (ou comédies de cape et d'épée), Calderon n'a peint que des caractères généraux. Depuis Calabazas, le *valet-bouffon*, qui est gourmand, curieux et poltron, jusqu'à Fabio, le *vieillard* ou *père noble*, qui est si prudent et qui tient tant à l'honneur de sa maison, tous ses caractères n'ont rien qui les distingue particulièrement de l'espèce à laquelle ils appartiennent. Cependant, après une étude attentive de notre comédie, il nous paraîtrait que les deux *jeunes premiers* ne se ressemblent pas complètement l'un à l'autre, et que les deux *dames* ont chacune des traits qui leur sont propres... Peut-être cette différence que nous trouvons dans les caractères des personnages principaux n'est-elle pas essentielle et qu'elle tient seulement à la différence de leur situation... Au reste nous donnons cette observation pour ce qu'elle vaut, sans y attacher d'autre importance.

On remarquera sûrement, dans la première journée, la scène où don Félix, intro duit par Celia auprès de Laura, ne devinant pas que la maîtresse et la suivante sont d'accord, s'excuse tant qu'il peut d'être entré là malgré elles. Cette scène est, selon nous, d'un excellent comique et d'une finesse charmante. — La scène qui se passe sur le grand chemin entre Fabio et Lelio montre à quel haut degré Calderon possédait le talent d'observation. — La situation de la fin de la troisième journée a été très habilement imitée par Beaumarchais dans *le Mariage de Figaro;* mais, s'il faut l'avouer, quelque ingénieuse que soit l'imitation, nous préférons, sous le rapport de la vraisemblance et de l'unité, la situation originale.

On ignore l'année précise en laquelle Calderon a composé ses diverses comédies; cependant il ne serait pas impossible, en le lisant avec soin, de déterminer pour plusieurs, sinon la date, du moins l'époque à laquelle elles appartiennent, ce qui serait encore quelque chose avec un auteur qui a écrit pour le théâtre pendant soixante-sept ans. Ainsi, sans même considérer la maturité de talent que révèle la *Maison à deux portes*, on pourrait, jusqu'à un certain point, avancer que cette comédie a dû être composée vers le milieu du dix-septième siècle. Un des personnages de la pièce dit, en parlant du roi Philippe IV : « Le roi se sert *aujourd'hui de tels ministres,* que... etc., etc. » Ces mots *aujourd'hui* et *de tels ministres* (au pluriel) n'indiqueraient-ils pas que la comédie fut composée peu de temps après la disgrace du ministre favori, le comte-duc d'Olivarez?... Puis, dans un autre endroit de la pièce, un autre personnage raconte qu'il a vu la reine épouse de Philippe IV; or, la reine étant morte peu de temps après la disgrace du comte-duc, ne serait-on pas autorisé à conclure de là que la comédie fut composée durant l'époque qui sépare le renvoi du ministre de la mort de la reine? La *Maison à deux portes* nous fournirait au besoin plusieurs autres détails qui viendraient à l'appui de cette conjecture.

Qu'il nous soit permis d'ajouter un mot relativement à la traduction. — Nous prions le lecteur de n'être pas trop choqué d'y rencontrer ces expressions *galant* et *dame* à la place de celles-ci *amant* et *maîtresse.* Nous avons choisi les premières de préférence, autant que cela nous a été possible, parce qu'elles nous ont paru mieux rendre la nature des relations qui existent d'ordinaire entre les amants de Calderon. Il y a entre le *galant* et sa *dame* des soins, des hommages, offerts d'une part avec empressement et reçus de l'autre avec plaisir; mais il n'y a pas cette intimité que supposent dans notre langage actuel les mots d'*amant* et de *maîtresse.*

DAMAS-HINARD.

MAISON A DEUX PORTES

MAISON DIFFICILE A GARDER,

COMÉDIE FAMEUSE.

PERSONNAGES.

DON FÉLIX.	LAURA, } dames.
LISARDO.	MARCELA, } dames.
FABIO, vieillard.	SILVIA, } suivantes.
CALABAZAS, laquais.	CELIA, } suivantes.
HERRERA, écuyer.	LELIO, domestique.

La scène se passe à Ocaña et dans les environs.

JOURNÉE PREMIÈRE.

SCÈNE I.

Un chemin dans la campagne. A droite, sur le second plan, un monastère.

MARCELA, SILVIA.

(*Entrent Marcela et Silvia, avec des mantes et comme cherchant à se cacher. Derrière elles entrent Lisardo et Calabazas.*)

MARCELA, *à Silvia.*

Ils nous suivent, n'est-il pas vrai?

SILVIA.

Oui, madame.

MARCELA.

Eh bien! arrête. (*à Lisardo et à Calabazas.*) Cavaliers, n'avancez pas davantage, et même retirez-vous; car si vous tentiez de savoir qui je suis vous seriez cause que je ne retournerais pas une autre fois là où nous nous sommes rencontrés. Et si cela ne suffit pas, retirez-vous, car je vous supplie de vous retirer.

LISARDO.

Madame... le soleil obtiendrait difficilement que la fleur de l'héliotrope ne se tournât point vers sa lumière; difficilement l'étoile polaire obtiendrait que l'aimant ne s'avançât point de son côté; et il ne serait pas moins difficile à l'aimant d'obtenir que l'acier ne le poursuivît pas avec ardeur. Si votre éclat égale celui du soleil, mon bonheur est celui de l'héliotrope; si votre indifférence égale celle de l'étoile polaire, mon regret est celui de l'aimant; et si votre rigueur égale celle de l'aimant, mon empressement est celui de l'acier. Ainsi donc, comment puis-je demeurer tranquille lorsque je vois s'en aller mon soleil, mon étoile polaire et mon aimant, moi qui suis l'héliotrope, et l'aimant, et l'acier?

MARCELA.

Le soleil disparaît chaque soir devant l'héliotrope, et chaque matin l'étoile du nord disparaît devant l'aimant. Et puisqu'il est permis au soleil et à l'étoile du nord de s'absenter, vous ne vous plaindrez pas, vous non plus, de mon absence; vous vous direz en guise de consolation, seigneur Héliotrope ou seigneur Aimant, qu'il y a la nuit pour le soleil et le jour pour l'étoile du nord. Et maintenant restez ici; car, je vous en préviens, si vous veniez à découvrir mon secret, si vous veniez à savoir qui je suis, je ne reviendrais pas vous voir en ce lieu-ci... Puisque mes folles inquiétudes qui m'ôtent le sommeil m'amènent ici pour vous voir, ayez confiance en moi, croyez moi; cela importe.

LISARDO.

J'en appelle, madame, de votre prudence à mon désir. Supposé que ce fût une politesse que de ne pas vous suivre, ce serait également une sottise; or, considérez ce qui choque davantage d'une sottise ou d'une impolitesse; vous verrez que c'est la sottise, car elle, elle n'a pas d'excuse. Ainsi, madame, souffrez que j'aime mieux être impoli que d'être sot. — Voilà aujourd'hui la sixième matinée que je vous rencontre en ce chemin; il y en a tout autant que je vous y rencontrai pour la première fois à la pointe du jour, vous nymphe inconnue de ces campagnes, mystérieuse divinité de ce printemps. C'est vous qui, la première, m'avez invité à vous parler, car je n'aurais pas eu cette audace de sitôt, moi étranger dans ce pays. Vous m'avez commandé de me retrouver ici le lendemain, et certes je n'ai pas manqué à ce rendez-vous si plein de charme. Comme, malgré mes prières et mes supplications, vous n'avez jamais consenti à détourner ce voile à travers lequel je vous adore de confiance, ma loyauté s'est soumise. Mais, voyant que mon péril renaît ici tous les jours sans succes, je me résous à devoir à mon obstination ce que votre complaisance me refuse; je me décide a vous suivre, rien ne m'en empêchera; il faut enfin qu'aujourd'hui je vous voie, ou que je voie qui vous êtes.

MARCELA.

Pour aujourd'hui c'est impossible; laissez-moi pour aujourd'hui. En retour je vous donne ma parole que vous apprendrez avant qu'il soit peu ma demeure et que vous pourrez m'y venir voir.

CALABAZAS, *à Silvia.*

Et vous, demoiselle suivante de cette noble demoiselle, vous pour qui mon ame court le risque de se damner, dites-moi : y a-t-il aussi quelque motif qui vous engage, vous, à vous couvrir de votre mante?

SILVIA.

Je n'ai pas à vous répondre là-dessus, laquais très curieux de ce très curieux cavalier, et si vous me suivez, soyez assuré que...

CALABAZAS.

Que, — quoi, s'il vous plaît?

SILVIA.

... Que vous me poursuivez, car celui qui me suit me poursuit.

CALABAZAS.

Vive Dieu! Je sais maintenant ce qui en est.

SILVIA.

Que savez-vous?

CALABAZAS.

La raison pourquoi vous ne voulez ni l'une ni l'autre soulever votre mante.

SILVIA.

Et quelle est cette raison?

CALABAZAS.

C'est que vous avez toutes deux le plus laid visage du monde.

SILVIA.

Pas si laids que les vôtres, mon bel ami.

CALABAZAS.

Je vous en souhaite... Moi qui suis un Cupidon!

SILVIA.

Non pas! nous sommes un Cupidon à nous deux.

CALABAZAS.

De quelle manière, donc, ma déesse?

SILVIA.

Vous, vous êtes la première syllabe de ce mot, et moi les deux dernières.

CALABAZAS.

Ce partage ne me va pas [1].

MARCELA, *à Lisardo.*

Fiez-vous-en à moi; je vous le promets de nouveau.

LISARDO.

Si vous voulez que je croie à une telle promesse, laissez du moins un gage à mon espoir, permettez que je vous voie.

MARCELA.

Eh bien! tenez, regardez. — *(Elle soulève sa mante.)*

LISARDO

Oh madame! en verité, c'est une perfidie, une trahison!... Comment puis-je vous laisser aller à présent, moi qui vous suivais avant de vous avoir vue?

MARCELA.

Soyez tranquille sur mon compte. Vous connaîtrez bientôt ma maison et à quel point je désire vous obliger, je vous en réponds de nouveau.

LISARDO.

Quoique à regret, madame, j'obéis.

MARCELA.

Et moi, je vous laisse avec un cœur reconnaissant. Je m'en vais par cette rue.

LISARDO.

Allez avec Dieu!

(1) *Cupido somos yo y tù.*
— Como? — Io el pido y tu el cu.
— No me esta bien el partido.

Il y a ici une plaisanterie qu'il est impossible de traduire. Nous craignons fort, malgré nos précautions, de l'avoir rendue grossièrement, et elle a en espagnol beaucoup de grace, par cela même peut-être qu'elle n'a pas de sens precis. Cependant, à la rigueur, *el pido* signifie la demande.

MARCELA.

Le ciel vous garde!

(*Marcela et Silvia sortent.*)

CALABAZAS, *à Lisardo.*

Quoi! seigneur, ne voyez-vous pas que c'est un piége qu'on vous tend? Suivons-la, suivons-la jusqu'à ce que nous sachions au juste quelle est cette rusée de femme.

LISARDO.

Ce serait mal à nous, Calabazas, si elle juge ces précautions nécessaires.

CALABAZAS.

Est-ce bien vous qui parlez ainsi?

LISARDO.

Oui, moi-même.

CALABAZAS.

Vive Dieu! si j'étais que de vous, je la suivrais, allât-elle au fond de l'enfer!

LISARDO.

Imbécile! ce serait la bien récompenser d'avoir consenti à me parler que de lui causer un tel chagrin!

CALABAZAS.

C'était bien la peine de nous lever si matin tous ces jours-ci!

LISARDO.

Trève de plaisanterie!... Dis-moi plutôt, maintenant que nous sommes seuls, voyons à nous deux si nous devinerons quelle peut être cette femme mystérieuse.

CALABAZAS.

Volontiers, monseigneur. Vous, d'abord, qu'en pensez-vous?

LISARDO.

Ma foi! à la distinction de son langage, à l'élégance de sa toilette, je serais assez porté à croire que c'est quelque noble dame, ou folâtre ou fantasque, qui aime à causer secrètement avec les gens dont elle n'est pas connue et qui m'a choisi à cet effet en ma qualité d'étranger.

CALABAZAS.

J'ai une idée bien meilleure, moi.

LISARDO.

Dis-la donc vite alors.

CALABAZAS.

Eh bien! je dis, — et qu'on me tue si je me trompe, — je dis qu'une femme qui vient faire ainsi la belle parleuse avec un homme dont elle ne veut pas être connue est sans nul doute une laide spirituelle qui cherche à pêcher des cœurs avec son bec.

LISARDO.

Et si je te disais, moi, que je l'ai vue et qu'elle est belle comme un ange.

CALABAZAS.

Alors je dirais, moi, vive Dieu! puisque vous me pressez, que c'est la Dame Revenant qui veut recommencer à vivre[1].

LISARDO.

Après tout, n'importe! je saurai demain qui elle est.

CALABAZAS.

Vous croyez donc qu'elle reviendra ici demain?

LISARDO.

Sans doute... Et d'ailleurs, si elle ne vient pas, avec le peu d'espoir qu'elle m'a laissé, je n'aurai rien perdu, ou presque rien.

CALABAZAS.

Vous devriez cependant compter pour quelque chose que nous nous levions encore un jour si matin.

LISARDO.

J'y suis forcé par les affaires qui m'ont conduit ici, indépendamment de ma passion.

CALABAZAS.

Elle doit demeurer près de chez nous. Je l'ai perdue de vue en même temps que j'ai aperçu notre maison.

LISARDO.

Il est déjà tard, sans doute?

CALABAZAS.

Il n'en faut pas douter; je vois d'ici notre hôte qui s'habille.

SCÈNE II.

Une chambre.

Entrent DON FÉLIX *qui achève de s'habiller et* HERRERA; *puis* LISARDO *et* CALABAZAS.

LISARDO.

Je vous baise les mains, don Félix.

DON FÉLIX.

Que le ciel vous garde, Lisardo!

LISARDO.

Comment! vous êtes habillé si matin?

DON FÉLIX.

Oui, j'ai des ennuis qui ne me permettent guère de rester au lit, où je ne trouve aucun repos. Mais vous qui vous étonnez que je sois levé à cette heure, ne m'avez-vous pas dit hier au soir que vous deviez porter un placet à Aranjuez? Comment êtes-vous sitôt de retour à Ocaña?

LISARDO.

Nous jouons au jeu des questions et des réponses, et je réponds à votre question par la rime parfaite. Vous, ce qui vous a fait lever si matin, c'est — vos soucis; et moi, ce qui me ramène sitôt à Ocaña, c'est — mes soucis.

(1) L'une des plus curieuses comédies de Calderon est intitulée: la Dame revenant (*la Dama duende*). Il est possible qu'il ait voulu y faire allusion dans ce passage.

DON FÉLIX.

Quoi ! arrivé d'hier, et déjà des soucis aujourd'hui !

LISARDO.

Hélas ! oui.

DON FÉLIX.

Eh bien ! pour vous forcer à me confier les vôtres, je vais vous confier les miens. Écoutez.

CALABAZAS, *à Herrera.*

Pendant qu'ils vont se défiler l'un à l'autre un long récit, auriez-vous, Herrera, quelque chose qui pût me servir à déjeuner ?

HERRERA.

Allons dans ma chambre, Calabazas. J'y ai toujours par précaution quelques morceaux de viandes froides. Soyons discrets.

(Herrera et Calabazas sortent.)

DON FÉLIX.

Vous n'avez pas oublié cet heureux temps de notre vie alors que nous étions tous deux étudiants à Salamanque ; et vous vous rappelez sans doute aussi avec quel dédain, quel mépris j'insultais l'Amour, et ses flèches, et son carquois. Ah ! mon cher, je ne prévoyais pas alors que j'aurais à lutter un jour avec ce petit dieu terrible, qu'il serait mon vainqueur et qu'il se vengerait cruellement. Il a ajusté une flèche sur son arc, m'a visé au cœur et m'a blessé : car l'amour s'amuse à blesser et ne tue pas. Cela se passa par une belle soirée d'avril. Ce jour-là, comme bien d'autres fois auparavant, je sortis pour chasser, et, tout en marchant, je me trouvai arrivé à la royale maison de plaisance d'Aranjuez, qui est peu éloignée d'Ocaña, et qui est notre Prado et notre Parc [1]. J'y entrai ; cela est facile lorsque Leurs Majestés ne s'y tiennent pas. J'entrai dans ses jardins sans même songer que j'allais voir ce que j'avais vu si souvent. Je me dirigeais vers le jardin de l'île... O mon ami ! comme on court aisément au-devant de son malheur ! De même que le papillon se plaît à voltiger au-dessus de la flamme brillante qui doit lui donner la mort, ainsi nous, nous tournons autour du péril avec une joyeuse insouciance... Je continue ; écoutez. Près de la première fontaine qui est formée d'un rocher massif, il y avait une femme, elle se tenait sur le gazon verdoyant qui entoure le bassin : véritable anneau d'émeraude auquel l'eau sert de diamant. Elle était si profondément occupée à se mirer dans le bassin, elle était si parfaitement immobile, que je doutai un moment si je n'avais pas devant les yeux une de ces nymphes en argent bruni qui entourent la fontaine comme des sentinelles vigilantes qui la gardent. Au bruit que je fis en écartant le feuillage pour la contempler plus à mon aise, — imprudent que je fus ! — elle sortit de son extase, leva la tête et regarda autour d'elle un peu troublée. Ciel, qu'elle était belle ! Je fus tenté de lui dire : « O divinité céleste, ne vous mirez pas ainsi dans l'eau, de peur que vous ne deveniez éprise de vous-même ! » car partout où je vois une fontaine et une nymphe, je pense involontairement à l'aventure de Narcisse ; mais je n'eus pas la force de prononcer une parole, et je tendis les bras de son côté, tout éperdu et tout tremblant. Elle, elle se leva d'un air grave, me tourna le dos, et se mit à courir après une troupe de femmes qui allaient devant elle. Je marchai moi-même à sa suite ; et vraiment il me semblait que sur le vert gazon les roses naissaient en foule sous ses pas. Je la suivis jusqu'au moment où elle eut rejoint sa compagnie. Je connaissais toutes ces dames qui habitaient Ocaña ; celle qui causait mon trouble était la seule que je ne connusse pas... Je dis qu'elle causait mon trouble parce que, dès ce premier instant, je sentis au fond de l'ame tout ce que j'y sens aujourd'hui ; dès ce premier instant je l'aimai. Ne me demandez pas comment je pouvais aimer déjà une femme que j'avais à peine entrevue ; je n'en sais rien, mais je l'aimais... Je m'informai d'elle à quelques-unes des dames avec qui elle était ; et j'appris avec plaisir que sa naissance répondait à sa beauté. La raison pour laquelle je ne l'avais pas vue jusque là, c'est que son père l'avait élevée à la cour, et ne s'était retiré que depuis peu à Ocaña. Je ne vous dirai pas que je lui rendis des soins qui furent bien reçus, car un bonheur perdu n'est qu'un malheur plus grand ; mais vous saurez que touchée enfin de mon attachement, de mes services et de mes prévenances, elle permit que je l'entretinsse une nuit à travers la grille du jardin, où furent seules témoins de ce doux tête-à-tête les étoiles et les fleurs. C'est ainsi que je vécus quelques semaines le plus fortuné des hommes, jusqu'à ce que la jalousie vînt se jeter à la traverse de ma félicité... Vous vous imaginez sans doute, mon cher, en m'entendant me plaindre de la jalousie, que c'est moi qui suis jaloux ? Eh bien ! non, vous vous trompez. ce n'est pas moi qui éprouve ce sentiment ; c'est moi au contraire qui le cause. Voici comme. Il y a une dame à Ocaña, que j'ai courtisée dans le temps, et que j'ai laissée

(1) On sait que le *Prado* est l'une des promenades de Madrid les plus à la mode. Quant au *Parc*, nous pensons que c'était, du temps de Calderon, une promenade qui n'existe plus aujourd'hui, ou à laquelle on aura donné un autre nom.

peu à peu quand j'ai eu connu la beauté dont je vous parle. Cette dame, pour se venger, a été faire ses confidences à l'autre, et même elle lui a montré comme donnés récemment quelques gages de tendresse que je lui avais donnés autrefois. Là-dessus ma dame, prenant une soudaine jalousie, s'est éloignée de moi, et à tel point qu'elle ne veut pas que je la voie, que je lui parle pour m'excuser; Et maintenant, c'est à vous de juger si mes soucis peuvent permettre que je goûte encore le repos et le sommeil. J'ai offensé sans le vouloir le plus beau des anges; et n'est-ce pas un vrai malheur que d'avoir offensé, même involontairement, l'ange qu'on aime?

LISARDO.

Rassurez-vous, don Félix, vous prenez la chose beaucoup trop au sérieux, et je vous garantis qu'elle ne tardera pas à s'arranger. Lorsque vous avez prononcé ce mot de jalousie, j'ai eu peur pour vous; mais puisque c'est vous qui la causez à votre belle, il n'y a pas grand mal, car il est plus facile d'en guérir une autre que de s'en guérir soi-même. Cela surtout est plus facile lorsque ce sentiment n'est point fondé. Que vous dirai-je? je vous porte envie. Je ne sache pas de plaisir plus vif entre les galants et les dames, lorsqu'il y a eu un malentendu, que de faire la paix pour se quereller ou de se quereller pour faire la paix. Ainsi, don Félix, allez, allez voir votre belle. Je vous réponds qu'en cet instant, si vous vous affligez de ce qu'elle s'abuse, elle, malgré sa jalousie, elle désire plus que vous encore d'être désabusée.

(*Entrent Marcela et Silvia. Elles ouvrent une porte qui est couverte d'une tapisserie, et se tiennent entre la tapisserie et la porte.*)

MARCELA, *bas à Silvia.*

Laisse-moi, Silvia; je vais voir mon frère par cette porte qui donne dans son appartement. Quoiqu'il ignore que je suis sortie ce matin de la maison, en le surprenant ainsi, je l'empêcherai de concevoir aucun soupçon.

SILVIA, *de même.*

N'avancez pas, madame.

MARCELA.

Qu'y a-t-il donc?

SILVIA.

Il cause avec notre hôte, et vous savez que mon maître ne veut pas que vous vous rencontriez avec lui.

MARCELA.

Hélas! oui, malheureusement... Eh bien! alors, demeurons ici un moment. Je suis curieuse de savoir ce qu'ils ont à se dire.

LISARDO, *à don Félix.*

En attendant qu'il soit l'heure de vous présenter chez votre belle, voulez vous, selon nos conventions, que je vous conte mes soucis comme vous m'avez conté les vôtres? Écoutez-moi.

MARCELA.

Écoutons-le, Silvia.

SILVIA.

J'écoute, madame.

LISARDO.

Après que j'eus échangé mon habit d'étudiant contre celui de soldat, ma plume contre une épée, et les travaux paisibles de l'école de Salamanque contre les travaux bruyants de la campagne de Flandre; — après que j'eus obtenu une compagnie, sans autres protecteurs que mes services; la campagne finie, — car cette idée ne me serait point venue auparavant, je demandai un congé et repartis pour l'Espagne. Je voulais solliciter l'honneur d'une de ces croix qui brillent si noblement sur la poitrine d'un homme d'armes. Tel était le but de mon voyage à Madrid. Là, Sa Majesté, — que le ciel la protége et prolonge ses jours, de sorte qu'elle soit le phénix de notre âge! — Sa Majesté remit la lecture de mon placet au temps où elle serait plus tranquille et plus libre, en sa maison de plaisance d'Aranjuez. J'y suivis la cour, et, je l'avoue, plutôt pour mon plaisir que par nécessité; car le roi se sert aujourd'hui de tels ministres qu'avec eux le mérite n'a pas besoin d'appui, parce que chacun d'eux est à tous et à tout. J'arrivai donc à Aranjuez. Vous m'y vîntes visiter à mon hôtellerie. Voyant que j'étais assez mal logé, et qu'il n'y avait pas moyen que je fusse mieux à cause de la foule de gens qui encombrent la ville à cette époque, vous m'avez pressé de vous accompagner à Ocaña. Il m'était malaisé de refuser une aussi aimable invitation. Ocaña, me disiez-vous, n'est qu'à deux lieues d'Aranjuez, et les jours d'audience il vous sera facile d'y aller le matin et d'en revenir le soir. J'ai cédé, j'ai obéi... Votre amitié sait tout cela; mais j'avais besoin de ce préambule pour arriver à une nouvelle d'amour plus merveilleuse peut-être que toutes celles que Cervantes a racontées[1].

MARCELA.

Voici que j'entre en scène. Attention, Silvia.

SILVIA.

Je ne perds pas un mot, madame.

DON FÉLIX.

Je suis impatient de vous entendre.

LISARDO.

Un jour donc que je m'étais mis en route

(1) Calderon, qui avait composé, dit-on, une comédie imitée du *Don Quichotte*, ne manque jamais l'occasion de rappeler d'une manière flatteuse le nom de Cervantes.

avant l'aurore afin d'éviter la chaleur, car le soleil du matin n'est guère supportable en la saison où nous sommes, — arrivé vers un couvent qui touche à la porte d'Ocaña, j'aperçus, entre quelques peupliers, une femme. Sa tournure me charma; je la saluai poliment. Elle, avant que j'eusse fait vingt pas, m'appela par mon nom. Je m'arrêtai, descendis de mon cheval, le donnai à garder à Calabazas, et j'allai vers elle en lui disant : Heureux l'étranger de qui une noble dame sait le nom! Elle, aussitôt, s'empressa de se couvrir le visage de sa mante et me répondit à demi-voix: Un cavalier espagnol n'est étranger nulle part en ce pays. A cela elle ajouta d'autres compliments, et si flatteurs que je ne les répéterai pas par modestie; car, en vérité, je ne sais comment il y a des hommes si vains, si présomptueux, si arrogants, qu'ils puissent se vanter d'avoir été recherchés par des femmes.

MARCELA.

C'est notre aventure qu'il raconte.

SILVIA.

Et il n'omet pas un détail, l'homme modeste!

MARCELA.

Oh! comment l'empêcher de finir? je crains qu'il ne donne des renseignements qui éveillent les soupçons de don Félix.

DON FÉLIX.

Continuez.

LISARDO.

Quand nous eûmes ainsi causé quelque temps, le visage toujours recouvert de sa mante, elle me congédia en me défendant de chercher à savoir qui elle était et de la suivre, me promettant d'ailleurs qu'elle me viendrait parler le jour suivant au même endroit. Six jours de suite j'ai revu, parmi les peupliers, cette femme. A la fin, ennuyé de toutes ses précautions, j'ai résolu de la suivre aujourd'hui quand elle retournerait à Ocaña. Mais il ne m'a pas été possible d'effectuer ce dessein. A peine m'a-t-elle eu quitté qu'elle s'est retournée de mon côté, et que, m'apercevant, elle n'a jamais voulu passer outre au détour de cette rue.

DON FÉLIX.

De cette rue, dites-vous?

LISARDO.

Oui; et j'imagine qu'elle y demeure, car, dès qu'elle y a éte entrée, je l'ai perdue de vue à l'instant.

DON FÉLIX.

Vous l'avez donc laissé aller seule?

LISARDO

Oui, sans doute. Elle l'a exigé avec instance, en me disant que ma poursuite mettrait en péril sa vie, son honneur.

DON FELIX.

Voilà une etrange femme.

LISARDO.

Bien étrange vraiment.

MARCELA.

Je suis sur les épines.

SILVIA.

Ces hommes sont tous d'une indiscrétion...

DON FÉLIX.

Et vous ne savez pas qui elle est? vous ne l'avez pas vue?

LISARDO.

Si fait. Je ne l'aurais pas laissé échapper autrement. Ça été ma condition.

DON FELIX.

Achevez donc alors. Dépeignez-la-moi.

LISARDO.

Ah! mon ami, qu'elle est belle!

MARCELA.

Je tremble, Silvia.

(*Entre Celia avec sa mante.*)

CELIA.

Seigneur don Félix, une femme voudrait vous parler en secret.

DON FÉLIX.

Cela est aisé.

MARCELA.

Graces à Dieu! elle arrive à propos. Elle est un ange pour moi.

LISARDO.

Ce n'est pas, je vois, le moment que j'achève mon histoire.

DON FÉLIX.

Tantôt, si vous voulez. Permettez, pour Dieu! qu'à cette heure je parle à cette femme. C'est la suivante de ma dame.

LISARDO.

Que je meure si ma prédiction n est pas près de s'accomplir! Un tiers vous gênerait; adieu, à tantôt.

(*Il sort.*)

DON FELIX.

Quel motif t'amène, Celia?

CELIA.

Ne vous étonnez pas que je ne sois pas venue plus tôt. Il me faut bien du courage pour venir; si ma maîtresse le savait, elle me tuerait assurément.

DON FÉLIX.

Elle est donc bien irritée contre moi?

CELIA.

Impossible à une femme de l'être davantage contre un homme. — Comme elle m'a envoyée par ici en commission, je n'ai pu m'empêcher d'entrer pour vous voir et vous parler un moment.

DON FÉLIX.

Et que fait ta belle maîtresse?

CELIA.

Hélas! du matin au soir et du soir au matin elle ne fait que se plaindre de votre ingratitude, de votre perfidie.

DON FÉLIX.

Que Dieu m'abandonne si je l'ai jamais offensée!

CELIA.

Que ne vous expliquez-vous avec elle?

DON FÉLIX.

Elle refuse de m'écouter.

CELIA.

Si vous étiez un homme discret et si vous me promettiez de vous taire, je me risquerais à vous conduire en un lieu ou vous la trouveriez.

DON FÉLIX.

Ah! Celia, je serai muet comme un marbre et rien n'égalera ma reconnaissance.

CELIA.

Eh bien! suivez-moi. Si mon maître sort, je vous ferai signe et laisserai la porte ouverte. Vous entrerez vite, et je vous introduirai chez elle.

DON FÉLIX.

Tu me rends la vie, Celia.

CELIA.

Voici l'heure favorable. Ne tardons plus, suivez-moi.

DON FÉLIX.

Partons, j'ai hâte d'arriver.

CELIA, *à part.*

Ah! le pauvre innocent!... Et comme il est aisé de conduire un amant chez sa dame.

(*Don Félix et Celia sortent.*)

MARCELA.

Je respire enfin, Silvia. Je l'ai échappé belle.

SILVIA.

Vous ne l'avez pas échappé encore, madame. Ces messieurs se retrouveront et l'histoire s'achèvera.

MARCELA.

Non pas; j'y mettrai ordre auparavant.

SILVIA.

De quelle manière?

MARCELA.

En lui écrivant de me garder le secret jusqu'à ce qu'il m'ait vue, et ce ne sera pas plus tard que ce soir.

SILVIA.

Quoi! vous lui déclareriez qui vous êtes?

MARCELA.

Jésus! Jésus! que le ciel me garde!

SILVIA.

Que ferez-vous donc alors?

MARCELA.

Il me vient une idée. — Laura est la dame de mon frère...

SILVIA.

Oui, madame.

MARCELA.

Laura est mon amie...

SILVIA.

Oui, madame.

MARCELA.

Laura sait ce que c'est que l'amour; je me confierai à Laura.

SILVIA.

Et après?

MARCELA.

Après?... Viens, Silvia; mon frère pourrait rentrer et nous entendre. — Viens dans ma chambre; que je te communique mon projet. Tu l'approuveras, j'en suis sûre.

(*Marcela et Silvia sortent.*)

SCÈNE III.

Une chambre.

Entrent FABIO *et* LAURA.

FABIO.

Qu'as-tu donc, ma chère fille?... Depuis quelques jours tu ne fais que soupirer et pleurer. D'où te vient ce chagrin?

LAURA.

Je l'ignore, seigneur. — Si je connaissais la cause de mon mal, il me serait plus facile d'y remédier; mais j'en vois les effets, sans en connaître la cause... C'est une sorte de mélancolie qui m'est venue, je crois, sans sujet, sans motif.

FABIO.

Je ne sais que te dire, mon enfant. Soigne-toi, prends garde... Je suis obligé de sortir un moment et je te quitte à regret... Allons, ne sois pas si triste; autrement j'en mourrai.

(*Il sort.*)

LAURA.

O ciel! je ne la connais que trop la cause de mon mal : — la jalousie!... C'est elle qui a ainsi attristé ma vie, c'est elle qui m'enlève le repos et le sommeil, elle qui me déchire et me tourmente!... Oh! si j'avais pu prévoir auparavant quelle était son inconstance, comme j'aurais repoussé ses hommages au lieu de lui donner une aussi haute place dans mon cœur!... Mais, hélas! je ne savais rien alors des choses d'amour; je ne savais pas qu'un amant qu'on favorise est un amant qui vous oublie... Maintenant il en aime une autre, et moi — je meurs!

(*Entre Celia. Elle quitte sa mante.*)

CELIA.

Madame!

LAURA.

Qu'y a-t-il, Celia?

CELIA.

Vivez, madame, vivez.

LAURA.

Que je vive, Celia?

CELIA.

Je l'ai vu.

LAURA.

Qui? don Félix?

CELIA.

Oui, madame, lui-même.

LAURA.

Que tu es folle!... Pourquoi cela

CELIA.

Parce que nous en étions convenus ensemble, — que je le verrais.

LAURA.

Et qu'a-t-il dit?

CELIA.

Vraiment, madame, sans me flatter, je me suis acquitté de mon rôle à merveille.—Ecoutez-moi avec toute votre attention. — Mais je n'ai pas besoin de vous le recommander.— Je suis entrée chez lui et lui ai dit que, passant par hasard dans la rue, je n'avais pas voulu passer si près de lui sans le voir.— Alors avec un soupir qui aurait attendri un cœur de bronze, ému et troublé, il s'est informé de vous bien dévotement. Moi j'ai parlé de votre colère contre lui, en ajoutant que, si vous appreniez que je fusse allé le voir, vous me tueriez. Sur ce il s'est plaint de votre sévérité inflexible. Moi, comme si cela fût venu de moi seule, je lui ai demandé pourquoi il ne venait pas essayer de vous apaiser. Il m'a répondu qu'il n'osait pas, que vous refusiez de l'entendre. Moi je lui ai répliqué qu'il n'avait qu'à venir, et que je l'introduirais auprès de vous à mes risques et périls, sous la condition toutefois qu'il ne dirait jamais que je lui eusse rendu ce service. Il m'a promis le secret, le plus profond secret; je l'ai emmené avec moi, et il est là qui attend, en face de la porte, le signal. Puisque le seigneur votre père est parti, je l'appelle.

LAURA.

Que tu es folle, Celia!

(*Celia sort.*)

LAURA.

Après tout je suis curieuse de voir de quelle manière il s'excusera. La femme qui se montre le plus irritée est, dans le fond du cœur, toujours disposée au pardon. Et si don Félix ne m'abuse pas comme je veux, je l'aiderai moi-même à m'abuser.

(*Entrent don Félix et Celia.*)

CELIA, *bas à don Félix.*

Le seigneur Fabio, mon maître, est sorti.— C'est le meilleur moment pour parler à ma maîtresse.

DON FÉLIX, *de même.*

Je te dois la vie et le bonheur.

CELIA, *de même.*

Il ne faut pas que vous ayez l'air d'avoir été introduit ici par moi. Au contraire, il faut que vous paraissiez être entré malgré moi. (*haut.*) Qu'est ceci, seigneur don Félix?... Quoi! malgré mes instances et mes prières...

DON FÉLIX.

Modère-toi, Celia.

CELIA.

Vous n'avez pas craint de pénétrer...

DON FÉLIX.

De grace, Celia!

CELIA.

Jusqu'ici. — Oh! quelle audace.

LAURA.

D'où vient donc tout ce bruit?

CELIA.

Ce bruit, madame, vient de ce que le seigneur don Félix a pénétré jusqu'ici sans considérer que si par hasard le seigneur Fabio rentrait...

LAURA, *à don Félix.*

Quoi! c'est vous?

DON FÉLIX.

Oui, madame

LAURA.

Voilà, seigneur cavalier, une audace étonnante. Comment? vous osez entrer de la sorte dans ma maison, dans mon appartement?

DON FÉLIX.

Hélas! madame, celui qui désire mourir ne craint plus rien. Et si ma mort pouvait me venger de vos mépris, je voudrais mourir à vos yeux pour être heureux du moins par ma mort.

LAURA.

Celia!

CELIA.

Que vous plaît-il?

LAURA.

La faute en est à toi.

CELIA.

A moi, madame?

LAURA.

Si tu avais fermé la porte...

CELIA.

Je l'ai fermée, madame.

DON FÉLIX.

Oui, madame, ce n'est point Celia que vous devez quereller; elle n'a aucun reproche à se faire; elle ne m'a point aidé à vous voir. C'est moi seul qui suis coupable, ainsi c'est moi seul que vous devez punir... Mais non; vous la grondez parce que vous êtes injuste par goût et par habitude, et que vous ne tenez pas à être plus équitable envers elle qu'envers moi.

LAURA.

En effet, vous avez raison; je suis naturellement et par plaisir d'une injustice sans égale. Car vous n'avez pas écrit à Nice, n'est-ce pas? car vous n'avez pas été chez elle, n'est-ce pas encore? car elle, de son côté, elle n'a pas été chez vous, n'est-il pas vrai? — Oh! oui, je suis la plus injuste des femmes et vous le plus innocent des hommes!.. Oui, je suis inconstante, légère, volage. Mais si je suis volage, légère, inconstante, pourquoi me cherchez-vous? que me voulez-vous?

DON FÉLIX.

Je veux seulement vous persuader que vous vous trompez, que vous avez conçu à tort de la jalousie.

LAURA.

Moi de la jalousie, don Félix?

DON FÉLIX.

Oui, Laura, et...

LAURA.

Qui vous a dit que j'eusse de la jalousie?

DON FÉLIX.

Votre conduite envers moi.

LAURA.

Ma conduite envers vous?

DON FÉLIX.

Eh! oui, Laura.

LAURA.

Comment cela?

DON FÉLIX.

Voici comment. Ou vous avez de la jalousie, ou non. Si c'est non, pourquoi, Laura, feignez-vous une colère que vous ne ressentez pas? Si c'est oui, pourquoi ne voulez-vous pas que je m'explique, puisque aucune personne jalouse ne se refuse à une explication. Ainsi, soit pour que je m'excuse, soit pour vous satisfaire, si vous avez de la jalousie, daignez m'entendre, ou me parler, si vous n'en avez pas.

LAURA.

Vous n'auriez pas trop mal raisonné, don Félix, si, de ce qu'une femme est mécontente, il s'ensuivait nécessairement qu'elle est jalouse; mais si l'un n'entraîne pas l'autre, car je puis avoir du mécontentement sans avoir de la jalousie, alors je n'ai pas à vous entendre, et vous, vous n'avez pas à me parler.

DON FÉLIX.

Eh bien, vive Dieu! ou mécontente ou jalouse, il faudra que vous m'écoutiez avant que je prenne congé de vous.

LAURA.

Vous en irez-vous après, si je vous écoute?

DON FÉLIX.

Oui, je m'en irai

LAURA.

Eh bien! parlez, et ensuite allez-vous-en.

DON FÉLIX.

Je n'essaierai point, Laura, de nier que j'aie aimé Nice...

LAURA.

Arrêtez, de grace. Si vous n'avez pas autre chose à me dire, ce n'est pas la peine de continuer. Je m'attendais à mille protestations courtoises, vraies ou fausses, car il est des chagrins qui se plaisent à être consolés même par le mensonge; je m'attendais à mille assurances d'une fidélité sans bornes, d'un attachement absolu, exclusif, inaltérable, et vous me jetez au visage que vous avez aimé Nice! Vous ne sentez donc pas qu'en croyant m'apaiser, vous m'offensez encore?

DON FÉLIX.

Pourquoi ne m'avez-vous pas laissé finir?

LAURA.

Comment! vous pensez pouvoir vous excuser?

DON FÉLIX.

Oui, sans doute.

LAURA, *à part.*

Que l'amour le permette!

DON FÉLIX.

Écoutez-moi donc.

LAURA.

Vous en irez-vous après?

DON FÉLIX.

Oui.

LAURA.

Eh bien! parlez, et ensuite allez-vous-en.

DON FÉLIX.

Ce serait une folie à moi de vous nier que j'aie autrefois aimé Nice, mais ce serait une plus grande folie à vous que de vous imaginer que l'amour que j'ai eu pour Nice ait ressemblé le moins du monde à celui que Laura m'inspire. Non, ce n'était pas cela de l'amour; ce n'était que l'apprentissage de l'amour. J'ai appris seulement, j'ai étudié auprès de Nice comment je devais aimer Laura.

LAURA.

La science d'aimer ne s'apprend pas et ne demande pas d'étude. L'amour, pour être savant, n'a pas besoin d'aller à l'Université; il s'instruit assez par lui-même, il sait de lui-même tout ce qu'il doit savoir; il ne peut que perdre à vouloir se rendre plus habile: et par-là ceux qui ont le plus d'expérience d'amour sont toujours les moins capables d'aimer.

DON FÉLIX.

Je me suis mal exprimé, Laura.

LAURA.

Au contraire, fort bien, don Félix.

DON FÉLIX.

Souffrez que je choisisse un autre exemple.

LAURA.

Non pas, c'est inutile.

DON FÉLIX.

Un seul mot, je vous supplie.

LAURA.

Vous en irez-vous après?

DON FÉLIX.

Oui.

LAURA.

Eh bien! parlez, et ensuite allez-vous-en.

DON FÉLIX.

Supposez, Laura, un homme né aveugle; il entend parler du soleil, de son éclat, de son rayonnement; en l'admirant sur la foi d'autrui, il cherche à se le représenter en idée. Par une belle nuit il recouvre soudainement la vue; il regarde le ciel, et la première chose qu'il aperçoit, c'est une étoile scintillante. Étonné, il se dit: Voilà sans doute le soleil! qu'il est magnifique le soleil! c'était bien ainsi que je me figurais le soleil!... Mais, tandis qu'il s'abandonne à cette admiration insensée, voici que le véritable soleil paraît à l'horizon; aussitôt, dédaigneusement il détourne les yeux de dessus cette étoile qui l'avait charmé d'abord, et, ravi, il contemple avec respect et joie le nouvel astre qui se lève. Ainsi de moi, Laura. Long-temps, comme un autre aveugle, j'ai vécu dans une ignorance profonde de l'amour, et je tâchais d'imaginer ce que l'amour pouvait être. Un instant Nice a trompé mon cœur; mais, hélas! bientôt je vous ai vue, et j'ai connu dès lors que vous seule, Laura, vous étiez le soleil, — le vrai soleil d'amour!

LAURA.

Vous ne dites pas ce que vous pensez, seigneur.

DON FÉLIX.

Si fait, je vous assure.

LAURA.

Non pas; car, tout au contraire, votre soleil a été Nice, et je ne suis, moi, que son étoile. La preuve en est que vous êtes venu pendant la nuit sous mes fenêtres, tandis que vous alliez de jour chez elle, et qu'on ne voit une étoile que la nuit tandis qu'on voit de jour le soleil.

DON FÉLIX.

Vive Dieu! Laura, je vous le répète, vous vous trompez. Que le ciel me frappe de la foudre si j'ai eu un rendez-vous avec elle depuis que vous demeurez à Ocaña!... D'ailleurs, pour ne pas croire ce qu'elle dit de moi, ne devrait-il pas vous suffire de songer que c'est elle qui le dit? N'est-ce pas, chez une femme, un manque de fierté qui la rend indigne de foi, que d'aller conter sa peine à celle qui cause sa jalousie?

LAURA.

Je sais, à n'en pas douter, qu'elle m'a dit la vérité.

DON FÉLIX.

A quoi le savez-vous?

LAURA.

A ma douleur.

DON FÉLIX.

Quelle douleur?

LAURA.

La douleur qui s'est emparée de moi après que Nice m'a eu fait sa confidence, et vous savez, don Félix, que le cœur est un astrologue qui devine toujours la vérité.

DON FÉLIX.

Vous avouez donc du moins que vous avez de la jalousie?

LAURA.

Il n'est pas étonnant que j'avoue, puisque vous me mettez à la torture.

DON FÉLIX.

Écoutez, Laura.

LAURA.

Qu'avez-vous à ajouter encore?

CELIA, *criant.*

Monseigneur!... monseigneur!... le voici qui arrive!

LAURA, *a don Félix.*

Allez-vous-en par la porte de cette chambre qui a une issue sur la rue.

DON FÉLIX.

Je pars; mais comment nous quittons-nous?

LAURA.

Comme vous voudrez.

DON FÉLIX.

Sans colère de votre part?

LAURA.

Revenez me voir cette nuit; je désire vous voir pour causer de Nice avec vous.

DON FÉLIX.

Ah! Laura, combien vous vous abusez!

LAURA.

Ah! combien vous m'affligez, don Félix!

CELIA.

Ah! qu'il est bon d'habiter une maison qui a deux portes!

JOURNÉE DEUXIÈME.

SCÈNE I

Une chambre.

Entrent d'un côté LAURA *et* CELIA, *et, de l'autre,* MARCELA *avec sa mante et l'écuyer* HERRERA.

LAURA.

Sois la bienvenue, Marcela.

MARCELA.

Que je suis heureuse de te trouver chez toi, ma chère !

LAURA.

C'est moi au contraire qui le suis, puisque je reçois ta visite.

MARCELA.

Loin de là ; quand tu sauras de quoi il s'agit, tu ne seras pas, je crois, trop contente.

LAURA.

Je ne serai pas contente, au moins, que je ne sache ce qui t'amène. — Approche des siéges, Celia. Nous serons mieux ici, plus tranquilles que dans la salle de réception.

HERRERA.

A quelle heure faudra-t-il revenir chercher madame ?

MARCELA.

A la nuit tombante, Herrera ; ce sera assez tôt.

HERRERA.

Le serein est bien dangereux à cette heure-là. Mais, n'importe... puisque vous le voulez...

(*Il sort.*)

MARCELA.

Tu es mon amie, belle Laura, et, de plus, tu es noble et spirituelle. Je ne puis me confier mieux qu'à une femme qui a de l'amitié pour moi, et en outre de la noblesse et de l'esprit.

LAURA.

Voilà des précautions oratoires bien extraordinaires. Tu excites ma curiosité !...

MARCELA.

Sommes-nous seules ?

LAURA.

Oui. Laisse-nous un moment, Celia.

MARCELA.

Celia peut rester. Je demandais si personne...

LAURA.

Non, il n'y a personne près d'ici. Commence, de grace.

MARCELA.

Ecoute-moi, Laura, avec attention. — Mon frère don Félix a amené ces jours-ci à la maison un noble cavalier dont il est l'ami depuis long-temps et qu'il a retrouvé récemment à Aranjuez. Il est probable que mon frère se sera promptement repenti d'avoir offert cette hospitalité dont il n'avait pas prévu les inconvénients ; car, à peine arrivé avec son hôte, il exige que je leur cède à tous deux mon appartement, et que, retirée au fond de la maison, je vive là de telle sorte que son ami ignore à jamais ma présence et même que j'existe. Sans doute mon frère a cru parer ainsi aux bavardages d'Ocaña, où l'on le blâmerait d'avoir logé chez lui un hôte aussi jeune quand il a une sœur à marier... Je ne dois pas oublier de te dire que la porte qui communique de son appartement actuel au mien, mon frère a eu le soin de la faire recouvrir d'une tapisserie en guise de portière, afin que son ami ne vienne pas à soupçonner que la maison a un autre logement. Mais en voilà assez sur don Félix, qui s'imagine empêcher ainsi que son ami me voie et me parle ; en voilà assez sur son ami qui mange et dort à la maison sans se douter qu'une femme y habite ; venons à moi. Toutes ces précautions que prend mon frère m'ont offensée, irritée ; il n'y a rien qui excite la femme la plus soumise et la plus résignée comme le manque de confiance ; cela même a causé souvent plus d'une imprudence fatale à l'honneur. Ainsi, quand on veut absolument oublier une chose, le tourment qu'on se donne pour l'oublier vous la rappelle ; ainsi, quand on cherche à s'endormir, bon gré mal gré, les efforts qu'on fait pour s'endormir chassent plus loin le sommeil ; ainsi, quand on trouve dans un livre quelques lignes effacées, par cela seul qu'elles sont effacées, on est d'autant plus curieux de les lire. De même cette précaution de mon frère, Laura, a éveillé en moi un vif désir de voir si notre hôte était aussi distingué d'esprit que de figure, ce à quoi je n'aurais pas songé peut-être sans la défense de mon frère. Les hommes ont pour eux les majorats ; nous, la curiosité de la première femme a été notre héritage. Donc, afin de pouvoir lui parler plus à mon aise sans qu'il sût qui lui parlait, un matin, de bonne heure, je suis sortie et je me suis rendue, en compagnie de Silvia, vers ce bouquet de peupliers qui est sur la route d'Aranjuez, près du couvent. Il devait passer par-là. Il est venu en effet; je l'ai appelé et nous avons causé ensemble. Depuis, nous nous sommes revus là deux ou trois fois... Tu t'imagines d'après cela, Laura, que j'ai quelque secret penchant pour ce noble cavalier; cela est possible, mais ce n'est pas là ce qui m'inquiète; ce qui m'inquiète, le voici. Ce matin, tandis que je me tenais entre la porte et la tapisserie dont je te parlais tout à l'heure, j'ai entendu que notre hôte racontait en détail à mon frère notre aventure. Heureusement que Celia, — je puis le dire devant elle, — est venue les interrompre. Mais je n'en suis pas quitte pour ce premier péril. Notre hôte peut d'un moment à l'autre achever sa confidence, et mon frère, à qui il a déjà dit mes craintes d'être reconnue et ma disparition subite près de la maison, et à qui il a promis de me dépeindre, pourrait aisément me deviner. C'est pourquoi, Laura, il est essentiel, tu le vois, que je parle à ce jeune homme, afin de prévenir une indiscrétion qui me perdrait. A cet effet je lui ai dépêché Silvia avec un billet de moi, où je lui dis qu'il me vienne voir dans cette maison où je demeure.

LAURA.

Tu en agis un peu légèrement avec moi, ce me semble.

MARCELA.

Pardonne-le-moi, je t'en prie, ma bonne Laura.

LAURA.

Non, vraiment, cela n'est pas bien; tu abuses un peu des droits de l'amitié. Avant d'écrire à ce jeune homme pour lui donner rendez-vous ici, tu aurais dû réfléchir que cela compromet ma renommée.

MARCELA.

J'ai bien réfléchi à tout, et je t'assure que tu n'as rien à craindre. Ce n'est pas moi qui aurais voulu t'exposer à rien de fâcheux, même pour mon amour, même pour mon honneur.

LAURA.

Cependant ce jeune homme, en venant ici...

MARCELA.

Je te comprends; écoute. Ta maison a deux portes: j'ai recommandé à Silvia de l'amener par la porte qui donne sur l'autre rue. De cette façon, ce jeune homme, en venant ici, lui qui est étranger à Ocaña, ne saura pas qu'il vient dans ta maison, et ainsi tu ne risques rien.

LAURA.

Je risque qu'il prenne des informations, qu'il soit instruit demain de ce qu'il ignore aujourd'hui, et qu'il ne pense que c'est moi qu'il aura vue.

MARCELA.

Sois tranquille, je me suis vêtue exprès; j'ôterai ma mante et je recevrai sa visite comme si j'étais dans ma maison.

LAURA.

Fort bien. Mais mon père... s'il rentrait et qu'il rencontrât ici un homme?...

MARCELA.

Eh! mon Dieu! Laura, il n'est pas sûr que ton père rentre de sitôt; et s'il rencontre ici un homme causant avec moi... Allons, Laura, ma bonne Laura, je t'en prie, rends-moi cet éminent service; je l'attends de ton amitié.

LAURA, *à part.*

Il m'est impossible de lui dire l'inconvénient que je redoute le plus; c'est que don Félix n'arrive, ne les surprenne l'un et l'autre, et qu'il ne pense que je favorise une liaison entre sa sœur et son ami.

(*Entre Silvia avec sa mante.*)

SILVIA, *à Marcela.*

J'ai parcouru vingt fois Ocaña en tous sens avant de pouvoir le trouver.

MARCELA.

Et à la fin tu l'as trouvé?

SILVIA.

Oui, madame. Je lui ai remis votre billet; il l'a lu rapidement, a marché derrière moi, et il fait sentinelle en ce moment à la porte que vous m'avez dite.

MARCELA.

Tu vois, Laura, il n'y a plus moyen de t'en défendre.

LAURA.

Je te sers à contre-cœur.

MARCELA.

Ote-moi, Celia, cette mante; et toi, Silvia, va le chercher. (*Silvia sort.*) Pour toi, Laura, je n'ose pas te prier de demeurer.

LAURA.

Non, Marcela; de toute façon j'aime mieux te laisser seule. Te voilà maîtresse de ma maison; je te la recommande. (*à part.*) On est obligé d'en passer par bien des choses qui déplaisent quand on a une folle pour amie.

(*Elle sort avec Celia.*)

(*Entre Silvia conduisant Lisardo.*)

SILVIA.

Vous êtes, seigneur, ici dans la maison de la dame voilée... que vous voyez maintenant le visage découvert.

LISARDO.

Quel bonheur est le mien!

MARCELA.

Vous étiez, seigneur cavalier, bien éloigné de croire que mon caprice ou mon inquiétude vous irait chercher.

LISARDO.

J'avoue, madame, que je n'espérais guère une si haute fortune et mes vœux n'eussent osé y prétendre. Le bonheur et le manque de confiance se rencontrent quelquefois par hasard réunis.

MARCELA.

Ne vous flattez pas trop encore, seigneur cavalier.

LISARDO.

Il est vrai, madame, que je ne puis me réjouir jusqu'à ce que vous daigniez m'apprendre le motif...

MARCELA.

Quoiqu'il n'eût pas été impossible, seigneur cavalier, que je vous eusse engagé aujourd'hui à venir me trouver chez moi seulement pour avoir le plaisir de causer avec vous, cependant, je vous le confesse, je n'aurais pas pris cette licence si je n'avais eu à me plaindre de vous à vous-même sans retard.

LISARDO.

Vous, madame, vous avez à vous plaindre de moi?

MARCELA.

Oui, et sur un sujet important.

LISARDO.

Sur un sujet important, madame? Vous me causez une surprise...

MARCELA.

Qui va cesser dans un moment.

LISARDO.

Veuillez vous expliquer, madame. Si je suis coupable envers vous, instruisez-moi de ma faute, afin que je n'y retombe plus... Je serais désolé de vous offenser de nouveau en quoi que ce fût, bien que, certes, mon intention n'y soit pour rien.

MARCELA.

N'avez-vous pas ce matin commencé de raconter notre aventure à quelqu'un?... à un cavalier de cette ville, que l'on nomme don Félix?... et n'avez-vous pas été empêché d'achever votre récit par l'arrivée d'une suivante?

LISARDO.

Je vous entends, madame.

MARCELA.

Cela est-il vrai?

LISARDO.

Parfaitement vrai.

MARCELA.

Et... que dites-vous?

LISARDO.

Je dis, madame, que je ne chercherai pas à m'excuser, quoique cela me fût facile; car, madame, auprès d'une femme qui est si bien au fait de ce qui me concerne dans un pays où je suis étranger, — d'une femme qui se cache à ce point d'un homme avec lequel je suis ami, — d'une femme qui tient dans la maison de cet homme une suivante qui lui rapporte mes discours, — je n'ai plus qu'à me taire et à me retirer; car, madame, avant d'être votre galant, j'étais l'ami de don Félix. Souffrez que je m'éloigne.

MARCELA.

Un moment, s'il vous plaît, de grace.

LISARDO.

J'obéis, madame. (*à part.*) Maudit soit l'homme qui trahit l'amitié!

MARCELA.

Je m'aperçois, seigneur cavalier, qu'aux détails que je vous donne vous soupçonnez que je suis la dame de don Félix. Eh bien! vous êtes dans l'erreur. Vous me croirez, si vous croyez à quelque chose: non-seulement je ne suis pas, mais il est impossible que je sois jamais sa dame.

LISARDO.

Alors, madame, qui vous aurait appris mon nom? qui vous aurait si bien mise au courant de mes affaires? Par qui avez-vous su si bien à point ce que nous avons dit dans sa chambre nous deux?

MARCELA.

Pour lever tous vos doutes, qu'il vous suffise de vous répondre que je suis l'amie d'une noble et belle dame qu'il aime. Tout à l'heure elle m'a parlé de lui, et de vous par occasion, et m'a fait part de ce qu'elle tenait de don Félix. Car, bien que votre ami soit un digne cavalier, vous savez qu'il n'y a de secret bien gardé que le secret qu'on ne sait pas... — Et maintenant je vous prie de ne pas lui achever votre histoire; qu'il n'ait pas de vous sur mon compte de nouveaux renseignements; qu'il ignore que nous nous sommes vus et que vous connaissez ma maison. — Car, s'il faut vous le dire, la moindre indiscrétion de votre part expose mon honneur, ou, tout au moins, ma vie.

LISARDO.

Tous mes doutes sont dissipés, madame, soyez-en certaine; mais il me vient une autre incertitude qui me tourmente plus encore. Car enfin, madame, si vous n'êtes pas...

(*Entre Celia.*)

CELIA, *bas à Marcela.*

Madame?

MARCELA, *bas à Celia.*

Qu'y a-t-il, Celia?

CELIA, *de même.*

C'est mon maître qui arrive par le corridor.

MARCELA, *de même.*

Il ne me manquait plus que cela! Pourra-t-on sortir?

CELIA, *de même.*

Non, madame; mon maître vient par la même porte par laquelle ce cavalier est entré, et il ne convient pas qu'il soit instruit que nous avons à la maison une autre porte. — Le voici qui entre.

MARCELA, *à Lisardo.*

Vous devinez, seigneur cavalier?...

LISARDO.

Oui, madame; que ferai-je?

CELIA.

Il faut que vous vous cachiez dans cette chambre.

MARCELA.

Vite, vite! car si on vous voyait...

LISARDO.

Vive Dieu! je suis perdu.

(*Il se cache dans une pièce voisine.* — *Entre Laura.*)

MARCELA, *à part.*

Que de reproches elle a droit de me faire!

LAURA.

Tu vois, Marcela, tu m'as mise dans une jolie position.

MARCELA.

Qui aurait pu prévoir que ton père serait sitôt de retour?

(*Entre Fabio.*)

FABIO.

Qu'est ceci, Celia? Depuis quand a-t-on pris l'habitude de laisser cette porte ouverte?

LAURA.

C'est que, seigneur, Marcela est venue me voir, et comme cette porte est près d'une maison où elle était, j'ai commandé qu'on l'ouvrît. Vous l'eussiez trouvée fermée autrement. —Voici mon amie.

FABIO.

Pardonnez, belle Marcela; comme il est déjà nuit je ne vous voyais pas. — Apportenous de la lumière, Celia.

CELIA.

J'y cours, monseigneur.

(*Elle sort.*)

LAURA, *à part.*

Tout mon cœur est troublé!

FABIO, *à Marcela.*

Quel heureux motif a valu aujourd'hui à ma fille votre visite?

MARCELA.

J'ai entendu parler de la tristesse de Laura et je me suis empressée de venir la voir, afin d'essayer d'adoucir sa peine.

LAURA.

De quoi je lui suis bien obligée, certainement, car on reçoit quelquefois des visites dont on se serait fort bien passé.

FABIO, *à Laura.*

Allons, tu vas mieux ce me semble. (*à Marcela.*) C'est à vous, madame, qu'elle le doit. — (*appelant.*) Holà, des flambeaux!

(*Entre Celia.*)

CELIA.

Les voici, monseigneur.

(*Elle pose les flambeaux sur un buffet.* — *Entre Herrera.*)

HERRERA, *à Marcela.*

Il est huit heures et demie, madame, l'heure de nous retirer à la maison. Vous m'avez commandé de vous venir chercher à la nuit tombante.

MARCELA, *bas à Laura.*

Il me peine, ma chère, de te laisser au milieu de ces ennuis.

LAURA, *bas à Marcela.*

Je reste pour payer la faute d'autrui.

MARCELA, *de même.*

J'espère que cela finira heureusement.

LAURA, *de même.*

Je le souhaite.

HERRERA.

Eh bien! madame? Vous m'avez commandé de venir vous chercher à la nuit tombante.

FABIO.

Permettez, madame, que je vous accompagne.

MARCELA.

Il est inutile, seigneur, que vous vous dérangiez. Restez avec Dieu.

LAURA, *bas à Marcela.*

Il vaut mieux que tu laisses aller mon père avec toi pour que ce cavalier puisse sortir.

MARCELA.

En vérité, seigneur, je crains que cela ne vous gêne, et je n'ose accepter votre offre.

FABIO.

Nullement, madame; je tiens à aller avec vous.

MARCELA.

Puisque vous voulez absolument m'accorder cet honneur, il serait peu gracieux à moi de me refuser à une telle courtoisie.

FABIO.

Veuillez me donner votre main.

MARCELA.

Vous êtes trop galant. Volontiers.

(*Sortent Fabio, Marcela, Herrera et Silvia.*)

LAURA.

Ah! Celia, dis-moi; dis-moi, y a-t-il une situation plus cruelle que la mienne?... Personne ne croirait que l'homme que je tiens ici renfermé m'est inconnu. Et lui, s'il me voit, ne pensera-t-il pas qu'il a été trompé et que Marcela n'est pas la maîtresse de la maison?

CELIA.

Il est facile de parer à tout cela, graces à l'absence de mon maître. Retirez-vous un moment. Je ferai sortir de là ce cavalier, et il ne s'en ira pas détrompé puisqu'il s'en ira sans voir ni vous ni Marcela.

LAURA.

Tu as raison, je te laisse ; ouvre-lui au plus tôt. — Mais non, il me semble que j'ai entendu du bruit dans la salle voisine.

CELIA.

Autre embarras !

(*Entre don Félix.*)

DON FÉLIX.

Ah ! Laura !

LAURA.

Quoi ! vous !... Déjà ! don Félix !

DON FÉLIX.

Oui, Laura. A peine le jour a-t-il commencé à disparaître que j'ai accouru me poster dans votre rue. Un vif désir rend impatient. J'ai vu ma sœur sortir d'ici accompagnée de votre père, et je me suis enhardi à entrer. Car notre raccommodement m'inspire tant de joie que je n'ai pas voulu tarder un moment à vous voir radoucie à mon égard.

LAURA.

Vous avez eu tort, don Félix. A peine m'avez-vous délivrée d'un chagrin que vous m'en donnez un autre. (*à part.*) Je ne sais que lui dire et n'ai pas la force de parler. (*haut.*) Pourquoi avez vous pénétré ici imprudemment, sans considérer que d'un moment à l'autre mon père peut rentrer ?

DON FÉLIX.

J'ai voulu seulement vous dire, Laura, que j'attends dans la rue qu'il soit l'heure de vous parler, pour qu'après vous ne me disiez pas que je viens d'une autre maison lorsque je viens vous voir. Ainsi, je retourne à mon poste.

LAURA.

Oui, retournez-y, et au plus tôt. Quand mon père sera rentré et retiré dans son appartement, nous pourrons causer à notre aise. Je suis troublée... Je crois qu'il soupçonne notre amour... Tous ces jours-ci il n'a fait qu'aller et venir... et même, tout à l'heure, il a pris la clé de cette porte. (*à part.*) Il fallait bien mentir pour assurer la sortie de ce cavalier qui est là.

DON FÉLIX.

Afin de dissiper vos craintes, je m'en vais — Je serai dans la rue.

FABIO, *du dehors.*

Holà ! qu'on m'éclaire !

LAURA.

Ciel ! voici mon père !

CELIA.

Oui, madame, c'est lui !

(*Celia prend un flambeau et sort.*)

DON FÉLIX.

Eh bien ! Laura ?

LAURA.

Quand je vous le disais !

DON FÉLIX.

Puisque votre père a pris la clé de cette porte, je n'ai plus par où sortir. Ainsi je vais me cacher dans cette pièce.

(*Il ouvre la porte de la pièce voisine où est Lisardo. Laura l'empêche d'y entrer.*)

LAURA.

Non ! n'entrez pas par-là, don Félix.

DON FÉLIX.

Pourquoi ?

LAURA.

Parce que mon père passe toujours une partie de la nuit à écrire dans cette chambre.

DON FÉLIX.

Vive Dieu ! cela n'est pas. Vous avez un autre motif pour m'empêcher d'entrer ; et ce motif, je le sais. J'ai vu là, là-dedans, en entr'ouvrant la porte, à travers l'obscurité, — un homme !

LAURA.

Vous vous trompez, don Félix.

DON FÉLIX.

J'en suis certain, madame ; il y a là un homme ; et cet homme, je veux le voir.

LAURA.

En vérité vous êtes dans l'erreur.

DON FÉLIX.

Laissez moi voir alors.

LAURA.

De grace, don Félix, voici mon père qui entre.

DON FÉLIX, *à part.*

Malheureux que je suis ! quelle horrible position ! Si je fais du bruit, j'apprends à Fabio son outrage ; si je me tais, je souffre le mien.

(*Entre Fabio.*)

FABIO.

Vous ici, don Félix, à cette heure ?

LAURA, *bas à don Félix.*

Songez, pour Dieu ! à votre conduite. Vous êtes cavalier ; ménagez l'honneur d'une femme.

DON FÉLIX, *bas à Laura.*

Vous me connaissez et n'avez rien à craindre. (*haut.*) Je venais chercher ma sœur. On m'a dit qu'elle était chez vous.

FABIO.

Je viens de la laisser a sa porte. Je lui ai servi d'écuyer.

LAURA.

C'est, mon père, ce que je répondais au seigneur don Félix.

DON FÉLIX.

Dieu vous garde, seigneur, pour l'insigne honneur que vous avez fait à ma sœur!

FABIO.

J'ai été moi-même trop honoré... Elle vous attend chez vous.

DON FÉLIX.

Je vais la rejoindre. (*à part.*) Je ne sais que résoudre... Rester ici, sottise; me retirer en y laissant un homme, folie; troubler la maison pour cet homme, indignité; l'attendre dans la rue, impossible; il a deux portes et je suis seul. Oh! que n'ai-je amené avec moi Lisardo, ce véritable ami!... Mais j'ai un moyen de tout savoir. (*haut.*) Demeurez avec Dieu!

FABIO.

Qu'il vous protége également!

LAURA.

Je lui adresse le même souhait.

DON FÉLIX, *à part.*

Vive Dieu! nous verrons aujourd'hui s'il est vrai que la fortune aide à l'audace.

(*Il sort précipitamment.*)

FABIO.

Celia, éclaire vite à don Félix.

CELIA.

Il est déjà bien loin.

(*Elle sort après avoir pris un flambeau.*)

FABIO, *prenant l'autre flambeau.*

Viens avec moi, Laura; j'ai à te parler seul à seul.

LAURA, *à part*

Ciel! qu'a-t-il donc à me dire? Comment tout cela finira-t-il?

FABIO, *faisant mine d'aller vers la chambre où est Lisardo.*

Viens par ici.

LAURA, *à part.*

Jésus! Jésus!

FABIO, *allant d'un autre côté.*

Non, allons par-là, plutôt.

LAURA.

O mon Dieu!... je suis sauvée... au moins pour le moment.

(*Fabio et Laura sortent. — Entre Celia un flambeau à la main.*)

CELIA.

Don Félix a disparu en un moment, sans attendre que je descendisse pour lui éclairer. Je devine son intention. Il veut se trouver le plus tôt possible à la porte de l'autre rue. Mais avant qu'il y soit, ce cavalier sera parti. Il n'y a pas à balancer. Mon maître est dans sa chambre avec madame... (*ouvrant la porte.*) Eh! cavalier! seigneur cavalier!

(*Entre Lisardo.*)

LISARDO.

Eh bien?

CELIA.

Vous nous avez causé ici bien de l'embarras.

LISARDO.

Je sais ce que je vous dois. Quoique je n'aie pas entendu tout fort clairement, parce que les voix m'arrivaient affaiblies, j'ai cependant compris que la maison était fort agitée.

CELIA.

Allons, partons.

LISARDO.

Partons.

CELIA, *à part.*

Qu'il sorte une fois de la maison, et après, qu'on se batte, qu'on s'égorge dans la rue, j'en suis d'avance consolée.

(*Elle éteint le flambeau. — Sortent Lisardo et Celia. — Entre don Félix.*)

DON FÉLIX [1].

Avant qu'elle ne fût descendue pour m'éclairer, j'ai pu me cacher dans un recoin de l'escalier, enveloppé de mon manteau. Que ce temps m'a paru long! chaque minute était un siècle!... On n'aura pas eu le loisir de renvoyer cet homme, et je doute qu'on s'y hasarde en pensant que je suis dans la rue... Feignons que je suis un valet de la maison, que je suis au fait de l'aventure: amenons-le avec moi jusqu'à la rue, et là... que ma fureur et ma jalousie!... (*Il s'approche de la porte de la chambre où était Lisardo.*) C'est bien là la porte de la chambre où il était... Pourquoi donc l'a-t-on ouverte?... (*appelant à demi-voix.*) Holà! seigneur cavalier, suivez-moi; n'ayez pas peur. (*à part.*) Il ne répond pas. (*appelant.*) Seigneur cavalier!... (*avec colère.*) Vous ne voulez pas répondre!.... Vive Dieu! vous m'obligez par votre silence à vous aller chercher!

(*Il entre dans la pièce voisine. — Entre Laura avec un flambeau.*)

LAURA.

J'ai eu bien peur... Heureusement que ce

(1) Comme il n'est pas possible que don Félix entre par la porte de la chambre où Lisardo était caché, ni par la porte de l'appartement où Fabio et Laura viennent d'entrer, il faut nécessairement qu'il entre par une troisième porte par où sont sortis Lisardo et Celia; il faut, de plus, qu'il n'entre qu'un moment après leur sortie, parce que, sans cela, il les aurait rencontrés. Cette faute contre la loi du théâtre, qui ne veut pas que la scène reste vide, se retrouve fréquemment dans les dramatistes français qui appartiennent à la première moitié du dix-septième siècle, sans excepter le grand Corneille.

n'était rien. Je croyais que mon père m'allait interroger sur la présence de don Félix; et c'était pour me dire qu'il partait demain matin pour la campagne... pour affaires. — Mais qu'est devenue Celia?... Où es-tu donc, Celia?... Ils sont tous partis et m'ont laissée seule dans mon danger... Personne ne paraît... Hélas! que faire?... Don Félix doit être dans la rue tandis que ce cavalier est caché là. N'importe, il faut qu'il parte; il le faut avant tout. Je suis celle que je suis. (*Elle s'approche de la porte.*) Çà, cavalier, il est temps que vous partiez. Ne soyez pas étonné de me voir...

(*Entre don Félix.*)

DON FÉLIX.

Ah! comment puis-je ne pas être étonné de vous voir, Laura?

LAURA.

Qu'entends-je!

DON FÉLIX.

C'est moi.

LAURA.

Don Félix!

DON FÉLIX.

Lui-même.

LAURA.

O ciel!

DON FÉLIX.

O la plus légère des femmes, la plus perfide, la plus fausse!

LAURA.

Qu'est-ce que cela signifie?

DON FÉLIX.

Cela signifie qu'il y a un homme à cette heure que vous avez abusé long-temps et qui est complètement désabusé... Cela signifie que cet homme renonce à vous pour jamais.

LAURA

Je me meurs!

DON FÉLIX.

Adieu.

LAURA.

Don Félix!

DON FÉLIX.

Adieu.

(*Il marche dans la chambre, elle le suit.*)

LAURA.

Mon bien, ma vie, mon seigneur!

DON FÉLIX.

Mon mal, ma perte et ma honte, que me voulez-vous?

LAURA.

Je veux ne vous aimer plus [1].

DON FÉLIX.

Et moi, je vous crois, parce que vous le dites; car ce que vous dites je dois le croire. Car vous n'avez pas caché un homme là dans cette chambre, n'est-il pas vrai? Et vous ne m'avez pas affirmé que la porte de ce côté était fermée? Et tout à l'heure vous n'avez point parlé à moi en pensant parler à cet homme!... Oui, je vous crois, bien que je l'aie vu de mes yeux... Mais, non, je n'ai rien vu... Malheur à moi d'être plus clairvoyant pour votre honneur que vous-même!... Adieu, Laura, adieu, Laura.

LAURA.

Un moment, de grace, arrêtez!... Avant de partir, écoutez-moi.

DON FÉLIX.

Quoi! prétendriez-vous vous excuser?

LAURA

Oui, je le prétends.

DON FÉLIX.

J'ai donc mal vu, moi?

LAURA.

Qu'avez-vous vu?

DON FÉLIX.

Un homme qui était là dans votre chambre.

LAURA.

C'était peut-être quelque domestique.

(*Entre Celia.*)

CELIA, *sans voir don Félix.*

Il est dans la rue, madame!

DON FÉLIX.

Eh bien!... c'était peut-être quelque domestique?

CELIA.

Comment! le seigneur don Félix encore ici!

LAURA.

Hélas! toutes les apparences m'accusent... Il faut que j'aie bien du malheur, puisque je suis innocente.

DON FÉLIX.

Sans doute, c'est moi qui suis coupable.

LAURA.

Je vous estime et je vous aime tant, don Félix, malgré votre sévérité, que je ne vous

---

(1) *Mi mal, mi muerte, mi ofensa,*
Que me quieres! — Que te quiero?
Te quiero no mas...

Il y a ici un jeu de mots sur le mot *querer* qui signifie en même temps, en espagnol, *aimer* et *vouloir*. La double signification de ce verbe a inspiré au poète Villegas le dénouement d'une petite pièce de vers pleine de charme que connaissent toutes les personnes qui se sont occupées de littérature espagnole. Le poète raconte qu'il a vu un oiseau se plaindre de ce qu'un laboureur avait dérobé le nid où l'oiseau avait laissé sa compagne. Il suivait le laboureur en voltigeant de branche en branche, et il semblait lui dire :

« *Dame, rustico fiero,*
Mi dulce compania; »
I que le respondia
El rustico: « *No quiero* ».

« Rends-moi, homme cruel, ma compagne chérie. » Et cet homme lui répondait : « Je ne veux pas (ou je n'aime pas) ».

dirai pas ce qui m'absout de peur de vous affliger.

DON FÉLIX.

Voilà une merveilleuse délicatesse!... C'est ainsi qu'on se défend quand on n'a rien à répondre. Enfin, Laura, adieu.

LAURA.

Considérez, je vous prie...

DON FÉLIX.

Lâchez-moi.

LAURA.

Vous ne vous en irez pas ainsi, don Félix.

DON FÉLIX.

Vive Dieu! si vous me retenez, je pousse un cri tel que je réveille votre père et que je lui dis qui vous êtes.

LAURA.

Don Félix, votre langage est bien cruel.

DON FÉLIX.

Ne m'obligez pas à perdre le respect que je dois à votre beauté... La jalousie tue le respect. — Adieu.

(*Il sort.*)

LAURA.

Arrête-le, Celia.

CELIA.

Je m'en garderais bien.

LAURA.

Je le retrouverai et je lui parlerai. Ah! Marcela, que de tourments tu me causes!

(*Laura et Celia sortent.*)

SCÈNE II.

Une chambre dans la maison de don Félix.

Entrent LISARDO *et* CALABAZAS.

LISARDO.

Quelle journée!

CALABAZAS.

Qu'avez-vous donc, seigneur!... D'où et comment venez-vous à cette heure?

LISARDO.

Je n'en sais rien.

CALABAZAS.

Après être sorti sans moi, — ce qui ne s'est jamais vu avec un laquais, homme de bien, — vous rentrez à la maison comme un foudre au moment où le jour va paraître, et, par-dessus le marché, pâle, grondeur et furieux.

LISARDO.

Ne m'assomme point, de grace, et surtout ne t'avise pas de plaisanter, je ne suis pas d'humeur à goûter le sel de tes plaisanteries. — Fais plutôt nos malles. Il faut que je parte aujourd'hui, ce matin... Mais non, va voir auparavant si je puis parler à don Félix.

CALABAZAS.

A don Félix, dites-vous?

LISARDO.

Oui, à don Félix.

CALABAZAS.

C'est qu'il n'est pas à la maison. Je crois même, malgré l'heure très avancée, qu'il n'est pas rentré se coucher.

LISARDO.

Il est heureux, lui! il sera allé célébrer son raccommodement avec sa dame. Et moi!... Ah! Calabazas, si tu savais tout ce qui m'arrive!

CALABAZAS.

Il ne tient qu'à vous, monseigneur, que je le sache.

LISARDO.

Afin que tu me laisses tranquille, écoute.— Mais à condition que tu me feras grace de tes conseils.

CALABAZAS.

La condition est dure; mais enfin, puisque vous le voulez, j'y souscris. Tant pis pour vous!

LISARDO.

La dame mystérieuse m'ayant invité par un billet à me rendre chez elle, j'y suis allé. Sa suivante est venu me prendre à la porte; nous avons traversé un jardin; et enfin, dans une chambre, j'ai trouvé cette dame plus belle, plus charmante que jamais. Dès l'abord elle a commencé à m'adresser quelques reproches sur je ne sais plus quoi, lorsque son père a frappé à la porte. On m'a mis aussitôt dans une pièce voisine. J'étais là depuis une heure environ, lorsqu'après quelques conversations que j'ai entendues d'une manière confuse, un homme a entr'ouvert la porte. Je me suis couvert de mon manteau et j'ai porté la main sur mon épée. Presque au même instant, une femme s'est approchée devant cet homme et la porte entr'ouverte s'est refermée. Tout cela s'est fait si vite que je n'ai pas eu le temps de voir le visage de cet homme. Un moment après une autre suivante, qui m'a paru assez troublée, est venue me tirer de là secrètement et m'a reconduit secrètement jusqu'à la rue, en ne cessant de me prier de ne parler de rien à don Félix... Et maintenant, me voilà inquiet, irrésolu, et ne sachant que faire. Car si cette dame est sa maîtresse comme je le soupçonne, et que je lui taise mon aventure, c'est bien mal récompenser son amitié, son hospitalité. D'autre part, si je la lui confie, et que cette dame ne soit point sa maîtresse, comme cela est possible enfin, je trahis alors lâchement une femme dont je suis aimé et que j'aime. Ainsi, ne pouvant ni me taire ni parler sans risque, le mieux est, ce me semble, d'éviter ces deux périls, de partir. Je n'ai que ce moyen de ne pas offenser don Félix par mon silence et cette dame par une indiscrétion. En conséquence, prépare nos effets pour le départ; je veux m'en aller avant le jour, quoique je laisse à Ocaña et mon cœur et mon âme.

CALABAZAS.

Sur ma foi! c'est une résolution qui vous fait honneur.

LISARDO.

Puisque tu l'approuves, Calabazas, je te donne l'habit que tu convoitais ce matin du coin de l'œil.

CALABAZAS.

A moi, monseigneur, votre habit?

LISARDO.

Oui, Calabazas.

CALABAZAS.

Je vous baise les mains et les pieds, seigneur. Et cela, ce n'est pas tant parce que vous me donnez l'étoffe d'un habit, quoique ce soit déjà un beau cadeau, que parce que vous me donnez l'habit tout fait. Pendant que celui ou celle qui doit me remettre vos effets se lève, écoutez ce qu'on épargne à avoir un habit tout fait. (*Il parle jusqu'à la fin de la scène en changeant de voix à chaque instant.*) — Seigneur tailleur, combien faut-il d'aunes de drap pour moi? — Sept et trois quarts. — Votre voisin Quiñones n'en demande que six et demie. — Eh bien! qu'il s'en charge; mais si ça va bien, je m'engage à m'arracher la barbe. — Combien de taffetas? — Huit. — Ce sera assez de sept. — C'est impossible à moins de sept et demie. — Et de toile de Rouen? — Quatre. — Oh! non. — S'il en manque un doigt, il n'y aura pas moyen. — Et de la soie? — Deux onces. — Et de la laine? — Trente. — Et du boucassin pour les devants? — Une demi-aune. — Et de l'Anjou? — Pareillement. — Et des boutons? — Trente douzaines? — Quoi, trente douzaines! — Et mon Dieu! il n'y aura qu'à les compter... Pour les rubans, les poches et le fil, je trouverai ce qu'il me faut à la maison... Permettez, s'il vous plaît, que je prenne mesure. Les pieds bien joints, la mine droite, le bras tendu. — En vérité, seigneur tailleur, on dirait que vous me voulez faire danser la danse des Matassins[1]. — Comme cette culotte aura de la grace! — Écoutez bien; le pourpoint large des épaules, tombant un peu sur le haut des bras, et bien arrondi de la ceinture. — Nous avions oublié la frise pour les basques. — Vous la fournirez; j'aime mieux cela. — Ah! vous avez oublié encore les entre-doublures. — Vous les prendrez sur ce vieux manteau. — Je vais les couper à l'instant. — Ah! çà, quand m'apporterez-vous tout cela? — Demain matin à neuf heures précises. — Sans faute, au moins? — Comptez sur moi. — C'est bien. — Nous voilà au lendemain à une heure de l'après-midi, et, comme de raison, le tailleur n'est pas venu. — Oh! que ce tailleur se fait attendre! L'on frappe! c'est lui! — Seigneur tailleur, vous m'avez retenu tout le jour à la maison. — Je n'ai pas pu venir plus tôt. J'ai achevé des jupons de dessous pour une femme, qui avaient au moins cent lés. Je croyais que je n'en finirais plus... Ah! seigneur cavalier, cet ouvrage est bien sec. — Trempez-le... Essayons... Cette culotte m'est étroite. — Ça n'y fait rien; c'est du drap, ça s'élargira. — Ce pourpoint m'est large. — Ça n'y fait rien; c'est du drap; ça se rétrécira. — A merveille! il paraît que le drap s'élargit et se rétrécit à la volonté du tailleur... Ce manteau est court. — Il descend plus bas que la jarretière, et on ne les porte pas longs aujourd'hui. — Combien vous dois-je? — Eh! pas grand'chose; presque rien. — Voyons toujours. — Vingt pour la culotte; vingt pour le pourpoint et les manches; dix pour le manteau; trente pour les boutonnières. Et... — Et mille autres impertinences telles que celui qui me donne un habit tout fait, qu'il m'aille bien ou mal, me donne un vrai bijou. Et là-dessus je cours plier les vôtres avec reconnaissance.

(*Il sort.*)

LISARDO.

Quelles folies!... Plût à Dieu que j'eusse sa gaîté, au lieu de sentir si vivement tous ces ennuis!... Au diable la femme, la femme mystérieuse, avec sa mante et ses précautions, et ses confidences, à travers lesquelles il m'est impossible de démêler la vérité!

(*Entre Calabazas.*)

CALABAZAS.

Je viens de dire à une suivante de préparer nos effets parce que nous partons aujourd'hui même pour l'Irlande[1].

(1) La danse des Matassins, en espagnol *Matachines*, était une danse bouffonne exécutée par des acteurs grotesquement masqués. Le Matassin, ou *Mattaccino*, appartient à la farce italienne comme Trivelin et Scaramouche. Nous ne connaissons pas de comédie espagnole où ce personnage joue un rôle. Molière a mis une danse de Matassins dans le ballet de *M. de Pourceaugnac*, et même ce sont eux que le poète a chargés d'exécuter sur le héros de sa pièce cette ordonnance dont l'exécution était alors confiée aux garçons apothicaires.

(1) On comprend que ceci n'est qu'une plaisanterie de Calabazas. Quand il dit : Nous partons pour l'Irlande, c'est comme s'il disait : Nous partons pour la Cochinchine. Cependant il est juste de rappeler que les relations commerciales entre l'ancienne Irlande et l'au-

LISARDO.

Tu aurais pu ajouter que ce sont les artifices d'une femme qui m'exilent d'Ocaña avant le temps.

CALABAZAS.

Si vous y tenez, monseigneur, j'y retourne.

LISARDO.

Demeure ici, imbécille.

(*Entrent Marcela et Silvia. Elles s'arrêtent à la porte. Marcela a sa mante.*)

SILVIA, *bas à Marcela.*

Songez, madame, à quoi vous vous exposez.

MARCELA, *bas à Silvia.*

Ne me dis rien; car je ne suis pas disposée à rien entendre. — Il s'en va, dis-tu, aujourd'hui?

SILVIA, *de même.*

Oui, madame.

MARCELA, *de même.*

Pourquoi donc t'étonner de la résolution que m'inspire l'amour?... Sans doute que Laura lui a déclaré qui je suis, et il me fuit.

SILVIA, *de même.*

Que prétendez-vous alors?

MARCELA, *de même.*

Lui parler avec franchise. Mon frère, qui n'est pas encore rentré à cette heure, ne reviendra pas probablement de la journée. Toi, Silvia, attends à cette première porte.

(*Silvia sort.*)

LISARDO, *à Calabazas.*

Va voir si don Félix est de retour.

CALABAZAS.

Don Félix? non; mais voici la dame mystérieuse.

LISARDO.

Que dis-tu?

CALABAZAS.

La dame-revenant.

LISARDO.

Où est-elle?

MARCELA.

Me voici.

LISARDO.

Quoi, madame!...

MARCELA.

Il me semble, seigneur cavalier, qu'il n'est pas galant à vous de partir ainsi d'Ocaña sans prendre congé d'une femme qui vous aime.

LISARDO.

Comment! vous avez déjà appris mon départ?

cienne Espagne, sont le fait le mieux prouvé de l'histoire Irlandaise. A l'époque où Calderon écrivait, il restait aux deux pays la sympathie religieuse.

MARCELA.

Une mauvaise nouvelle court et vole.

CABALAZAS, *à part.*

Vive Dieu! elle a commerce avec le diable. C'est peut-être Catalina d'Acosta qui va cherchant sa statue[1]?

MARCELA.

Enfin, vous partez?

LISARDO.

Oui, je pars, je vous fuis.

MARCELA, *à part.*

Que lui dirai-je? (*haut.*) Je présume de là que vous savez maintenant qui je suis. Si c'est à cause de cela que vous vous éloignez, que Dieu vous accompagne! mais vous devez savoir aussi maintenant qu'il ne m'était pas possible d'agir autrement que j'ai agi.

LISARDO.

Je ne vous comprends pas, madame. Je ne sais de vous, c'est la vérité pure, que ce que vous m'en avez appris vous-même, et c'est pour cela que je m'en vais; c'est votre manque de confiance qui me chasse.

CABALAZAS, *de la porte.*

Eh! Tst! Tst!... le seigneur don Félix!

MARCELA.

Ah! malheureuse!

LISARDO.

Ne craignez rien, madame, vous êtes avec moi.

MARCELA.

Eh bien! puisqu'ainsi mes disgraces se succèdent l'une à l'autre, et que je n'ai plus rien à ménager, sachez qui je suis...

CALABAZAS.

Il entre dans la salle.

MARCELA.

Je ne puis achever... Ma vie est en vos mains; je la confie à votre honneur. — Je me cache.

(*Elle se cache dans un cabinet.*)

LISARDO.

O cieux! délivrez-moi de ces doutes mortels!... Il faut qu'elle soit sa maîtresse puisqu'elle le craint tant.

(*Entre don Félix.*)

DON FÉLIX.

Lisardo?

(1) *Si es Catalina de Acosta*
Qui anda buscando su estatua?

Il devait y avoir en Espagne quelque légende populaire bien terrible sur cette Catalina d'Acosta, qui sans doute avait fait un pacte avec le diable; nous regrettons de ne savoir sur elle que ce que Calderon nous en apprend. Cette tradition serait selon nous du seizième siècle ou du commencement du dix-septième. Nous oserions affirmer qu'il n'est point parlé de Catalina d'Acosta dans aucun des recueils de romances espagnoles (*Romanceros*) publiées à la fin du quinzième.

LISARDO.

Qu'avez-vous, don Félix?

DON FÉLIX.

J'ai un chagrin affreux et je viens chercher près de vous des consolations et des conseils.

LISARDO.

Mais... moi, don Félix...

DON FÉLIX.

J'ai besoin d'un ami tel que vous.

LISARDO.

Laisse nous, Calabazas.

CALABAZAS.

Je vais tout préparer.

(*Il sort.*)

LISARDO.

En apprenant que vous n'étiez pas rentré chez vous de la nuit, je m'étais imaginé que vous célébriez votre raccommodement avec votre dame; et voilà que vous revenez, dites-vous, avec un sujet de tristesse!

DON FÉLIX.

Oui, un malheur en amène toujours un autre. — Ah! mon ami, que vous aviez raison hier, quand, lorsque je vous parlais de la jalousie, vous me disiez qu'il est bien moins douloureux de la causer chez un autre que d'en sentir soi-même les effets! Aujourd'hui, cette jalousie que naguère j'inspirais, je l'éprouve. Ah! mon ami, quelle horrible torture que la jalousie!

LISARDO.

Comment vous est-elle donc venue?

DON FÉLIX.

Ce récit vous sera peu agréable.

LISARDO, *à part.*

Vive Dieu! il aura suivi cette dame, et c'est d'elle et de moi qu'il est jaloux.

MARCELA, *à part.*

Que le ciel ait pitié de moi!

DON FÉLIX.

Hier je me présentai bien humblement chez ma belle ennemie, et à force de prières, de flatteries et de protestations je parvins à l'apaiser. Mais le soir, hélas! lorsque, joyeux et content, je retournais chez elle avec l'espoir d'être enfin dédommagé de tant de peines, des circonstances qu'il serait trop long de vous dire m'ayant forcé d'ent'rouvrir la porte d'une chambre, je vis là, à travers l'obcurité, — un homme!

LISARDO, *à part.*

Vive le ciel! il m'est arrivé à moi cette nuit tout le contraire.

MARCELA, *à part.*

Jésus! Jésus!

DON FÉLIX.

Malheur à moi! Malgré la venue de son père et la perte de son honneur, je devais cent fois tuer cet homme... Quoi qu'il en soit, j'eus le loisir de me cacher, et je restai là quelque temps dans la pensée de le rejoindre et de voir qui il était.

LISARDO.

Le savez-vous à cette heure?

DON FÉLIX.

Mon Dieu! non. Une suivante l'avait tiré de cette chambre. Je suis sorti presque aussitôt, mais je n'ai pu rien trouver... J'ai fait sentinelle toute la matinée dans la rue jusqu'à midi, mais en vain. — Y a-t-il au monde, dites, un homme plus malheureux que moi? Je suis jaloux et ne sais pas de qui.

LISARDO, *à part.*

Mes craintes ne me trompaient pas. Cette dame était sa maîtresse, et l'homme caché, c'était moi. Je n'avais que trop bien deviné. Mais, supposé qu'il ignore que c'est moi qu'il a vu et que sa dame est ici, que mon absence mette fin à tout cela. Lorsque je serai éloigné, il lui sera impossible de connaître les torts de cette femme et ma trahison involontaire.

DON FÉLIX.

A quoi songez-vous donc, que vous ne me répondez pas? Vous avez l'air tout étonné!

LISARDO.

Je le suis encore plus que vous ne pensez.

DON FÉLIX.

Que ferai-je, dites-moi?

LISARDO.

Je ne vois qu'un remède.

DON FÉLIX.

Lequel?

LISARDO.

Oublier.

DON FÉLIX.

Ah! le puis-je?

(*Entre Calabazas.*)

CALABAZAS, *à don Félix.*

Seigneur, il y a là dehors une dame qui demande à vous parler.

DON FÉLIX.

C'est elle, sans doute; je n'ai rien à lui dire.

LISARDO.

Voyez d'abord si c'est elle.

(*Entre Laura couverte de sa mante.*)

DON FÉLIX.

Est-ce que je ne la connais pas?... Elle vient, j'en suis sûr, pour me persuader que je suis dans l'erreur.

LISARDO, *à part.*

Si cette dame est la maîtresse de don Félix chez laquelle il m'a trouvé, quelle est donc cette autre dame?

LAURA.

Seigneur Lisardo, je vous prie, comme cavalier, de vouloir bien me laisser avec don Félix ; j'ai à lui parler.

DON FÉLIX.

Qui vous a dit, madame, que don Félix consent à vous parler?

LAURA, *à Lisardo.*

Laissez-nous seuls toujours.

LISARDO.

Vous allez être par moi obéie. (*à part.*) Je ne puis faire sortir l'autre dame; tenons-nous aux aguets... D'ailleurs il n'y a rien à craindre, puisque ma dame mystérieuse n'est pas sa dame.

(*Lisardo et Calabazas sortent.*)

LAURA.

Maintenant que nous sommes seuls, don Félix, et que je puis dire tout haut le motif qui m'amène, écoutez-moi.

DON FÉLIX.

A quoi bon? je sais ce que vous voulez me dire; — que ça été un rêve, une illusion, que j'ai été abusé en tout ce que j'ai vu et entendu. Si c'est là le motif qui vous amène, vous n'avez rien à me dire, madame, et moi je ne veux rien savoir.

LAURA.

Et si ce n'était pas ce que vous supposiez? si même c'était quelque chose de tout différent?

DON FÉLIX.

Je ne vous comprends pas.

LAURA.

Ecoutez-moi, et vous me comprendrez.

DON FÉLIX.

Vous en irez-vous après, si je vous écoute?

LAURA.

Oui.

DON FÉLIX.

Eh bien! parlez.

MARCELA, *à part.*

Attention, ici. Que j'ai peur!

LAURA.

Je n'essaierai pas de vous nier qu'il y eût un homme dans la chambre.

DON FÉLIX.

J'attendais de vous une protestation d'attachement, de fidélité, d'amour, des paroles consolantes et de tendres assurances; et au lieu de cela, vous avouez votre injure! Comment ne sentez-vous donc pas qu'en me la rappelant vous la renouvelez?

LAURA.

Si vous ne m'écoutez pas jusqu'à la fin!

DON FÉLIX.

Qu'avez-vous à me dire encore?

LAURA.

Une chose qui vous rassurera.

DON FÉLIX.

Vous en irez-vous après, si je vous écoute?

LAURA.

Oui.

DON FÉLIX.

Eh bien! parlez.

MARCELA, *à part.*

Je tremble!

LAURA.

Vous nier qu'il y eût un homme dans la chambre et que Celia lui en ait ouvert la porte, ce serait infâme et cruel, parce que ce serait une cruauté, une infamie, que de nier en face à un homme ce dont il ne peut douter. Mais pareillement, de votre part, penser que j'aie ainsi manqué à mon amour, à mon honneur, c'est une injuste cruauté; car mon honneur et mon amour sont dans mon cœur aussi purs que le soleil.

DON FÉLIX.

Alors, quel était cet homme?

LAURA.

Je ne puis vous le dire.

DON FÉLIX.

Pourquoi?

LAURA.

Parce que je l'ignore.

DON FÉLIX.

Que faisait-il là, caché?

LAURA.

Je l'ignore également.

DON FÉLIX.

Où est donc votre excuse?

LAURA.

Dans mon ignorance.

DON FÉLIX.

Fort bien! Votre faute, je la sais; et votre excuse, je l'ignore. Comment donc voulez-vous que ce que je sais efface en mon esprit ce que je ne sais pas? Laura, Laura, vous n'avez point d'excuse.

LAURA.

Ne me pressez pas, don Félix; quoique je puisse la dire, vous, vous ne devez pas l'apprendre.

DON FÉLIX.

Vous m'avez déjà dit cela, et, je crois, dans les mêmes termes. — Vive Dieu! c'était assez d'une fois. Déclarez-moi enfin la vérité.

MARCELA, *à part.*

Hélas! que ferai-je?... Pour s'excuser il faut qu'elle me perde.

DON FÉLIX.

Dites-moi enfin la vérité, je l'aime mieux que mon incertitude.

LAURA.

Vous le voulez absolument, don Félix?

DON FÉLIX.

Je l'exige... Je vous en prie...

LAURA.

Je vous la dirai.

MARCELA, *à part.*

Non, elle ne la dira pas ; je l'en empêcherai. Amour, qui me donnes de l'audace, donne-moi aussi le succès !

Marcela, le visage couvert de sa mante, traverse la chambre et sort en faisant un geste de menace à don Félix. Il veut la suivre, Laura le retient.)

DON FÉLIX.

Quelle est donc cette femme ?

LAURA.

Vous jouez la surprise à merveille.

DON FÉLIX.

Laissez-moi la suivre ; que je la reconnaisse.

LAURA.

Oui, j'entends ! Vous voudriez l'apaiser en lui disant que vous m'avez laissée pour courir après elle ; mais cela ne sera pas.

DON FÉLIX.

Laura, ma bien-aimée, que le ciel m'abandonne si je sais quelle est cette femme !

LAURA.

Moi, si, je le sais, et vous le dirai... C'était Nice ! Je l'ai bien reconnue à sa taille et à sa démarche.

DON FÉLIX.

Je vous assure que ce n'était point Nice.

LAURA.

Qui était-ce, alors ?

DON FÉLIX.

Je l'ignore.

LAURA.

Fort bien ! — Votre faute, je la sais ; et votre excuse, je l'ignore. Comment donc voulez-vous que ce que je sais efface en mon esprit ce que je ne sais pas ? — Adieu, don Félix.

DON FÉLIX.

Si ce que vous voyez ne suffit pas à vous désabuser, comment, Laura, voulez-vous que je croie ce que vous refusez de croire ?

LAURA.

Parce que, moi, je dis la vérité et que je suis celle que je suis.

DON FÉLIX.

Et moi de même. — Et j'ai vu chez vous un homme.

LAURA.

Et moi, chez vous, une femme.

DON FÉLIX.

Je ne sais qui c'était.

LAURA.

Ni moi non plus.

DON FÉLIX.

Si fait, Laura, vous le saviez, puisque vous alliez me le dire.

LAURA.

Je m'en irai sans vous le dire, à présent. Je serais bien bonne, vraiment, de m'expliquer avec un homme tel que vous.

DON FÉLIX.

Mais songez, Laura...

LAURA.

Lâchez-moi, don Félix.

DON FÉLIX.

Eh bien ! allez-vous-en ; car c'est trop affreux de prier quand on a à se plaindre.

LAURA.

Eh bien ! vous, demeurez ; car il y a de quoi se désespérer de trouver perfides ceux vers lesquels on venait avec amitié.

DON FÉLIX.

Pour moi, je n'ai pas de reproches à me faire.

LAURA.

Si nous en sommes là-dessus, ni moi.

DON FÉLIX.

Cependant j'ai vu un homme chez vous.

LAURA.

Et moi, chez vous, une femme.

DON FÉLIX.

Vive Dieu ! si c'est là de l'amour !...

LAURA.

Si c'est là de l'amour, grand Dieu !

DON FÉLIX *et* LAURA, *ensemble.*

Que le feu du ciel tombe sur l'amour ! Amen, amen !

JOURNÉE TROISIÈME.

SCÈNE I.

La maison de don Félix. Une chambre.

Entrent MARCELA *et* SILVIA.

SILVIA.

Vous avez montré là beaucoup d'audace.

MARCELA.

Lorsque, écoutant Laura, je me suis vue perdue, et qu'elle allait raconter ce qui s'était passé chez elle, j'ai pris soudain la résolution de couper court à son récit; de là mon action si téméraire. Il est des circonstances où il faut risquer quelque chose, et même où il faut jouer le tout pour le tout.

SILVIA.

Vous avez raison, d'autant mieux que cela vous a réussi.

MARCELA.

Ce qui m'encouragea le plus, ce fut de voir que Lisardo attendait dehors ce qu'il adviendrait de sa dame enfermée. Je songeai d'ailleurs qu'au besoin, si j'étais découverte, j'aurais en lui quelqu'un pour me défendre. Enfin le succès a passé mon espoir; car non-seulement j'ai pu rentrer chez moi sans que don Félix m'ait reconnu et sans rendre nécessaire l'intervention de Lisardo, mais, graces à la jalousie que ma présence a causée, Laura n'a point achevé son récit, et maintenant je n'ai plus rien à craindre.

SILVIA.

Vous avez été heureuse, madame, d'en être quitte à si bon marché; il n'y aura rien à regretter si cela vous sert de leçon.

MARCELA.

Es-tu folle, Silvia, de penser qu'un péril évité serve jamais de leçon pour l'avenir? Pour moi, le bonheur avec lequel je me suis tirée de celui-là m'enhardit; je ne songe plus à cette heure qu'aux moyens de me retrouver avec Lisardo.

SILVIA, *à voix basse.*

Silence, madame!... Écoutez!... j'entends du bruit.

(*Entre don Félix.*)

DON FÉLIX.

Marcela?

MARCELA.

Quel motif extraordinaire vous amène dans mon appartement?

DON FÉLIX.

Je viens vous confier mes peines et réclamer de vous une véritable preuve d'amitié, un service auquel j'attache le plus grand prix.

MARCELA.

De quoi s'agit-il?

DON FÉLIX.

Cette nuit, un moment après que vous avez eu quitté Laura, je suis entré dans sa maison et j'ai vu là... — Ah! malheureux!

MARCELA.

Dites, qu'est-ce donc que vous avez vu?

DON FÉLIX.

Un homme.

MARCELA.

Un homme!

DON FÉLIX.

Oui.

MARCELA.

Quelle abomination!

DON FÉLIX.

Ce n'est pas tout, Marcela.

MARCELA.

Eh! quoi encore?

DON FÉLIX.

Ce matin elle est venue ici dans le but de s'excuser, et, lorsqu'elle allait d'un mot peut-être m'apaiser, il est sorti du cabinet — une femme.

MARCELA.

Une femme! vraiment?

DON FÉLIX.

Oui.

MARCELA.

Quelle horreur!

DON FÉLIX.

Cette femme devait être ici avec Lisardo. Je lui en ai parlé. Lui, en homme discret et délicat, craignant d'avoir manqué par-là aux égards qu'il doit à ma maison, il prétend qu'il ignorait la chose. Quoi qu'il en soit, — et d'ailleurs personne ne peut le dire, — Laura, jalouse, ne veut recevoir de moi ni explications ni excuses. Moi, de mon côté, pour ne pas lui montrer mon chagrin, je ne veux pas la voir; mais je désirerais être tenu au courant de toute sa conduite, et même, autant que possible, de ses moindres pensées. A cet effet, à force de me tourmenter l'esprit, j'ai imaginé une ruse.

MARCELA.

Et quelle est-elle?

DON FÉLIX.

Elle exige votre concours. Vous me le prêterez, n'est-il pas vrai?

MARCELA.

Voyons d'abord de quoi il s'agit.

DON FÉLIX.

C'est que, ma sœur, vous feigniez que nous avons eu ensemble une grande querelle; qu'à la suite nous nous sommes brouillés; et qu'en attendant que cela s'arrange, vous avez à cœur de demeurer chez elle. Elle ne vous refusera pas, j'en suis certain. Et vous, une fois là, vous tâcherez, soit par ses confidences, soit par vos propres observations, de découvrir quel est cet homme; — puis vous m'en informerez en secret.

MARCELA.

Il y aurait beaucoup de choses à dire à l'encontre de ce dessein, et...

DON FÉLIX.

Ne le repoussez pas, je vous prie.

MARCELA.

Pour vous prouver tout mon attachement, j'irai chez elle dès aujourd'hui.

DON FÉLIX.

Aujourd'hui? non, cela ne se peut; car, soit qu'elle ait voulu par-là me braver, soit qu'elle ait voulu dissimuler ses ennuis, elle est sortie ce matin pour aller à la mer d'Antigola [1].

MARCELA.

Eh bien! j'irai demain. Êtes-vous content?

DON FÉLIX.

Vous me rendez la vie, ma sœur. Elle est à vous désormais.

(*Il sort.*

MARCELA.

N'est-ce pas une véritable bonne fortune qu'il soit venu me demander cela? Je ne pouvais rien souhaiter davantage... Mais vois qui est entré là sans appeler.

SILVIA.

Madame, c'est Laura, suivie de Celia.

(*Entrent Laura et Celia, en habits de promenade, — chapeau et manteau court.*)

MARCELA.

Quoi! ma chère Laura, à cette heure?

LAURA.

Ne t'en étonne point, ma bonne amie. Un chagrin affreux me conduit vers toi.

MARCELA.

Toi, Laura, du chagrin?

LAURA.

Oui; et de même que tu t'es adressée à moi hier, je viens solliciter aujourd'hui ton assistance.

CELIA.

Apprenez par-là, mesdames, la différence qu'il y a entre hier et aujourd'hui.

LAURA.

Tu ne sais pas, ma chère Marcela, que don Félix a vu cet homme que tu avais laissé caché dans ma maison.

MARCELA, *jouant la surprise.*

Jésus!

LAURA.

Il importe peu de te dire ni quand ni comment; il suffit que cela soit un malheur, pour qu'il n'ait pas tardé à me frapper. Ce matin, impatiente de m'en expliquer avec lui, sans considérer le soin de ma réputation, je suis venue le voir. Je suis entrée dans sa chambre; mais, au moment où j'allais lui donner une excuse qui n'aurait compromis aucune de nous deux. une femme qu'il tenait enfermée dans son cabinet, et qui sans doute était Nice...

MARCELA.

Nice, dis-tu?

LAURA.

Oui, je l'ai bien reconnue...

MARCELA.

Je te crois.

LAURA.

Est sortie pour m'inspirer autant de jalousie qu'il en avait lui-même.

MARCELA.

Ah! ma chère, quelle femme!.. Et qu'a fait alors don Félix?

LAURA.

Il a voulu la suivre; mais je l'en ai empêché; puis, au lieu de lui donner des explications, je lui ai reproché sa conduite, et nous nous sommes querellés.

MARCELA.

Je suis aussi fâchée que toi contre lui.

LAURA.

Après cela, pour ne pas lui montrer que j'eusse du chagrin, pour lui laisser croire au contraire que j'étais contente, — hélas! Marcela, quel tourment cela est que de feindre une joie qu'on n'a pas! — après, je suis partie avec quelques-unes de nos amies pour la mer d'Antigola. Nous y sommes arrivées vers le milieu du jour. Là bientôt nous avons été témoins d'un spectacle charmant. D'abord j'ai vu la reine, — que puisse-t-elle vivre des siècles cette belle fleur de France transplantée en Castille [1]! — la reine descendre de son

(1) La mer d'Antigola est un lac d'une assez médiocre étendue à une demi-lieue d'Aranjuez sur la route d'Ocaña.

(1) Comme l'action de la pièce se passe sous le règne de Philippe IV, il suit de là que la reine dont il est ici question est la reine Élisabeth, fille de Henri IV, femme très aimable, dit-on, et qui fut adorée des Espagnols.

carrosse sur le rivage. Puis elle est montée dans une frégate magnifiquement pavoisée, et, suivie de plusieurs barques qui portaient ses dames, aussi brillantes que les nymphes de Diane, elle a navigué à travers ce petit Océan qui paraissait se gonfler sous elle, orgueilleux d'un tel honneur. Puis je l'ai vue de loin aborder à l'île du Pavillon, laquelle était toute couverte de fleurs aux couleurs variées, et où l'attendait une musique enchanteresse qui s'est mise à sonner à son approche. Eh bien! te l'avouerai-je, Marcela? tout cela n'a point égayé mon cœur; il était toujours aussi inquiet, aussi triste, aussi cruellement déchiré par la jalousie; tandis que j'admirais la reine, je songeais à don Félix.

MARCELA.

Pauvre Laura!

LAURA.

Tu me plains donc?

MARCELA.

Oui, sans doute.

LAURA.

Prouve-le-moi, prouve-moi ton amitié.

MARCELA.

De quelle façon? parle.

LAURA.

Écoute. Je ne veux point parler à don Félix, car ce serait une action lâche et indigne que de lui donner à connaître que je suis jalouse; mais j'ai imaginé une ruse qui me satisfera et pour le succès de laquelle tu peux m'être d'un grand secours. Je soupçonne que Nice habite en secret dans son appartement; je voudrais m'en assurer, et pour cela il faut que tu me permettes de l'épier cette nuit par cette porte qui correspond chez lui et qu'il a masquée, dis-tu, d'une tapisserie. Si tu me demandes comment je pourrai m'absenter de la maison, je te dirai que mon père est parti ce matin pour la campagne et qu'il ne reviendra pas de quatre ou cinq jours. Ainsi je puis sans péril profiter deux ou trois nuits de ton hospitalité, et tu m'accorderas, chère amie, cette grace à laquelle j'attache un si haut prix.

MARCELA.

Je ne saurais te refuser, Laura, d'autant que tu t'adresses à mon obligeance avec des raisons que j'ai invoquées naguère auprès de toi. Il n'y a qu'un seul obstacle; mais si tu le lèves, établis-toi ici aussitôt que tu voudras; cette maison est la tienne.

LAURA.

Cet obstacle, quel est-il?

MARCELA.

Mon frère qui est aussi affligé que toi, — peu importe que je le trahisse, nous devrions toujours, nous autres femmes, nous liguer contre les hommes, — mon frère est venu me demander tout à l'heure que je feignisse d'être mal avec lui, et que, sous ce prétexte, j'allasse te demander l'hospitalité pour quelques jours, afin de lui servir de surveillante auprès de toi. Si donc je n'allais pas chez toi pour te faire ici les honneurs de la maison, il pourrait dire...

LAURA.

Cet obstacle n'en est pas un; au contraire, je suis ravie... Tout s'arrange pour le mieux... Va, va vite chez moi... Lorsqu'il te saura à la maison, il aura moins de sujet de soupçonner que je sois chez lui.

MARCELA.

Tu as raison; mon absence assure le succès de ta ruse.

LAURA.

Comment nous conduirons-nous?

MARCELA.

Rien de plus aisé. — Donne-moi ma mante, Silvia. Tu diras à don Félix que je suis allée chez Laura et que j'y suis allée de nuit afin qu'il ajoute plus de foi à mon récit. (*bas à Silvia, pendant qu'elle met sa mante.*) Tu chercheras Lisardo et tu lui commanderas de ma part de venir me trouver là bas ce soir, sans faute. (*haut.*) Viens avec moi, Celia; toi Silvia reste ici pour servir Laura. (*à Laura.*) Nous changeons de suivante, n'est-ce pas, en même temps que de maison?

LAURA.

Quoi! déjà?

MARCELA.

Il n'est pas besoin de tant de réflexions. En ces sortes de choses, plus on agit promptement, mieux on réussit.

LAURA.

Souviens-toi, Marcela, que tu vas dans ma maison.

MARCELA.

Et toi, Laura, n'oublie pas que je te laisse dans la mienne.

SILVIA, *à Celia.*

Que dis-tu de tout ceci?

CELIA.

Le dénouement sera — deux mariages ou le couvent.

(*Marcela et Celia sortent par une porte, Laura et Silvia par une autre.*)

SCÈNE II.

Un jardin.

Entrent LISARDO *et* CALABAZAS.

LISARDO.

Quel est ce papier que tu tiens là?

CALABAZAS.

C'est ce que ce doit être. C'est le compte

exact et raisonnable de ce que vous me devez depuis que je suis à votre service.

LISARDO.

A quel propos me le présentes-tu en ce moment?

CALABAZAS.

A propos de ce que je veux dès ce moment quitter votre service.

LISARDO.

Pour quel motif donc?

CALABAZAS.

Pour le motif que depuis quelques jours vous êtes devenu avec moi d'une discrétion qui m'offense.

LISARDO.

Que veux-tu dire par-là?

CALABAZAS.

Je veux dire que vous êtes fort dissipé.

LISARDO.

Dis plutôt, fort affligé.

CALABAZAS.

Non, monseigneur, fort dissipé, et, de plus, fort discret. Jamais il n'y a eu de maître qui l'ait été plus que vous. On croirait vraiment que Calabazas n'est pas capable de garder un secret fidèlement. Vous vous promenez sans moi, vous demeurez ici sans moi, vous allez et venez toujours sans moi; nous avons l'air aussi mal ensemble que l'argent et l'amour. S'il vient quelque femme voilée :—Sors d'ici! si vous allez la voir: — Attends-moi! il ne convient pas que tu m'accompagnes... Cela ne peut durer, j'ai assez de cette vie. La mère qui m'a engendré serait déshonorée si j'y tenais. C'est pourquoi je veux sans retard me chercher un maître plus humain. Il ne me sera pas difficile d'en trouver un. Oui, ma foi! j'aimerais mieux servir un luthérien, ou un solliciteur de la cour, ou un bel-esprit à prétentions, ou un poète faisant des comédies d'intrigue, — de telle sorte que nous soyons tous dans la maison, maîtres et valets, des Calabazas [1]; — oui, j'aimerais mieux cela que de servir un maître tel que vous.

LISARDO.

De quoi donc as-tu à te plaindre avec moi?

CALABAZAS.

Je vous l'ai dit, de n'avoir pas votre confiance.

LISARDO.

Hélas! mon cher Calabazas, les aventures qui me sont arrivées depuis quelques jours ont été tellement publiques qu'il était bien inutile que je te les contasse. D'ailleurs, toi même, n'as-tu pas vu quand j'ai parlé dans la campagne à une femme voilée? n'as-tu pas vu aussi quand une suivante m'a remis un billet de sa part pour me rendre chez elle? n'as-tu pas vu ce matin lorsqu'elle est venue me trouver ici peu d'instants avant l'arrivée de don Félix? Il m'est bien impossible, avec la meilleure volonté, de t'apprendre autre chose que ce que tu as vu.

CALABAZAS.

C'est une fameuse intrigante, toujours!

LISARDO.

Je me demande si je rêve ou si tout cela est bien vrai. Impatient et irrité, je donnerais je ne sais quoi pour apprendre enfin quelle peut être cette femme. Lorsque je soupçonnais qu'elle était la maîtresse de don Félix, j'avais du moins en moi un sentiment de loyauté qui modérait la curiosité qu'elle m'inspire; mais depuis que j'ai été détrompé sur ce point, j'éprouve le plus vif désir de savoir qui elle est, puisque je n'ai plus dès lors les mêmes ménagements à garder.

CALABAZAS.

Vous y tenez beaucoup?

LISARDO.

On ne peut plus.

CALABAZAS.

Je pourrais vous le dire, moi.

LISARDO.

Toi?

CALABAZAS.

Moi.

LISARDO.

Dis-le donc.

CALABAZAS.

Oui, je sais qui elle est.

LISARDO.

Eh bien! vive Dieu! parle.

CALABAZAS.

D'abord, c'est une femme qui aime à se promener dans la campagne le matin; puis c'est une femme qui aime que les hommes aillent la trouver chez elle; puis c'est une femme qui aime à aller trouver les hommes chez eux... Et ensuite au total, sur mon ame, je sais très bien qui elle est.

LISARDO.

Dis-le donc enfin.

CALABAZAS.

Entre nous, au moins?

LISARDO.

Soit! mais dis.

CALABAZAS.

C'est...

LISARDO.

Eh bien?

(1) Calabazas joue ici sur son nom. *Calabaza*, en espagnol, signifie citrouille, et, au figuré, une tête sans cervelle.

CALABAZAS.

Une donzelle[1] !

LISARDO.

Imbécile !

(*Entre Silvia.*)

CALABAZAS.

D'où donc est tombée cette femme?

SILVIA.

Seigneur Lisardo, j'aurais un mot à vous dire.

LISARDO.

Que me voulez-vous?

SILVIA, *bas à Lisardo.*

Une dame dont vous connaissez la maison vous prie que vous alliez ce soir chez elle. Vous frapperez trois coups à la fenêtre. N'y manquez pas. Adieu.

(*Elle sort.*)

CALABAZAS.

Holà! mystérieuse suivante d'une belle mystérieuse, un moment! écoutez!

LISARDO.

Arrête! Où vas-tu?

CALABAZAS.

Laissez. Je veux seulement lui donner deux ou trois soufflets pour qu'elle les porte à sa maîtresse.

LISARDO.

En vérité, tu es fou.

CALABAZAS.

C'est que je n'aime pas les donzelles qui tombent ici comme des nues.

LISARDO.

Finis, Calabazas; écoute. Comme je n'ai rien de caché pour toi, je te dirai qu'on m'attend ce soir où je suis allé déjà hier. Voici la nuit qui commence. J'y vais. Attends-moi ici.

CALABAZAS.

Que je vous attende?

LISARDO.

Oui.

CALABAZAS.

Non pas, monseigneur. Il faudrait pour cela que je fusse un triple Juif. Vous ne pouvez pas aller seul dans une maison où l'on vous a enfermé, où il y a un père qui veille, et, de plus, un galant qui ne dort pas.

LISARDO.

Il faut que j'y aille seul, te dis-je.

(*Entre don Félix.*)

DON FÉLIX.

N'est-ce pas vous, Lisardo?

LISARDO.

Oui, c'est moi.

(1) *Es alguna dueña.* Dueña ou duègne s'emploie habituellement pour désigner une gouvernante ou une vieille fille; mais quelquefois aussi ce mot signifie une femme de mauvaise vie, ce que les Latins appelaient *meretrix.*

DON FÉLIX.

Eh bien! quoi de nouveau?

LISARDO.

Je ne puis vous taire plus long-temps tout ce qui m'arrive à Ocaña. Êtes-vous libre pour le moment?

DON FÉLIX.

Oui, et pour toute la nuit.

LISARDO.

Il faut que je vous conte mon embarras. Si je ne l'ai pas fait jusqu'ici, c'est que certaines considérations m'ont imposé silence; mais à présent, je sais que je puis vous confier sans crainte tout le secret de mon amour. Venez, partons. Pour ne pas perdre de temps, je vous conterai, tout en marchant, une étrange aventure.

DON FÉLIX.

Partons. Je suis charmé d'avance... Il n'est rien de tel qu'une confidence amoureuse pour alléger une peine d'amour.

CALABAZAS, *à Lisardo.*

Et moi, monseigneur?

LISARDO.

Attends ici notre retour.

(*Don Félix et Lisardo sortent.*)

CALABAZAS.

Oui! patience! Que je reste ici, moi, tranquille, sans rien voir ni rien entendre, lorsqu'il n'y a pas d'autre plaisir, et même souvent d'autre profit dans le service que d'écouter pour savoir et de savoir pour dire!... Il se cache de moi!... Mais, foi de Calabazas! cela ne sera pas. Par la même raison qu'il se méfie de moi, moi j'ai plus d'envie de le suivre... Marchons derrière eux bien enveloppé dans mon manteau. Car si je n'éclaircis pas mes doutes, si j'ignore ce qu'il fait, à quoi bon suis-je son domestique?

(*Il sort.*)

SCÈNE III.

Un chemin dans la campagne.

Entrent FABIO *et* LELIO.

LELIO.

Reposez-vous un peu ici, monseigneur... Nous arriverons toujours assez tôt..... Nous ne sommes pas loin d'Ocaña maintenant.

FABIO.

Tu as raison, Lelio. (*Il s'assied.*) Je n'en peux plus. Je croyais, en descendant de cheval et en marchant un peu, que cet exercice me ferait du bien; loin de là!... Je t'avoue que jamais de la vie je ne me suis senti aussi fatigué, aussi brisé. C'est qu'aussi ma chute a été rude.

LELIO.

Ma foi ! monseigneur, c'est encore un bonheur, dans ce malheur, que nous ne nous soyons pas trouvé plus loin d'Ocaña quand cette maudite jument a trébuché. Si nous eussions été déjà à deux ou trois lieues, j'aurais été bien embarrassé, puisque, pour revenir d'une lieue, en comptant le temps que nous nous sommes arrêtés à l'auberge, nous avons mis toute la journée... Un peu de courage, monseigneur, et vous arrivez bientôt à la maison où nous pourrons plus facilement vous donner les soins que votre état exige.

FABIO.

C'est à cette jambe surtout que je sens une douleur !... C'est elle qui a porté tout le poids... Ah ! Lelio.

LELIO.

Voudriez-vous remonter à cheval, monseigneur?

FABIO.

Non, Lelio ; je crois qu'il vaut mieux que je continue d'aller à pied comme je pourrai. Je crains de laisser engourdir ma jambe.

LELIO.

Vous avez raison, mon cher maître ; mais, d'autre part, je considère que la nuit s'avance ; que si nous arrivons trop tard à la maison tout le monde sera couché, et qu'il n'y aura pas moyen de vous donner les soins nécessaires.

FABIO.

Très bien, très bien, Lelio. Tu as autant de prévoyance que d'attachement. — Va donc détacher la jument, et partons. Toutefois j'ai une espèce de pressentiment qui me dit que je ne devrais pas être si pressé de rentrer à la maison... J'ai peur d'effrayer Laura. Elle m'aime tant, la pauvre enfant, que je ne sais pas trop comment elle supportera de me voir revenir ainsi équipé.

LELIO.

Je ne doute pas non plus qu'elle n'en éprouve un vif chagrin ; ma maîtresse vous est si devouée !

FABIO.

Je suis sûr, Lelio, qu'elle est déjà couchée à cette heure.

LELIO.

Certainement, monseigneur.

FABIO.

Il m'en coûte beaucoup d'avoir à la réveiller ; mais il n'y a pas moyen de faire autrement... Puis nous prendrons des précautions... Je frapperai à la principale porte. Comme c'est la plus éloignée de son appartement, il se pourra qu'elle n'entende pas de bruit.

LELIO.

Occupez-vous d'abord de votre santé, monseigneur, c'est à quoi ma maîtresse tient le plus.

FABIO.

Tu ne dois pas t'étonner, Lelio, ou tu dois t'étonner moins qu'un autre, que je sois aussi bon ménager de son repos. Tu connais ma tendresse pour elle. Je suis, avec mes cheveux blancs, amoureux de sa sagesse comme tous nos jeunes gens le sont de sa beauté. — Partons, Lelio.

(*Fabio et Lelio sortent.*)

SCÈNE IV.

Une rue d'Ocaña ; la nuit.

Entrent LISARDO *et* DON FÉLIX.

DON FÉLIX.

En vérité, votre aventure m'a fort réjoui. Je n'en connais pas de plus curieuse.

LISARDO.

Voilà l'essentiel, don Félix. J'ai passé sous silence mille petits détails, de peur de vous ennuyer. — Et maintenant, adieu. On m'attend ; c'est l'heure.

DON FÉLIX.

Un moment, s'il vous plaît. Vous me dites que vous allez voir une dame dans la maison de laquelle vous avez été déjà en péril et vous me dites de vous laisser ! ce sont deux choses qui ne vont pas ensemble, mon cher. Je ne suis pas de ces amis qui se contentent du rôle commode de confident. Ce n'est pas par des paroles, selon moi, c'est par des actes que l'amitié se prouve... Allez à vos amours, à la bonne heure ; mais souffrez que moi, pendant ce temps, je me tienne en sentinelle dans la rue jusqu'au jour.

LISARDO.

Ce serait mal à moi, don Félix, de me refuser à ce témoignage d'amitié.

(*Entre Calabazas. Il fait les mines d'un homme qui cherche à voir sans être vu.*)

CALABAZAS, *à part.*

Si je pouvais voir ce qu'ils disent comme je vois où ils vont, je verrais en même temps et où ils vont et ce qu'ils disent. — Approchons.

LISARDO.

N'avez-vous rien entendu ?

DON FÉLIX.

C'est un homme, si je ne me trompe, qui s'en vient derrière nous.

LISARDO.

Dégaînons. — Qui va là ?

DON FÉLIX.

Qui va là?

CALABAZAS.

Personne à présent. Car je ne vais pas, puisque je m'arrête.

DON FÉLIX.

Qui êtes-vous ?

CALABAZAS.

Un homme de bien.

LISARDO.

En ce cas, passez.

CALABAZAS.

Et si je ne veux point passer, moi?

DON FÉLIX.

Alors, flamberge au vent!

LISARDO.

Tuons-le.

CALABAZAS.

Non, monseigneur, ne me tuez pas, au nom du ciel! Je suis Calabazas!

DON FÉLIX.

Qui es-tu?

CALABAZAS.

Calabazas.

LISARDO.

Qu'est-ce que cela signifie ?

CALABAZAS.

Je voulais voir seulement où vous alliez. Comme vous n'avez pas voulu me le dire...

DON FÉLIX.

Rouons-le de coups. (*Ils le battent.*) Vive Dieu!

CALABAZAS.

Aïe! Aïe!

LISARDO.

Insolent!

CALABAZAS.

De grace!...

DON FÉLIX.

Impertinent!

CALABAZAS.

Assez, assez, messeigneurs.

LISARDO.

Laissons-le, de peur de faire du bruit. (*à Calabazas.*) Tu me paieras cela plus tard; nous réglerons notre compte. (*à don Félix.*) La maison en question n'est pas loin.

DON FÉLIX.

Quoi, Lisardo, la dame que vous venez voir demeure près d'ici?

LISARDO.

Oui, mon cher.

DON FÉLIX.

Et elle est belle, dites-vous?

LISARDO.

Fort belle.

DON FÉLIX.

Elle a son père avec elle?

LISARDO.

Oui.

DON FÉLIX.

C'est là qu'on vous a renfermé dans une chambre?

LISARDO.

Oui.

DON FÉLIX.

C'est avec elle que vous étiez lorsqu'est entrée la femme qui me cherchait.

LISARDO.

Oui.

DON FÉLIX.

Où est donc sa maison?

LISARDO.

Tenez, la voilà.

DON FÉLIX

Celle-là, dites-vous?

LISARDO.

Celle-là même.

DON FÉLIX.

Prenez garde! comme la nuit est très obscure, plus obscure qu'à l'ordinaire, puisqu'il n'y a pas de lune... il peut se faire que vous vous trompiez.

LISARDO.

Je ne me trompe nullement. Voici la fenêtre à laquelle je dois frapper et l'on m'ouvrira cette porte.

CALABAZAS, *à part.*

Bon! je sais la maison.

DON FÉLIX, *à part.*

La fenêtre! La porte!... Hélas! que le ciel me protége!... C'est la maison de Laura, cette maison deux fois perfide.

LISARDO.

Retirez-vous un peu, que je fasse le signal. (*Il fait le signal.*)

DON FÉLIX.

Vous me disiez, je crois, tout à l'heure, si j'ai bien entendu, que la dame qui vous attend est la même qui était cachée ce matin dans le cabinet?

LISARDO.

C'est juste.

DON FÉLIX.

Et que l'autre qui est venue?...

LISARDO.

Silence! on ouvre la fenêtre.

(*Celia paraît à la fenêtre.*)

CELIA.

Tst! Tst!

LISARDO.

On m'appelle.

CELIA, *à voix basse.*

Est-ce vous, Lisardo?

LISARDO.

Oui, c'est moi.

DON FÉLIX, *à part.*

C'est la voix de Celia.

CELIA.

Un moment!... Je vais ouvrir.

(*Celia se retire.*)

LISARDO.

C'est la suivante qui vient de me parler ; elle me disait qu'elle venait m'ouvrir.

DON FÉLIX.

Avant qu'elle vous ouvre, un mot.

CELIA, *ouvrant la porte.*

Tst! tst!

LISARDO.

Adieu.

DON FÉLIX.

Cette dame de ce matin...

LISARDO.

Adieu.

DON FÉLIX.

Dites-moi auparavant. Cette dame...

CELIA.

Entrez donc vite.

LISARDO, *à don Félix.*

Nous causerons plus tard.

(*Il sort. — Au moment où Lisardo entre dans la maison, don Félix se précipite pour le suivre. Celia referme la porte promptement.*)

DON FÉLIX.

Et pour m'achever, Celia m'a donné sur le visage avec la porte!

CALABAZAS, *à part.*

Quoiqu'une porte soit de bois, on n'est pas déshonoré pour en recevoir un coup sur le visage, pourvu qu'elle ait une serrure. Le fer sauve l'honneur.

DON FÉLIX.

Quelle suite d'aventures étranges!... et quelle incertitude cruelle que la mienne!... — Il vient chercher dans la maison de Laura la dame qui est sortie ce matin de ma chambre lorsque Laura y est entrée... Ce n'est donc pas elle!... — Mais alors quelle est-elle?...— O insensé! pourquoi ai-je dit à Marcela de ne venir ici que demain? elle m'aurait instruit de tout. — Mais tandis que je suis là à rêver, mon infamie s'accomplit.— Il serait pourtant facile de savoir la vérité... C'est Laura, ou ce n'est pas Laura. Si ce n'est pas elle, qu'ai-je à perdre à sortir de cette anxiété mortelle? Et si c'est elle, qu'ai-je à perdre encore, puisqu'en la perdant je perds le bonheur et la vie?... Jetons à bas cette porte! — Mais non ; j'ai donné ma parole à Lisardo ; je lui ai promis de veiller sur lui, et je pourrais!.. —Eh! qu'importe l'amitié, la loyauté, l'honneur?... Quand la jalousie commande, il n'y a plus rien au cœur d'un homme ; il n'y a plus ni amitié, ni loyauté, ni honneur!...

(*Il frappe à grands coups contre la porte comme pour la renverser. En même temps on entend dans le lointain frapper d'autres coups contre une porte.*)

CALABAZAS.

Que faites-vous là, seigneur?

DON FÉLIX.

Il faut que je la tue.

CALABAZAS.

Modérez-vous, si c'est possible.

DON FÉLIX.

Que signifient donc ces coups là-bas?

CALABAZAS.

Il n'y a pas là de quoi vous étonner. Ce sera sans doute un autre cavalier qui sera devant une autre porte, qui lui aura inspiré une autre rage, et il la frappera comme vous frappez celle-ci.

FABIO, *dans l'éloignement.*

Ouvre ici, Celia ; ouvrez ici, Laura!

CELIA, *de la maison.*

C'est mon maître, ô ciel!

DON FÉLIX.

C'est le seigneur Fabio.

FABIO, *de la maison.*

Quoi! j'arrive ici pour être témoin de mon déshonneur!

(*On entend un cliquetis d'épées.*)

CALABAZAS.

Par Dieu! on en est déjà venu aux épées par là-bas.

DON FÉLIX.

Maudite soit la porte!

(*Il s'éloigne. — Entrent Lisardo et Marcela.*)

LISARDO.

Ne craignez rien, madame. Quoique l'on frappe à cette porte, celui qui frappe est un homme sûr.

MARCELA.

Conduisez-moi, Lisardo, je vous suis. Une fois chez vous, je serai tranquille.

LISARDO.

Venez, madame, et ne vous cachez pas d'un homme qui m'accompagne. C'est un de mes amis.

MARCELA, *bas à Lisardo.*

Serait-ce don Félix?

LISARDO.

Oui.

MARCELA, *de même.*

Mais songez que don Félix...

LISARDO.

Eh! madame, ce n'est pas le moment de prendre tant de précautions. Je vous réponds de lui.—Don Félix?

DON FÉLIX.

Qui va là?

LISARDO.

Moi, Lisardo.

DON FÉLIX.

Que se passe-t-il donc?

LISARDO.

Tandis que je causais avec cette dame, son père est arrivé du dehors. Il a frappé. Voyant qu'on tardait à lui ouvrir, il a jeté la porte à bas. Entré dans la chambre, il a tiré l'épée. Le flambeau s'étant éteint, j'ai pu délivrer ma dame. Comme vous connaissez mieux que moi les rues d'Ocaña, veuillez l'emmener, je vous prie. J'empêcherai cependant que personne ne vous suive. A cet effet Calabazas restera avec moi.

CALABAZAS, *à part.*

Je resterai s'il n'y a pas de danger.

DON FÉLIX.

Il vaudrait mieux peut-être qu'il l'accompagnât et que nous demeurassions nous deux.

LISARDO.

Ce serait la laisser aller seule. Le premier devoir, en pareille circonstance, est de sauver la dame. Ainsi, don Félix, chargez-vous d'elle et la mettez en sûreté.

DON FÉLIX.

Vous avez raison. (*à Marcela.*) Prenez mon bras, madame. (*à part.*) Enfin, Laura, te voilà en mon pouvoir!

MARCELA, *à part.*

Hélas! je me meurs.

DON FÉLIX, *à part.*

Mon cœur palpite.

MARCELA, *à part.*

Que je tremble!

DON FÉLIX.

Venez, madame; bien que vous ne le méritiez pas, je vous sauverai; car je suis celui que je suis.

MARCELA, *à part.*

Y eut-il jamais une femme aussi infortunée?

DON FÉLIX, *à part.*

Y eut-il jamais un homme plus malheureux?

(*Don Félix et Marcela sortent.*)

LISARDO.

Ne t'éloigne pas, Calabazas.

(*Entre Fabio, tenant d'une main un flambeau et de l'autre une épée. Lelio et plusieurs autres valets le suivent l'épée nue.*)

FABIO.

Oui, les forces me manquent, mais non les forces de l'honneur. J'en ai assez pour la vengeance.

LISARDO.

Arrêtez! on ne passe pas par ici.

FABIO.

Mon épée s'ouvrira un passage à travers votre cœur.

(*Ils se battent tous.*)

CALABAZAS.

Ah! malheureux Calabazas, qui t'inspira la fantaisie d'espionner?

LISARDO, *à part.*

Maintenant que don Félix est éloigné, je puis quitter la partie. Le courage et l'honneur le permettent. — On me reconnaîtrait.

(*Il sort.*)

FABIO.

Attends, lâche, attends-moi!

CALABAZAS.

Qui eût jamais dit que mon maître dût m'abandonner en pareille occasion?

LELIO, *rencontrant Calabazas.*

En voici un qui est resté!

FABIO.

Qu'attends-tu, Lelio? Tue-le!

CALABAZAS.

Au nom de Dieu, arrêtez!

FABIO.

Qui êtes-vous?

CALABAZAS.

Je suis seulement, si ma crainte ne m'abuse, un curieux impertinent.

FABIO.

Donnez-nous votre épée.

CALABAZAS.

La voici, mon épée, seigneur; et si ce n'est pas assez, voici encore ma dague; et si ce n'est pas assez, je vous donnerai encore mon manteau, et mon chapeau, et mon pourpoint, et mes culottes.

FABIO.

Ne seriez-vous pas le valet de celui qui a outragé ma maison?

CALABAZAS.

Oui, seigneur; mon maître est un outrage-maison insupportable [1].

FABIO.

Qui est-il? et comment se nomme-t-il?

CALABAZAS.

Il se nomme Lisardo; il est militaire et ami de don Félix.

FABIO.

Pour ne pas commencer mes vengeances par la moindre, je te laisse la vie.

CALABAZAS

Merci, monseigneur.

(*Il sort.*)

FABIO.

Maintenant, avec ces instructions, allons trouver don Félix... Malédiction sur la maison à deux portes, puisqu'elle garde si mal l'honneur!... (*aux valets.*) Suivez-moi!

(*Ils sortent.*)

(1) Nous avons traduit mot à mot:

Es un agravia casas
Que no se puede sufrir.

SCÈNE V.

Une chambre.

Entrent DON FÉLIX *et* MARCELA, *qu'il tient par la main; et par une autre porte entrent* LAURA *et* SILVIA.

DON FÉLIX.

Holà! qu'on apporte ici un flambeau!

HERRERA, *du dehors.*

Tout à l'heure! j'y vais! Il n'est pas facile de trouver de la lumière quand on n'y voit pas.

LAURA, *bas à Silvia.*

Ils sont dans cette chambre. Écoutons-les.

DON FÉLIX, *à Marcela.*

Ah! çà, maintenant, ingrate, maintenant, du moins, vous ne pouvez plus me nier...

LAURA, *bas à Silvia.*

Il parle à une femme.

DON FÉLIX.

Non, vous ne pouvez plus me nier que vous soyez légère, inconstante, volage, trompeuse et perfide; vous ne me nierez pas face à face que j'aie raison d'être jaloux!

MARCELA, *à part.*

Si je dis un mot je suis perdue.

DON FÉLIX.

C'est donc pour cela que vous êtes venue me voir ce matin?

LAURA, *bas à Silvia.*

Ce doit être la femme voilée, puisqu'il lui dit qu'elle est venue le voir ce matin.

DON FÉLIX.

Vous êtes en mon pouvoir, à cette heure, et n'avez point d'excuse!... O maudit soit le temps où je vous ai aimée!... Maudites soient toutes mes peines et mes incertitudes!... Maudite soit la funeste crédulité de mon amour!

LAURA, *bas à Silvia.*

Entends-tu? il avoue qu'il l'a aimée. Que puis-je attendre encore?

SILVIA, *bas à Laura.*

Où allez-vous, madame?

LAURA, *de même.*

Je ne sais. — Ah! Silvia! en quel trouble je suis! — Je vais l'écouter de plus près.

DON FÉLIX, *appelant.*

Un flambeau donc! vive Dieu! un flambeau!

HERRERA, *du dehors.*

On y va!

MARCELA, *à part.*

Que deviendrai-je alors?

DON FÉLIX.

Vous ne dites rien? — Mais non, vous êtes convaincue et n'avez rien à dire...— Le flambeau!

(*Don Félix lâche la main de Marcela; elle s'éloigne. Laura s'approche et se place entre Marcela et don Félix.*)

MARCELA, *à part.*

Oh! si je pouvais trouver la porte, je serais sauvée!

DON FÉLIX, *saisissant Laura par la main.*

Arrêtez! ne fuyez pas!... D'ailleurs vous n'avez pas besoin de fuir; toute la vengeance que je veux, c'est que vous sachiez que je suis instruit.

LAURA, *à part.*

Il me prend pour l'autre. Taisons-nous jusqu'à ce qu'on apporte de la lumière; il verra alors que c'est moi.

MARCELA, *à part.*

Enfin, malgré mon trouble, j'ai trouvé la porte de mon appartement; qu'il me serve de refuge!

SILVIA, *bas à Marcela.*

Êtes-vous Laura?

MARCELA, *bas à Silvia.*

Non, je suis Marcela. Mais toi, tu es Silvia?

SILVIA, *de même.*

Oui, madame. Qu'est-ce ceci?

MARCELA, *de même.*

Mille accidents fâcheux... Viens, je te les dirai. Viens vite, Silvia, et fermons cette porte.

(*Elles sortent et ferment la porte sur elles. — Entre Herrera d'un autre côté avec un flambeau.*)

HERRERA.

Voici le flambeau.

DON FÉLIX.

Bien. Va-t-en, et veille au dehors.

(*Herrera sort; don Félix va fermer la porte derrière lui.*)

LAURA, *à part.*

Il sera bien surpris quand il me verra.

DON FÉLIX, *revenant.*

Eh bien! Laura, vous voyez devant vous le seul homme qui jamais ait veillé sur le rendez-vous de son rival.

LAURA, *à part.*

Il n'est pas plus embarrassé à ma vue que s'il était innocent.

DON FÉLIX.

Oui, je suis le seul au monde qui ait amené un autre galant vers sa dame. — Mes paroles vous offensent, n'est-ce pas?

LAURA.

La défaite n'est pas mauvaise... vous jouez

votre rôle dans la perfection comme un homme habitué à feindre. Convaincu par ma présence que vous m'avez prise pour une autre amenée ici par vous, vous continuez avec moi hardiment les plaintes que vous aviez entamées avec elle.

DON FÉLIX.

C'est un peu fort, madame!... Il ne manquait plus que cela!... Comment! vous prétendriez me faire accroire que je parlais avec une autre femme tout à l'heure, moi!

LAURA.

Oui, don Félix, parce qu'il en est ainsi.

DON FÉLIX.

Où est donc alors cette femme avec laquelle je parlais?

LAURA.

Si une maison à deux portes est difficile à garder, une chambre à deux portes ne l'est pas moins.

DON FÉLIX.

Que voulez-vous dire par-là?

LAURA.

Qu'elle est sortie.

DON FÉLIX.

Qui donc?

LAURA.

L'autre femme.

DON FÉLIX.

Pour Dieu! Laura, éloignez-vous, laissez-moi. Vous me feriez perdre la raison. — Quoi! je ne vous ai pas conduite ici?... Votre père n'était pas dehors?... et Lisardo... Je ne puis achever.

LAURA.

Vous vous trompez, don Félix. J'ai passé la nuit ici, cachée dans la chambre de votre sœur, dans le but de vous épier. Elle, pendant ce temps...

DON FÉLIX.

Il faut que cela s'éclaircisse. (*appelant.*) Marcela! ma sœur!

(*Entre Marcela.*)

MARCELA, *à part.*

Il importe de feindre. (*haut.*) Que me voulez-vous?

DON FÉLIX.

Dites-moi; Laura a-t-elle passé cette nuit avec vous?

MARCELA.

Si Laura a passé la nuit avec moi?... Mais non... Je devais aller demain chez elle; mais qu'elle dût venir ici, il n'en a pas été question.

LAURA, *à Marcela.*

Eh quoi!... je ne suis pas venue vous voir cette après-dînée, et il n'a pas été convenu entre nous que je m'établirais ici à votre place, et que vous...

MARCELA.

Je ne me rappelle rien de tout cela.

DON FÉLIX.

Vous voyez, Laura, le mauvais succès de votre ruse. Aussi, comment voulez-vous persuader que ma sœur ait passé la nuit avec vous, lorsqu'elle était bien tranquille dans sa chambre?

LAURA.

C'est bien mal à vous, Marcela, de mentir de la sorte.

MARCELA, *bas à Laura.*

Il faut d'abord songer à soi.

LAURA.

Eh bien! puisque j'y suis forcée, puisqu'on m'accuse injustement, je dirai la vérité. Écoutez-moi, don Félix.

(*On frappe en dehors.*)

SILVIA.

On frappe à la porte!

LISARDO, *du dehors.*

Ouvrez, don Félix!

DON FÉLIX.

Vous n'avez pas besoin de parler, Laura; voici votre galant!

LAURA, *à part.*

Mon cœur renaît à l'espérance!

MARCELA, *à part.*

Que ne puis-je avertir Lisardo!

(*Entre Lisardo.*)

LISARDO.

J'ai tardé un peu, don Félix, afin de m'assurer qu'on ne me suivait pas. — Où avez-vous mis cette dame?

DON FÉLIX.

Elle est ici devant vous. Mais avant qu'elle vous soit rendue par moi, vous m'arracherez l'ame!

LISARDO.

Je n'aurais pas cru, jusqu'à cette heure, qu'un noble cavalier s'avisât de trahir son ami, en ayant l'air de lui prêter secours. — Je vous demande de nouveau la dame que je vous ai confiée.

DON FÉLIX, *montrant Laura.*

N'est-ce pas celle-ci?

LISARDO.

Non.

DON FÉLIX, *à part.*

Quelle audace!

LISARDO.

Pourquoi supposer cela, don Félix? Expliquez-vous clairement.

LAURA.

C'est moi qui vais vous tirer d'embarras. (*montrant Marcela.*) Dites, Lisardo, n'est-ce point là celle que vous cherchez?

LISARDO.

Oui, c'est elle! — Pourquoi la dérobez-vous à mes yeux?

MARCELA, *à part.*

Ah! malheureuse!

LAURA, *à don Félix.*

Vous voyez si elle était dans sa chambre bien tranquille... — Il faut d'abord songer à soi, Marcela.

MARCELA, *à part.*

Jésus! Jésus!

DON FÉLIX.

Quelle honte pour moi!... Ce poignard me délivrera d'une indigne sœur.

MARCELA.

Défendez-moi, Lisardo.

LISARDO, *se mettant devant Marcela.*

Oui, je défendrai la sœur de don Félix contre son frère même.

DON FÉLIX.

C'est donc sur vous que je me vengerai.

LISARDO.

Vous savez qui je suis, et si je peux abandonner une femme qui est en péril et que j'aime.

DON FÉLIX.

Vous savez également qui je suis, et si je puis permettre de s'occuper d'elle à quelqu'un qui ne serait pas son époux.

LISARDO.

Si c'est là votre condition, me voici prêt à vous satisfaire.

(*Entre Fabio suivi de ses gens.*)

FABIO.

C'est ici la maison; entrez!

DON FÉLIX.

Qui vous amène?

FABIO.

L'honneur, don Félix!

CALABAZAS, *à part.*

Quelle jolie danse se prépare!

FABIO.

Où est un certain Lisardo, votre ami?

LISARDO.

C'est moi qui ne crains pas de me montrer à personne à visage découvert.

CALABAZAS, *à part.*

Il ne craint pas de montrer le visage; mais il montre aussi le dos quelquefois.

FABIO.

Ah! traître!

LISARDO.

Modérez-vous, seigneur.

FABIO.

Avancez!

DON FÉLIX.

Un moment, seigneur Fabio; votre colère vous abuse. C'est moi qui, en votre absence, ai gardé ici votre fille comme celui qui veut être son époux.

FABIO.

Je n'ai plus rien à dire, si Laura se marie avec vous.

DON FÉLIX.

Afin que vous n'en doutiez pas, seigneur, — voici ma main, Laura. — Et puisque c'est parce que votre maison et la mienne ont deux portes que sont arrivées toutes ces aventures, ici finit la comédie de la maison à deux portes.

FIN DE LA MAISON A DEUX PORTES.

A OUTRAGE SECRET

VENGEANCE SECRÈTE

(A secreto agravio, secreta venganza)

COMÉDIE FAMEUSE

DE DON PEDRO CALDERON DE LA BARCA.

NOTICE

SUR

OUTRAGE SECRET VENGEANCE SECRÈTE.

En terminant ce drame Calderon annonce qu'il est historique. On en retrouverait sans doute le fond dans quelqu'une de ces nombreuses chroniques qui furent publiées en Portugal et en Espagne vers la fin du seizième siècle; mais, malgré nos recherches, nous n'avons pu découvrir cette tradition. Il nous est du moins facile, graces à quelques détails du poète, de fixer d'une manière certaine l'époque et la date de l'action. Les deux premières journées du drame se passent dans le courant du mois de juin 1578, et la troisième journée dans la nuit du 23 au 24 de ce même mois, veille de l'embarquement du roi don Sébastien pour l'Afrique. — Ce que dit Calderon de l'empressement de la multitude à voir le départ de l'armée portugaise est conforme à l'histoire.

Il s'agit cette fois encore de la vengeance d'un mari outragé. Au seul titre de cette pièce on songe involontairement à Othello, et l'on est tenté au premier abord de comparer ensemble les œuvres des deux poètes. Bien que sous le rapport de l'invention, du mouvement et de la variété de l'intrigue, la comparaison ne dût pas être défavorable au poète méridional, nous protestons cependant contre le rapprochement de deux ouvrages qui procèdent d'idées tout-à-fait différentes.

Othello, c'est l'amour ardent et passionné, la jalousie crédule avec ses tourments et ses fureurs. — *A Secreto Agravio*, c'est l'honneur, l'honneur espagnol ou portugais, susceptible, hautain, implacable.

L'avantage que Shakspeare aurait sur son rival consisterait principalement, selon nous, dans le choix plus heureux de son sujet.

Ce n'est pas que le sentiment de l'honneur repose sur des principes moins élevés, moins nobles, moins purs, que ceux desquels dérive le sentiment de l'amour et de la jalousie. L'homme étant destiné à vivre parmi ses semblables, il est beau à lui de vouloir obtenir leur estime. Mais comme l'opinion, qui distribue la louange ou le blâme, se modifie incessamment selon les temps et les pays, le sentiment de l'honneur qu'elle dirige et domine se modifie incessamment aussi d'après elle. Aujourd'hui il est juste et droit à son exemple; le lendemain il s'égare et se corrompt parce qu'elle s'est égarée et corrompue; et alors, pour lui complaire, il s'emporte à des actes qui, approuvés dans une civilisation particulière, peuvent être avec raison condamnés dans une autre... Il suit de là que le poète qui s'est inspiré du mobile sentiment de l'honneur, s'expose tôt ou tard à n'être pas aussi universellement compris et goûté que celui qui a demandé ses inspirations aux sentiments naturels de l'amour et de la jalousie.

Après avoir fait la part du sujet, si maintenant on voulait peser le génie que les deux grands poètes ont dépensé dans leur ouvrage, même à nous en tenir aux principaux caractères de chaque drame, on verrait que le protagoniste de la pièce de Calderon a été conçu avec autant d'art, de force et de logique que le héros de l'admirable chef-d'œuvre de Shakspeare.

Deux mots seulement sur Othello. — Le fougueux Othello, aimé de Desdémone qu'il adore, l'enlève de la maison paternelle pour l'épouser. — Abusé par les suggestions d'Iago, la jalousie se réveille en son cœur et l'envahit peu à peu tout entier. — Puis, après son crime, quand il reconnaît qu'il a détruit « une perle d'innocence », désespéré, il se tue lui-même comme pour punir un infâme assassin.

Le héros de Calderon, le Portugais don Lope d'Almeyda, est, lui aussi, un brave et vaillant soldat comme Othello, mais calme, posé, réfléchi. Il a combattu dans les Indes où, sans doute, il a commis sa part des cruautés de la conquête; mais, à ses yeux, il a décoré d'une nouvelle gloire le nom illustre que lui ont légué ses ancêtres. Selon lui, ainsi qu'il le proclame au début de la pièce, nul homme ici-bas ne peut se dire heureux si ce n'est celui qui maintient son honneur sain et sauf. — Don Lope, ainsi annoncé, se marie; il épouse en Castille, par procuration, une femme qu'il ne connaît pas, mais dont on lui a vanté la beauté et le mérite. — Bientôt il s'aperçoit qu'un cavalier castillan rôde sans cesse dans sa rue, devant sa maison. Puis, ayant consulté sa femme sur ses projets guerriers, celle-ci lui a conseillé de suivre le roi, de partir. Puis, un soir, en rentrant chez lui, il trouve un étranger, le même étranger dont l'assiduité l'importune, caché dans sa chambre. Au lieu d'éclater, il le congédie gravement et poliment; il dissimule ses soupçons afin de ne pas compromettre son honneur. — A quelque temps de là des avis lui arrivent, adroitement donnés par un ami dont il est sûr, et il a lieu de penser que le roi et le public sont instruits de sa disgrace... Que fera-t-il? Il considère le monde, et il voit que ce monde inique flétrit les uns pour les fautes des autres, que l'inconduite de la femme déshonore le mari... Ah! sans doute il y a là un préjugé barbare; mais lui, seul et faible, il ne peut pas réformer la société; il ne peut, il ne doit que lui obéir. Donc il vengera d'une manière éclatante son honneur outragé. — Mais un accident survient qui l'oblige à renoncer à ce dessein. Don Lope a un ami qui est insulté de nouveau à propos d'une offense qu'il a jadis châtiée publiquement. Apprenant par cet exemple que la publicité donnée à la vengeance ne sert qu'à confirmer l'affront, il résout dès lors une vengeance secrète et l'accomplit. — Et quand il a satisfait ainsi à son honneur, don Lope ne se tue pas, parce qu'il sait qu'il ne s'appartient pas; il part, il va combattre les ennemis de la religion, il va mourir pour Dieu et l'honneur.

Il n'y a pas, malheureusement, dans *A Secreto Agravio* un Iago et une Desdémone; mais les autres personnages de ce drame sont bien peints et groupés avec habileté autour du personnage principal. — Don Juan, si énergique et si délicat, et si soigneux de la réputation de son hôte, est bien l'ami qu'il fallait donner à don Lope. Don Louis de Benavidès, qui déteste en don Lope le Portugais et le possesseur de sa maîtresse, est plein de vérité. Doña Leonor la Castillane, qui aime toujours l'amant qu'elle croit mort, et qui le retrouvant n'a pas le pouvoir de lui résister, mérite encore, malgré sa faute, un certain intérêt. — Remarquons en passant que, chaque fois qu'il a traité un sujet analogue, dans le Médecin de son honneur (*el Medico de su honra*), et dans le Peintre de son déshonneur (*el Pintor de su deshonra*), comme dans *A Secreto Agravio*, Calderon a eu le bon esprit d'établir entre l'amant et l'épouse une liaison préexistante au mariage.

Quoique le caractère du roi Don Sébastien ne soit ici qu'accessoire, Calderon l'a esquissé avec beaucoup de fidélité. C'est bien là le prince administrateur infatigable, le capitaine aventureux qui s'était proposé Alexandre pour modèle. Rien de plus conséquent que l'admiration qu'il donne à la conduite de don Lope : il appartenait à un prince qui, né avec des passions violentes, était demeuré chaste toute sa vie, d'applaudir à la vengeance d'un mari outragé.

On sera choqué probablement de la douleur que montre don Lope sur la perte de la femme qu'il vient d'assassiner. Mais d'abord, il nous semble à nous que cette douleur n'est pas complètement jouée. Ensuite le peuple auquel s'adressait notre poète devait aimer dans cette hypocrisie, tout sincère qu'il était, l'empire de la volonté sur le sentiment et une sorte d'hommage à l'honneur. Au reste, ce qu'il y a de curieux, c'est que dans la plupart de ses *Autos* Calderon prêche le mépris de cet honneur auquel il a consacré ses drames profanes; et don Lope de Vega, qui s'en était inspiré également, a écrit contre lui ces paroles éloquentes : « Honneur! honneur! maudit sois-tu. Détestable invention des hommes, tu renverses les lois de la nature! Malheur sur celui qui l'inventa! » Mais quand les deux grands poètes se révoltaient ainsi contre l'honneur, ils cessaient d'être espagnols, ils étaient seulement chrétiens.

DAMAS-HINARD.

SECONDE NOTICE

[Dans la notice qui précède, le traducteur a fait allusion aux brillantes leçons que M. Philarète Chasles fit entendre cet hiver aux auditeurs de l'Athénée de Paris. On ne sera pas fâché de trouver ici un extrait du jugement que notre érudit collaborateur a prononcé sur Calderon, en examinant le drame d'*Agravio segreto*, rapproché de l'*Othello* anglais.]

« Supposez d'autres mœurs que les mœurs espagnoles ; les drames de Calderon ne se comprennent plus. A toute autre nationalité, cette puissance de l'honneur eût semblé féroce : la France l'eût condamnée comme contraire aux lois du bon sens ; l'Angleterre, comme réprouvée par l'intérêt ; l'Italie fastueuse et luxueuse l'eût grotesquement idéalisée dans ses poèmes héroï-comiques. Un tel développement des passions, des sentiments et des idées n'appartient qu'à l'Espagne chevaleresque et catholique. Nul écrivain français, allemand ou anglais, n'aurait osé présenter au public, comme digne d'un chevalier, cette vengeance secrète, ce terrible guet-à-pens qui fait le fond de la *comedia famosa* intitulée : *A segreto agravio, segreta venganza*. Ni Shakspeare, ni Racine n'eussent donné à leur héros, pour refrain perpétuel, pour ritournelles de chacun des actes, ces mots terribles.

El que de vengarse trata
Hasta mejor ocasion
Sufre, disimula y calla.

« En étudiant la littérature espagnole, on la trouve avant tout nationale. Elle est née des passions et des préjugés des peuples ; elle émane du sol, elle est homogène. Le drame surtout, qui ne se trouvait pas soumis, avant le dix-septième siècle, à l'autorité des classiques anciens, marche avec une énergie toute populaire à reproduire, non pas sans doute les mœurs exactement réelles de ce pays, mais l'idéal des mêmes mœurs. Il ne faut pas regarder une pièce de Calderon comme un portrait absolument fidèle. Jamais autant de coups d'épée ne furent distribués en Espagne ; jamais autant de déguisements, de travestissements, de complications, de rencontres imprévues, de générosités foudroyantes, de duels insensés, de portes secrètes, de cachettes dans les tables, de retraites dans les escaliers, de bizarres imbroglios, de ruses féminines, de vengeances jalouses, ne se sont joués à travers la brûlante vie espagnole. Mais il y avait le germe et comme la première ébauche de tout cela ; les grands écrivains qui sont toujours des séducteurs habiles, ont su quelles cordes secrètes il fallait toucher. Ils ont satisfait le besoin idéal des esprits et des ames qui se livraient à eux. Ces hommes adorés nous consolent du monde qui nous entoure en créant, pour nos menus plaisirs, un monde nouveau, le monde de notre désir et de notre pensée...

« Il n'y a peut-être pas de drame plus complètement espagnol, dans son essence et sa pensée propre, dans son développement du point d'honneur et de cette fermeté de caractère si estimées des Espagnols, que celle qui a pour titre : *A segreto Agravio*, etc. C'est toute la jalousie de l'orgueil et du rang, non celle de l'amour ; la jalousie née d'une civilisation extraordinaire, et non de l'expansion naturelle des sentiments humains. Calderon, dans cette pièce surtout, exprime admirablement le génie du Midi ; et le génie du Midi, c'est la foi. Il y a toujours au-dessus de sa tête un ciel qui s'ouvre, des anges qui chantent, un soleil d'amour et de gloire qui rayonne sur les élus. Calderon a été soldat, et il s'est fait prêtre. Il écrit aujourd'hui un drame de terrible jalousie, quelque chose de plus terrible qu'Othello ; et demain, l'*Exaltation de la Croix*... Aujourd'hui le roi lui commande un *mystère*, un *acte sacramentel*, et demain une *comédie de cape et d'épée*. Quelle que soit son œuvre, vous n'y saisirez jamais l'accent mélancolique, la voix dolente, réfléchie et profonde de Shakspeare. Il entasse, ou plutôt il noue et complique avec une grande habileté incidents sur incidents, événements sur événements, amours sur amours, intrigues sur intrigues. Quelle que soit l'immoralité des faits, quelles que soient les actions des personnages, Calderon a une moralité toute prête : Dieu et le confesseur qui condamnent et qui absolvent. Jamais la mélancolie aux ailes sombres ne plane sur sa scène; les demi-teintes de la rêverie si douce sont inconnues à sa palette ou dédaignées de son pinceau. Il est gai, il est flamboyant. La vie déborde dans ses puissantes et faciles œuvres; ce qu'il y a de funèbre et de redoutable en lui, c'est la passion, c'est-à-dire un excès de vie, une surabondance de force. Il crée sans beaucoup réfléchir, il chante et il agit, passant de l'élan lyrique et de la passion dithyrambique au conflit tumultueux des faits. Il invente, et toujours et sans se lasser, des situations extraordinaires qu'il renouvelle avec la facilité la plus étourdissante. C'est à traits de plume, avec une facilité, une ferveur extraordinaire de création, qu'il court à travers le monde enchanté dont il est roi. Son rhythme correspond à sa pensée et la matière est digne de l'ouvrier; c'est une succession rapide de vers de huit pieds qui volent, étincelants et sonores, comme des flèches empennées, comme des oiseaux traversant la nue par bataillons. Ces vers surchargés, pour ainsi dire, de fleurs orientales de mauvais goût, de comparaisons brillantes, soutiennent sans effort des périodes immenses, des récits merveilleux, de grandes descriptions; ils vous emportent et vous entraînent dans leur marche ou plutôt dans leur essor. La rime vient ou ne vient pas; si elle est docile on l'accepte, rétive on se passe d'elle. Il faut voir aussi combien cette liberté de mouvements s'accorde bien avec les nombreuses évolutions de la scène espagnole, ses beaux cavaliers galants, l'éternel cliquetis de leurs épées et la climuzette de leurs intrigues qui s'entrecoupent et se heurtent sans cesse dans l'obscurité. Quelquefois, au milieu de ce fracas il se fait un silence, un point d'arrêt, un repos. Les événements se sont pressés et les passions sont en présence; chaque personnage du drame est arrivé à une grande crise de sa vie; il y a comme un calme terrible. Le vers de huit pieds, trop facile, trop mobile et trop diffus est rejeté; l'hymne commence. Pour exprimer l'agitation douloureuse du héros, le poète emploie le rhythme de l'ode et procède strophes par strophes, avec cette gravité ardente et profonde qui convient si bien aux passions. Corneille a emprunté aux Espagnols ce mélange du style lyrique dans le drame. Les belles stances prononcées par le Cid et Polyeucte sont calquées sur le modèle espagnol. Quand cette voix passionnée a retenti, quand le mouvement des faits positifs revient envahir la scène, alors le drame reprend son cours, redevient *octosyllabique* et marche au but avec sa rapidité accoutumée.

« Dans l'*Agravio segreto* toutes ces beautés se trouvent. Les situations sont d'une force et d'une simplicité admirables. La généreuse et grandiose reconnaissance des deux amis dans la première scène, le moment terrible où la jeune femme, assise dans son appartement, attend l'arrivée de celui qu'elle aime et entend la voix lamentable de son agonie qu'elle ignore; la scène du *barquero* si bien posée et si intéressante, le retour de don Lope, après l'incendie de son palais, soutenant le cadavre de sa femme qui a péri dans les flammes; tout cela est de la plus haute portée et de la plus heureuse invention. Quel mouvement! quel intérêt! L'émotion ne se repose pas un mot; le cœur bat plus vite de scène en scène. Ces beautés ne tiennent point à l'étude des caractères, au coup d'œil philosophique et à l'analyse que Shakspeare a si bien mise en œuvre, elles sont essentiellement dramatiques.

Philarète CHASLES. »

A OUTRAGE SECRET
VENGEANCE SECRÈTE
COMÉDIE.

PERSONNAGES.

LE ROI DON SÉBASTIEN.
DON LOPE D'ALMEYDA.
DON JUAN DE SILVA.
DON LOUIS DE BENAVIDÈS.
DON BERNARD.
LE DUC DE BRAGANCE.
LEONOR, dame.
SYRÈNE, suivante.
MANRIQUE, valet.
CELIO, autre valet.
UN BATELIER.
DEUX SOLDATS.
CORTÉGE.

La scène se passe à Lisbonne et dans les environs.

JOURNÉE PREMIÈRE.

SCÈNE I.

La place du palais.

Entrent LE ROI DON SÉBASTIEN, DON LOPE D'ALMEYDA, MANRIQUE, *et* LE CORTÉGE.

DON LOPE.

Une autre fois déjà, grand roi et noble seigneur, je vous ai demandé cette autorisation, et vous avez eu pour bon mon mariage; mais moi, qui vis toujours attentif à vous soumettre mon sort et mes pensées, je viens vous rendre compte de mon choix, et vous supplier que je puisse, avec votre agrément, suspendre enfin mes armes, renoncer aux travaux de Mars pour les loisirs de la paix, à la gloire pour l'amour. Je vous ai servi de mon mieux, Sire, et je sollicite de vous cette faveur pour ma récompense dernière. Si votre bonté me l'accorde, j'irai aujourd'hui au-devant de mon épouse bien-aimée.

LE ROI.

Je désire tout ce qui peut vous être agréable; je souhaite l'augmentation de votre bonheur, et me réjouis par conséquent de votre mariage. Si je n'étais absorbé par les soins qu'exige la guerre que je vais porter en Afrique, je vous aurais servi de parrain[1].

DON LOPE.

Puisse le laurier divin qui couronne votre front durer éternellement!

LE ROI.

Comptez à jamais sur mon estime.

(*Le roi se retire suivi du cortége.*)

MANRIQUE.

Vous devez être content à cette heure?

DON LOPE.

Oui, rien n'égale mon bonheur et ma joie. — Que ne puis-je voler!

MANRIQUE.

Comme le vent, n'est-il pas vrai?

DON LOPE.

Non, l'air est un élément paresseux et

(1) Au lieu de ce que nous appelons en France *Garçon* et *Demoiselle* d'honneur, les mariés, en Espagne et en Portugal, sont conduits à l'autel par un parrain et une marraine. Une ancienne romance espagnole nous apprend qu'aux noces du fameux Cid don Rodrigue le roi Ferdinand fut le parrain du grand chevalier.

tardif; ce ne sont pas ses ailes que j'envie, je voudrais avoir les ailes, les ailes de feu de l'Amour.

MANRIQUE.

Afin que je n'en ignore, dites-moi donc le motif d'un pareil empressement.

DON LOPE.

Tu le sais, mon mariage.

MANRIQUE.

Quoi! Seigneur, ne considérez-vous pas qu'il y a là de quoi effrayer le monde, qu'un homme ait tant de hâte d'aller se marier. Si aujourd'hui, parce que vous voulez vous marier, vous vous plaignez même du vent, que ferez-vous donc quand vous voudrez devenir veuf?

(*Entre don Juan de Silva pauvrement vêtu.*)

DON JUAN, *à part.*

En quel état différent je me flattais de revenir vers toi, ô ma chère patrie, ce malheureux jour où je te fis mes adieux!... Je regrette maintenant d'avoir porté mes pas sur ton sol; car il est toujours mieux pour un infortuné de vivre en un pays où il n'est pas connu... Il y a du monde ici. Il ne convient pas qu'on me voie en ce misérable équipage.

(*Il s'éloigne.*)

DON LOPE, *à part.*

En croirai-je mes yeux? est-ce la vérité, ou bien une illusion? (*appelant.*) Attendez! don Juan!

DON JUAN.

Don Lope!

DON LOPE, *courant vers don Juan.*

Je doutais d'un si grand bonheur, et j'ai suspendu mon embrassade.

DON JUAN.

De grace, arrêtez!... Je dois me défendre de vos caresses... O mon ami! ô don Lope! un homme aussi pauvre que moi n'a pas le droit d'appuyer sa poitrine contre le sein d'un homme aussi riche.

DON LOPE.

Il est mal à vous, don Juan, de parler de la sorte; car si la fortune donne les biens d'ici-bas, le ciel peut seul donner un ami tel que vous... Et qu'est-ce que la fortune en comparaison du ciel?

DON JUAN.

Quoique vos généreuses paroles me raniment, je suis accablé de tant de maux!... Hélas! il faut que mes malheurs soient bien grands pour surpasser encore ma pauvreté... Afin que mes chagrins obtiennent quelque adoucissement, — s'il est possible qu'il y ait de l'adoucissement pour de pareils chagrins, — écoutez-moi, don Lope, avec attention. — A la fameuse conquête de ces Indes, qui sont à la fois le tombeau de la nuit et le berceau du soleil, nous sommes partis ensemble liés par une telle amitié que c'était en deux corps un seul cœur et une seule ame. L'ambition de la gloire, bien plutôt qu'un vain désir d'acquérir des richesses, nous inspira l'audace d'aborder ce pays lointain, à l'existence duquel on n'avait pas cru jusqu'à nos jours. La noblesse portugaise, se confiant à la fortune, entreprit une navigation qui sera dans l'avenir bien autrement célèbre que la navigation fabuleuse de Jason. Mais je laisse le soin de cet éloge à une voix plus capable que la mienne de conter les hauts faits de cette héroïque nation. Le grand Louis de Camoëns a écrit avec la plume ce qu'il avait accompli avec l'épée, et il a montré autant de génie dans son poème qu'il avait montré de valeur dans ses exploits. — Lorsque la mort de votre père vous rappela ici, vaillant don Lope, je demeurai là-bas. Vous savez de quelle estime je jouissais alors auprès de mes amis... que j'ai perdus aujourd'hui. Cette idée ajoute à ma peine; mais non, elle est la seule consolation qui me reste... Voyez si je suis malheureux et si le sort me persécute injustement, puisque je ne lui en ai donné aucun sujet, aucun prétexte. — Il y avait à Goa une dame, laquelle était fille d'un homme qui avait amassé de grands biens dans le commerce. Quoique d'ordinaire la beauté et l'esprit ne se rencontrent pas réunis, elle était belle et spirituelle. Je lui rendis des soins et j'eus la joie d'être par elle distingué. Mais qui gagne au jeu en commençant qui ne finisse par perdre à la fin? qui a d'abord été si heureux qu'il n'ait pas décliné ensuite? Et n'en est-il pas de l'amour comme du bonheur et du jeu?... Don Manuel de Souza, le fils du gouverneur Manuel de Souza, homme d'ailleurs plein de courage, de mérite et de talent (car si je lui ai ôté la vie, ce n'est pas une raison pour que je lui ôte aussi l'honneur), don Manuel s'était épris de la même dame et passait publiquement à Goa pour mon rival. Sa prétention m'inquiétait peu; au contraire, favorisé comme je l'étais, le dédain qu'on lui témoignait me faisait mieux sentir mon bonheur. Un jour que le soleil s'était levé à l'orient encore plus beau que de coutume, Violante, — ainsi se nommait cette dame, — sortit de chez elle... Plût à Dieu que ce soleil eût été enseveli dans une nuit profonde, ou que Violante n'eût pas quitté sa maison! mais il suffisait que j'eusse désiré que l'un ou l'autre ne sortît pas, pour qu'ils sortissent tous les deux!... Entourée de ses valets, elle se rendit vers le port, où l'arrivée d'un vais seau avait attiré une foule nombreuse... Ce fut la cause de mes disgraces... Nous étions, mon rival et moi, dans un attroupement composé de militaires et de nos amis communs, lorsqu'elle passa devant nous. Elle allait si gracieuse que sa vue lui gagna tous les cœurs; sa démarche légère enchanta et charma tous ceux qui la regardaient. Un capitaine dit : « Quelle belle femme! » — A quoi don Manuel répondit : « Et le caractère est à l'avenant. — Est-ce qu'elle serait cruelle? demanda l'autre. — Ce n'est pas pour cela que je le dis, répliqua-t-il; mais parce qu'en sa qualité de belle elle a choisi le pire. » — Alors moi je dis : « Personne n'a obtenu ses faveurs parce qu'il n'y a personne qui les mérite; et s'il y a quelqu'un qui les mérite, c'est moi! — Vous mentez! dit-il... » — Je ne puis achever; ma voix se trouble, ma langue se glace, un froid mortel parcourt mon corps et me saisit au cœur; ma vive douleur se réveille qui me rappelle et me répète cette injure... O tyrannique préjugé!... O vile et méprisable loi du monde!... Pourquoi faut-il que quelques paroles insensées puissent souiller l'honneur le mieux acquis et acquis à si grand'peine? Pourquoi un seul mot jeté en l'air peut-il atteindre et détruire la réputation d'un homme honorable?... Comment, puisque l'honneur est un diamant, un souffle peut-il le consumer? Comment, lorsque son éclat est plus pur que celui du soleil, un souffle peut-il le ternir, de même que le soleil est terni par un nuage?... Mais, entraîné par la passion, je m'écarte de mon récit; pardonnez, j'y reviens. — A peine don Manuel eut-il prononcé ce démenti que mon épée rapide passa du fourreau dans sa poitrine. On n'eut pas le temps de m'arrêter; le châtiment suivit l'insulte comme la foudre suit le tonnerre. Il tomba à terre sanglant et mort. Moi aussitôt je me réfugiai dans une église qui avait été fondée en ce pays par des religieux de l'ordre de saint François. Comme le père de don Manuel était le gouverneur de la ville, je fus obligé de m'y cacher. Je demeurai trois jours, rempli de crainte et de terreur, enseveli vivant dans ce sépulcre. Au bout de ces trois jours, le capitaine du navire qui était venu à Goa et qui devait retourner à Lisbonne, ayant daigné m'offrir de me recevoir dans son vaisseau, je parvins à m'échapper à la faveur des ombres de la nuit. Je suis resté au fond de ce vaisseau tout le temps de la traversée... — Ah! don Lope, pourquoi l'opinion publique note-t-elle d'infamie l'homme qui souffre un affront? ou pourquoi du moins ne l'excuse-t-elle pas quand il s'en venge? N'y a-t-il pas une folle contradiction à le punir en même temps et de l'outrage qu'il endure et de la vengeance qu'il en tire?... — Je suis arrivé aujourd'hui à Lisbonne; mais si mal vêtu, si pauvre, que je n'osais y entrer... — Telles sont mes aventures. Je cesse de m'en plaindre désormais: je suis même tenté de m'en réjouir, puisque je leur dois de vous revoir... Je vous serre dans mes bras mille et mille fois et bien tendrement, si un homme aussi infortuné est digne encore, illustre don Lope d'Almeyda, de cette grace, de cet honneur!

DON LOPE.

J'ai écouté votre histoire avec l'attention qu'elle mérite, don Juan de Silva, et tout bien considéré, j'estime qu'il n'y a pas une ame qui vive, quelque délicate et subtile qu'elle soit, qui puisse trouver en vous la moindre chose à reprendre. Quel homme n'est pas soumis, dès sa naissance, à l'inclémence du temps et aux rigueurs de la fortune? quel homme est libre d'empêcher qu'une langue ennemie ne lance sur lui son venin?... Non, personne ici-bas ne peut s'appeler heureux, si ce n'est celui qui sort d'affaire ainsi que vous, après avoir châtié un insolent et en conservant son honneur sain et sauf. Donc, mon cher don Juan, ne vous affligez plus; que ces noires pensées et ces sombres souvenirs cessent enfin d'obscurcir le lustre de votre antique honneur, et qu'on voie aujourd'hui en notre amitié la vertu de ces plantes qui, chacune séparément, sont un poison funeste, mais qui, mêlées ensemble, se corrigent et se neutralisent de telle sorte qu'elles deviennent alors un breuvage salutaire. Vous avez du chagrin... moi j'ai de la joie; mettons en commun nos sentiments; tempérons votre tristesse par mon contentement, mon plaisir par votre peine; arrangeons-nous si bien que le chagrin ou la joie ne puisse tuer aucun de nous[1]... Je me suis marié en Castille par procuration, je dirais avec la femme la plus belle, si la beauté n'était pas la moindre qualité que l'on doive chercher en celle que l'on prend pour épouse; mais avec la femme la plus noble, la plus riche, la plus sage et la plus vertueuse; vous ne sauriez rien imaginer d'aussi accompli; elle se nomme doña Leonora de Mendoza. Mon oncle, don Bernard, doit arriver aujourd'hui avec elle au village qu'on appelle Aldea-Gallega, où j'irai moi-même à sa rencontre, habillé comme pour une fête, ainsi que vous voyez. Elle est attendue là par une jolie barque galamment pavoisée, et qui sans doute accuse de lenteur

(1) Caldéron s'est servi de la même expression dans la pièce intitulée *Peor está que estaba*, De mal en Pire.

les ailes légères du temps. Ce qui augmente mon bonheur, c'est de vous voir de retour, mon cher don Juan. Ne vous tourmentez pas, ne vous inquiétez pas d'être pauvre, je suis riche ; ma maison, ma table, mes chevaux, mes valets, ma vie, mon honneur, tout est à vous, mon ami. Consolez-vous, puisque la fortune vous laisse un ami véritable ; puisqu'elle a été sans force contre vous ; puisqu'elle ne vous a pas enlevé cette valeur qui vous soutient, ni cette ame qui vous anime, ni ce bras qui vous défend... Ne me répondez pas ; laissons là des compliments qui ne signifient rien entre amis. Venez, partons ; je veux que vous soyez témoin de ma félicité. Mon épouse doit entrer aujourd'hui à Lisbonne, elle est sans doute de l'autre côté. Nous ferons ces trois lieues de mer avec elle.

DON JUAN.

Mais songez, don Lope, que mon équipement ne permet pas que je vous accompagne. Le monde ne juge pas les hommes sur leurs sentiments ; il les juge sur leurs habits.

DON LOPE.

Tant pis pour le monde qui ne considère pas que les broderies ne parent que le corps, que la parure de l'ame, c'est la noblesse, et qu'une ame noble vaut mieux qu'un corps couvert de broderies !... Venez avec moi, vous dis-je. — Et que mes soupirs enflent les voiles de notre vaisseau, si les soupirs de l'amour sont assez puissants pour cela !

(Don Lope et don Juan sortent.)

MANRIQUE.

Je vais prendre les devants avec une de ces barques qu'on nomme *muletes*, et j'irai plus vite qu'avec toutes les mules du monde[1]. J'annoncerai à ma nouvelle maîtresse l'arrivée de son mari, et j'en aurai sûrement une bonne étrenne ; car le premier jour des noces une femme ne refuse rien, par la raison qu'elle devient dame et qu'elle cesse d'être demoiselle[2].

(Il sort.)

(1) « *Io me quiero adelantar*
En alguna destas barcas
Que llaman muletes, y oy
Siendo cojo con muletas... etc etc. »

Muletas signifie *béquilles*. On appelle *muletas* à Lisbonne (en espagnol *muletes*) des bateaux de pêcheurs, plats et légers, qui ont de chaque côté de longues rames à demeure. Manrique dit : Je m'en vais prendre les devants dans une de ces barques que l'on appelle *muletes*, et courant aujourd'hui comme un boiteux sur des béquilles... etc., etc., etc. »

(2) Il y a ici une autre plaisanterie qu'il nous a été impossible de reproduire. Elle porte sur la triple signification du mot *forçada* : 1° Contrainte, 2° violée, 3° *Salir de forçado*, sortir des galères.

SCÈNE II.

Un terrain au pied d'une montagne.

Entrent DON BERNARD, DOÑA LEONOR *et* SYRÈNE.

DON BERNARD.

Reposez-vous, belle Leonor, au pied de cette montagne couronnée de fleurs, où le printemps a convoqué sa cour ; reposez-vous là quelques instants en attendant l'arrivée de don Lope, votre heureux époux, — et chassez loin de vous cette affliction. Je la conçois bien d'ailleurs ; la vue du Portugal vous fait ressouvenir que vous avez quitté la Castille.

LEONOR.

Illustre don Bernard d'Almeyda, mon affliction, soyez-en persuadé, ne procède pas d'ingratitude... Je sens aussi vivement que je le dois l'honneur que mon sort m'a procuré... mais, vous le savez,... il y a souvent des larmes qui viennent de la joie.

DON BERNARD.

Vous vous excusez, madame, d'une manière si flatteuse que, ne serait-ce que pour cette excuse, je vous serais reconnaissant de votre faute, si c'en est une de pleurer... Je vous laisse un moment afin que vous soyez plus libre de vous distraire de cette mélancolie. Asseyez-vous là ; vous serez à l'abri de cet ardent soleil. Que le ciel vous garde !

(Il sort.)

LEONOR.

Il s'en est allé, Syrène ?

SYRÈNE.

Oui, madame.

LEONOR.

Personne ne nous écoute ?

SYRÈNE.

Nous sommes seules.

LEONOR.

Alors que ma douleur s'échappe en liberté hors de mon sein ; que mes peines cruelles s'exhalent de mon ame qu'elles tuent, et que mes larmes éteignent, s'il est possible, le feu dévorant qui me consume.

SYRÈNE.

Que dites-vous là, madame ?

LEONOR.

Laisse-moi, Syrène.

SYRÈNE.

Songez au péril, à l'honneur.

LEONOR.

Comment ! toi qui connais mon chagrin, c'est toi qui me réprimandes de la sorte, c'est toi qui me reproches mes pleurs, c'est toi qui me conseilles de me taire !

SYRÈNE.

J'écoute votre inutile plainte, et...

LEONOR.

Ah! Syrène, quand donc une plainte est-elle inutile? Lorsqu'un oiseau timide, enlevé de son nid par une main impitoyable, a été renfermé dans la cage qui doit lui servir de prison, il se plaint en des chansons mélodieuses et par-là il allége l'ennui de sa captivité. De même ma plainte à moi me soulage.

SYRÈNE.

Fort bien; mais qu'en espérez-vous? que prétendez-vous désormais? Don Louis est mort, et vous, vous voilà mariée!

LEONOR.

Ah! Syrène, hélas! dis plutôt, dis que je suis morte avec don Louis; car si le ciel m'a contrainte à ce mariage, tu m'y verras sans plaisir, sans joie, toujours triste, toujours sombre, et pour ainsi dire plutôt morte que mariée. Ce que j'ai aimé une fois je puis le perdre; mais l'oublier, je ne puis. Eh quoi! l'oubli pourrait venir là où l'on a vu l'amour! Non, non... une femme au cœur noble n'oubliera jamais ce qu'elle a aimé, ou elle n'a pas aimé si elle oublie. Rappelle-toi tout ce que j'éprouvai quand je reçus la nouvelle de sa mort. Si je me suis mariée depuis, tu sais à quelles considérations, à quels ordres j'ai cédé... — Mais il faut, ma fierté me le commande, il faut que je prenne ici congé de mon amour... O mon amour! séparons-nous; vous m'avez accompagné un assez long espace et vous ne pouvez me suivre jusqu'aux autels de l'honneur.

(*Entre Manrique.*)

MANRIQUE.

Trois fois heureux moi qui arrive! vingt fois heureux moi qui accours! cent fois heureux moi qui débarque le premier pour être le premier à baiser l'empreinte de ce pied sous lequel naissent des fleurs comme s'il était le printemps de l'été. Et puisque me voilà, je baise de nouveau tout ce qu'il m'est permis de baiser sans offenser mon Dieu.

LEONOR.

Qui êtes-vous?

MANRIQUE.

Le moindre des valets de mon maître, le seigneur don Lope, mais non pas le moindre parleur; et je l'ai devancé pour vous annoncer qu'il venait.

LEONOR.

Il ne montre guère d'empressement... (*Elle lui donne quelques pièces de monnaie.*) Voilà pour votre peine... Et en quelle qualité servez-vous don Lope?

MANRIQUE.

Est ce qu'un homme qui a un caractère aussi gentil pourrait être autre chose que gentilhomme?

LEONOR.

Vous, gentilhomme!

MANRIQUE.

Oui, madame, — de la gaîté. — Je suis le valet par excellence, le prototype des valets, propre à tout, bon à tout[1]: quand je garde la maison de mon maître, son majordome; quand j'attends de lui quelque habit, son chambellan; son maître-d'hôtel quand je prends pour moi le meilleur morceau; son secrétaire peu discret quand je confie ses secrets à nos voisins; son écuyer intrépide lorsque, pour ne pas aller à pied, je sors sur le cheval sous prétexte de le mener promener; son intendant quand je lui compte quelque chose; son caissier en même temps quand je compte aux autres quelque chose de sa part[2]; son chef d'office quand je détourne par hasard une pièce d'argenterie; son pourvoyeur quand je fais danser l'anse du panier, et enfin son cocher quand je le conduis à ses amours. Et après, madame, permettez que je vous dise que je remplis toutes ces charges sans me plaindre, et que je me contente de murmurer pour chacune séparément.

LEONOR.

C'est bien.

(*Sur un geste de Leonor, Manrique s'éloigne. — Leonor et Syrène causent bas à l'écart. — Entrent don Bernard, don Louis et Celio.*)

DON LOUIS, *à don Bernard.*

Je suis marchand, et les diamants sont ma partie... On dit que les diamants sont des grains bruts que le soleil durcit, perfectionne et embellit de ses rayons au fond de la mine embrasée... Je passe de Lisbonne en Castille. J'ai aperçu dans le village voisin la merveille du ciel sous les traits d'une dame que vous accompagnez. Le bruit public m'a appris aussitôt que c'est une nouvelle mariée ou qu'elle va pour se marier. Comme ma marchandise n'est jamais mal venue des dames, et que tous les mariages commencent par des présents de parures et de joyaux, je voudrais vous montrer quelques-uns des miens, qui sont en vérité aussi brillants que des étoiles... pour voir si l'occasion et le dé-

(1) « ...*Pendanga de criados*
Hecha del palo que quieren. »

Mot à mot : « Le *pendanga* des valets, fait du bois que l'on veut. » On appelle *pendanga*, au jeu de *quinolas*, le valet de carreau. Ce jeu consiste à assembler quatre cartes, une de chaque couleur, et celui qui a le plus de points gagne. Le valet de carreau sert d'atout.

(2) Il y a ici un calembourg sur le mot *contador*, qui veut dire caissier et conteur.

sir me procureront quelque bénéfice, chemin faisant.

DON BERNARD.

Vous avez eu là une bonne idée et vous êtes venu à propos. Cette dame est fort triste; j'ai envie de lui offrir un bijou pour essayer de l'égayer un peu. Attendez-moi là, je vais d'abord la prévenir.

DON LOUIS.

Eh bien! Seigneur, en ce cas, veuillez, je vous prie, lui porter comme une preuve de ma sincérité ce diamant. Dès qu'elle l'aura vu, je ne doute pas, Seigneur, qu'elle ne vous permette de m'amener à ses pieds.

DON BERNARD.

C'est une pierre rare! quelle belle eau! quel éclat! quels feux! — Attendez, je reviens... (*Il s'approche de Leonor.*) Il arrive ici, divine Leonor, un marchand entre les mains duquel vous verrez des bijoux de prix et fort beaux. Je voudrais, si cela peut vous être agréable, vous en offrir quelques-uns, à votre choix. Voici un diamant qu'il m'a demandé de mettre sous vos yeux comme échantillon. Tenez, regardez-le.

(*Il lui donne le diamant.*)

LEONOR, *à part.*

Que vois-je? Ciel!

DON BERNARD.

Eh bien!

LEONOR, *à part.*

Je n'ose le croire.

DON BERNARD.

Désirez-vous que je vous l'amène?

LEONOR, *à part.*

Hélas! ce diamant est le même que... (*à Syrène.*) Dis-lui de venir, Syrène.

DON BERNARD.

C'est moi qui irai, madame.

(*Il s'éloigne.*)

LEONOR.

Oh! que l'amour me délivre de ce charme! Ce diamant que tu vois, Syrène, est le même que je donnai autrefois à don Louis de Benavidès. Oui, ou mes larmes m'aveuglent, ou c'est le même. Il faut que je sache aujourd'hui par quelle suite d'accidents il est revenu en mes mains.

SYRÈNE.

Prenez garde, madame; calmez-vous... les voici qui arrivent.

(*Don Louis devance don Bernard.*)

DON BERNARD, *à part.*

Ce marchand est bien pressé de vendre. Ils sont tous les mêmes.

DON LOUIS, *à Leonor.*

C'est moi, madame...

LEONOR.

Ame de ma douleur! réalisation de mes rêves!

SYRÈNE.

Prenez garde, madame, et taisez-vous. Je vois maintenant le motif de votre surprise.

(*Don Bernard s'approche.*)

DON LOUIS.

C'est moi, madame, qui profite de l'occasion que me présente la destinée et qui espère trouver un placement que j'ai désiré si long-temps. Je porte avec moi les bijoux les plus beaux, les plus curieux. J'apporte entre autres une *constance* [1] dont vous serez contente, si je ne me trompe; car il me semble qu'elle ferait bien sur votre cœur... J'apporte aussi un *amour* en diamants. On dit ordinairement que l'amour est fragile; j'ai composé celui-ci des pierres précieuses les plus dures, afin que le mien ne fût pas comme les autres... J'apporte de plus un *cœur* dans lequel il n'y a rien de faux; et, parmi ces bagues, il en est une de l'espèce de celles que l'on appelle *souvenir*... J'avais aussi un joyau formé d'une émeraude et d'un saphir; mais on m'a volé en chemin l'émeraude et l'on ne m'a laissé que le saphir, malheureusement. Et c'est pourquoi je me suis écrié dans mon chagrin : « Comment m'a-t-on enlevé l'espérance et ne m'a-t-on laissé que la jalousie [2]?... Si votre beauté y consent, je m'estimerai heureux de vous montrer ma *constance*, mon *souvenir*, mon *cœur* et mon *amour*.

DON BERNARD.

Ce marchand a de l'esprit; il joue sur le nom de ses bijoux afin d'engager à les voir.

LEONOR, *à don Louis.*

Bien que je ne doute pas que vos bijoux ne soient aussi curieux que vous le dites, vous êtes arrivé mal à propos pour me les montrer... J'aurais eu du plaisir à les voir, je l'avoue, si vous étiez venu plus tôt; mais vous êtes venu trop tard... Que penserait-on de moi si, lorsque je suis mariée et que j'attends mon noble époux, j'occupais ici, non pas ma tristesse, mais mon esprit, à contempler ce *cœur*, cet *amour* et cette *constance?*... Je ne veux pas les voir, parce qu'il ne convient pas que j'aie l'air de déprécier vos joyaux à cause que vous me les avez montrés en un mauvais moment... Et reprenez votre

(1) Le mot *firmeza*, que nous avons traduit par *constance*, a un double sens en espagnol; il signifie quelquefois une sorte de bijou de forme triangulaire, et plus ordinairement *fermeté*, *constance*.

(2) On sait que l'émeraude est verte et que le saphir est bleu. On sait aussi que la couleur verte est l'emblème de l'espérance, comme la couleur bleue est le symbole de l'amour ou de la jalousie.

diamant, quoique, je ne l'ignore pas, son éclat et sa pureté égalent l'éclat et la pureté du soleil... Ne m'accusez pas d'humeur ou de caprice; n'accusez que vous-même qui vous êtes présenté à moi si à contre-temps.

(On entend du bruit dans l'éloignement.)

MANRIQUE.

Voilà là-bas le seigneur don Lope, mon maître !

DON LOUIS, *à part.*

Hélas ! y a-t-il une disgrace pareille à ma disgrace, une douleur pareille à ma douleur ?

LEONOR, *à part.*

O sort funeste !.. que ne puis-je me soustraire à une entrevue aussi cruelle !

MANRIQUE.

Mon maître s'approche !

DON BERNARD.

Je vais à sa rencontre.

MANRIQUE.

Que chacun ici se taise. Je veux écouter de mes deux oreilles la première sottise qu'il dira; car un prétendu à qui sa dame plaît et qui la voit face à face ne doit pas manquer de lui dire des sottises[1].

(Il sort.)

DON LOUIS, *à Leonor.*

O femme légère, oublieuse et changeante ! ô femme la plus femme des femmes ! que me répondrez-vous qui puisse justifier votre changement et votre oubli ?

LEONOR.

Que j'ai cru à votre mort, que j'ai pleuré sur vous, et qu'on m'a livrée à un autre. Mais je ne vous ai pas oublié pour cela. Et à présent que je vous retrouve, si je n'étais mariée, s'il m'était permis de disposer encore de moi, vous verriez si je suis si légère et si changeante !... Je ne le connais pas, cet homme; je l'ai épousé par procuration.

DON LOUIS.

A merveille !... Mais ce n'est pas par procuration que vous avez désolé mon avenir, que vous m'avez enlevé l'ame, que vous m'avez donné la mort... Vous aviez raison de dire que vous m'avez cru mort; j'étais absent, cela revient au même ! Bien souvent, lorsqu'un amant n'est plus là près de la femme qu'il aime, c'est comme s'il n'était plus de ce monde.

(1) « *Porque un novio à quien la place*
La dama, y à verla llega,
Como necidades juega,
Es tahur que dize y haze. »

Le dernier de ces vers présente deux sens; mot à mot : « Car un marié à qui sa dame plait et qui arrive à la voir, comme il joue un jeu de sottises, c'est un joueur qui dit et qui fait : » ou bien « qui en dit et qui en fait. »

LEONOR.

Je ne puis, je ne puis, hélas ! vous répondre. Voici mon époux, mon ennemi. Puisque vous m'accusez d'infidélité, en lui parlant à lui, c'est à vous que je parlerai.

(Entrent don Lope, don Bernard et Manrique. — Don Louis se retire vers l'extrémité de la scène.)

DON LOPE, *à Leonor.*

Lorsque la renommée vantait chez nous votre rare beauté, ô Leonor, je vous aimais de confiance, je vous consacrais sur sa foi toute l'idolâtrie de mon cœur. Lorsque ce cœur qui vous aimait et vous adorait ainsi, vous contemple avec ravissement, il dédaigne la vaine image qu'il s'était formée de vous; car la réalité dépasse mille fois ce qu'il imaginait. Vous seule pouviez faire dignement votre éloge. Heureux celui qui parvient à vous obtenir, et plus heureux encore s'il réussit à vous apprécier ! Mais comment pourrait-il être coupable d'un oubli ? comment celui qui vous aimait avant de vous avoir vue, comment, après qu'il vous a vue, pourrait-il vous oublier ?

LEONOR.

J'ai contracté cet engagement avant que de vous voir... vivant ou mort, j'appartenais à vous seul... Je n'aimais que votre ombre; mais c'était votre ombre, et cela me suffisait... Heureuse mille fois si je pouvais vous aimer ainsi que mon cœur s'en était flatté ! ma vie eût acquitté par-là notre dette commune, malgré tous les périls... Mais lorsque, craintive et tremblante, je vous regarde, si je ne récompense pas un amour si généreux, voici mon excuse : — il faut vous plaindre de vous et non de moi; car, bien que je vous aie choisi depuis long-temps pour époux, il est impossible que je vous aime autant que je le dois[1].

DON LOPE, *à don Bernard.*

A cette heure, mon oncle et seigneur, permettez que je vous presse dans mes bras.

DON BERNARD, *embrassant don Lope.*

Ce seront des liens éternels de parenté et d'amitié. — Ne tardons pas davantage. J'ai hâte pour vous d'arriver à Lisbonne; allons nous embarquer.

DON LOPE, *à Leonor.*

La mer va être orgueilleuse aujourd'hui de porter sur ses flots une seconde Vénus.

MANRIQUE, *au parterre.*

Et puisque voilà le galant et la dame glo-

(1) Dans l'original le compliment de don Lope à Leonor forme un sonnet, et la réplique de Leonor un autre.

rieusement mariés, pardonnez, noble assemblée; l'histoire finit ici [1].

(Don Lope, don Bernard, doña Leonor et Manrique sortent. — Don Louis et Celio demeurent seuls.)

CELIO.

Maintenant, Seigneur, que vous savez ce qui en est, ne pensez plus à elle, revenez à vous, soignez votre santé, votre vie. — Il n'y a plus de remède maintenant.

DON LOUIS.

Si fait, Celio, il y en a un.

CELIO.

Lequel?

DON LOUIS.

La mort.

CELIO.

Eh! seigneur.

DON LOUIS.

Oui, la mort, puisque Leonor s'est jouée de mon amour, puisque Leonor s'est mariée à un autre!.. Et cependant il me reste encore au fond du cœur je ne sais quelle vague espérance. En parlant à son époux elle s'excusait auprès de moi de son changement, de son oubli.

CELIO.

Quelles folies dites-vous là, Seigneur?.. elle s'excusait avec vous?

DON LOUIS.

Oui, il me semble l'entendre encore. Je n'ai pas perdu un seul mot. Écoute, et tu verras si ses paroles s'adressaient à moi. — « J'ai contracté cet engagement avant que de vous voir. Vivant ou mort j'appartenais à vous seul. Je n'aimais que votre ombre; mais c'était votre ombre, et cela me suffisait. Heureuse mille fois si je pouvais vous aimer ainsi que mon cœur s'en était flatté! ma vie eût acquitté par-là notre dette commune, malgré tous les périls. Mais lorsque, craintive et tremblante, je vous regarde, si je ne récompense pas un amour si généreux, voici mon excuse : — il faut vous plaindre de vous et non de moi; car, bien que je vous aie choisi depuis long-temps pour époux, il est impossible que je vous aime autant que je le dois.» Oui, Celio, c'était à moi, à moi seul que ces paroles s'adressaient. Et puisqu'elle s'est excusée ainsi sur son inconstance, quand même ma folle espérance ne serait qu'un poison ou un poignard doré, peu m'importe!.. Vive Dieu! j'aime mieux que le plaisir me tue que la douleur, et au lieu de mourir de jalousie, j'aime mieux mourir d'amour!... Que ma destinée s'accomplisse! Le but auquel j'aspire m'enhardit et m'enflamme! Dût-il m'en coûter la vie, j'aimerai Leonor!

(1) Souvent, dans le cours de ses comédies, Calderon s'adresse au public par l'intermédiaire du *Gracioso*. Ici, cette allocution de Manrique, au moment où l'intrigue vient se nouer, nous semble pleine de finesse et d'esprit.

JOURNÉE DEUXIÈME.

SCÈNE I.

Une chambre dans la maison de don Lope.

Entrent MANRIQUE *et* SYRENE.

MANRIQUE.

Syrène de mes entrailles, qui es pour mon malheur une vraie syrène, puisque tu charmes et tu abuses, reviens enfin de cette rigueur avec laquelle tu traites mes hommages; car un modeste valet n'est pas à l'abri des flèches de l'amour. Accorde-moi de ta main une faveur.

SYRÈNE.

Que puis-je te donner?

MANRIQUE.

Tu pourrais me donner bien des choses, si tu voulais; mais je demande seulement de ta bonté, cette faveur, de couleur verte, qui fait de toi la Dame de la Rosette ou l'écureuse de la Toison [1].

SYRÈNE.

Tu demandes un ruban?

MANRIQUE.

Oui.

SYRÈNE.

Mais le temps est passé où un galant se contentait d'un ruban.

MANRIQUE.

Il est vrai; mais si j'obtenais celui que j'implore, tu verrais comme je serais par lui inspiré; les bons mots, les réparties, les plaisanteries couleraient de mon esprit

(1) *Por Dama de la lazada*
O fregona del Tuson.

La plaisanterie de Manrique porte d'abord sur *dama*, dame, et *fregona*, écureuse de vaisselle; — ensuite sur le triple sens du mot *lazada* qui signifie : 1° rosette, 2° piége, embûche, 3° entrelacement formé par les danseurs; — ensuite sur le mot *tuson*, qui signifie à-la-fois la laine des moutons et un jeune poulain. Mais nous avouons ingénument que nous n'avons pu réussir à comprendre la malice cachée sous ce dernier mot.

comme de source, et je composerais aujourd'hui même mille cent et un sonnets en ton honneur.

SYRÈNE.

Pour me voir à ce point ensonnettée je te le donne [1]. — Mais va-t-en, voici ma maîtresse.

(Manrique sort. — Leonor entre.)

LEONOR.

J'y suis résolue, Syrène. Il faut enfin que je me déclare; car je ne m'appartiens plus désormais, j'appartiens à mon époux. Va trouver don Louis et dis-lui qu'une femme... — Tu n'as pas besoin de prononcer le nom de Leonor; il suffit à un homme noble que ce soit une femme. — Dis-lui qu'une femme, comptant sur la loyauté à laquelle il est doublement obligé en qualité de militaire et d'Espagnol, le supplie de renoncer à son amour; que l'on s'étonne de sa présence continuelle dans la rue, et que l'on ne souffre pas en Portugal la galanterie castillane... que je le prie de nouveau avec instance et larmes de s'en retourner en Castille, de ne pas me mettre mal avec mon mari; que sa conduite me peine et m'offense; et que, s'il persiste, il pourrait nous en coûter la vie à tous deux.

SYRÈNE.

Je le lui dirai ainsi, si je puis le voir et lui parler.

LEONOR.

Il ne sort pas de la rue. Mais ce n'est pas là qu'il faut lui parler; tâche de le rencontrer en son logis.

SYRÈNE.

Vous vous exposez beaucoup, madame.

(Elle sort.)

LEONOR.

Il vaut mieux me risquer à cela que d'être compromise davantage. Il m'obéira, il m'écoutera sans doute.

(Entrent don Lope, don Juan et Manrique.)

DON LOPE.

Hélas! honneur, quel sacrifice je te fais!

DON JUAN.

L'armée d'expédition ne tardera pas à se mettre en marche.

DON LOPE.

Il ne restera pas à Lisbonne un gentilhomme, un cavalier. Chacun s'empresse de se ranger sous les drapeaux... chacun veut être le premier à mériter par sa mort une louange éternelle.

MANRIQUE.

Ils ont, certes, raison; mais je ne suis pas de leur avis, et je ne tiens pas à mériter par ma mort, ni louanges, ni comédies, ni intermède [1].

DON LOPE.

Tu n'es donc pas décidé, toi, à partir pour l'Afrique?

MANRIQUE.

Il pourra se faire que j'y aille; mais ce sera pour voir seulement, et seulement pour avoir par-devers moi de quoi conter. Quant à tuer, je ne veux pas enfreindre la loi dans laquelle je suis né et dans laquelle je vis. Car enfin cette loi ne dit pas : « Tu ne tueras ni Maure ni chrétien, » elle dit : « Tu ne tueras pas » en général; et je m'y soumettrai fidèlement. Ce n'est pas à moi d'interpréter les commandements de Dieu.

DON LOPE.

Ma Leonor!

LEONOR.

Vous êtes bien long-temps sans me voir, mon cher Seigneur. L'amour se plaint des instants que vous lui dérobez.

DON LOPE.

Que vous êtes une vraie Castillane!... Trêve de vains compliments et de gracieuses flatteries. Nous autres Portugais, nous préférons au sentiment le langage de la raison, parce que celui qui aime comme il le dit, ôte du prix à sa manière de sentir. Si l'amour est aveugle chez vous, ma Leonor, il est muet chez moi.

MANRIQUE.

Et chez moi, enragé comme un démon.

DON LOPE.

Il me semble, Manrique, que toujours, selon que je suis triste, toi tu es content et joyeux.

MANRIQUE.

Dites-moi, je vous prie, monseigneur, lequel vaut mieux de la tristesse ou de la joie?

DON LOPE.

La joie, cela est clair.

MANRIQUE.

Eh bien! pourquoi voudriez-vous que je laisse le meilleur pour le pire? Vous qui êtes triste, ce qui n'est pas bon, c'est vous qui devez changer et devenir joyeux. Il est bien plus raisonnable que vous passiez, vous, de la tristesse à la joie, que moi de la joie à la tristesse.

(Il sort.)

LEONOR.

Vous êtes triste, Seigneur? — Mon cœur

(1) Nous avons forgé le mot *ensonnettée* pour rendre celui de *soneteada*, fabriqué par Calderon.

(1) Manrique joue ici sur le mot *loa*, qui signifie éloge, louange, et aussi le prologue d'une pièce de théâtre. Tous les drames sacrés de Calderon sont précédés d'une *louange* mi-parlée et mi-chantée, à la fin de laquelle le poète annonce le sujet de l'*auto* qui va suivre.

a donc à se plaindre ou j'ai à me plaindre de mon cœur, puisqu'il ne partage pas votre chagrin ?

DON LOPE.

Des devoirs que mes ancêtres m'ont transmis avec le sang, et auxquels m'obligent les lois divines et humaines, m'appellent et me troublent dans cette douce paix où je laisse reposer aujourd'hui mes lauriers héréditaires. Le fameux don Sébastien, notre roi, — que puisse-t-il vivre de longs siècles à l'imitation du phénix ! — se prépare à porter la guerre en Afrique. Il n'y a pas un cavalier qui demeure en Portugal ; tous se sont réveillés à l'appel de la gloire. J'aurais désiré l'accompagner à cette expédition ; mais me voyant marié, je n'ai pas voulu m'offrir avant d'en avoir obtenu la permission de votre bouche, ma Leonor. Ce sera un plaisir et un honneur que je vous devrai.

LEONOR.

Ayant à me confier un tel projet, il était nécessaire que vous me donniez par vos paroles la force et l'énergie qui me manquent... Vous conseiller de partir, mon cher Seigneur, ce serait prononcer moi-même mon arrêt de mort. Allez sans que ma bouche vous le dise, car la volonté ne saurait vous refuser ce que le dévouement vous accorde... Mais non ; afin que vous voyiez si j'estime votre inclination guerrière, je ne veux plus que ce soit l'amour, mais le courage qui m'inspire. Donc, ainsi que vous le devez, servez dès aujourd'hui don Sébastien, — de qui le ciel prolonge les jours ! — car le sang des nobles est le patrimoine des rois. Je ne veux pas qu'il soit dit que les femmes sont peureuses et qu'elles affaiblissent la vaillance des hommes, lorsqu'elles devraient au contraire l'exciter... Voilà ce que mon cœur vous conseille, quoiqu'il vous aime tendrement ; mais il vous parle comme si vous étiez un autre, et il ne sent que trop que c'est à vous qu'il parle ainsi.

(*Elle sort.*)

DON LOPE.

Avez-vous jamais vu une pareille valeur ?

DON JUAN.

En vérité, elle est digne que la renommée la célèbre au loin.

DON LOPE.

Et vous, que me conseillez-vous ?

DON JUAN.

Moi, don Lope, je vous conseillerais autrement.

DON LOPE.

Parlez.

DON JUAN.

Celui qui vit dans les loisirs de la paix, heureux et tranquille, après avoir déposé ses armes glorieuses, à quoi bon nettoierait-il la poussière qui les couvre ?... Il eût été juste que je me fusse offert pour cette expédition, moi, don Lope, si mes malheurs ne me condamnaient à la retraite ; mais je suis forcé de me tenir à l'écart parce qu'il ne sied pas à un coupable de se présenter aux yeux de son roi... Si telle est mon excuse, la vôtre, — c'est vos anciens services... La réputation que vous avez acquise vous suffit... Ne partez pas, mon ami, non, ne partez pas ; croyez-m'en, quoique un homme vous retienne et qu'une femme vous encourage.

(*Il sort.*)

DON LOPE.

Dieu me protége !.. Puissé-je me donner moi-même un conseil prudent, si, dans des circonstances aussi délicates, un homme peut se conseiller !...— Que ne puis-je me partager en deux parties pour trouver, d'un côté du moins, le repos qui me fuit !... — Mais non : que ne puis-je plutôt séparer mon être physique de mon être moral et sensible, afin que d'une part, ma bouche pût se plaindre à loisir sans que mon cœur le sût, ou que mon cœur pût se rassasier à son gré de sa douleur, sans que ma bouche la révélât !... Ne puis-je, sans assister à ce débat cruel, m'accuser seul avec moi-même, et seul avec moi-même me défendre !...— Devenu lâche aujourd'hui autant que j'étais jadis intrépide, j'ai honte et je rougis de moi... — Eh quoi ! est-ce bien moi qui pense et parle de la sorte ?.. Ah ! faut-il que l'honneur ait cent yeux pour voir et cent oreilles pour entendre ce qui le blesse, et qu'il n'ait qu'une langue pour se plaindre de ce qu'il a vu et entendu ?... Que n'est-il aveugle et sourd, au contraire, et plus puissant à s'exprimer, s'il est vrai que souvent un cœur infortuné, fatigué par un si rude assaut, se brise et éclate comme une mine en fureur ?..— Plaignons-nous donc maintenant, plaignons-nous. — Mais je ne sais par où commencer... Moi qui ai toujours vécu irréprochable dans la guerre et dans la paix, je ne m'attendais pas à être jamais offensé, et j'ignore le langage de la plainte. Il ne prend pas de précautions celui qui croit n'avoir rien à craindre...— Ma langue oserait-elle dire ce que j'ai ?... Ah ! qu'elle se retienne ; qu'elle ne prononce pas, qu'elle n'articule pas mon affront, car elle serait bientôt châtiée par ma mort. Étant moi-même l'offenseur et l'offensé, je vengerais moi-même mon injure... — Qu'elle ne dise donc pas que j'ai de la jalousie... — Le mot m'est échappé ; je n'ai pu le retenir, et je ne puis le renvoyer au fond de mon sein d'où il est parti, ce mot fatal qui, comme un poison mortel, me consume et me dévore... Jamais serpent n'a péri dans son propre venin, et c'est ma bouche, à moi, qui a distillé le venin qui me tue... — Moi, jaloux, ai-je dit!... Que Dieu me soit en aide! Quel est ce cavalier castillan qui, planté devant ma porte et cloué devant ma fenêtre, se montre à moi incessamment comme une vivante statue?... Il la suit partout, dans la rue, à la promenade, à l'église, toujours tourné vers elle de même que l'héliotrope vers le soleil, comme s'il voulait aspirer et boire les rayons de mon honneur... Pourquoi,—Dieu me soit en aide!—pourquoi Leonor m'a-t-elle accordé si aisément la permission de m'éloigner? et d'où vient que non-seulement elle m'a accordé cette permission, mais que, d'un visage joyeux, elle m'a tenu des discours tels qu'ils m'obligeraient à partir, alors même que je n'en aurais pas eu le dessein?...—Et pourquoi enfin,—Dieu me soit en aide!—pourquoi don Juan de Silva m'a-t-il dit, lui, de ne pas partir, de rester?... N'eût-il pas été plus convenable, plus conforme à la raison, que mon ami et mon épouse eussent exprimé chacun l'avis contraire? N'eût-il pas mieux valu qu'ils eussent changé de rôle, que don Juan m'eût excité et que Leonor m'eût retenu?... Oh! oui, cela eût été beaucoup mieux, mille fois mieux! — Voilà les charges; — voyons la justification...; car si l'honneur veut condamner justement il ne doit pas se décider sur des motifs aussi frivoles... N'est-il pas possible, après tout, que Leonor m'ait donné ce conseil parce qu'elle est prudente et noble, parce qu'elle a le cœur haut et bien placé, parce que, moi restant ici, ma renommée en souffrirait?... Oui, cela est possible, puisqu'elle dit qu'elle est affligée du conseil qu'elle me donne... N'est-il pas possible également que don Juan m'ait conseillé de demeurer dans la seule pensée que rien ne me force à partir et que mon départ déplairait à Leonor? Oui, cela encore est possible... Et n'est-il pas possible aussi que ce galant ait arrêté ses vues d'un autre côté?... Et même, en mettant la chose au pire, en supposant que ce soit elle qu'il sert, elle qu'il attend, qu'il regarde, qu'il aime, en quoi donc ces prétentions m'outragent-elles? Leonor est celle qu'elle est, et moi je suis celui que je suis, et personne n'a le pouvoir de ternir sa réputation ou ma renommée... Mais si fait, hélas!... je m'abuse. Le nuage qui passe devant le soleil ne l'éclipse pas pour cela; mais il le tache, il le trouble, et à la fin,—à la fin l'obscurcit... — Eh bien! honneur, as-tu d'autres subtilités à m'opposer encore? as-tu d'autres peines pour me tourmenter, d'autres frayeurs pour m'entourer d'autres soupçons pour me tuer? — Non. — Eh bien! tu ne me tueras pas, si là s'arrête ton pouvoir; car je saurai procéder en secret, sagement, prudemment, avec attention et vigilance, jusqu'à ce que je touche à ces circonstances solennelles qui décideront de ma vie ou de ma mort. Mais en attendant qu'elles arrivent, secourez-moi, grand Dieu! secourez-moi!

(Il sort.)

SCÈNE II.

Une rue.

Entre SYRÈNE, *le visage recouvert de sa mante;* MANRIQUE *la suit.*

SYRÈNE, *à part.*

Je n'ai pu m'échapper de Manrique pour entrer dans la maison. Il m'a suivie tout le long du chemin... Que faire?

MANRIQUE.

Holà! femme voilée, femme de malheur, qui cheminez en regardant et vous taisant, qui déroutez si bien l'ennemi par vos manœuvres; la femme à robe de soie blanche et noire[1], qui volez le vent en poupe avec la mante bien conditionnée et des pantoufles de serge d'escot. — Allons, parlez ou découvrez-vous, que je sache enfin à quoi m'en tenir sur votre compte; car votre silence et votre voile me donnent mauvaise opinion de vous, et je suis tenté de croire que vous êtes sotte et laide.

SYRÈNE.

Eh bien! vous en restez là?... Continuez-donc.

MANRIQUE.

Je n'en sais pas davantage.

SYRÈNE.

Et à combien de femmes avez-vous dit cela?

MANRIQUE.

C'est qu'au contraire je suis fort sage et me suis amendé; je n'ai parlé, sur ma foi! dans toute la journée d'aujourd'hui qu'à cinq femmes.

SYRÈNE.

Graces au ciel, je trouve enfin un homme constant et fidèle!... Je suis de même, moi; je n'ai en tout et pour tout que neuf galants.

MANRIQUE.

Je vous crois; et afin que vous m'en croyez

(1) *La de entrecano picote. Entrecano* se dit de la barbe, des cheveux entre noir et blanc, et de la personne qui les a tels. Le *picote* est une sorte d'étoffe de soie très lustrée.

pareillement, il faut que je vous montre de chacune d'elles une faveur, gage de sa tendresse. (*Il tire de sa poche une natte en cheveux.*) Tenez, voici d'abord une natte. Cette natte a joué son rôle autrefois; et bien qu'elle fût postiche, elle n'en a pas moins attrapé bien des cœurs. Elle est à présent un peu vieille et roussie, mais c'est égal... — (*Il montre un busc de baleine.*) Cette petite baguette que vous voyez, elle est de la barbe de la baleine. On l'ôta d'un corps de jupe pour me la donner, avec autant de peine que si l'on se fût ôté une côte. C'est une baguette d'une rare vertu; elle redresse les poitrines et soumet les épaules les plus rebelles; car aujourd'hui toutes les tailles mentent par la barbe de la baleine. — (*Il montre un soulier.*) Le petit soulier que vous voyez en mes mains à cette heure, — vous saurez qu'il a été jadis une maison en miniature dans laquelle deux nains ont vécu alternativement, un jour l'un et un jour l'autre, sans jamais se rencontrer... — (*Il montre un gant.*) Quant à ceci, c'est un gant qui a été long-temps en mue comme un rossignol; car il exhale encore une légère odeur de graisse de chevreau... — (*Il montre un ruban vert.*) Pour ce ruban, il me vient d'une dame de haut parage...

SYRÈNE, *à part.*

Le menteur!... c'est le mien.

MANRIQUE.

Mais je ne l'aime pas.

SYRÈNE.

Pourquoi donc?

MANRIQUE.

Parce que je sais qu'elle raffole de moi. N'est-ce pas un motif suffisant?

SYRÈNE.

Il est vrai.

MANRIQUE.

La femme qui voudra que je lui rende amour pour amour, il faut qu'elle me mente, qu'elle me trompe, qu'elle se moque de moi, qu'elle excite ma jalousie, qu'elle me maltraite, me chasse, et qu'en somme elle me désire; car je suis très sensible à tout cela; et puisque tel est l'usage des femmes, je veux, moi, me faire un plaisir de ce dont les autres se font un chagrin.

SYRÈNE.

Et — est-elle belle, cette dame?

MANRIQUE.

Mon Dieu! non; elle est si malpropre!

SYRÈNE, *à part.*

Le misérable! (*haut.*) A-t-elle de l'esprit au moins?

MANRIQUE.

Mon Dieu! non; elle est si sotte!

SYRÈNE, *à part.*

L'infâme! (*haut.*) Est-ce qu'au moins elle n'a pas de beaux yeux?

MANRIQUE.

Mon Dieu! non; quand elle pleure, au lieu de larmes il en sort de la chassie.

SYRÈNE, *à part.*

Oh! le monstre! (*haut.*) Pour vous prouver que je suis toute disposée à vous aimer à votre gré, je ne vous demande que ce ruban.

MANRIQUE.

Bien volontiers; le voilà.

(*Il lui donne le ruban.*)

SYRÈNE, *feignant la terreur.*

Ah! seigneur! hélas!...

MANRIQUE.

Qu'avez-vous?

SYRÈNE.

C'est mon mari qui vient!... Éloignez-vous au plus tôt! Mon mari est un diable! Tournez vite cette rue. Tandis qu'il passera je vous attendrai dans cette maison.

MANRIQUE.

Vous ne pouviez choisir un meilleur asile: j'y demeure et je reviens vous y chercher.

(*Manrique s'enfuit. Syrène entre dans la maison.*)

SCÈNE III.

Une chambre dans la maison de don Lope

(*Entre Syrène.*)

SYRÈNE.

A un trompeur, une rusée. Je me suis bien jouée de lui; mais il s'est encore mieux joué de moi avec ses injures que j'étais obligée de dévorer... — Qu'il eût dit que j'étais laide, passe encore, cela ne me touchait pas... que j'étais sotte, malpropre, pas davantage... — mais dire que mes yeux pleurent la... quelle horreur! Il me la paiera cher, le scélérat!

(*Entre Leonor.*)

LEONOR.

Ah! Syrène!

SYRÈNE.

Madame?

LEONOR.

Que ton absence m'a inquiétée! — L'as-tu vu?

SYRÈNE.

Oui, madame, et il vous envoie sa réponse dans cette lettre. Il m'a dit en outre de vive voix que, si vous lui permettiez de vous voir une seule fois, après il vous laisserait tranquille et s'en irait.

LEONOR.

Que ta légèreté m'afflige ! — Pourquoi donc as-tu pris cette lettre ?

SYRÈNE.

J'ai pris cette lettre, madame, pour vous la donner.

LEONOR, *à part.*

Ah ! pensée cruelle ! que tu t'insinues facilement dans mon cœur !

SYRÈNE.

Qu'importe maintenant que vous la lisiez ?

LEONOR.

Tu as de moi une jolie opinion ! Tais-toi, Syrène... Il faut la brûler... la déchirer. (*à part.*) Elle ne me comprend pas, cette vilaine sotte ! Ne devrait-elle pas me presser, me prier de lire ?

SYRÈNE.

Quelle faute, madame, a commise cette lettre, qui est venue ici sans s'en douter, pour que vous la punissiez de votre colère ?

LEONOR.

Eh bien ! si je la prends, tu le verras, que c'est pour la déchirer.

SYRÈNE.

Ne la déchirez du moins qu'après l'avoir lue.

LEONOR.

Il faudrait que tu m'en suppliasses bien fort.

SYRÈNE.

Alors je vous en supplie pour ce pauvre jeune seigneur.

LEONOR.

Donne. — Cela te chagrine, il me semble. C'est pour toi seule que je brise le cachet [1] ; c'est pour toi seule que je la lis, entends-tu, Syrène ?

SYRÈNE.

Je le vois bien. — Ouvrez-la donc.

LEONOR, *à part.*

Que peut-il avoir à me dire ? — (*Elle lit.*) « Leonor, s'il m'était possible de vous obéir en vous oubliant, je pourrais vivre ; et après tous les ennuis, tous les chagrins que ce fatal amour m'a causés, ce serait de ma part être généreux envers moi seul que de renoncer à vous aimer... Plût à Dieu que cela fût en mon pouvoir ! mais voilà long-temps déjà que j'essaie de réussir, et je ne le puis... Mon cœur s'obstine à vous aimer malgré mon malheur et vos ordres... Moi vous oublier ! moi renoncer à vous ! Non, cet avantage n'est pas donné à un amant dédaigné. Mais vous, aimez-moi, accordez-moi une seule faveur, une seule grâce que j'implore, et ensuite, Leonor, je tâcherai de vous oublier, si je puis. »

SYRÈNE.

Vous pleurez en lisant cette lettre ? Qu'est donc devenu cet orgueil si... féroce ?

LEONOR.

Je pleure sur de tristes souvenirs que ces lignes me rappellent.

SYRÈNE.

Qui bien aime, tard oublie.

LEONOR.

En présence de celui qui a porté un coup si funeste à mon cœur, ma blessure se r'ouvre et saigne de nouveau. — Je t'en avertis, Syrène ; avec ses poursuites insensées cet homme finira par me perdre ; oui, il me tuera et me perdra s'il ne s'éloigne pas d'ici.

SYRÈNE.

Cela ne dépend que de vous.

LEONOR.

Que veux tu dire ?

SYRÈNE.

Vous n'avez qu'à l'entendre. Il dit que, si vous consentez à l'entendre une seule fois, il quittera Lisbonne aussitôt.

LEONOR.

En réponds-tu, Syrène ?

SYRÈNE.

Oui, madame.

LEONOR.

Je ferais l'impossible, je l'avoue, pour obtenir de lui qu'il partît. Mais comment, comment viendrait-il ?

SYRÈNE.

Rien de plus aisé ; prêtez-moi votre attention. Nous sommes à l'entrée de la nuit ; ce moment est le plus favorable. Il ne fait plus assez de jour pour que l'on reconnaisse un homme, et il n'est pas assez tard pour craindre que les voisins s'en étonnent. Monseigneur, ainsi que vous avez dû le remarquer vous-même, ne rentre jamais d'aussi bonne heure. Quant à don Louis, je ne doute pas qu'il ne soit dans la rue. Je l'irais chercher et l'amènerais à cette salle où vous pourrez causer avec lui et le réprimander à votre aise. Entendez-le un instant, et abandonnez le reste à la fortune.

LEONOR.

Tu me fais voir tant de facilités que tu enlèves toute délibération et toute crainte à mon honneur. Va donc ; hâte-toi de l'amener.

SYRÈNE.

Je cours et reviens.

(*Syrène sort.*)

(1) L'action de déchirer une lettre ou d'en briser le cachet s'exprime en espagnol par le même verbe *romper*, que Calderon a évidemment répété à dessein dans ce passage.

LEONOR.

Quelque dangereuse que soit cette entrevue, je suis celle que je suis et je saurai me vaincre... Si ma force faiblissait... l'honneur, qui m'a obligée de braver ce péril, me défendra... Je tremble... A chaque pas que j'entends, il me semble que c'est don Lope; et même, le souffle de l'air, je me figure que c'est lui... — Peut-être qu'il m'écoute par-là? — Vaine imagination produite par la crainte! — Faut-il qu'une femme noble s'expose à courir de tels risques!

(*Entrent don Louis et Syrène. Ils marchent comme à tâtons.*)

SYRÈNE.

Voici ma maîtresse.

DON LOUIS, *à part.*

Hélas! combien de fois j'ai souhaité ardemment cette occasion!... Et maintenant je suis presque effrayé... Un sinistre pressentiment me saisit le cœur.

LEONOR, *à part.*

Il ne parle pas! et pourtant, il importe qu'il se retire au plus tôt.

DON LOUIS.

Leonor?

LEONOR.

Seigneur don Louis?

DON LOUIS.

Ah! Leonor!

LEONOR.

Seigneur don Louis, vous voilà dans ma maison... Je vous ai accordé l'entrevue demandée par vous... expliquez-vous sans retard, afin que vous vous en retourniez... (*à part.*) Épouvantée de moi-même, je puis à peine me soutenir, et mon cœur se serre comme s'il se sentait pressé par un poignard.

DON LOUIS.

Vous savez, belle Leonor, si tant est que vous n'ayez pas oublié les joies passées, depuis quel temps je vous aime. La première fois que je vous vis, que j'eus le bonheur de vous voir, ce fut dans la campagne qui est aux environs de Tolède, votre patrie et la mienne. Vous étiez là avec plusieurs de vos compagnes, occupée à cueillir des fleurs qui, certes, n'étaient pas aussi fraîches et aussi brillantes que vous. Vous savez aussi que...

LEONOR.

Laissez-moi parler, je serai plus brève. Je sais que, durant plusieurs semaines de suite, vous n'avez cessé de parcourir ma rue, de passer et repasser sous mon balcon; et que, sans vous décourager de mon dédain, vous m'avez témoigné un amour ferme et constant jusqu'au moment où je vous distinguai. Alors, à la faveur des ombres de la nuit, au moyen de ces billets que nous échangions l'un avec l'autre par la fenêtre, suivant l'usage des amants[1], nous formions des projets de nous marier ensemble, quand on vous donna une compagnie et que vous fûtes forcé d'aller servir le roi. Vous partîtes pour la Flandre...

DON LOUIS.

Ceci, c'est à moi de le dire. J'allai en Flandre; là, nous donnâmes un assaut auquel périt bravement un cavalier aragonnais appelé don Juan de Benavidès. La ressemblance de mon nom avec le sien fut cause que le bruit de ma mort se répandit en Espagne. La nouvelle en arriva à Tolède...

LEONOR.

Elle fut affreuse pour moi et je pleurai amèrement. Mais je dois me taire ici, quoiqu'il me fût aisé d'invoquer pour mon excuse ma tristesse, mon chagrin, ma douleur. Ah! que de larmes j'ai versées sur votre sort, sur le sort de notre amour!... que vous dirai-je? A la fin, les instances de mes proches ont obtenu que je me sois mariée par procuration.

DON LOUIS.

Je l'ai appris en chemin. Je me flattais de pouvoir rompre encore ce mariage; et je courus à votre poursuite, jusqu'au moment où je vous rejoignis et vous parlai sous les habits d'un marchand.

LEONOR.

J'étais mariée déjà; et puisque je vous ai détrompé, pourquoi êtes-vous venu ici?

DON LOUIS.

Je suis venu seulement pour voir si j'ai lieu de me plaindre de vous. Si, d'après cette conversation, j'acquiers la conviction que vous avez manqué à votre foi, je partirai aussitôt pour la Flandre, où j'espère qu'une balle donnera la mort, non plus à don Juan de Benavidès, mais à don Louis de Benavidès.

LEONOR.

Quoi! don Louis, vous voulez mourir?

DON LOUIS.

Oui, Leonor, si je ne sors pas d'auprès de vous...

SYRÈNE.

Voilà quelqu'un qui monte l'escalier.

LEONOR.

Ah! ciel!

DON LOUIS.

Grand Dieu!

(1) « *...Que no consiguen*
Una texa y un papel? »

Mot à mot : « A quoi ne réussissent pas une tuile et une lettre? » Allusion aux moyens que les amants espagnols employaient pour correspondre. Le galant, venu la nuit sous les fenêtres de sa dame, lui lançait un billet doux attaché à un morceau de tuile, et recevait la réponse par le même courrier.

LEONOR.

Que faire?... Cette salle est obscure; demeurez-y afin qu'on vous y trouve seul. Quand on sera entré, vous vous en irez. Mais ne partez pas pour la Flandre; j'ai besoin d'achever cette explication. — Viens avec moi, Syrène.

SYRÈNE.

Je vous suis.

(Leonor et Syrène se retirent par la porte qui est à gauche.)

DON LOUIS.

Y a-t-il un malheur égal au mien? Leonor et Syrène m'ont laissé seul, incertain et troublé... Comment m'échapper au milieu des ténèbres qui m'environnent? Je ne connais pas la maison et je ne trouve pas la porte.

(Entre don Juan par la porte du fond.)

DON JUAN, *à part.*

Cela est singulier qu'on n'ait pas encore allumé à cette heure.

DON LOUIS, *à part.*

C'est le pas d'un homme.

DON JUAN, *à part.*

Quelqu'un marche. *(appelant.)* Holà! un flambeau! — *(à don Louis.)* Qui va là? qui est-ce? répondez!

DON LOUIS, *se heurtant contre don Juan.*

Ah!

(Ils tirent chacun leur épée et se battent.)

DON JUAN.

Répondez donc! répondez du moins à mon épée qui vous interroge!

DON LOUIS, *à part.*

Voici une porte, je suis sauvé!

(Il se retire par la même porte que Leonor et Syrène.)

DON JUAN.

Où est-il donc?

(Entrent don Lope et Manrique par la porte du fond.)

DON LOPE, *à part.*

J'ai entendu par ici un cliquetis d'épées, et l'on n'a pas encore éclairé l'appartement! *(à Manrique.)* Va chercher un flambeau.

(Manrique sort.)

DON JUAN.

Je vous ai déjà demandé votre nom.

DON LOPE.

Qui veut savoir mon nom ici?

DON JUAN.

Un flambeau!

DON LOPE.

Un flambeau!

(Entre Manrique, un flambeau à la main.)

MANRIQUE.

Le voici.

(Entrent Leonor et Syrène.)

LEONOR, *à part.*

Ah! ciel!

DON LOPE, *surpris.*

Don Juan!

DON JUAN, *de même.*

Don Lope!

DON LOPE.

Qu'est ceci?

DON JUAN.

J'entrais dans cette chambre lorsqu'un homme en sortait.

DON LOPE.

Un homme, — dites-vous?

DON JUAN.

Oui. Je lui ai demandé à plusieurs reprises qui il était; au lieu de me répondre il s'est tu.

DON LOPE, *à part.*

Il importe de dissimuler... Que don Juan ne croie pas que j'aie pu concevoir des craintes aussi misérables. *(à don Juan.)* Il eût été bon sur ma foi! mon ami, que l'un de nous eût tué l'autre... C'était moi-même qui sortais... Je n'ai pas reconnu votre voix... M'entendant demander mon nom dans ma propre maison, cela m'a irrité; je me suis tu et j'ai répondu avec l'épée.

LEONOR.

C'eût été un affreux malheur!

SYRÈNE.

Une bizarre aventure!

DON JUAN.

Quoi! c'était vous?

DON LOPE.

Moi-même.

DON JUAN.

Mais non, cela n'est pas possible. L'homme de qui je parle est là, là-dedans, j'en suis certain. Car il n'a pas pu sortir par la porte par où vous êtes entré.

DON LOPE.

Quand je vous dis que c'était moi.

DON JUAN.

Cela est étrange!

DON LOPE, *à part.*

O quel ennui d'avoir un ignorant ami!... *(à don Juan.)* Eh bien! si vous êtes tellement persuadé qu'il y a quelqu'un caché ici, pendant que je vais visiter la maison, gardez-moi cette porte en vous tenant dans la pièce d'entrée.

DON JUAN.

Vous pouvez commencer vos recherches en toute sécurité. Il ne sortira pas par-là, je vous en réponds.

DON LOPE.

Quoi qu'il arrive, ne quittez pas la pièce d'entrée; entendez-vous?

DON JUAN.

Je n'en bougerai pas.

DON LOPE.

Songez-y bien.

DON JUAN.

Soyez tranquille.

(Il sort par la porte du fond.)

LEONOR, *bas à Syrène.*

Ah! Syrène.

SYRÈNE, *bas à Leonor.*

Tenez-vous.

DON LOPE, *à part.*

S'il se trouve que je sois offensé, j'aurai assez d'empire sur moi-même pour conserver mon sang-froid; et ma vengeance, qui suivra un silence impénétrable, sera un enseignement pour le monde. *(à Manrique.)* Allons, Manrique, précède-moi avec ce flambeau.

MANRIQUE.

Moi, Seigneur?

DON LOPE.

Oui, allons.

MANRIQUE.

Je n'ose. Je suis peu curieux des revenants.

DON LOPE.

De quoi as-tu peur?

MANRIQUE.

De tout.

DON LOPE.

Eh bien! donne-moi ce flambeau et sors d'ici. Va rejoindre don Juan. *(Manrique sort. — à part.)* Je n'ai besoin d'aucun témoin pour mon malheur. *(Il s'approche de la porte qui est à gauche.)* Voyons de ce côté.

LEONOR, *le retenant.*

Non, Seigneur...

DON LOPE.

Lâchez-moi.

LEONOR.

Il est inutile, Seigneur, que vous entriez... Je vous garantis, je vous atteste qu'il n'y a personne.

DON LOPE.

Alors, raison de plus pour que j'entre; ce sera le moyen de rassurer don Juan.

(Il sort.)

LEONOR.

Hélas! Syrène, que le sort m'est contraire! Quelle situation cruelle que la mienne!... Je suis au désespoir, éperdue... Don Lope découvrira sûrement don Louis qui est caché... Le malheureux! il a cru sortir par la porte qui donne dans ma chambre!... Ah! sans doute, ils se seront rencontrés déjà!... Don Lope l'a vu et lui a parlé... — Si je pouvais fuir encore!... mais non, son ami garde le passage... Et d'ailleurs je n'en aurais pas la force... Que le ciel me soit en aide!

SYRÈNE.

Du courage, madame!

LEONOR.

Je ne suis toute que confusion et terreur.

(Entrent don Lope et don Louis. Don Louis est enveloppé de son manteau jusqu'aux yeux et tient son épée nue. Don Lope le suit, tenant d'une main son épée et de l'autre le flambeau.)

DON LOPE.

Ne vous couvrez pas ainsi le visage, cavalier.

DON LOUIS.

Abaissez votre épée, Seigneur. A la plonger dans le sang d'un homme qui ne se défend pas il y aurait plus de honte que de gloire.

DON LOPE.

Qui êtes-vous?

DON LOUIS.

Je suis de Castille, Seigneur... Jaloux d'un cavalier qui rendait des soins à une dame que je servais, je l'ai provoqué en duel et l'ai tué... Exilé pour ce motif de mon pays, je me suis réfugié à Lisbonne... J'ai appris ce matin qu'un frère du mort, me sachant ici, y était venu dans l'intention de le venger traîtreusement... On ne m'avait pas trompé... Ce soir, tout à l'heure, je passais par cette rue, lorsque j'ai été assailli par trois hommes à la porte de cette maison... J'ai eu peur, je l'avoue, et pensant qu'il m'était impossible de soutenir le combat contre trois hommes armés, je me suis précipité ici et j'ai franchi l'escalier... Eux, soit qu'une nouvelle attaque leur ait paru dangereuse, soit qu'ils aient respecté cet asile, ils ne m'ont pas suivi... J'ai attendu dans cette salle qu'ils se fussent éloignés. Lorsque je n'ai plus entendu de bruit dans la rue, j'ai voulu descendre; mais au moment où je sortais je me suis heurté contre un homme qui m'a crié: Qui va là? Je me suis imaginé que c'étaient mes ennemis; je n'ai pas répondu, et j'ai pénétré dans la chambre voisine. — Voilà, Seigneur, pourquoi vous m'avez trouvé caché dans votre maison. — Et maintenant, Seigneur, tuez-moi... Comme je vous ai dit la vérité, et que je ne veux pas que la vertu ait à souffrir de mon imprudence, je mourrai content... J'aime mieux périr victime d'un ressentiment honorable que d'une infâme vengeance.

DON LOPE, *à part.*

A quelles incertitudes, à quelles anxiétés, à quelles craintes tout mon cœur est en proie! Si cet homme m'inquiétait si vivement lorsqu'il se promenait dans ma rue, que sera-ce à présent que je l'ai trouvé caché dans ma maison... dans l'appartement de ma femme? Assez, assez, pensée cruelle, ne me tourmente pas davantage! Tout cela peut être vrai; et quand même, — ce n'est pas le moment d'éclater. — Sachons souffrir et nous taire. *(à don Louis.)* Cavalier castillan, je me félicite de ce que ma maison vous a servi d'asile contre une trahison. Si j'étais encore garçon, je me ferais un plaisir de vous y offrir l'hospitalité, car c'est le devoir d'un gentilhomme d'accueillir de nobles disgraces; mais, hors de là, je vous prie d'accepter mon assistance en toute occasion et de toute manière. Si l'épée d'un second vous est utile, comptez sur la mienne, et croyez qu'avec cette aide vous n'aurez pas besoin de tourner le dos à vos adversaires, quel que soit leur nombre. — Et maintenant, afin que vous puissez sortir de ma maison en secret, nous nous en irons par le jardin dont je vous ouvrirai moi-même la porte. Cette précaution, je le confesse, je ne la prends pas moins dans mon intérêt que dans le vôtre. Je ne veux pas que mes valets, — car les valets sont toujours les ennemis de ceux qu'ils servent, — viennent à raconter que je vous ai trouvé ici et m'obligent à satisfaire une curiosité importune. Quoiqu'il soit impossible de douter de la sincérité de vos paroles, et que pour ma part j'en sois persuadé, quel homme ici-bas échappe à la malveillance? Quel est celui que la médisance épargne? quel est celui qu'un soupçon n'atteint pas? Et, quant à moi, si je croyais... si même j'imaginais... si j'avais l'idée seulement que quelqu'un essayât d'entacher ma réputation, mon honneur, — ne serait-ce qu'une servante, une esclave, — vive Dieu! ce quelqu'un, je lui ôterais aussitôt la vie, je lui tirerais jusqu'à la dernière goutte de son sang, et je lui arracherais l'ame, si l'ame se peut arracher avec l'épée ou le poignard! — Venez, c'est moi qui vous éclairerai jusqu'à votre sortie.

DON LOUIS, *à part.*

Ma voix s'est glacée dans ma poitrine... Voilà bien l'arrogance portugaise!

(*Don Lope et don Louis sortent par la porte de droite.*)

LEONOR.

Je respire!... cela a mieux fini que je ne l'espérais. C'est la première fois que le mal a été moindre qu'on ne l'avait pensé. Ah! Syrène, pour tous les trésors de la terre je ne m'exposerais pas à une pareille situation.

(*Don Lope rentre.*)

DON LOPE.

Leonor?

LEONOR.

Que désirez-vous, Seigneur? Ce cavalier vous a dit le motif pour lequel il était entré. Vous savez que je ne suis pas coupable, qu'il n'y a pas eu de ma faute.

DON LOPE.

Un époux qui vous aime et vous estime n'a pas l'intention de vous gronder. Non, Leonor, je veux seulement vous dire que puisque ce cavalier s'est déclaré avec nous...

LEONOR.

N'a-t-il pas dit tout à l'heure qu'il était de Castille et qu'il s'était réfugié ici apres avoir tué un homme?... Je n'en sais pas davantage, moi, Seigneur.

DON LOPE.

Pour Dieu! Léonor, ne vous disculpez pas, vous me tuez. — Non, Leonor, vous ne pouvez pas en savoir davantage; mais il suffit qu'il se soit confié à nous pour que nous lui gardions le secret... Toi, Syrène, ne dis rien de ce qui s'est passé à personne, non pas même à don Juan.

(*Entre don Juan.*)

DON JUAN.

Vous avez été si long-temps, don Lope, que je commençais à concevoir de l'inquiétude.

DON LOPE.

En vérité, don Juan, il est aimable à vous de me faire ainsi courir par toute la maison, lorsque je suis sûr que c'était moi. Prenez à votre tour le flambeau, s'il vous plaît, et visitez-la.

DON JUAN.

A quoi bon, puisque je suis persuadé désormais que c'était vous? Je me suis trompé, j'en conviens.

DON LOPE.

Eh bien! nous la visiterons ensemble une seconde fois.

DON JUAN.

Si vous le voulez absolument, je ne m'y refuse pas.

LEONOR, *bas à Syrène.*

Il ne soupçonne rien?

SYRÈNE, *bas à Leonor.*

Non, madame.

DON JUAN, *à part.*

Il s'imagine m'abuser, moi qui souhaiterais tant qu'il eût raison.

DON LOPE, *à part.*

C'est ainsi qu'en attendant l'occasion favorable, celui qui médite une vengeance doit savoir souffrir et se taire.

JOURNÉE TROISIÈME.

SCÈNE I.

Le port de Lisbonne.

Entrent DON JUAN *et* MANRIQUE.

DON JUAN.

Où est don Lope?

MANRIQUE.

Il est entré au palais.

DON JUAN.

Cherche-le, et dis lui que je l'attends.

MANRIQUE.

Cela suffit.

(*Il sort.*)

DON JUAN.

En attendant qu'il vienne, réfléchissons à loisir, et aussi froidement que possible, sur la conduite que doit tenir un homme qui veut réveiller l'attention d'un ami sur les dangers que court son honneur. — Moi je suis plus complètement dévoué à don Lope que jamais homme ne le fut à un autre; jamais homme n'a eu pour un autre l'amitié que j'ai pour lui. Je suis son hôte : sa fortune est la mienne; il m'a confié sa vie, son ame. Comment donc, ô ciel! pourrais-je payer d'ingratitude tant de courtoisie, de bonté, d'attachement?... Pourrais-je voir que sa renommée souffre, sans lui offrir ma vie pour l'aider à se venger? Pourrai-je sans cesse entendre murmurer autour de moi que ce Castillan aime Leonor, qu'il la courtise, et qu'elle l'encourage, et le lui laisser ignorer, quand je le sais?... Non, certes. Et s'il était satisfait, comme son honneur est le mien, je me chargerais de la vengeance et je tuerais sans délai le Castillan. J'y mettrais la prudence nécessaire, et l'on ne saurait pas pourquoi je l'ai tué... Mais pour qu'il y ait réparation véritable, il faut que le bras qui châtie soit le bras de celui qui a reçu l'injure... Je dirai donc clairement à don Lope qu'il ne se mette pas à la disposition du roi, qu'il est important qu'il ne s'absente pas de Lisbonne... Mais s'il me demande la raison de cela, que lui répondrai-je?... Rien; car celui qui dit à un homme honorable que son honneur est en péril, celui-là même le déshonore... Que doit donc faire un ami dans ma position? Si je me tais je l'offense, je l'offense si je l'avertis, je l'offense encore si je punis son outrage... Hélas!...— Mais le voici qui vient. Il n'aura pas à se plaindre de moi; ce sera lui-même qui me conseillera ma conduite.

(*Entrent don Lope et Manrique.*)

DON LOPE.

Retourne-t'en à la maison de plaisance, Manrique, et dis que je ne tarderai pas moi-même à m'y rendre, que j'attends le moment de parler au roi.

MANRIQUE.

Voilà le seigneur don Juan qui désire vous parler.

(*Il sort.*)

DON LOPE, *à part.*

Que sera-t-il donc arrivé? à quel propos peut-il être venu? (*haut.*) Eh bien! don Juan, qu'y a-t-il de nouveau? (*à part.*) Oh! qu'un homme est craintif quand il interroge sur son malheur!

DON JUAN.

Don Lope, mon ami, je viens,—nous serons seuls ici, — me consulter avec vous sur une affaire délicate.

DON LOPE, *à part.*

Recueillons nos forces pour entendre le récit de mes disgraces. (*haut.*) Parlez.

DON JUAN.

Un ami m'a demandé mon opinion sur une question que je n'ai pas voulu résoudre sans m'être éclairé de votre avis.

DON LOPE, *à part.*

Je tremble! (*haut.*) De quoi s'agit-il?

DON JUAN.

Voici le fait. Un de ces jours passés, deux gentilshommes étant à jouer ensemble, un doute s'est présenté sur un coup, et à cette occasion l'un d'eux a donné un démenti à l'autre. Comme c'était au milieu de la dispute, des cris, du tumulte, celui qui a reçu le démenti ne l'a pas entendu. Depuis, un ami de ce dernier, ayant appris la chose et voyant que l'on blâme son ami, me demande — s'il y a devoir pour lui de dire franchement à l'autre ce qui en est; d'autre part, s'il convient qu'il laisse en souffrance la réputation de son ami, puisqu'il est insuffisant à le venger? — S'il se tait, il l'outrage; s'il l'avertit, il l'outrage peut-être également... Lequel vaut mieux, don Lope, qu'il l'avertisse ou qu'il se taise?

DON LOPE.

C'est là-dessus que vous désirez mon avis?

DON JUAN.

Oui, don Lope, je tiens beaucoup à l'avoir.

DON LOPE.

Laissez-moi réfléchir un instant. *(à part.)* O mon honneur! ne t'effarouche pas, car il ne faudrait qu'une inquiétude de plus pour bouleverser et anéantir ma raison...— Sans doute que don Juan m'interroge d'une manière détournée sur un sujet qui me regarde. Il a donc vu quelque chose de fâcheux. Dois-je l'engager à me le révéler? non.—*(haut.)* Tout bien considéré, don Juan, puisque vous voulez mon opinion, il me semble qu'un homme ne peut pas être en même temps outragé et ignorant de son outrage. Quand un homme dissimule son offense afin de ne la pas venger, c'est qu'il se sent coupable au fond... Dans un cas aussi grave que celui que vous me soumettez, on n'a rien à reprocher à l'homme qui ne sait pas l'insulte qu'on lui a faite... Tout ce que je puis dire de moi, c'est que si un de mes amis, le meilleur de mes amis, comme vous, par exemple, venait me rapporter une pareille confidence, le premier sur qui je me vengerais, ce serait lui; car il est cruel, atroce, de jeter au visage d'un homme ces mots. « Vous n'avez point d'honneur!...» Eh quoi! mon meilleur ami aurait le droit de me donner le plus grand chagrin!... Oui, j'en atteste Dieu qui m'écoute, si moi-même je m'étais dit cela, je me donnerais la mort à moi-même; et pourtant je suis, moi, le meilleur de mes amis!

DON JUAN.

Je vous remercie du conseil. Je le donnerai à l'ami qui m'a consulté, en lui recommandant de se taire. — Demeurez avec Dieu.

(Il sort.)

DON LOPE.

Il est évident qu'il s'agissait de lui et de moi et qu'il connaît l'infidélité de Leonor... Eh bien! lui qui sait mon affront, il saura aussi ma vengeance et le monde la saura.— Assez, mon honneur! Celui qui en est venu à soupçonner n'a pas besoin d'en venir à croire, ni d'attendre que le mal soit arrivé. —Puisque son inconstance nourrit un si méprisable espoir, je retournerai là-bas, je l'observerai en silence, et, au premier signe de sa trahison, je ferai de ma vengeance un enseignement.

(Entrent le roi et le cortége.)

LE ROI, *à un seigneur de sa suite.*

Le commun peuple s'est, dit-on, installé dans le jardin qu'on appelle le Jardin-du-Roi, afin de jouir du coup d'œil que présentera l'armée à son départ. Il n'importe; je ne veux pas demeurer jusqu'à demain à Lisbonne. Que toutes les troupes soient averties que nous nous mettrons en marche cette nuit.

(Le seigneur salue et se retire.)

DON LOPE, *à part.*

Je n'aborde le roi qu'en tremblant. Non-seulement mon malheur me désole, mais il me cause un embarras, une honte... Il me semble que tout le monde connaît ma disgrace et me montre au doigt. *(au roi.)* Permettez, Sire, que je vous baise les pieds.

LE ROI.

Ah! don Lope d'Almeyda, si j'avais votre épée en Afrique, j'aurais bientôt triomphé de l'insolence des Maures.

DON LOPE.

Comment! mon épée pourrait-elle demeurer dans son fourreau, lorsque vous, Sire, vous tirez la vôtre? Non pas; j'irai mourir avec vous. Quel motif assez puissant me retiendrait en Portugal en cette occasion?

LE ROI.

N'êtes-vous pas marié?

DON LOPE.

Oui, Sire; mais le mariage n'a point changé mes sentiments; loin de là, il me ranimerait, s'il était besoin, et m'exciterait à conquérir plus d'honneur.

LE ROI.

Comment! vous laisseriez seule votre épouse, si nouvellement mariée?

DON LOPE.

Elle serait glorieuse, Sire, de voir qu'elle vous aurait donné pour cette entreprise un soldat de plus dans son mari; car elle a le cœur plein de noblesse et de courage; oui, elle s'affligerait bien autrement si je n'étais pas à vos côtés, Sire. Je vous servais auparavant pour ma renommée à moi seul; à cette heure ce serait pour la sienne autant que pour la mienne propre. Ainsi, elle ne sera pas un obstacle à mon désir.

LE ROI.

Je vous crois; mais il ne convient pas que je vous démarie si promptement. Quoique cette expédition demande le concours de tous mes vaillants, j'aurais regret de vous emmener, don Lope. Vous feriez faute en votre maison.

(Le roi sort avec sa suite.)

DON LOPE.

Dieu me soit en aide!...Qu'ai-je entendu? que signifie ce langage?... O mon ame! n'étiez-vous pas assez abreuvée de douleurs et d'affronts?...—Eh quoi! mon offense est tellement publique qu'elle est parvenue déjà à l'oreille du roi!... Il n'y a rien là d'étonnant: il était dans l'ordre qu'elle m'arrivât en dernier!...— Fut-il jamais un homme plus malheureux?... Si vous aviez quelque crime à punir en moi, ô ciel! n'eût-ce pas été une punition plus douce de détacher un foudre qui m'eût réduit en poussière, que de m'envoyer cet avertissement, ces paroles du roi, me disant d'un ton grave et sévère — que je ferais faute en ma maison?... J'aurais mieux aimé encore que ces monuments qui m'entourent fussent tombés sur moi et m'eussent enseveli vivant sous leurs débris; ils auraient moins pesé sur mon sein que cette injure, sous le poids de laquelle je succombe anéanti. —Hélas! honneur, vous me devez beaucoup; réglons ensemble nos comptes... Que me reprochez-vous? En quoi, dites, vous ai-je offensé?... A la renommée héréditaire que mes ancêtres m'ont transmise, n'ai-je pas ajouté la réputation que j'ai acquise au milieu des périls dans vingt batailles rigoureuses?... n'ai-je pas été toute ma vie courtois envers le faible, libéral avec le pauvre, et le protecteur du soldat, et l'ami de l'honnête homme?.. Et dans mon mariage même, hélas! en quoi ai-je manqué? N'ai-je point fait choix d'une femme de noble race et de qui on vantait le mérite?... Et depuis, n'ai-je pas aimé mon épouse? ne lui ai-je pas témoigné assez d'estime? n'ai-je pas eu assez d'égards, assez de soins pour elle?... Si donc je n'ai manqué en rien, si je n'ai, d'aucune façon, été coupable envers vous, ni par méchanceté, ni par ignorance, si je n'ai commis ni crime ni délit, pourquoi alors m'abandonnez-vous?— Pourquoi?...— O lois insensées du monde!... Quoi! un homme qui a fait, pour être honoré, tout ce qui était en son pouvoir, ne sait pas même s'il est outragé!... Quoi! un homme sera blâmé pour la conduite d'autrui si elle est mauvaise, et non applaudi si elle est bonne! car jamais on n'a estimé personne pour les vertus d'un autre... Quoi! un homme sera déprécié, moqué, raillé, pour les vices de celle qui, crédule ou facile, a rendu son orgueil aux premières flatteries de son caprice déréglé!.. Comment a-t-on mis l'honneur dans un vase si fragile?...—Mais tranchons ces discours... Ce serait à n'en pas finir, que de vouloir accuser les folles coutumes des hommes. Je ne peux rien contre elles et leur suis soumis dès ma naissance... Ce n'est pas pour les réformer, les changer que je vis; c'est pour leur obéir. — J'irai avec le roi, et, revenant bientôt sur mes pas, j'aurai l'occasion que je désire... Ce sera la plus éclatante vengeance que le monde ait jamais vue... Le roi apprendra, don Juan apprendra aussi, et les siècles futurs apprendront ce que c'est qu'un Portugais outragé!

(On entend un cliquetis d'épées dans le lointain. Entre don Juan. Il poursuit plusieurs hommes qui fuient.)

DON JUAN.

Misérables que vous êtes! je l'ai vengé, mon démenti!

UN HOMME *fuyant.*

Fuyons! fuyons! Par ici!

(Il sort.)

UNE VOIX *derrière le théâtre.*

Je suis mort!

DON LOPE, *à part.*

N'est-ce pas don Juan que j'aperçois? *(à don Juan.)* Vous m'aurez pour second. Disposez de mon bras, de mon épée, mon ami.

DON JUAN.

Si je vous ai avec moi, je ne crains pas l'univers.

DON LOPE.

Ils ont fui. Si vous tenez à les poursuivre, courons.

DON JUAN.

Les lâches! les misérables!

DON LOPE.

Que s'est-il donc passé?

DON JUAN.

Ah! don Lope!

DON LOPE.

Calmez-vous, mon ami.

DON JUAN.

J'en mourrai de douleur et de rage.

DON LOPE.

Qu'est-ce donc?

DON JUAN.

Je viens de recevoir à l'instant une nouvelle insulte à propos de cette offense que je croyais oubliée, car je me flattais de l'avoir ensevelie dans ma vengeance. Mais, hélas! je m'abusais; la vengeance que l'on tire d'un outrage ne l'efface pas.

DON LOPE.

Expliquez-vous, mon ami, de grace!

DON JUAN.

Quand je vous ai eu quitté, je m'en suis allé de ce côté dans le but de retourner à cette campagne où vous avez transporté votre maison pour le temps de votre absence. Je m'en allais sans songer à rien, ou du moins l'esprit occupé de toute autre chose. J'étais parvenu là-bas, vers cette plage battue par la mer. Il y avait là quelques hommes qui formaient un groupe. Au moment où je passais, l'un d'eux dit aux autres: « Voilà don Juan de Silva. » — Moi, en entendant mon nom, je prêtai l'oreille.— « Et qui est ce don Juan? » demanda un autre.— « Comment, reprit le premier, vous n'avez pas ouï conter son aventure? C'est lui qui reçut le démenti de Manuel de Souza. » — Moi, ne pouvant me contenir davantage, je tirai l'épée en lui disant : « C'est moi qui ai tué don Manuel mon ennemi, et si promptement qu'il n'eut pas le temps de prononcer le dernier mot de son insulte ; et, puisque son sang a lavé la tache de mon honneur, je suis don Juan le vengé et non pas don Juan le démenti ! » — J'ai dit, et, emporté par ma fureur, je les ai poursuivis jusqu'ici ; car les médisants sont toujours lâches ; ils tiennent leurs propos derrière les gens, et quand ils voient face à face ceux dont ils parlent, ils fuient : et mes hommes ont fui selon l'usage... Voilà mon chagrin, don Lope... N'y a-t-il pas là de quoi me désespérer, me rendre fou ?.. Il ne s'en faut de rien que je ne me précipite à la mer ou que je ne me plonge cette épée dans le cœur... Voilà celui qui a reçu le démenti, disait-il ; il ne disait pas : Voilà celui qui a obtenu réparation... Et cependant, qui dans le monde peut empêcher son malheur ? Ne fait-il pas assez celui qui le venge ; celui qui risque sa personne pour rester mort et honoré plutôt que vivant et outragé ?.. Mais non. Mille fois l'homme d'honneur en se vengeant n'a gagné à cela que de publier lui-même son outrage ; car sa vengeance révèle ce que l'injure n'avait pas dit.

DON LOPE.

Ne pleurez pas, don Juan.

DON JUAN.

Vous seul, don Lope, me retenez à la vie.

(Il sort.)

DON LOPE.

« La vengeance révèle ce que l'injure n'avait pas dit !... » Donc, si je me venge de celle que j'ai reçue moi-même, il est clair que ma vengeance révélera ce que mon malheur ne disait pas... Et quand j'aurai hardiment châtié mon insulte, le vulgaire imbécile dira : Voilà celui qui a reçu l'outrage ! et non pas : Voilà celui qui s'en est vengé !... Et si ma main verse aujourd'hui du sang, elle dira par-là ma disgrace, puisqu'elle apprendra ma vengeance à ceux qui ne connaissaient pas mon outrage... Eh bien ! alors, qu'elle soit ignorée, secrète ; je la voilerai de précautions impénétrables ; je saurai souffrir et me taire... Puisqu'il y a plus d'honneur dans le secret, je poursuivrai mon adversaire en silence, afin que la vengeance ne dise pas ce que l'injure n'avait pas dit. Je procéderai de telle sorte qu'à peine sera-t-elle soupçonnée de ceux qui croyaient auparavant à mon outrage, et que, même, elle les détournera de l'idée qu'ils en avaient... Jusqu'à ce que l'occasion de l'accomplir ainsi se présente, je saurai souffrir et me taire. — *(appelant.)* Holà ! batelier !

(Entre un batelier.)

LE BATELIER.

Seigneur ?

DON LOPE.

Ta barque est-elle prête ?

LE BATELIER.

Oui, Seigneur. — Il faut que ce soit pour vous ; vous ne venez pas dans un bon moment ; nous avons beaucoup de monde. Il y a tant de gens qui vont au Jardin-du-Roi pour assister au départ de notre roi don Sébastien, que Dieu garde !... Les barques ne font ce soir qu'aller et venir.

DON LOPE.

Tu seras content de moi.

LE BATELIER.

Je l'espère bien, Seigneur.

DON LOPE.

Allons, dispose-toi à me mener à ma maison de campagne.

LE BATELIER.

Sera-ce bientôt ?

DON LOPE.

Tout de suite.

LE BATELIER.

Je suis prêt à l'instant.

(Il sort. — Entre don Louis.)

DON LOPE, *à part.*

Quel est donc cet homme ?... C'est lui, c'est mon cavalier !

DON LOUIS, *à part.*

Relisons une seconde fois cette lettre qui m'a rendu la vie... Un plaisir répété est doublement un plaisir. *(Il lit.)* « Ce soir le roi va au jardin ; vous pourrez venir dans la foule sans qu'on vous voie ; nous nous retrouverons, et nous achèverons de nous expliquer. Dieu vous garde ! Leonor. » — Fâcheux contre-temps ! Pas une barque !... Il n'y en a qu'une, et quelqu'un l'attend !... Vive Dieu ! il vaudrait mieux que la fortune ne m'accordât jamais ses faveurs que de me les offrir sans me donner les moyens d'en profiter.

DON LOPE, *à part.*

Il lit une lettre !... Dans cette lettre il est question de moi, j'en suis sûr !... Que l'honneur est craintif ! Je ne vois et n'entends rien que je ne le rapporte à mon malheur

DON LOUIS.

Quel est cet homme que j'aperçois là-bas ?... Dieu me pardonne, c'est don Lope. Au moins tout s'arrange à merveille, puisque c'est lui qui a pris la dernière barque.

DON LOPE, *à part.*

O mon ame, dissimule !... Le moment n'est pas venu encore... Mais si fait, il est venu... Le serpent caresse, la bouche pleine de venin, jusqu'à ce qu'il le lance sur l'imprudent qui se confie à lui... Ainsi moi je ferai. — *(Il s'approche de don Louis.)* Vous avez tenu bien peu de compte, Seigneur cavalier, de mes offres de service, puisque vous ne m'avez rien demandé ou ordonné. Cependant je m'étais mis complètement à votre disposition. Pour moi, j'ai été tellement charmé de votre courtoisie, de votre esprit et de votre vaillance, que je vous ai cherché dans tout Lisbonne afin de vous prier de nouveau de vous servir de moi à l'occasion. Mon secours ne vous serait pas inutile, je pense, contre ce rival perfide qui pourrait bien vous donner la mort au moment où vous y songez le moins.

DON LOUIS.

J'estime vos offres autant que je le dois, Seigneur don Lope; mais mon titre d'étranger m'a ôté la hardiesse d'en user; et puis je n'aurais pas voulu vous commettre, vous, avec ce rival. A cette heure l'affaire s'est arrangée; nous sommes assez amis ensemble, et je lui parle de la même façon à peu près que je vous parle à vous même.

DON LOPE.

Je vous crois. Mais songez-y bien, vous courez des risques. L'amitié d'un homme outragé n'est pas une amitié très sûre.

DON LOUIS.

Moi, au contraire, la sienne m'encourage. Je puis être sûr désormais de tout le monde, puisque je suis sûr de mon ennemi.

DON LOPE.

Ne vous y fiez pas.

DON LOUIS.

Pourquoi donc?

DON LOPE.

Quoiqu'il me fût facile de vous répliquer par des raisons plus ou moins bonnes, je vous laisse à votre avis et demeure du mien. — Pour changer de conversation, que cherchez-vous ici, dites-moi?

DON LOUIS.

J'aurais voulu une barque qui m'eût transporté au Jardin-du-Roi.

DON LOPE.

Vous arrivez on ne peut plus à propos, je puis vous être utile. J'en ai une à mes ordres.

DON LOUIS.

La foule de gens qui se portent là-bas et qui ont pris toutes les barques m'oblige d'accepter votre offre gracieuse. Je désire vivement assister au départ de l'armée. C'est un de ces spectacles qu'on ne voit pas deux fois dans la vie.

DON LOPE.

Eh bien! vous viendrez avec moi.

DON LOUIS.

Très volontiers.

DON LOPE, *à part.*

L'heure de ma vengeance est venue!

DON LOUIS, *à part.*

Y a-t-il un homme plus fortuné que moi?

DON LOPE, *à part.*

Il est tombé dans mes mains, et il y périra!

DON LOUIS, *à part.*

N'est-ce pas singulier que ce soit son mari qui me conduise à elle?

(Entre le batelier.)

LE BATELIER.

La barque est prête.

DON LOPE.

Passez, Seigneur cavalier.

DON LOUIS.

Non, vous d'abord, Seigneur don Lope.

LE BATELIER.

Pardon, Messeigneurs, que j'entre le premier. La barque n'est attachée que par une corde qui n'est pas très solide.

DON LOUIS, *au batelier.*

Non, ne craignez rien. J'attends un de mes valets; cherchez-le; nous nous reposerons pendant ce temps.

DON LOPE.

Oui, nous nous reposerons.

LE BATELIER.

Par où viendra-t-il, ce valet?

DON LOUIS.

Vous le trouverez bien, par-là.

(Le batelier s'éloigne.)

DON LOPE.

Entrons.

(Don Lope et don Louis entrent dans la barque.)

DON LOUIS, *à part.*

Il me mène vers sa femme.

DON LOPE, *à part.*

Je le mène à la mort!

(Don Lope et don Louis disparaissent.)

LE BATELIER.

Ce maudit valet ne viendra pas d'ici à vingt siècles. — Mais que vois-je?... Ma pauvre barque!... La corde se sera rompue!... Comme elle est loin déjà!... Les malheureux! ils vont s'engloutir dans la mer! Dieu seul peut les sauver!...

(Il sort en courant.)

SCÈNE II.

Un terrain entre la mer et la maison de campagne de don Lope.

Entrent MANRIQUE *et* SYRÈNE.

MANRIQUE.

Douce Syrène, dont la vue me séduit, me captive et m'enchante, est-ce que tu viens ici, par hasard, pour apprendre à chanter de la syrène de la mer?

SYRÈNE.

Tu m'ennuies, laisse-moi.

MANRIQUE.

Ah! Syrène, de grace!...

SYRÈNE.

Que veux-tu?

MANRIQUE.

Ecoute, je te prie, un sonnet héroïque, tendre et plein d'esprit que j'ai composé à ton intention. C'est le premier des mille cent et un que je t'ai promis.

SYRÈNE.

Voyons ce sonnet.

MANRIQUE.

Je l'ai dans ma poche... (*Il cherche.*) Je l'avais bien pourtant... (*Il tire un papier de sa poche.*) Ah! le voici. Ecoute-moi cela.

(*Il lit.*)

O Joli ruban vert dont la couleur rappelle
A mes yeux étonnés le gazon du printemps;
O toi qui...

SYRÈNE, *l'interrompant.*

Ma foi! seigneur Manrique, assez, si vous voulez.

MANRIQUE.

Comment?

SYRÈNE.

Restons-en là.

MANRIQUE.

Pourquoi?

SYRÈNE.

Parce que...

MANRIQUE.

Est-ce que vous trouvez que je ne lis pas bien? Cependant... « O toi qui... »

SYRÈNE.

Laissons cela pour une autre fois.

MANRIQUE.

Vous ne m'encouragez guère pour les mille et cent qui restent.

SYRÈNE, *à part.*

Il faut que je l'attrape, ce drôle. (*haut.*) Aujourd'hui dites-moi seulement, par rapport à celui-ci, en quoi, ainsi que vous le prétendez, il a été composé à mon intention?

MANRIQUE.

Vous ne le voyez pas?

SYRÈNE.

Non.

MANRIQUE.

Ah! Syrène...

SYRÈNE.

Mais non.

MANRIQUE.

Eh bien! à cause du ruban que vous m'avez donné hier.

SYRÈNE.

Ah! oui, j'y suis.

MANRIQUE.

Certainement.

SYRÈNE.

Mais pourquoi dites-vous ruban vert plutôt que bleu, plutôt que rouge?

MANRIQUE.

Parce que le ruban que vous m'avez donné était vert.

SYRÈNE.

Vraiment?

MANRIQUE.

Oui.

SYRÈNE.

Montrez-le-moi un peu, que je voie s'il est vert.

MANRIQUE.

Ah! malheureux. Hélas! pauvre ruban!

SYRÈNE.

Quoi donc?

MANRIQUE.

Si vous saviez, Syrène, ce qui m'est arrivé!

SYRÈNE.

Vous l'avez perdu peut-être?

MANRIQUE.

Non. — Un malheur affreux.

SYRÈNE.

Contez-moi cela.

MANRIQUE.

Oh! c'est une aventure incroyable. — J'étais un de ces jours passés, le soir, assis au bord du Tage, rêvant à vous, Syrène, et songeant à mon bonheur... Je tirai ce ruban de ma poche, et, en accusant votre indifférence, je versai des larmes amères... Il me semble que je les sens encore couler le long de mes joues... Je couvrais ce ruban de baisers avec transport, quand tout à coup un aigle qui n'était pas loin, me voyant le porter ainsi à ma bouche, s'imagina que c'était quelque chose de bon à manger. Il s'élança du haut du rocher, fondit sur moi, m'enleva le ruban des mains, et puis s'en retourna dans son aire. Moi, je résolus soudain de lui donner l'assaut; mais ne pouvant trouver un chaudron pour mettre sur ma tête, je fus obligé d'y renoncer. Depuis lors, malgré tous mes efforts et toutes mes recherches, il m'a été impossible de retrouver ni l'un ni l'autre. Voilà, Syrène, l'histoire de l'aigle et du ruban vert.

SYRÈNE.

Cela est bizarre.

MANRIQUE.

N'est-ce pas?

SYRÈNE.

Oui; mais il m'est arrivé mieux que cela, à moi.

MANRIQUE.

J'ai peine à le croire.

SYRÈNE.

Ecoutez et vous verrez. — J'étais un de ces jours passés, le matin, dans la campagne, sans penser à vous ni à mon malheur, — lorsque je vis voler un aigle qui laissa tomber quelque chose. Je m'approchai et trouvai parmi les fleurs le ruban. C'était votre aigle qui avait reconnu sans doute que le ruban n'était pas bon à manger. — (*Elle lui montre le ruban.*) Regardez si c'est bien le même.

MANRIQUE.

C'est une curieuse aventure, en vérité.

SYRÈNE.

Et la vengeance sera plus curieuse encore.

MANRIQUE.

Il vaut mieux la laisser pour plus tard, Syrène; voici votre maîtresse qui sort.

(*Il se retire. — Entre Leonor.*)

LEONOR.

Syrène!

SYRÈNE.

Madame?

LEONOR.

Je suis bien triste.

SYRÈNE.

Pour quel motif, madame?... Est-ce que vous ne me le direz pas, à moi?

LEONOR.

Si fait, je puis me confier à ta discrétion, à ton attachement. Si tu savais!...

SYRÈNE.

Qu'y a-t-il donc, madame?

LEONOR.

C'est que don Louis ne m'aime plus.

SYRÈNE.

Impossible, madame; je vous réponds du contraire, moi.

LEONOR.

Les hommes! ils sont ainsi faits pour la plupart; à mesure qu'on leur montre plus d'abandon, plus de faiblesse, ils se refroidissent et s'éloignent, sans considérer que c'est pour eux que l'on s'oublie.

SYRÈNE.

Je vous garantis que le seigneur don Louis n'est pas comme les autres. En quoi auriez-vous à vous plaindre de lui?

LEONOR.

Je n'en ai que trop le sujet. Ce matin, ayant su de don Lope qu'il devait suivre le roi à cette expédition, — je lui ai écrit de me venir trouver ce soir, et il ne vient pas.

SYRÈNE.

Il n'est pas tard encore: à peine si la nuit commence.

LEONOR.

Ah! Syrène, j'ai bien peur que....

SYRÈNE.

Et si le seigneur don Lope rentrait?

LEONOR.

Ce n'est pas cela que je crains; il m'a fait ses adieux en me quittant.

SYRÈNE.

Mais enfin, malgré cela, il n'y aurait rien d'étonnant à ce qu'il revînt.... Le roi peut remettre son départ d'un jour.... Lui-même peut être rappelé ici par un motif quelconque, il peut désirer de vous renouveler ses adieux... Et s'il retrouvait encore ici le seigneur don Louis....

LEONOR.

En ce cas même je ne crains pas davantage, Syrène, je te l'avoue.... Tu ne sais donc pas ce que sont les maris? comme ils s'abusent aisément? comme les plus habiles d'entre eux, les plus clairvoyants, les plus sagaces sont faciles à duper?... Don Lope, don Lope lui-même n'est pas une exception à la règle commune. Depuis cette soirée où il découvrit don Louis dans ma chambre, il ne m'a témoigné que plus de confiance, d'estime, de tendresse; il n'en est que plus empressé à me complaire; il semble adorer sa disgrace. Et moi, qui n'ai pas profité de cette première leçon... j'en rougis, je m'en veux... mais j'aime don Louis.

SYRÈNE.

Prenez garde, madame! Très souvent les maris font semblant de n'y pas voir; ils ne sont pas aveugles, ils ont des yeux comme les autres.

(*Entre don Juan.*)

DON JUAN, *à part.*

Je ne sais pas comment mon cœur n'est pas brisé par les coups réunis de ces deux grands chagrins.

LEONOR.

Quoi! c'est vous, seigneur don Juan?... Pourquoi donc n'avez-vous pas ramené don Lope avec vous?

DON JUAN.

Je n'ai pas eu le loisir de l'attendre. Il m'avait promis d'être ici avant le coucher du soleil.

LEONOR.

Je n'y compte pas maintenant. Voyez, la nuit a répandu au loin ses ténèbres épaisses. Vous auriez dû revenir avec lui, Seigneur don Juan.

DON JUAN.

Je l'aurais attendu, madame; mais cela ne m'a pas été possible. J'ai une telle affliction que, loin de vouloir en importuner un ami aussi cher, je me fuirais moi-même.

DON LOUIS, *dans l'éloignement sur la mer.*

Que le ciel me soit en aide!

LEONOR.

Qu'est-ce donc?

DON JUAN.

Rien, madame.

LEONOR.

Vous n'avez pas entendu?

DON JUAN.

Ce n'est rien; c'est le vent qui a gémi à travers les arbres.

LEONOR.

Non, c'est la voix d'un homme qui poussait un cri de détresse.

DON JUAN.

Cependant, madame, il n'y a personne autour de nous.

LEONOR.

Il est vrai; moi non plus je n'aperçois personne.

SYRÈNE.

Voyez! là-bas! là-bas! sur la mer!... On s'approche.

LEONOR.

Je découvre à travers l'obscurité je ne sais quoi qui se meut sur les flots.

DON JUAN.

C'est un homme qui lutte énergiquement contre une mort presque certaine. Puisque la pitié du ciel l'a conduit de ce côté, je cours le secourir.

LEONOR, *à part.*

Pourvu que ce ne soit pas lui!

(*Entre don Lope. Ses vêtements sont tout mouillés. Il tient un poignard à la main.*)

DON LOPE, *à part.*

Hélas!

SYRÈNE.

Le voici qui vient!

LEONOR.

Je n'ose avancer.

DON LOPE, *à part.*

O terre! douce patrie de l'homme!

DON JUAN.

Quoi! c'est vous, don Lope?

LEONOR, *à part.*

Mon mari!

DON LOPE.

Oui, moi-même. (*Il remet son poignard dans le fourreau.*) Je ne pouvais dans mon naufrage rencontrer un meilleur port de salut. — Leonor! mon épouse! mon bien! je remercie le ciel; il me dédommage de mes peines puisque je vous revois. — (*à don Juan en lui prenant la main.*) O mon ami!

DON JUAN.

Qu'est-ce donc

DON LOPE.

Un événement déplorable. Jamais vous n'avez rien ouï d'aussi triste.

LEONOR.

Puisque vous vivez, Seigneur, et que vous avez échappé à ce péril, ni moi ni don Juan n'accuserons la destinée.

DON LOPE.

Voici. — Après avoir parlé au roi, je vous ai cherché, don Juan, et ne pouvant réussir à vous trouver j'ai retenu une barque. Tandis qu'on la préparait, il est venu vers moi un élégant cavalier dont je sais à peine le nom; — je crois pourtant qu'il s'appelle don Louis de Benavidès. — Il s'est approché en me disant qu'il était étranger et qu'il me priait d'excuser son indiscrétion; que j'eusse la bonté de lui accorder une place auprès de moi; qu'il désirait aller au Jardin-du-Roi pour assister au départ des troupes... Je ne pouvais décemment le refuser... Là-dessus nous passons dans la barque; mais à peine étions-nous entrés l'un et l'autre, avant que le batelier n'eût eu le temps de nous rejoindre, la corde qui attachait la barque, — et qui était sans doute rongée par les flots de la mer qui la battent continuellement, — s'est rompue. J'ai vainement tâché, — à force de rames, de regagner les bords; le vent qui soufflait dans la voile nous a poussés de plus en plus au large. Par malheur la mer était fort agitée en ce moment; notre barque légère était tantôt soulevée vers les nues et tantôt replongée dans les abîmes. Je n'essaierai pas de vous peindre nos inquiétudes, nos terreurs; mon compagnon et moi nous ne doutions pas de notre perte. A la fin cependant nous arrivions de ce côté et nous n'étions plus qu'à une centaine de pas du rivage, quand notre barque s'est heurtée et brisée contre un écueil. Séparé de ce généreux cavalier par la violence du choc, j'ai eu le regret de ne pouvoir le secourir, et il s'est enfoncé dans la mer où son souvenir doit demeurer enseveli.

LEONOR.

O ciel! hélas!

(*Elle tombe évanouie.*)

DON LOPE.

Leonor! mon épouse! mon bien! revenez à vous!... Hélas! ses mains sont froides!... — Ah! don Juan, j'ai eu tort de lui conter les dangers que j'ai courus; un cœur de femme ne supporte pas un tel récit. Son amour a frémi à l'idée de mon trépas... (*à Syrène et à d'autres domestiques qui sont accourus.*) Transportez-la dans son lit.

DON JUAN, *à part.*

Qu'il est beau à un homme de garder le silence sur son injure et d'en cacher à tous les yeux la vengeance!... C'est ainsi que doit se venger celui qui sait souffrir et se taire.

(Syrène et les autres domestiques transportent Leonor dans la maison. Don Juan les suit.)

DON LOPE.

Eh bien! mon honneur, ai-je appliqué avec assez de prudence à un outrage secret une vengeance secrète?... N'ai-je pas bien saisi l'occasion quand j'ai coupé la corde et que je me suis écarté en faisant semblant de vouloir regagner le port?... Et ce poignard, ne m'en suis-je pas servi contre cet insolent avec une adresse impitoyable?... Et la barque, n'ai-je pas eu raison de la briser afin qu'on ne pût concevoir aucun soupçon?... — C'est bien. — Maintenant que, suivant le devoir de l'homme d'honneur offensé, je me suis défait du galant, ce sera le tour de Leonor... Je ne veux pas que le roi me dise de nouveau de ne pas l'accompagner, que je ferais faute en ma maison... Leonor, hélas! aussi inconstante que belle, et non moins infortunée qu'inconstante, ruine fatale de mon bonheur et de ma vie, vous aussi vous mourrez, vous mourrez cette nuit!... Mais comment? par quel moyen?... Répandrai-je son sang sur le lit qu'elle se proposait de souiller? — Non, ces indices me trahiraient... — J'y suis!... — J'ai confié aux eaux de la mer le soin de ma première vengeance; je confierai au feu le soin de la seconde. Je mettrai le feu à ma maison en commençant par son appartement, et pendant l'incendie!... De même que l'or dans le creuset se dégage du vil alliage des autres métaux, de même mon honneur sortira de là épuré... — Les deux éléments auxquels je me confie ne révéleront pas mon secret. — Il faut que demain, oui demain, pas plus tard, le soleil de mon honneur se lève radieux au-dessus de ce naufrage et de cet incendie!...

(Don Lope se retire. Un moment après entrent le roi, le duc de Bragance et le Cortége.)

LE ROI.

Venez par ici, duc... Que la nature est belle à cette heure! comme elle est calme et silencieuse!... Approchons-nous un peu de la mer; j'aime à respirer sa fraîcheur.

LE DUC.

Voyez, Sire; elle a pensé que le second soleil dormait paisible en sa sphère, et la voilà qui mollement réfléchit les étoiles qui scintillent encore dans ses ondes.

LE ROI.

Le ciel d'azur s'y contemple tout entier avec une sorte de complaisance, comme un nouveau Narcisse épris de sa beauté. — Et puis, regardez dans le lointain toutes ces barques avec leurs fanaux et leurs voiles. On dirait des cygnes enflammés qui se disposent à déployer leurs ailes et à voler sur les eaux. — Et puis, plus près de nous, toutes ces maisons de plaisance, ces arbres, ces rochers qui projettent leurs grandes ombres sur la surface de la mer et qui semblent plonger par leur sommet dans ses profondeurs. — Oui, la nature est belle, mais surtout près de Lisbonne... Adieu, ma douce patrie, adieu! Que le ciel me permette de revenir à toi victorieux, après avoir acquis à mon nom une nouvelle gloire et de nouveaux triomphes à l'Église!...

UNE VOIX.

Au feu!

UNE AUTRE VOIX.

Au feu! au feu!

LE ROI.

Quelles sont ces clameurs, duc?

LE DUC.

On crie au feu!... et en effet, voilà le château voisin qui brûle. C'est, si je ne me trompe, celui de don Lope d'Almeyda. Il sera bientôt embrasé.

LE ROI.

Il s'échappe par les combles une épaisse fumée mêlée de vives étincelles... Il me semble voir un volcan... L'incendie environne la maison de tous côtés... Je doute que personne s'en puisse sauver... Approchons pour voir s'il y aurait moyen de porter quelques secours.

LE DUC.

Quelle témérité, Sire!

LE ROI.

Ce n'est que de la pitié, duc.

(Entre don Juan à demi nu.)

DON JUAN.

Ce n'est pas sans peine que je suis parvenu à sortir... Où est don Lope?... Dussé-je y périr, il faut que je le tire de là. C'est son appartement que les flammes ravagent.

LE ROI.

Arrêtez cet homme.

LE DUC.

Où allez-vous, insensé? Que prétendez-vous?

DON JUAN.

Montrer au monde le dévouement d'une amitié véritable. Ah! Sire, à peine étions-nous retirés que soudain a éclaté l'incendie. En un instant il a crû à ce point que je crains qu'avant peu il n'ait tout consumé. Don Lope d'Almeyda est là avec son épouse, et je voudrais les délivrer.

LE ROI.

Remettez-vous. La prudence est aussi nécessaire que le courage.

(Entre Manrique.)

MANRIQUE.

Je me suis échappé en jetant feu et flamme comme un diable de comédie. Je me figure, avec une certaine satisfaction, que je suis l'Enée de cette Troye. Je vais me retremper un peu dans la mer, quoique je n'aime guère l'eau, et surtout l'eau salée.

(Entre don Lope à moitié nu. Il porte dans ses bras Leonor qui est morte.)

DON LOPE.

O ciel clément! rendez la vie à Leonor, à mon épouse chérie!

LE ROI.

Est-ce vous, don Lope?

DON LOPE.

Oui, Sire... si mon malheur me laisse assez de sang-froid pour vous reconnaître et vous parler au milieu de cette horrible tragédie... Cette femme, Sire, que vous voyez morte, est mon épouse, noble, fière, honnête, vertueuse, digne enfin des louanges éternelles de la renommée. Cette femme est mon épouse que je n'ai aimée de l'amour le plus tendre qu'afin de mieux sentir la douleur de sa perte. — J'étais entré dans sa chambre et je me disposais à l'enlever, lorsque, étouffée, elle a rendu la vie dans mes bras... Quel sort affreux! — Cependant il me reste une consolation; je suis libre par son trépas et je pourrai vous servir sans faire faute en ma maison. A cette heure, Sire, je vous suis jusqu'à ma mort qui, j'espere, viendra bientôt. *(à demi-voix à don Juan.)* Et vous, brave don Juan, dites à celui qui vous demande conseil de quelle manière il doit s'y prendre pour que la vengeance ne dise pas ce que l'affront n'avait pas dit.

LE DUC.

C'est une disgrace inouïe.

LE ROI.

Jamais je n'en ai vu d'aussi étrange.

DON JUAN.

Sire, permettez... Que Votre Majesté daigne m'écouter à l'écart. Il convient que vous sachiez seul ce que j'ai à vous dire. *(Don Juan et le roi s'éloignent des autres acteurs.)* Sire, don Lope, mon généreux ami, a eu des soupçons sur la fidélité de son épouse et ses soupçons se sont bientôt changés en certitude. Il en a pris son parti en homme de cœur; il a tué le galant dans la mer et sa femme dans l'incendie, afin que ceux qui savaient son outrage fussent les seuls à savoir sa vengeance.

LE ROI.

L'antiquité ne présente pas d'exemple d'une aussi énergique résolution... En effet, un outrage secret requiert une vengeance secrète.

DON JUAN, *au public.*

Telle est la véridique histoire du grand don Lope d'Almeyda, que nous recommandons à votre admiration en terminant cette tragi-comédie.

FIN DE A OUTRAGE SECRET VENGEANCE SECRÈTE.

DE MAL EN PIRE

(Peor està que estaba)

COMÉDIE FAMEUSE

DE DON PEDRO CALDERON DE LA BARCA.

NOTICE

SUR DE MAL EN PIRE.

Peor està que estaba, en français *De mal en pire*, est l'une des plus célèbres comédies de Calderon, quoique toutes soient également *fameuses*. Le titre nous en semble heureusement choisi. Il annonce qu'une fois l'intrigue nouée la situation des divers acteurs va s'embarrasser, se compliquer, devenir pire, en un mot, à mesure que l'action avancera, jusqu'au dénouement; et l'attente où l'on est de voir comment le poète sortira de ces difficultés est déjà par elle-même une sorte d'intérêt. C'est du moins le sentiment avec lequel nous avons abordé et poursuivi la lecture de *Peor està que estaba*.

Si l'on nous demandait de caractériser chacune des comédies de Calderon par les mérites qui lui sont le plus particuliers, nous dirions que, selon nous, ce qui distingue *Peor està, etc., etc.*, des autres pièces du fécond dramatiste, c'est la verve et la réflexion. La verve, elle se montre à chaque instant dans le comique et la variété des situations. Depuis la scène qui termine la première journée jusqu'à celle qui précède le dénouement, — où la fille du gouverneur, surprise par don Juan dans la chambre qu'il a prêtée à son ami, l'accuse d'avoir lui-même donné là rendez-vous à une femme, — c'est une suite non interrompue de situations pleines de force comique et dont pas une ne ressemble à une autre. La réflexion, nous la trouvons, et même à un degré éminent, dans le soin avec lequel le poète a motivé, non-seulement l'ensemble, mais jusqu'aux moindres incidents et aux moindres détails de son drame. A ne considérer la pièce que sous ce point de vue, il y a là un art qui révèle un grand maître.

La fille du gouverneur est une de ces femmes décidées, résolues, et, pour ainsi dire, amoureuses du péril, que Calderon se plaisait à peindre. Elle a, de plus, cette confiance en elle-même que donnent le bonheur et la fortune. Il est vrai que, pour se tirer d'affaire, elle ment deux ou trois fois, avec une assurance qu'on pourrait appeler de l'effronterie; mais observons à ce propos que souvent les héroïnes de la comédie espagnole, placées sous la surveillance redoutable d'un père ou d'un frère, et livrées à une passion qu'elles n'osent avouer, n'ont réellement d'autre ressource que le mensonge, et que, chez un peuple sincère mais passionné, un outrage à la vérité est, en pareille circonstance, légitimé par la passion. L'amour romanesque que la fille du gouverneur a conçu pour un homme qu'elle ne connaît pas, Calderon l'a justifié dès le commencement de la pièce avec beaucoup de finesse et d'esprit.

Il nous a paru, sauf erreur, que Calderon avait eu l'intention de faire de don Juan un personnage ridicule. Le rôle qu'il joue aurait pu jusqu'à un certain point autoriser notre opinion; mais ce n'est pas de là qu'elle nous est venue; elle nous est venue de la prétention que nous avons cru remarquer dans son langage. Il se sert presque toujours de grands vers mêlés d'octosyllabiques, au lieu de se servir du vers de *romance*, et, à l'exception d'un seul passage où Calderon lui a prêté sa merveilleuse facilité à découvrir des rapports délicats entre deux choses de nature différente (nous voulons parler de la comparaison des soupçons jaloux avec les jeunes garçons qui mènent les aveugles), il s'exprime habituellement d'une manière emphatique qui ne convient guère à sa situation... Du reste, nous devons ajouter que ce ridicule que nous trouvons à don Juan tient uniquement à un défaut de pénétration et de goût. Sous le rapport des sentiments, c'est un homme brave, généreux et plein d'honneur. Calderon n'a que bien rarement avili ses personnages; il semble qu'il respecte en eux le caractère castillan.

Maintenant qu'une critique nous soit permise. — La première fois que don Juan paraît en scène, il confie à don César qu'il se propose de demeurer deux jours à Gaëte incognito, avant de se présenter chez le gouverneur; il se présente chez le gouverneur dès le même jour, et ensuite, le même soir, il revient dire à son ami qu'il s'y est présenté depuis deux jours. Notez bien que ce n'est pas ici et que ce ne peut pas être un mensonge de don Juan; c'est purement et simplement une licence de Calderon. Calderon a l'habitude de disposer du *temps* à sa fantaisie; et, en principe, cette poétique est, à notre avis, tout aussi bonne qu'aucune autre. Mais ce que la raison repousse, c'est que l'auteur dramatique se permette de supputer le temps d'une manière à la fois idéale et positive, suivant le caprice de son imagination et suivant la réalité. Or, c'est là précisément ce que Calderon a fait dans le passage que nous blâmons. Cette *folie*, car il n'y a pas eu d'inadvertance, nous a choqué d'autant plus que rien ne la commandait et qu'il eût été plus facile de l'éviter. Il eût suffi au poète de supposer deux jours d'intervalle entre la scène qui se passe chez le gouverneur, au commencement de la seconde journée, et celle qui se passe ensuite dans la prison, ou, mieux encore, de mener franchement don Juan chez le gouverneur dès le premier jour de son arrivée. Nous avons laissé au lecteur le soin de la correction, il n'y a pas dix mots à changer.

Après tout, reconnaissons que cette tache ne nuit en rien à l'admirable clarté du drame. — On a beaucoup parlé de la difficulté qu'il y avait à suivre l'intrigue des comédies espagnoles. Cela est vrai pour quelques-unes des comédies de Lope de Vega, qui a dû commencer plus d'une pièce sans trop savoir comment il la finirait; cela est vrai surtout pour la plupart des œuvres de ses imitateurs qui ont encore, selon l'usage, exagéré les défauts du maître; mais rien de plus faux, si on l'applique à Calderon. Toutes ses comédies, comme les palais des Arabes de qui il emprunte souvent le brillant langage, sont d'une architecture légère, aérienne, et, en quelque sorte, transparente.

DAMAS-HINARD.

DE MAL EN PIRE

COMÉDIE FAMEUSE.

PERSONNAGES.

DON CÉSAR DES URSINS.		FLERIDA,	dames.
DON JUAN.		LISARDA,	
LE GOUVERNEUR DE GAÊTE.		CELIA,	suivantes.
CAMACHO,	domestiques.	NICE,	
FABIO,		UN ALCAYDE [1].	
FELIX,		UN DOMESTIQUE.	

La scène se passe à Gaëte.

JOURNÉE PREMIÈRE.

SCÈNE I.

Le vestibule d'un palais.

Entrent LE GOUVERNEUR *et* FÉLIX.

(*Le gouverneur lit une lettre, Félix est en habits de voyage.*)

LE GOUVERNEUR, *lisant.*

« Ce n'est qu'à vous, à vous seul, mon cher Seigneur et ami, que j'ose confier le malheur qui m'accable, parce que si vous n'êtes pas en position d'y porter remède, j'ai du moins la certitude que vous le sentirez vivement. Un cavalier, dont le domestique qui vous remettra cette lettre vous dira le nom, a disparu de cette ville après y avoir tué un homme. Il emmène avec lui une mienne fille qui a été sa complice, et qui à cette première faute en a ajouté une seconde. On me dit qu'ils se proposent de passer en Espagne. S'ils se réfugient par hasard à Gaëte comme en un lieu d'asile, veuillez les y retenir et les traiter comme mes enfants. Quoiqu'ils aient gravement compromis mon honneur, faites en sorte, je vous prie, que je ne le perde pas tout entier. » (*à Félix.*) Oui, je sens vivement cette disgrace de don Alfonso; je lui sais même bon gré de se souvenir ainsi de moi en son malheur. Je voudrais bien que ce cavalier vînt se réfugier ici; je donnerais pour cela le plus riche de mes joyaux... Si cela arrive, je jure le ciel que je m'arrangerai de façon que l'honneur de mon ami sera sauvé, car c'est une grande obligation qu'un homme impose à un autre quand il le rend dépositaire d'un secret aussi délicat. Puissé-je lui témoigner enfin la reconnaissance que je lui ai vouée pour tous les bons offices que j'ai reçus de lui depuis l'époque où nous nous sommes liés en Flandre!... Dites-moi seulement quel est ce cavalier qui a compromis à ce point la vie et l'honneur de mon ami?

FÉLIX.

Monseigneur, il se nomme don César des Ursins, celui qui a tué un homme et enlevé Flerida. Nous ne pouvons pas douter que ce ne soit lui, parce que c'est la beauté de ma maîtresse qui a été cause du défi et que ce cavalier et ma maîtresse ont disparu le même jour. Je le connais de vue. Si vous désirez que je m'emploie à le chercher, veuillez m'autoriser, en votre qualité de gouverneur, à visiter les hôtelleries de la ville. J'ai des ren-

(1) On appelle *alcayde* en espagnol le gouverneur d'une place et le geôlier d'une prison.

seignements qui me permettent de croire qu'il doit être caché ici.

LE GOUVERNEUR.

Moi-même en personne je le chercherai avec vous. — Quels sont les renseignements que vous avez?

FÉLIX.

Ce matin, en arrivant à mon logis, j'ai vu passer un de ses domestiques; cela m'a donné l'idée que don César était ici parce que ce domestique est parti avec lui.

LE GOUVERNEUR.

L'avez-vous suivi?

FÉLIX.

Non, Seigneur, il me connaît trop; mais j'ai chargé un camarade de le suivre et de m'aviser de l'endroit où il le laisserait.

LE GOUVERNEUR.

Bien. Allez, et sachez me dire tout ce qu'aura vu cet homme qui a suivi ce domestique. Lorsque j'aurai quelque donnée à cet égard, j'irai l'arrêter. Nous avons besoin de ménagements. Il ne convient pas, pour le succès même de notre dessein, que j'aille mettre toute la ville sens dessus dessous avant d'avoir de plus amples instructions; cela ne servirait qu'à l'avertir que nous sommes à sa recherche et il se tiendrait davantage sur ses gardes.

FÉLIX.

Ce sont des précautions pleines de prudence... Quand je saurai ce que vous voulez, Seigneur, je reviendrai vous voir.

(*Il sort.*)

LE GOUVERNEUR.

Ah! honneur, honneur d'un père, à quels dangers une fille légère t'expose!

(*Entrent Lisarda et Celia.*)

LISARDA.

Seigneur?

LE GOUVERNEUR.

Où allez-vous, ma fille?

LISARDA.

Je venais vous voir et savoir en quoi ma tendresse et mon respect ont démérité, que vous sortiez ainsi de la maison sans m'accorder un souvenir. Qu'avez-vous donc, Seigneur? Vous paraissez triste.

LE GOUVERNEUR.

Ne vous étonnez pas de me voir cette tristesse, quelque étrange qu'elle soit. Je suis père et je crains... — Le voyageur égaré qui rencontre, par une nuit obscure, un piéton dépouillé par les brigands, ne doit-il pas concevoir des craintes? Peut-il ne pas frémir aussi le marinier qui aborde le golfe où un navire s'est brisé contre un rocher perfide? Et le chasseur impétueux qui a trouvé sur son chemin, au point du jour, un homme déchiré par la dent d'une bête féroce, peut-il ne pas trembler également? Eh bien! moi, par le moyen de cette lettre,— voyageur j'ai découvert le passage périlleux, et marinier j'ai aperçu l'écueil, et chasseur j'ai vu la bête féroce qui s'apprête à s'élancer sur moi. Car enfin l'honneur, pour celui qui songe à l'honneur avant tout, est une partie de chasse, un voyage, un navire, et il faut prendre garde à l'écueil, au péril et à la mort.

(*Il sort.*)

LISARDA.

Je suis interdite et inquiète... Peut-être, Celia, que mon père aura appris quelque chose, et qu'en me tenant ce langage il aura voulu m'avertir qu'il n'ignore pas les dangers que court son honneur.

CELIA.

Je ne sais, mais il me semble avoir entrevu, sous ses paroles, un sermon qui allait droit à vous. Je ne doute pas, pour ma part, qu'il n'ait quelque soupçon, et, s'il faut dire la vérité, je ne trouve pas qu'il ait eu tort de vous adresser ce sermon, puisque, au mépris de votre renommée, vous êtes une véritable hérétique, qui voulez introduire une nouvelle secte en amour. Si vous aimiez à la mode de vos aïeux, ou, pour mieux parler, de vos aïeules, vous n'éprouveriez pas tous ces tourments que vous éprouvez depuis que vous avez été choisir pour galant un cavalier inconnu qui vit caché mystérieusement.

LISARDA.

Tu aurais eu raison, Celia, de me gronder sur mon fol amour, si je ne t'avais confié ma première faute; mais à présent, c'est mal à toi; tu en conviendrais toi-même si tu savais tout... Écoute. — La réputation ou la gloire acquise par mon père mérita que Sa Majesté lui donnât le gouvernement de cette ville. Il vint s'y établir. Moi, naturellement, je vins demeurer avec lui à Gaëte. Ici je ne tardai pas à être bien vue de tout le monde et si bien vue qu'à la fin, Celia, j'en souffris; car je ne m'appartenais plus d'aucune façon, je ne pouvais plus, d'aucune façon, disposer de moi. Quand j'allais quelque part j'entendais à droite et à gauche murmurer à mon oreille: Voilà la fille du gouverneur. A l'église il y avait du bruit lorsque j'entrais; quand j'en sortais, j'étais pressée, entourée par la foule comme un objet curieux; je ne faisais point un pas que ce ne fût au milieu d'un public qui m'observait, m'épiait et me montrait au doigt pour ainsi dire; si je pleurais, si je riais, il était question sur la place de mon sourire et de mes larmes. Quel ennui!... A la fin, fatiguée de cet empressement, car on se fatigue même de ce qui a d'abord flatté la vanité désirant de m'affranchir de cette surveillance perpétuelle et d'être à moi davantage, je commençai d'aller me promener, avec mes suivantes, à ces jardins qui sont hors de la ville. Là, à l'abri d'une mante, je pouvais causer avec elles et tout voir en liberté. Un jour que nous nous promenions sur le bord de la mer, j'aperçus mon père qui venait; troublée je pris la fuite et me réfugiai dans une maison de plaisance qui était proche. Là je trouvai un cavalier qui, me voyant effrayée, et s'imaginant sans doute qu'il y avait plus de mal qu'il n'y en avait réellement, m'offrit aussitôt sa protection et se disposa à me défendre. Reconnaissante de sa conduite, je le rassurai sur mon péril, m'entretins avec lui et, après quelques minutes, je vis qu'il avait non-seulement du courage, mais les manières les plus gracieuses et un esprit plein de charme. Je ne te parle pas de sa noblesse; quand on dit d'un homme qu'il est brave et courtois, c'est assez dire qu'il est noble... Il me demanda qui j'étais; à cela je répondis que s'il tenait à ce que je vinsse le voir quelquefois le soir au même endroit, j'irais, en mettant pour condition qu'il ne saurait pas qui j'étais, qu'il n'essaierait pas de me suivre, qu'il ne me prierait pas de me montrer à lui à visage découvert et ne me demanderait pas mon nom; il y consentit en me jurant une discrétion sans bornes. Depuis, te l'avouerai-je? je suis retournée le voir quelquefois vers la nuit... Il ne sort pas de cette maison de plaisance... S'il y est prisonnier ou s'il y est caché, je l'ignore; tout ce que je sais de lui, c'est qu'il s'appelle Fabio.—Et maintenant, pour finir, Celia, moi qui ne cherchais dans ces rendez-vous qu'une innocente distraction, je me trouve au fond du cœur, pour ce cavalier, un sentiment nouveau, étrange. Ce n'est pas de l'amour sans doute, oh! non, ce n'est pas de l'amour; mais que ce soit de l'amour ou non, je te préviens, Celia, que tous les sermons de mon père n'obtiendront pas de moi que je cesse d'aller voir ce cavalier.

CELIA.

Cette folie ne m'annonce rien de bon. Oubliez-vous donc, madame, que les accords de votre mariage sont signés? que le Seigneur votre père attend ici d'un moment à l'autre votre époux? et ne savez-vous pas qu'hier même il a commandé qu'on préparât, pour l'y recevoir, l'appartement du rez-de-chaussée dont une porte communique avec le vôtre?... Cette hospitalité gênera un peu vos amours.

LISARDA.

Ah! Celia, il ne me manquait plus que cela pour que j'eusse davantage encore le droit de me plaindre de mon cruel destin!

(Entre Nice.)

NICE, *à Lisarda.*

Madame, une femme, qui paraît étrangère, est là qui demande la permission de vous parler.

LISARDA.

N'a-t-elle point dit qui elle est?

NICE.

Non, madame; elle m'a dit seulement de vous dire: — une femme.

LISARDA.

Eh bien! qu'elle entre. *(Nice sort.)* Qui donc peut-elle être?

NICE, *du dehors.*

Vous pouvez entrer.

(Entre Flerida, le visage recouvert de sa mante.)

FLERIDA.

Votre maison, madame, sera l'heureux port de ma fortune si mon espérance ne m'abuse. Permettez que je dépose un baiser sur cette blanche main.

(Elle s'agenouille après avoir écarté sa mante.)

LISARDA.

Levez-vous, madame, levez-vous, je vous prie; il ne convient pas qu'un astre du ciel se prosterne ainsi sur la terre.

(Elle relève Flerida.)

FLERIDA.

Hélas! madame, alors même que ma faible beauté mériterait ce nom que votre indulgence lui donne, je devrais encore alors m'incliner devant un astre supérieur. Agenouillée devant vous, dont la beauté a tant d'éclat, je serai, pâlie par ma douleur, comme l'astre des nuits quand il se trouve un matin en présence du soleil brillant et radieux.

CELIA, *à part.*

La dame est bel-esprit [1].

LISARDA.

Je vous remercie de ce compliment flatteur, quoique vous m'ayez partagée beaucoup mieux que je ne le mérite... J'aurais été plus équitable, madame. — Mais, pour en revenir au fait, en quoi souhaitez-vous que je vous serve?

FLERIDA.

Je désire, madame, que vous accordiez votre protection généreuse à une infortunée.

LISARDA.

Si vous voulez me parler en secret, nous allons rester seules.

FLERIDA.

Quant à moi, madame, si vous l'avez pour

(1) L'espagnol dit: *bachillera es la señora.* L'adjectif bachiller, ra, signifie d'ordinaire une personne qui parle beaucoup. Ici, comme Flerida n'a pas encore raconté son histoire, nous pensons que Calderon aura mis au féminin le substantif *bachiller*, bachelier.

bien, il m'importe peu que l'on sache dès à présent une chose que l'on saurait bientôt.

LISARDA.

Puisqu'il en est ainsi, parlez.

FLERIDA.

Je serai aussi brève que possible.

LISARDA.

Je vous écoute avec le plus vif intérêt.

FLERIDA.

Très belle madame, en qui un esprit si distingué rehausse tant d'attraits, je suis... mais il est inutile que je vous vante ma naissance, la noblesse de ma famille et l'illustration de mon père; car à quoi bon vanter ces avantages qui sont comme s'ils n'étaient pas dans une situation aussi misérable que la mienne? Souffrez donc que je vous dise seulement que je suis une femme, et une femme infortunée; ce titre me suffira pour trouver auprès de vous la pitié qu'un cœur tel que le vôtre n'a jamais refusée au malheur... Oh! que n'ai-je emporté avec moi quelque gage qui pût vous apprendre ce que je suis! Que ces larmes qui coulent de mes yeux me soient des témoins qui vous attestent la vérité de mes paroles!... — Je suis née de parents illustres; je tairai leur nom par égard pour eux; c'est assez que mes fautes les aient déshonorés là-bas sans que je détruise ici leur renommée. — J'étais jeune et courtisée; parmi beaucoup d'autres, un cavalier qui était mon égal par la naissance, et qui ne devait pas être plus heureux, jeta les yeux sur moi; notre étoile le voulut ainsi. Quand il m'eut rencontrée deux ou trois fois, il se mit à rôder dans ma rue du soir au matin. Le jour il était là comme un héliotrope constamment tourné vers mes fenêtres; la nuit, quand le soleil avait disparu au milieu des ténèbres, il était là encore comme un argus veillant sur son trésor. Son assiduité me plut, je fus touchée de ses soins, et ma liberté lui fut soumise. Vous m'excuserez, je n'en doute pas, car vous êtes femme, et vous savez combien notre vanité est flattée par une secrète adoration. Bientôt, à la faveur de la nuit, je le reçus dans notre jardin; c'est là que nous passâmes bien des moments fortunés à causer tête à tête au milieu des jasmins et des myrtes. Plus nos entrevues étaient difficiles, plus nous en goûtions tous deux le charme. Mais hélas! ce furent ces mêmes rendez-vous qui nous perdirent. Tandis que nous naviguions joyeusement sur l'Océan de l'amour, rassurés par un calme décevant, peu à peu s'avançait la tempête... Un vaillant cavalier, sans que je lui en eusse donné lieu, s'occupa de moi; il ne faisait continuellement qu'aller et venir dans ma rue; mais ne trouvant en moi qu'indifférence et dédain, il vit que ma sagesse ne m'éloignait pas seule de lui et que l'amour était de la partie. Blessé et furieux, il voulut se venger. Une nuit, — c'était une nuit bien triste, bien plus triste que les autres, car la lune avait caché son front soucieux derrière un voile épais de noirs nuages, — il arriva le premier dans ma rue, frappa à la manière de son rival, et entra au jardin dans le même temps que mon époux arrivait. Celui-ci, voyant entrer un homme chez moi, entre derrière lui et lui demande aussitôt brusquement ce qu'il cherche; l'autre, sans lui répondre, relève son manteau jusqu'aux yeux et met la main sur son épée. Moi qui les regardais, plus morte que vive, j'allais répondre pour lui, lorsque je les vois qui se joignent, qui s'arrêtent et qui croisent leurs épées, desquelles s'échappent bientôt un rapide cliquetis et de vives étincelles. Dieu voulut, mon sort voulut que notre ennemi fût atteint le premier. « Je suis mort! » dit-il; et il chancela, et il tomba au milieu des fleurs... Après cela, mon époux s'adressant à moi, me dit d'une voix toute tremblante de colère: « Jouis, ingrate, voilà ton ouvrage! Contemple cet amant qui venait te chercher à une pareille heure! il est baigné dans son sang, il ne respire plus!... Eh bien! tout mort qu'il est, je n'en suis pas plus paisible; il soulève encore dans mon cœur une horrible jalousie!... » Moi, interdite et confuse, je lui parlai comme je pus; lui, sans daigner m'entendre, car la jalousie est comme un livre sacré qui ne souffre pas la contradiction[1], il sortit du jardin, monta sur un cheval qui l'attendait non loin, et disparut. Toutes ces scènes cruelles qui s'étaient succédé en si peu de temps m'avaient brisée. J'étais demeurée à la même place à demi-morte, lorsque je fus réveillée, pour ainsi dire, par un bruit qui s'accrut à chaque instant. D'abord nos voisins qui se rassemblent et murmurent dans la rue, puis nos domestiques qui parcourent, troublés, la maison; puis mon père infortuné qui s'informe de moi et qui m'appelle par mon nom, à grands cris. Je n'eus pas la force ou l'audace de lui répondre. M'imaginant soudain que le plus sûr était de fuir pour éviter sa colère, je sortis de la maison et me retirai, pleine d'angoisses et de terreurs, chez une de mes amies. Je restai là cachée quelque temps; j'y appris que mon amant tâchait de passer en Espagne. Afin de m'excuser auprès de

(1) *Que son Alcoran los zelos*
Que no se dan a disputa.
Mot à mot, la jalousie est un Alcoran.

lui, je partis à sa recherche; mais jusqu'à présent je n'ai pas eu sur lui la moindre lumiere; et, remarquant que je marche isolée et faible au milieu de dangers de toute espèce, je renonce enfin au fol espoir de le trouver... On m'a parlé de vous, madame; tout le monde m'a vanté votre bonté, la générosité de votre cœur, et j'ai songé à m'adresser à vous. Vous avez de nombreuses suivantes, recevez-moi parmi elles; vous ne vous apercevrez pas que vous en ayez une de plus. Protégez ma réputation, madame; dissipez mes craintes, prêtez votre appui à mon malheur; vous êtes femme, ayez pitié d'une femme; et, si vous aimez, que vos amours, à vous, soient heureux!

LISARDA.

Essuyez vos pleurs, madame, il ne vous appartient pas de pleurer; c'est à l'aurore de répandre la rosée, et elle se fâchera contre vous si vous lui dérobez son office... Je n'ai pas besoin d'autre témoin que votre beauté pour être convaincue de la sincérité de vos discours, et je compatis sincèrement à votre infortune. — Dites-moi; comment vous nom mez-vous?

FLERIDA.

Laura, madame.

LISARDA.

Eh bien! Laura, puisque vous le désirez ainsi, d'aujourd'hui je vous retiens auprès de moi, non pour servir, comme vous demandez, mais pour être servie. Entrez; il ne convient pas que mon père vous voie avant que j'aie obtenu sa permission.

FLERIDA.

Que le ciel vous garde, madame! (*à part.*) O destinée! il me semble que tu vas cesser enfin de me poursuivre.

(*Elle sort.*)

LISARDA.

Pauvre femme!

CELIA.

Je suis loin de blâmer votre pitié; mais cependant, madame...

LISARDA.

Après, Celia?

CELIA.

Je ne sais pas trop s'il est sage à vous de la recevoir dans votre maison.

LISARDA.

D'où te vient cette crainte?

CELIA.

C'est qu'il y a dans le monde plus d'une femme qui est à la fois demoiselle et veuve, petite paysanne et grande dame; qui, sous un air innocent, a beaucoup d'expérience; qui emploie avec art la ruse et l'intrigue, et habille le mensonge en perfection.

LISARDA.

Voudrais-tu dire par-là?...

CELIA.

L'avenir nous l'apprendra, madame.

(*Elles sortent.*)

SCÈNE II.

Un jardin.

Entrent DON JUAN *et* DON CÉSAR; *ce dernier est en habits de voyage.*

DON JUAN.

Ça été un grand bonheur pour moi, don César, que je me sois arrêté dans cette maison de plaisance, puisque je vous y trouve. Je ne l'espérais pas.

DON CÉSAR.

C'est ma bonne étoile qui vous a conduit ici. Embrassons-nous de nouveau.

DON JUAN.

Mes bras vous enlaceraient si fortement que la mort même ne pourrait leur faire lâcher prise. — Que faites-vous ici?

DON CÉSAR.

Oh! ce serait fort long de vous conter tout cela, et fort triste!... Il se voit bien, don Juan, que vous revenez de Flandre puisque vous ignorez ce qui s'est passé.

DON JUAN.

J'ai déjà ouï dire, mon ami, que vous aviez éprouvé de grands malheurs; c'est pour cela que je me suis étonné d'abord de vous trouver ici aussi tranquille.

DON CÉSAR.

Je ne le suis pas autant que vous croyez, don Juan, je vis au milieu de soucis perpétuels; si je ne vous eusse pas reconnu, je ne serais pas sorti à votre rencontre. Je me tiens ici caché en attendant une occasion de partir pour l'Espagne; le maître de cette maison de plaisance a bien voulu la mettre à ma disposition, et je m'y regarde comme en un lieu d'asile. Si l'on m'y venait chercher par hasard, j'ai une barque qui m'attend sur la rivière; je m'y jetterais, et en ramant je gagnerais bientôt la mer, où je serais en sûreté.

DON JUAN.

Je me réjouis d'arriver ici en un moment où je puis me flatter de vous servir. Vous saurez, mon ami, que déjà je ne suis pas sans influence à Gaëte. J'y viens, amant fortuné, pour épouser l'illustre Lisarda, jeune personne riche et noble, très belle et très charmante, dit-on, par-dessus, et d'ailleurs fille unique de don Juan d'Aragon. Mon beau-père futur est gouverneur de ce pays, et son pouvoir me permettra sûrement de vous être utile à quelque chose.

DON CÉSAR.

Ce ne sera pas la première fois que vous m'aurez rendu service; je n'ai pas oublié tout ce que je vous dois... Puisse cette union être aussi fortunée que je le souhaite! puissiez-vous y trouver long-temps la paix et l'amour! Mais en laissant là ces compliments et bien d'autres que mon cœur prodiguerait avec facilité, dites-moi, mon ami, quel projet vous amenait en ce lieu?

DON JUAN.

Ne sachant pas vous y rencontrer, je n'avais pas d'autre but que d'y passer le jour. Je suis venu à Gaëte assez mal pourvu de joyaux et de parures, comme un soldat enfin; et quoique l'équipage d'un soldat ait aussi son prix, ce n'est pas, après tout, celui d'un homme qui veut se marier. C'est pourquoi je me tiendrai deux jours à l'écart en attendant que je me sois fourni de tout ce qu'il me faut, car je ne puis me présenter chez ma future en habit de voyage.

DON CÉSAR.

Ma bonne fortune est plus complète que je ne l'imaginais, puisque je vous aurai ici deux jours caché avec moi.

DON JUAN.

C'eût été un vrai plaisir pour moi. Mais j'ai à Gaëte un ami qui est alcayde du fort et que j'ai averti de mon arrivée. Je lui ai envoyé un message en mettant pied à terre, et j'attends sa réponse. Pour cette même raison je vous laisse, car il viendra sans nul doute au-devant de moi, et il ne convient pas qu'il sache que vous êtes là.

DON CÉSAR.

C'est une précaution digne d'un ami tel que vous.

DON JUAN.

Demeurez avec Dieu. J'aurai soin de revenir vous voir en secret, et je m'engage à vous servir. Adieu, don César.

DON CÉSAR.

Adieu, don Juan.

(*Don Juan sort. — Entre Camacho.*)

CAMACHO.

D'où vient, Monseigneur, que vous étiez là tout à l'heure à vous parler à vous-même, que vous demandiez des comptes à votre ame et à vos sens, et que votre pensée marchait lugubrement à la suite de votre mémoire et de votre intelligence, comme le diable d'un *auto* [1]? Quelle est la femme, Monseigneur, s'il vous plaît, qui vit maintenant dans votre cœur? Est-ce Flerida absente, ou bien la dame mystérieuse qui prétend à l'héritage de la Dame-Revenant?

DON CÉSAR.

Quoique je n'aie jamais aimé beaucoup tes plaisanteries, Camacho, je te l'avoue, elles ne m'ont jamais été aussi à charge qu'à présent.

CAMACHO.

De quoi donc vous fâchez-vous, Monseigneur?

DON CÉSAR.

De ce que tu m'as demandé quelle est la femme qui vit dans mon cœur. Peut-il s'occuper d'une autre femme que la belle Flerida?

CAMACHO.

Vous l'aimez à l'excès, j'en conviens; mais pourtant un autre amour vous distrait en ce moment.

DON CÉSAR.

Parce que je suis loin d'elle, hélas!

CAMACHO.

Il n'y a pas de quoi soupirer. Tous et toutes nous en faisons autant.

DON CÉSAR.

J'ai perdu en une nuit fatale ma patrie et mes amours.

CAMACHO.

Et vous avez commis une faute que tout le monde vous reproche.

DON CÉSAR.

De m'être battu, n'est-ce pas?

CAMACHO.

Non, une autre.

DON CÉSAR.

Laquelle, alors?

CAMACHO.

Une autre, Monseigneur, qui est bien moins pardonnable que de vous être battu et d'avoir tué votre homme.

DON CÉSAR.

Mais laquelle, enfin?

CAMACHO.

D'avoir fui ainsi à la hâte, d'avoir quitté votre patrie sans enlever vos amours.

DON CÉSAR.

Fort bien; mais s'ils aiment, ceux qui m'accusent, dis-leur qu'ils entrent chez leur dame et qu'ils la trouvent avec un autre... Puis, dans une circonstance aussi cruelle, il me fut impossible de modérer ma colère et de conserver ma présence d'esprit... Si c'était à re-

(1) ... *Y que intentas*
Que ande hecho diablo de Auto el pensamiento
Tras la memoria y el entendimiento?

On sait qu'un *auto*, ou mieux un *auto sacramental*, est un drame religieux, de la nature de nos anciens mystères, dans lequel il n'y a pour interlocuteurs que des personnages allégoriques. Calderon n'est pas moins célèbre en Espagne par ses *autos* que par ses comédies. Si nos souvenirs sont exacts, parmi ses nombreux *autos*, il en est un où le démon s'appelle la pensée (*el pensamiento*.)

commencer je me conduirais sans doute autrement, parce qu'on ne commet pas deux fois la même faute ; mais je n'avais pas alors ma funeste expérience. — Mais que sera devenue Flerida ?

CAMACHO.

J'ai entendu dire à un voyageur qu'on assurait à Naples qu'elle s'était retirée dans un couvent.

DON CÉSAR.

Le crois-tu, toi, Camacho?

CAMACHO.

Moi, Monseigneur, je crois tout ce que vous voudrez que je croie. — Mais à la suite de ce que nous avons dit de cette dame errante du caprice, la voilà qui vient. Ce serait le cas d'appliquer l'ancien proverbe sur le loup de la fable, qui...[1]

(*Entrent Lisarda et Celia, le visage recouvert de leur mante.*)

DON CÉSAR.

En voyant que le soleil se retirait de l'horizon, un secret pressentiment me disait, madame, que vous approchiez de ces lieux ; et vous voilà, soleil déguisé, qui venez rendre la joie aux fleurs des champs qui vous adorent comme leur divinité, qui s'épanouissent d'allégresse à votre vue, et qui de tous côtés vous parlent d'amour.

LISARDA.

Je veux bien croire par politesse, seigneur Fabio, que les fleurs me diraient de jolies choses si elles vous écoutaient, flatteur que vous êtes ; car vous avez une galanterie si délicate que vous pourriez enseigner même aux fleurs le langage de l'amour.

DON CÉSAR.

Au contraire, madame, ce sont elles qui m'ont appris ce langage depuis que vous venez ici ; c'eût été folie à moi d'avoir la prétention de le leur apprendre. Il n'y a pas une fleur autour de vous qui, vous ayant aimée avant moi, — puisque je n'habitais pas cette campagne, — n'ait su avant moi comment elle vous devait parler ; et puisqu'elles vous ont aimée d'abord, je ne suis pas aussi flatteur que vous le dites.

LISARDA.

Si fait, vous l'êtes beaucoup.

DON CÉSAR.

A quoi le voyez-vous ?

LISARDA.

A ce que vous m'aimez sans m'avoir vue.

DON CÉSAR.

Est-ce qu'il n'y a pas d'amour véritable là où l'on n'a pas vu l'objet qu'on aime ?

LISARDA.

Non, Seigneur.

DON CÉSAR.

Pardon, madame.

LISARDA.

Je vous dis que non.

DON CÉSAR.

Je soutiens que oui, et je le prouve.

LISARDA.

De quelle manière ?

DON CÉSAR.

Ainsi : — Un aveugle peut-il aimer ?

LISARDA.

Oui.

DON CÉSAR.

Eh bien ! moi, j'aime comme un aveugle.

LISARDA.

Cela est impossible.

DON CÉSAR.

Comment?

LISARDA.

Ainsi : — L'aveugle aime par l'intelligence ; et comme il n'espère pas voir l'objet aimé, il ne désire pas le voir non plus. Si donc l'aveugle pouvait y voir, il n'aimerait pas ce qu'il ne verrait pas. Et maintenant, par la raison contraire, puisque vous n'êtes pas aveugle et que vous pouvez voir, vous ne pouvez pas aimer sans voir.

DON CÉSAR.

Vive Dieu ! madame, vous vous abusez ; car cet amour dont vous parlez a chez moi, comme chez l'aveugle, un principe plus élevé.

LISARDA.

Y aurait-il un moyen de me prouver cela ?

DON CÉSAR.

Oui, madame.

LISARDA.

Lequel ?

DON CÉSAR.

Le voici : — L'objet principal dans l'amour c'est l'intelligence, c'est l'ame ; c'est là ce que j'aime en vous et c'est par-là que je vous aime. Si je voyais l'éclat de votre beauté, dès lors mon amour se partagerait entre l'ame et les yeux, et dès lors mon amour serait moins fort, étant ainsi partagé, que s'il était tout entier dans l'ame. — Je vous laisse à juger, madame, s'il serait raisonnable d'ôter de l'ame une moitié de cet amour pour la transporter dans l'organe de la vue.

(1) Il y a ici dans le texte un jeu de mots intraduisible :

> « *I aqui lugar acomodado tiene*
> *Lo de Lupus in fabula, que quiere*
> *Decir (segun colijo)*
> *Que assi Love a sus famulos lo dixo.* »

Littéralement : Et ici peut s'appliquer le proverbe du loup de la fable, qui signifie (à ce que je conjecture), que Lope l'a dit ainsi à ses domestiques. Le jeu de mots porte sur *Lupus* et Lope, *Lope*, nom d'homme, est la traduction espagnole de *Lupus*. Il porte, en outre, sur la ressemblance que présentent les premières syllabes de *Fabula* et de *Famulos*

LISARDA.

Quand bien même l'ame partagerait avec les yeux cet amour, qui est en quelque sorte sa lumière, l'ame n'en aimerait pas moins pour cela; il y aurait seulement plus d'amour.

DON CÉSAR.

Je ne vous comprends pas bien, madame.

LISARDA.

Voulez-vous que je m'explique?

DON CÉSAR.

Oui, de grace.

LISARDA.

Voici comme: — Un flambeau brille allumé; si on en approche un autre flambeau, il lui communique soudain sa flamme et ne laisse pas cependant de brûler. L'amour est un feu qui brûle dans l'ame; s'il se communique aux yeux il ne cessera pas d'être un feu et aussi vif qu'auparavant. Les mêmes yeux qui étaient naguère tristes, voilés et sombres, s'illuminent d'un subit éclat; mais le feu a passé dans l'organe de la vue sans cesser d'être dans l'ame.

CAMACHO, *à Célia.*

Et vous, adorable suivante, comptez-vous prendre ici le style de votre maîtresse? Dites-moi, ne voulez-vous pas me laisser voir votre visage?

CELIA.

Non.

CAMACHO.

Et si je ne me laissais pas voir, moi non plus?

CELIA.

Ce ne serait pas grand dommage.

CAMACHO.

C'est que j'ai beaucoup d'honneur, moi aussi.

CELIA.

Vous avez raison.

CAMACHO, *se couvrant le visage de son mouchoir.*

Eh bien! corps de Dieu! c'est à présent une double mascarade!... Et que le diable vous emporte, amen, si jamais vous vous découvrez!... Et qu'il vous emmène en vous traînant par votre mante dans quelque coin diabolique!... Et puisse votre mante s'allonger de manière que vous soyez courtisée seulement par le géant Garamante!... Et ensuite en enfer puissiez-vous être parée d'une mante de soufre par les furies de Rhadamante!...

DON CÉSAR, *à Lisarda.*

Je suis convaincu, madame, par ce que vous m'avez dit; j'ai eu tort, mille fois tort, de soutenir contre vous une pareille thèse; mais puisqu'il n'y a pas d'amour véritable sans voir, il n'y aura pas d'impolitesse à moi à ce que j'écarte un peu votre mante.

LISARDA.

Songez à ce que vous allez faire.

DON CÉSAR.

Vous me le pardonnerez; il faut que je vous voie.

LISARDA.

Vous en avez le pouvoir; mais alors vous risquez de ne pas me voir après, une autre fois.

DON CÉSAR.

En vérité, c'est l'aventure de l'Amour et de Psyché qui en ces lieux se renouvelle, mais au rebours; car autrefois, dit-on, l'Amour se déguisa pour aller voir Psyché, et aujourd'hui c'est Psyché qui se déguise pendant que mon amour se montre à découvert.... De grace, madame, je vous prie, déposez cette mante qui cache à mes yeux vos attraits comme un nuage obscur. Si la beauté est un ciel, à ce qu'on dit communément, souffrez que j'admire, que je contemple le ciel divin de votre beauté. O la plus charmante des déesses! soulevez ce voile importun qui vous dérobe à mes regards!

LISARDA.

Puisque vous employez tant d'esprit à me persuader et que vous me comparez aux déesses, il est bon de vous rappeler qu'on les représente toujours comme entourées de légères vapeurs; et si vous me pressez, je vous prouverai que je connais mes devoirs de déesse, car je me dissiperai en fumée et ne reviendrai plus.

DON CÉSAR.

Eh bien! que vous reveniez ou non, il faut que je vous voie.

LISARDA.

Absolument?

DON CÉSAR.

Absolument.

LISARDA, *se découvrant.*

Voyez-moi donc.

DON CÉSAR.

Ah! madame.

LISARDA.

Vous m'avez vue?

DON CÉSAR.

Oui, madame, et mes yeux sont éblouis de tant d'éclat! Je sais maintenant pourquoi vous refusiez à un faible mortel... (*Il se fait un grand bruit derrière le théâtre.*) Mais quel est ce bruit?

LISARDA.

J'entends une foule de voix confuses.

(*Entre Fabio.*)

DON CÉSAR.

Qu'est-ce donc, Fabio?

FABIO.

Seigneur, fuyez au plus tôt vers la mer...

Ce bruit, c'est le gouverneur qui vous vient chercher.

DON CÉSAR, *à part.*

Il aura été averti que j'étais ici.

LISARDA, *à part.*

Mon père!... Que le ciel me protége!... Quand il me parlait ainsi sur l'honneur, ce matin, c'était un avertissement.

DON CÉSAR.

Que décider? que faire?

CAMACHO.

Rendez-vous sans délai à la rivière, et — en avant la rame et le bateau!

DON CÉSAR.

Adieu, belle dame.

LISARDA.

Quoi! vous partez?

DON CÉSAR.

Je ne puis, madame, attendre davantage. Il importe que je fuie un malheur.

LISARDA.

Le mien, seigneur, s'accomplira bientôt si vous vous en allez.

DON CÉSAR.

Qu'ordonnez-vous?

LISARDA.

Si vous êtes cavalier, ainsi que tout en vous me l'annonce, n'abandonnez pas ainsi une femme qui risque de perdre la vie et l'honneur parce que seulement elle est venue vous voir... Je suis d'un rang plus élevé que vous ne le pensez... Si vous me laissez ici sans secours, je donnerai au monde par ma mort une éclatante instruction... Ce n'est pas vous, c'est moi qu'on cherche... Je suis la fille de... Je n'ai pas la force d'achever... On enfonce la porte... Hélas! hélas!...

DON CÉSAR, *à part.*

Il y a du pire! et je n'imaginais pas qu'il y en pût avoir... Je n'ai plus à songer qu'à mourir... La même faute ne doit pas se commettre deux fois... Il ne faut pas que l'on dise de moi que j'abandonne toujours les dames dans le danger. (*haut, à Lisarda.*) Madame!... je vous donne ma parole qu'on me tuera ici plutôt que votre vie et votre honneur soient compromis. Entrez donc vous cacher, entrez vite, tandis que je reste a vous garder... Vous n'avez rien à craindre, madame... quand on m'aura trouvé, soyez assurée qu'on ne vous cherchera pas; car c'est moi que l'on cherche.

LISARDA, *fuyant.*

Allons, Celia, suis-moi!

CELIA, *fuyant.*

O mon Dieu! madame, mes pantoufles!

(*Celia perd ses pantoufles en fuyant.*)

DON CÉSAR.

Ramasse ces pantoufles, Camacho.

CAMACHO.

Nous avons fait là de la belle besogne.

(*Camacho ramasse les pantoufles et court se cacher. Entre le gouverneur accompagné d'alguazils et de domestiques.*)

LE GOUVERNEUR.

N'êtes-vous pas don César des Ursins?

DON CÉSAR.

Jamais un cavalier n'a renié son nom.

LE GOUVERNEUR.

Vous allez vous rendre en prison.

DON CÉSAR.

J'obéis. — Je vous prie seulement de considérer que je suis noble.

LE GOUVERNEUR.

Je sais qui vous êtes. Vous n'avez pas besoin de quitter votre épée; vous pouvez l'emporter, quoique prisonnier. — Il doit y avoir ici avec vous une dame. Veuillez faire en sorte qu'elle se présente promptement. On conservera les égards qui lui sont dus, mais il faut qu'elle soit arrêtée aussi.

DON CÉSAR.

Une dame, dites-vous?

LE GOUVERNEUR.

Oui, une dame.

DON CÉSAR.

Une dame ici?

LE GOUVERNEUR.

Il n'y a pas moyen de me le nier, car je suis bien informé, et je sais qu'elle est ici, ici même avec vous.

DON CÉSAR.

Mais, Seigneur...

LE GOUVERNEUR, *aux alguazils.*

Cherchez dans la maison.

(*Plusieurs alguazils entrent dans la maison.*)

DON CÉSAR, *à part.*

Quelle peut être cette femme qui m'a mis dans une telle situation?

(*Un alguazil entre, emmenant Camacho.*)

L'ALGUAZIL.

Voici un homme qui était caché là.

LE GOUVERNEUR.

Qui êtes-vous?

CAMACHO.

Je suis l'écuyer de ce chevalier errant.

LE GOUVERNEUR.

Pourquoi vous cachez-vous?

CAMACHO.

J'ai ce défaut de me cacher, Monseigneur; je le fais sans mauvaise intention.

LE GOUVERNEUR.

Que tenez-vous là?

CAMACHO.

Monseigneur, des pantoufles.

LE GOUVERNEUR.

Je vois de clairs indices de ce que je cherche. — Où est la personne à qui appartiennent ces pantoufles?

CAMACHO.

Devant vous. C'est moi.

LE GOUVERNEUR.

Pourquoi les apportez-vous ici?

CAMACHO.

Parce que, Monseigneur, si les boucliers de liége sont prohibés par les justes lois du royaume, il n'en est pas de même des pantoufles de liége; au contraire. Le proverbe espagnol, un très beau proverbe, dit: Malheureux le malade qui se trouve en un endroit où il n'y a pas de pantoufles! Or, mon maître étant indisposé, je lui apporte ces pantoufles pour remède, afin qu'il ne soit pas malheureux.

LE GOUVERNEUR.

Mauvais plaisant!

DON CÉSAR.

Tais-toi, imbécile!

(*Deux alguazils amènent Lisarda. Elle a le visage couvert de sa mante.*)

UN ALGUAZIL.

Nous avons trouvé cette dame dans la chambre du fond. Elle ne veut pas se découvrir le visage. Découvrez-vous, madame.

LE GOUVERNEUR, *à l'alguazil.*

Demeurez tranquille. — (*à Lisarda.*) Non, madame, ne vous découvrez pas. Je sais que je vous dois toute cette politesse. Excusez-moi si je viens pour vous.

DON CÉSAR.

Excusez pareillement si elle ne va pas avec vous. Je suis décidé à mourir plutôt que de souffrir qu'on l'outrage.

LE GOUVERNEUR.

Seigneur don César des Ursins, ne parlez pas avec tant d'arrogance; car, malgré votre courage, il ne vous serait pas aussi facile de la délivrer que de le dire. Je vous pardonne ce mouvement en faveur des sentiments qui m'animent pour cette dame. Je sais qui elle est, et je prétends tenir autant que vous, peut-être, à sa réputation, à son honneur. Son père est tellement mon ami qu'il est un autre moi-même. Je sens vivement ses peines, et c'est en sa considération que je vous passe votre langage; car bien que je ne vous connaisse pas particulièrement, je suis obligé pour lui à ménager de mon mieux votre honneur.

LISARDA, *à part.*

Il n'a pas besoin de s'exprimer plus clairement. Mon infortune n'est que trop certaine.

DON CÉSAR.

Si j'eusse dit, Seigneur, que je prétendais sauver cette dame, malgré vous et vos hommes d'armes, vous auriez le droit de me traiter d'arrogant; mais je n'ai pas dit cela. — Et maintenant, Seigneur, après les assurances que vous m'avez données, je n'essaierai pas de la défendre si elle m'en détourne, quoique je n'aie pas peur de la mort. C'est chose si facile pour un cavalier de mourir!

LE GOUVERNEUR.

Il vaut mieux que l'affaire s'arrange à l'amiable; avec de la prudence et de la sagesse, nous en viendrons à bout. Faites état qu'avant d'avoir en moi un juge, vous y avez un arbitre officieux qui n'interposera son pouvoir qu'avec discrétion et bonté. J'ai par devers moi toutes les instructions nécessaires.

DON CÉSAR.

Mais si je suis le coupable et que vous me mettiez en prison, quelle faute a commise cette dame?

LE GOUVERNEUR.

Vous avez trop mauvaise opinion de ma sagacité. Je sais qui elle est, vous dis-je. — Seigneur César des Ursins, suivez-moi, vous, à la Tour. Quant à cette dame, je lui promets qu'elle sera aussi fêtée dans ma maison que si elle était ma propre fille.

LISARDA, *à part.*

Je n'en puis plus douter, il m'a reconnue. Je n'ai plus d'autre ressource que d'invoquer sa pitié.

DON CÉSAR, *bas à Lisarda.*

Qu'ordonnez-vous, madame?

LISARDA, *bas à don César.*

Je me soumets.

DON CÉSAR, *de même.*

Alors, puisqu'il vous plaît ainsi, je n'ai plus rien à dire. (*au gouverneur.*) Seigneur, j'accepte le parti que vous nous proposez; madame restera dans votre maison.

LE GOUVERNEUR.

C'est convenu. (*appelant.*) Holà!

UN ALGUAZIL.

Seigneur?

LE GOUVERNEUR.

Que deux d'entre vous conduisent cette dame à mon carrosse et l'accompagnent jusqu'au palais. Vous direz de ma part à ma fille que je la prie de lui tenir compagnie jusqu'à mon retour. (*Lisarda sort; deux alguazils et les domestiques la suivent. — A don César.*) Vous, maintenant, je vais vous mener à la Tour.

DON CÉSAR.

J'irai partout avec vous, très honoré et très content.

(Le gouverneur, don César et les alguazils sortent.)

CAMACHO.

Voilà de la courtoisie, j'espère!

(Entre Celia.)

CELIA.

Eh bien?

CAMACHO.

Eh bien! — quoi?

CELIA.

Ils sont partis?

CAMACHO.

Oui, ils sont partis.

CELIA.

En courant j'arriverai avant eux à la maison.

CAMACHO.

Pour savoir qui est ta maîtresse, n'est-ce pas? Vive le Christ! cela me réjouit.

JOURNÉE DEUXIÈME.

SCÈNE I.

Le palais du gouverneur. Le théâtre représente deux chambres à la fois.

Entrent NICE *et* CELIA.

NICE.

Comment donc reviens-tu seule, Celia?... qu'as-tu fait de ma maîtresse?... Tu ne me réponds pas! qu'as-tu donc?

CELIA.

Ah! Nice, j'arrive à demi morte; sans compter que j'ai tant couru... tant couru...

NICE.

Que s'est-il donc passé?

CELIA.

Tu es bien curieuse, vraiment!

NICE.

Comme tu le serais toi-même si c'était moi qui eusse accompagné madame, que tu fusses demeurée, et que je revinsse toute seule.

CELIA.

Eh bien! tu sauras que nous sommes allées ensemble... — Mais nous parlerons après; j'entends du bruit.

NICE.

Ciel! des alguazils qui amènent une dame! N'est-ce pas elle?

CELIA.

Tais-toi, Nice; pas d'imprudence.

(Entrent deux alguazils; ils conduisent Lisarda, qui a le visage recouvert de sa mante. Des domestiques les suivent.)

NICE, *à part.*

Dieu me protége! c'est elle.

PREMIER ALGUAZIL.

Avertissez madame votre maîtresse que nous venons chargés d'un message de la part de Monseigneur le gouverneur, et que nous demandons la permission de parler à elle.

CELIA, *à part.*

Il importe de dissimuler. *(haut.)* Madame est indisposée... elle a la migraine... impossible que vous entriez lui parler. — Je ferai la commission.

L'ALGUAZIL.

Monseigneur le gouverneur la prie de tenir compagnie à cette dame, de la fêter de son mieux, et de se féliciter d'avoir trouvé une aussi bonne amie.

CELIA.

Soyez tranquille, je lui dirai cela dans les mêmes termes.

DEUXIÈME ALGUAZIL.

Écoutez à part. Cette dame doit être ici prisonnière; vous veillerez sur elle.

CELIA.

Je n'y manquerai pas.

(Les alguazils et les domestiques sortent.)

LISARDA.

Sont-ils partis?

CELIA.

Oui, madame, les voilà dehors.

LISARDA.

Ote-moi vite cette mante, Celia.

NICE.

Qu'y a-t-il donc, madame? Vous, prisonnière dans votre propre maison! vous, établie geôlière de vous-même[1]! Contez-moi, de grace, cette aventure; je meurs d'envie de la savoir.

LISARDA.

Que veux-tu que je te conte, Nice? Je suis malheureuse; c'est te dire assez que l'amour et la fortune conspirent contre moi. Mon père ce matin m'a donné à entendre à mots couverts et d'un air affligé qu'il était instruit de ma folle passion. Je n'ai pas voulu le

(1) *Tu de ti misma Alcaydesa.*
Calderon a composé une pièce intitulée *l'Alcayde de si mismo*, le Geôlier de lui-même ou qui se garde lui-même. Peut-être fait-il ici allusion à cette pièce.

croire. Ce soir je suis sortie; il m'a suivie, m'a trouvée, et...

CELIA.

Laissez donc, madame. Comment pouvez-vous imaginer que votre père, pouvant vous retenir sous un prétexte ou sous un autre à la maison, eût préféré se mettre à votre recherche avec une troupe d'alguazils, vous surprendre ainsi en faute devant tant de monde, et rendre lui-même son injure publique?... Non, madame, cela n'est pas possible. Ma seule crainte a été qu'on vous reconnût là-bas ou avant que vous ne fussiez de retour à la maison. A cette heure que nous y sommes je ne crains plus rien... J'ai peur seulement qu'il ne s'informe de la prisonnière qu'il a envoyée; car je ne doute pas que, quand il vous a arrêtée, il ne vous ait prise pour une autre.

LISARDA.

Tu es sotte, Celia; tu ne réfléchis donc pas qu'il a dit: « Je tiens à la réputation et à l'honneur de cette dame autant que si j'étais son père. C'est en sa considération que je vous ménage. » Il m'a donc reconnue; car ce ne sont pas là des paroles jetées au hasard. Tu réponds qu'il n'aurait pas voulu que l'on me vît. Fort bien; aussi a-t-il commandé qu'on me laissât me couvrir de ma mante. Ne me contredis pas; je suis sûre qu'il m'a reconnue.

CELIA.

Et que comptez-vous faire?

LISARDA.

Me jeter à ses pieds dès qu'il arrivera et lui avouer... lui dire que mon ennui a été cause que je suis allée me promener dans ce jardin. — Après tout, un père ne tue pas.

CELIA.

Non, madame, mais quelquefois...

(*Entre Flerida.*)

FLERIDA.

Soyez la bienvenue, madame.

LISARDA.

Je viens de visiter une de mes amies. (*bas à Celia et à Nice.*) Taisons-nous; nous ne sommes pas encore assez sûres de sa discrétion ou de son habileté.

SCENE II.

Une autre chambre.

(*Entrent le gouverneur et Félix.*)

LE GOUVERNEUR.

Vous allez, Félix, vous rendre à Naples le plus promptement possible et vous direz à don Alfonso, comme quoi j'ai sa fille Flerida dans ma maison et don César à la Tour.

FÉLIX.

Oui, Monseigneur, j'irai; mais avant, permettez que je vous soumette un doute.

LE GOUVERNEUR.

Lequel?

FÉLIX.

Je ne suis pas entré avec vous dans le jardin pour que le seigneur don César et ma jeune maîtresse ne soupçonnassent point que c'était moi qui vous avais averti. Pendant que j'attendais au dehors il en est sorti une femme. Mais il ne serait pas impossible enfin que cette femme ne fût pas elle; car il est facile de s'y tromper avec une femme qui a le visage couvert de sa mante et qui ne parle pas. Je l'ai vue; mais je n'ai pas la certitude qu'elle soit ma maîtresse; et aller là-bas le dire à son père sans avoir cette certitude ce serait risquer de commettre une faute irréparable.

LE GOUVERNEUR.

J'approuve votre prudence. Attendez un moment. Je vais l'appeler, et vous vous assurerez du fait.

FÉLIX.

Je veux bien, mais je crains, Monseigneur...

LE GOUVERNEUR.

Que craignez-vous?

FÉLIX.

Un autre inconvénient par rapport à moi.

LE GOUVERNEUR.

Lequel?

FÉLIX.

Si madame me voyait, elle devinerait que j'ai été à sa poursuite; elle se plaindrait de ma fidélité et me détesterait; et je ne veux pas être détesté d'une personne que je dois servir.

LE GOUVERNEUR.

Comment vous assurer alors si c'est elle ou si ce n'est pas elle?

FÉLIX.

S'il y avait moyen, Seigneur, que je la visse sans être vu d'elle, mon doute se dissiperait sans danger pour moi.

LE GOUVERNEUR.

Eh bien! soit, venez avec moi. — Mais non, ma fille est là, votre maîtresse doit être avec elle. Regardez.

FÉLIX, *regardant à travers la serrure.*

Oui, Seigneur, c'est bien ma maîtresse, c'est bien elle... C'est celle qui est à la gauche de madame votre fille.

LE GOUVERNEUR, *après avoir regardé.*

Il faut bien que ce soit elle; car celle-là est la seule que je ne connaisse pas. Les autres sont ma fille et deux de ses suivantes. — Êtes-vous satisfait maintenant?

FELIX.

Oui, Seigneur, et je pars pour Naples à l'instant même. Demeurez avec Dieu.

(Il sort.)

SCENE III.

L'autre chambre.

LISARDA, FLERIDA, CELIA *et* NICE. *Entre* LE GOUVERNEUR.

CELIA, *annonçant.*

Monseigneur!

FLERIDA, *bas à Lisarda.*

Si vous lui parlez, parlez-lui en ma faveur. Demandez-lui qu'il vous permette de me recevoir ici.

LISARDA.

Oui, madame.

FLERIDA.

Priez-le beaucoup.

LISARDA.

Oui, madame.

FLERIDA.

Je m'éloigne un peu.

(Elle se retire vers le fond du théâtre.)

CELIA.

Voici la crise[1]!

LE GOUVERNEUR.

Eh bien! Lisarda, vous ne me remerciez pas de l'amie que je vous ai envoyée!... Que dites-vous?... Répondez donc.

LISARDA, *à part.*

Je me meurs. *(haut.)* Seigneur, si vous avez quelque pitié pour votre fille...

LE GOUVERNEUR.

Je vois! vous l'aimez déjà, et remplie de compassion pour elle, vous voulez que je lui pardonne?

LISARDA.

Seigneur, une faute aussi légère mérite d'être pardonnée.

LE GOUVERNEUR.

Ce n'est pas là une faute si légère.

FLERIDA, *à part.*

Elle lui parle pour moi sans doute. Il ne cesse pas de me regarder.

LISARDA.

Il ne s'agit pas d'autre chose, Seigneur, que d'avoir été dans un jardin, en ayant soin de se couvrir le visage d'une mante.

LE GOUVERNEUR.

Cette dame, Lisarda, a un père pour qui elle aurait dû conserver plus d'égards.

LISARDA, *à part.*

Il me parle avec tant de sagesse et de bonté qu'il me pénètre l'ame. *(haut)* Ne me grondez pas, Seigneur, ne me grondez pas; j'implore votre indulgence à genoux.

(Elle s'agenouille.)

LE GOUVERNEUR.

Ce n'est pas pour vous gronder, ma fille, mais je ne puis vous accorder ce que vous demandez.

LISARDA.

Je vous en prie, mon père.

LE GOUVERNEUR.

Non, ma fille, levez-vous.

LISARDA.

Je ne me lèverai point d'ici que je n'aie obtenu votre pardon.

FLERIDA, *à part.*

O combien je lui dois! elle sollicite pour moi à genoux!

LE GOUVERNEUR.

Allons, ma fille, levez-vous. *(Il la relève.)* Mais ne me demandez pas pardon pour cette dame, ce serait peine perdue; elle ne sortira de cette maison que mariée.

LISARDA.

Oui, Seigneur, elle y consent, et, de plus, elle s'engage, si vous le voulez, à ne plus se mettre au balcon, à la fenêtre[1]. Tout ce que je vous demande pour elle, c'est le retour de votre bienveillance.

LE GOUVERNEUR.

Pour ma bienveillance, je ne la lui refuse pas; au contraire, elle la possède tout entière. Pour vous le prouver... voyez, ma fille, de quelle manière je vais la traiter.

(Il s'éloigne vers Flerida.)

LISARDA, *à part.*

Où va donc mon père?

FLERIDA, *à part.*

Comme elle est bonne! elle lui a conté mes chagrins pour m'éviter la honte de les raconter moi-même.

LE GOUVERNEUR, *à Flerida.*

Soyez heureusement arrivée en cette maison, madame; elle sera vôtre autant que mienne. Je ne m'étonne pas du mauvais succès de vos amours; les histoires sont pleines de semblables aventures, aussi tristes, et même plus tristes que les vôtres. Ça été une véritable bonne fortune pour moi qu'après votre naufrage ma maison vous devînt un port de salut. Usez d'elle à votre gré, et soyez assurée que vous n'en sortirez qu'honorée et contente. Tout cela se terminera avant peu, j'espère, à la commune satisfac-

(1) Il y a dans l'espagnol: *Aqui fue Troya.* — Ici fut Troye! Calderon emploie souvent cette exclamation pour annoncer une situation critique.

(1) *Ventana ni rexa bolverà à ver.*
Ventana c'est une fenêtre en général, *rexa* c'est la fenêtre du rez-de-chaussée protégée par une grille, ou garnie de barreaux.

tion; en attendant, vous demeurerez avec nous comme la fille ou la maîtresse de la maison... Lisarda m'a tellement sollicité pour vous, qu'alors même que je n'agirais pas ainsi à votre seule considération, j'y serais obligé par considération pour elle.

FLERIDA.

Je vous rends mille graces, Seigneur.

LISARDA, *à part.*

Que le ciel me soit en aide! Qu'ai-je entendu?

CELIA, *bas à Lisarda.*

Vous voyez, madame, combien vous aviez tort de présumer que votre père vous eût reconnue, puisqu'il croit que—la prisonnière, c'est elle.

LISARDA, *bas à Célia.*

Tu as raison; mais comme c'est la première fois que le mal se change en bien, je n'y étais plus. Puisse cette erreur durer!

LE GOUVERNEUR, *à Flerida.*

Prenez du courage, madame.

FLERIDA.

Je suis trop heureuse, Seigneur...

CELIA, *bas à Lisarda.*

Pourvu qu'elle ne nous perde pas à cette heure! elle ferait bien mieux de se taire.

FLERIDA.

Un personnage de votre naissance et de votre mérite ne pouvait pas manquer d'avoir un cœur généreux... Une femme infortunée est venue se jeter à vos pieds aujourd'hui... Puisque vous savez qui je suis, daignez accorder votre appui à une femme errante dans un pays étranger.

LISARDA.

Eh bien! Célia, Nice... vous voyez; le mal s'est converti en bien, et j'ai peine à le reconnaître.

FLERIDA, *s'approchant.*

Et vous, madame, souffrez que je vous embrasse. (*Elle l'embrasse.*) Quelle gratitude je vous dois!... A votre première bonté vous avez ajouté celle de prier votre père et Monseigneur de vouloir bien me protéger.

LISARDA, *à part.*

Occupée de ses ennuis, elle ne s'est pas aperçue que je parlais des miens. Dieu me garde de la désabuser! (*haut.*) Ne me remerciez pas, mon amie... Ce serait plutôt à moi de vous remercier... J'aurais désiré en cette circonstance avoir tout empire sur mon père pour vous servir.

LE GOUVERNEUR.

Vous offensez ma tendresse, ma fille; je ferai pour cette dame, — vous le verrez, — tout ce qui sera en mon pouvoir.

FLERIDA.

Je vous rends mille graces à tous deux.

LE GOUVERNEUR, *bas à Lisarda.*

Savez-vous quelle est cette dame?

LISARDA.

Non, Seigneur; mais je voudrais bien le savoir pour me diriger dans ma conduite avec elle.

LE GOUVERNEUR.

C'est une femme de qualité qu'un homme a enlevée de la maison paternelle. Apprenez par son exemple, ma fille, à quels dangers s'expose une femme quand elle oublie le soin de son honneur.

LISARDA, *à part.*

C'est la suite de la leçon de ce matin.

(*Entre un domestique.*)

LE DOMESTIQUE, *au gouverneur.*

Un cavalier qui arrive de voyage demande à être introduit auprès de vous.

LE GOUVERNEUR.

Ce sera sans doute don Juan. Qu'il entre.

(*Le domestique sort.*)

LISARDA, *à part.*

Hélas! nouvelle peine!

FLERIDA.

Je me retire de peur d'être indiscrète.

(*Flerida sort. —Entre don Juan en habit de voyage. Il a des bottes et des éperons.*)

DON JUAN.

Je me félicite, Seigneur, que le ciel m'ait permis, après tant de travaux, de pouvoir enfin baiser votre main. A partir d'aujourd'hui, puisqu'un si grand bien m'est accordé, je pardonne à la fortune tous les sujets de plainte qu'elle m'a donnés pendant ma vie. Cette unique grace me constitue son débiteur.

LE GOUVERNEUR.

Soyez le bienvenu, don Juan. Il y a déjà long-temps que vous vous faites désirer. Vous avez causé dans cette maison plus d'un souci et plus d'une inquiétude.

DON JUAN.

C'est mon bonheur qui a voulu ces retards, puisque je suis toujours le bienvenu.

LE GOUVERNEUR.

Oh! que cet habit militaire vous sied bien!.. comme vous avez l'air brave et vaillant!... Que j'aime ces aiguillettes, ces plumes!... — Vous ne dites rien à Lisarda?

DON JUAN.

J'arrivais troublé par avance, et, en la voyant, je suis ébloui de l'éclat de sa beauté. (*à Lisarda.*) Excusez, madame. — Si celui qui a l'honneur de vous parler mérite une faveur si haute, daignez m'abandonner un moment cette main si délicate et si blanche, véritable carquois où l'Amour puise ses flèches... La renommée, madame, vous proclame au loin une beauté sans égale, et la renommée, contre l'ordinaire, n'a pas été généreuse envers vous, car vous pouvez vous plaindre d'elle. Mais non, ce n'est pas la faute de la renommée, c'est la nôtre. Elle vous a proclamée unique, et la réalité, cette fois, surpasse de beaucoup l'imagination.

LE GOUVERNEUR.

Je n'ai jamais ouï rien de plus galant... (*à Lisarda.*) Répondez donc, ma fille, à cette courtoisie.

LISARDA.

J'ai souvent entendu dire, Seigneur, que l'Amour était fils de Mars et de Vénus. Je ne saurais en douter à cette heure en voyant qu'un soldat tel que vous a rapporté de la guerre d'aussi gracieuses flatteries.

LE GOUVERNEUR.

J'arrête là les compliments. J'ai à cœur que le champ demeure à ma fille.

DON JUAN.

Je suis de même avis, Seigneur, car personne ne serait assez hardi pour le lui disputer. — Qu'elle est aimable et belle et charmante!

LE GOUVERNEUR, *à don Juan.*

Il est juste que vous vous reposiez, vous devez être fatigué de la route. Je vous offre une hospitalité sans façon; vous serez logé en soldat; vous me pardonnerez.

DON JUAN.

Je suis trop flatté que vous daigniez m'agréer pour hôte dans la sphère d'un astre divin.

LE GOUVERNEUR.

Nice! viens avec nous.

(*Le gouverneur, don Juan et Nice sortent.*)

LISARDA.

Maintenant que nous sommes seules, Celia, que dis-tu de mon aventure?

CELIA.

Qu'elle s'est terminée plus heureusement que je ne le pensais. Un instant j'ai eu peur. Et Monseigneur qui va s'imaginer que c'était elle qu'il avait faite prisonnière!

LISARDA.

Il s'est bien rencontré qu'il l'ait trouvée dans la maison avant que je l'eusse averti que je l'y avais reçue.

CELIA.

Vous voyez, madame, ainsi que je vous le disais, que c'était une folie à vous de croire qu'il vous reconnaissait.

LISARDA.

Ce qu'il y a eu de plus merveilleux et de plus agréable pour moi en même temps, c'a été de voir comme, sans être prévenue, elle répondait à propos.

CELIA.

En ces choses-là, une femme a beau parler au hasard, elle parle toujours avec une justesse parfaite quand il est question d'amour

LISARDA.

A présent, voilà ma situation qui se complique.

CELIA.

Que dites-vous, madame? je ne vous comprends pas.

LISARDA.

Je dis que voilà de nouvelles difficultés qui s'élèvent.

CELIA.

Quoi madame! les périls que vous avez courus aujourd'hui, l'arrestation de ce cavalier et l'arrivée de votre futur époux, ne vous décident pas à rejeter loin de vous ce caprice insensé?...

LISARDA.

Ah! Celia, que tu connais mal l'amour et ses bizarreries!... Cite-moi un seul amour que les obstacles aient découragé; et moi, je t'en citerai mille qui ont grandi et qui se sont fortifiés par les obstacles.

CELIA.

Cela est bon à dire, madame.

LISARDA.

Puis, Celia, autre chose encore. D'un côté je ne dois pas délaisser en prison un homme qui m'a sacrifié sa liberté et qui voulait me sacrifier sa vie; et d'autre part, si cet homme est celui que cette dame cherche, je ne dois pas avoir la prétention d'établir une rivalité avec elle. Il faut que je sorte de cette cruelle incertitude. A cet effet tu lui porteras une lettre de ma part où je lui dirai que, s'il lui est possible de sortir, il me vienne parler cette nuit. Et afin qu'il ne conçoive aucun soupçon, c'est ici qu'il me viendra voir comme si j'étais, moi, la prisonnière.

CELIA.

Comment madame?...

LISARDA.

Oui, Celia.

CELIA.

Mais considérez...

LISARDA.

Je ne considère rien.

CELIA.

Réfléchissez...

LISARDA.

Il n'y a pas à réfléchir.

CELIA.

Voulez-vous vous laisser enlever?

LISARDA.

Veux-tu que je me laisse mourir?

CELIA.

Mais songez, madame...

LISARDA.

Ne me tourmente pas davantage.

CELIA.

Quels dangers !

LISARDA.

Je les vois.

CELIA.

Et votre vie?

LISARDA.

Je n'y tiens pas.

CELIA.

Et votre honneur?

LISARDA.

Je ne l'expose pas, mon honneur.

CELIA.

Je vous en prie...

LISARDA.

Quoi encore?

CELIA.

Vous vous perdrez.

LISARDA.

Tant pis!

CELIA.

Ah!

LISARDA.

En vérité, Celia, je te le dis, tu iras seule en pélerinage à Jérusalem.

CELIA.

Pourquoi cela, madame?

LISARDA.

Parce que tu es la première suivante qui ait eu tant de repentir de voir sa maîtresse prise d'amour.

(Elles sortent.)

SCÈNE IV.

Une chambre dans la Tour.

Entre DON CÉSAR.

DON CÉSAR.

Comment cela finira-t-il?

(Entre Camacho.)

CAMACHO.

Je vous retrouve enfin, Monseigneur!

DON CÉSAR.

C'est toi, Camacho?

CAMACHO.

Nous voilà bien!

DON CÉSAR.

Je ne regrette rien après avoir vu son visage.

CAMACHO

Que la peste soit de son visage!... J'aurais mieux aimé cent fois qu'elle fût un monstre barbu et qu'elle eût amené avec elle un autre monstre à barbe, et que vous ne fussiez pas prisonnier, que de voir cet ange malicieux qui vous a livré si gentiment aux mains de la justice.

DON CÉSAR.

Qu'oses-tu dire là?

CAMACHO.

Eh! mon Dieu! il y a tant de perfidie, tant de trahison aujourd'hui dans le monde! Aussi, j'en suis sûr, la première fois qu'elle vint vous trouver, c'était purement et simplement pour vous épier. Ce fut une aventure de chevalier errant. Elles entrèrent toutes deux éperdues, comme si elles eussent fui quelque farouche brigand de grand chemin, et votre dame vous demanda comme à un noble chevalier aide et secours, en vous disant je ne sais quoi. Cessez, cessez donc de vous abuser; je ne connais pas une crédulité pareille à la vôtre. Pour moi, j'ajouterais autant de foi à ce conte d'une forêt enchantée où l'infante très circonspecte parla d'une si spirituelle façon avec Esplandian, Belianis, et le Beau-Ténébreux.

DON CÉSAR.

Dis-moi donc alors, s'il en était ainsi, pourquoi le gouverneur l'aurait-il arrêtée?

CAMACHO.

Cela est clair, pour vous donner le change.

DON CÉSAR.

Non, Camacho, je soupçonne autre chose. C'est que cette dame est une femme de haut rang, que quelque mésaventure oblige à se tenir cachée; car le destin souvent persécute la beauté. Ce qui me confirme dans cette opinion, c'est qu'elle ne voulait à aucun prix écarter sa mante; et si le gouverneur m'a pris en même temps, c'est qu'il aura eu deux avis le même jour. N'as-tu point vu son trouble quand elle allait nous dire qui elle était, et la honte qui a scellé ses lèvres au moment où elle se disposait à nous conter ses malheurs?

CAMACHO.

Il ne serait pas impossible que vous eussiez raison, après tout. — Et, à ce compte, voilà le grand amour que vous aviez pour Flerida qui est bien loin, n'est-il pas vrai?

DON CÉSAR.

Je n'espère pas qu'un premier amour se puisse effacer ainsi du cœur d'un homme. L'expérience nous enseigne qu'une forme ne se grave pas si aisément là où il y avait une autre forme. Un exemple te fera comprendre cela. Lorsqu'un peintre veut esquisser une figure, si sa toile est libre et nette, il y trace des lignes faciles; mais s'il a esquissé déjà une autre figure sur la toile, il faut qu'il commence par l'effacer afin que les lignes de la seconde ne se confondent pas avec celles de la première. Tu me comprends maintenant, sans doute. Mon cœur a été une toile libre et nette pour le premier amour; mais si je veux y introduire un autre amour, il faut que j'attende que la première image, l'image céleste et divine qui s'y était empreinte, s'en soit effacée. Et ainsi, à cette heure, quoiqu'un amour nouveau me tourmente l'esprit, — je ne dessine pas, j'efface.

CAMACHO.

J'aurais beaucoup à vous répondre làdessus si je voulais.

DON CÉSAR.

Que répondrais-tu? voyons.

CAMACHO.

Je répondrais... Mais ce n'est pas le moment; car voilà une femme recouverte de sa mante qui vient nous voir. Il paraît que nous n'en avons pas encore fini avec les noires intrigues emmantelées [1].

(Entre Celia.)

CELIA.

Ecoutez, seigneur Fabio.

DON CÉSAR.

Soyez la bienvenue puisque vous venez rendre la vie à un homme demi-mort.

CELIA.

Voici pour vous une lettre de cette pauvre prisonnière qui vit bien affligée.

DON CÉSAR.

En récompense voici pour vous un diamant. *(Il lui donne une bague.)* Il jette un tel éclat et lance de tels feux qu'on le prendrait pour une étoile s'il était attaché à la voûte du ciel.

(Il lit la lettre.)

CAMACHO, *à Celia.*

Montrez un peu; il me semble bien terne.

CELIA.

Non pas! il est de la plus brillante blancheur.

CAMACHO, *offrant une bague de plomb à Celia.*

Eh bien! je vous donne, moi, cet autre diamant tout pareil à celui-là, si vous voulez me laisser voir cette figure.

CELIA.

Vous n'obtiendrez pas cela.

CAMACHO.

J'en sais le motif.

CELIA.

Parce que je suis laide, pas vrai?

CAMACHO.

Justement.

CELIA.

Au contraire, c'est que je suis jolie.

CAMACHO.

Si cela était vous ne vous envelopperiez pas le visage dans une mante comme une âme en peine.

CELIA.

Eh bien! regardez si je suis jolie ou laide.

CAMACHO.

Je ne veux plus vous voir à présent.

CELIA.

Allons, pas de façon, regardez-moi.

CAMACHO.

A présent que vous le désirez, moi je ne veux plus.

CELIA.

Tenez, je vous donne ce diamant si vous consentez à me regarder.

CAMACHO.

Je n'y tiens pas. Je ne les ai jamais aimés, les diamants.

CELIA.

C'est votre dernier mot?

CAMACHO.

Oui.

DON CÉSAR.

J'ai fini de lire. *(à Celia.)* Vous direz à ma belle prisonnière que, suivant son ordre, j'irai la voir cette nuit.

CELIA.

Bien, Seigneur. — Que le ciel vous garde!

(Elle sort.)

CAMACHO, *criant.*

Adieu, donzelle! Vous direz à votre maîtresse qu'elle ne soit pas trop orgueilleuse de ce qu'elle sert à effacer.

DON CÉSAR.

Cesse donc de plaisanter.

CAMACHO.

Alors je vous demanderai sérieusement ce qu'on vous dit par cette lettre?

DON CÉSAR.

Que j'aille la voir ce soir; qu'après avoir gagné les suivantes de la fille du gouverneur, elle se hasarde à me recevoir dans sa chambre. On ajoute à cela deux ou trois mille recommandations aussi extravagantes les unes que les autres, comme, par exemple, que je n'emmène personne avec moi, que je ne me confie à personne, et les autres que tu devines.

CAMACHO.

Et vous à cela vous répondez tranquillement que vous irez, comme si vous aviez les clefs de la Tour dans votre secrétaire.

DON CÉSAR.

Qui m'en empêchera?

CAMACHO.

Les gardes.

DON CÉSAR.

Va, le son de l'or est une douce musique qui endort les plus vigilants.

(Entre don Juan.)

(1) « *Que aun no hemos acabado*
Con el negro embeleco del tapado. »

Le mot *tapado* est de l'invention de Calderon. Pour reproduire autant que possible sa plaisanterie, nous nous sommes permis de fabriquer l'adj. *emmantelé.*

DON JUAN.

Je viens vous apporter des condoléances et recevoir de vous des félicitations afin que les unes se tempèrent par les autres. Les naturalistes racontent de deux certaines plantes que chacune d'elles, prise à part, est un poison, et que, quand on mêle ensemble leurs sucs, elles se neutralisent ou se corrigent de telle sorte l'une l'autre qu'elles deviennent une nourriture bienfaisante. Votre malheur et mon bonheur sont de même deux poisons qui, séparés, nous tueraient tous deux, vous par le chagrin, moi par le plaisir. Et ainsi mêlons nos richesses, et ainsi tempérons mon bien par votre mal et mon mal par votre bien.

DON CÉSAR.

Vous paraissez bien joyeux, don Juan.

DON JUAN.

Comment ne le serais-je pas en voyant en mon pouvoir un bonheur plus grand que je n'aurais pu l'imaginer? car le bien que m'offre l'amour dépasse de beaucoup mon espérance. J'ai demeuré ici caché deux jours[1]; car, ainsi que je vous l'ai dit déjà, l'alcayde de ce fort est mon intime ami; et pendant ce temps j'ai acheté des joyaux, des bijoux, et je me suis fait faire quatre habits de *gala*[2], précautions ordinaires à un homme qui veut se présenter convenablement chez sa future. Quand j'ai eu ce qu'il me fallait, j'ai pris la poste et j'ai mis pied à terre au palais du gouverneur comme si je fusse arrivé à l'instant même. Je vous dis le palais; j'aurais dû vous dire le palais enchanté, car j'ai vu là en petit les merveilles de la nature. Le printemps y était réduit à une fleur, l'aurore à une perle et le soleil à un rayon; car ma belle future est à la fois une fleur charmante du printemps, et une perle fine de l'aurore, et un rayon divin du soleil. Que je suis heureux, mon ami, moi à qui un amour bien placé apporte tant de gloire!

DON CÉSAR.

Et moi, malheureux mille fois, à qui un amour inexplicable n'apporte que des disgraces!... Puisque ma peine doit être l'antidote de votre joie, écoutez-moi; nous ne changerons pas de sujet de conversation: vous m'avez parlé d'amour, je vous parlerai d'amour également. — J'ai vu dans un jardin délicieux une statue de jasmin couronnée d'œillets, que le roi des mois, le gracieux mai, avait établie reine des fleurs, et qui avait été reconnue en cette qualité par la noblesse et le peuple des fleurs qui lui avaient acclamé au milieu des chants des oiseaux et du murmure des fontaines... Ne me demandez pas qui elle est, car, alors même que je voudrais vous le dire, cela me serait impossible. Il y a là toute une histoire sans pareille... Mais ce que je puis vous dire, c'est qu'elle m'engage par cette lettre, si je peux m'échapper de prison, à l'aller voir cette nuit, et que je lui ai répondu que j'irais, comme si j'avais eu la certitude que l'alcayde me laisserait sortir.

DON JUAN.

Puisque je suis venu, don César, n'en doutez pas, vous n'y aurez pas d'empêchement. — Camacho?

CAMACHO.

Seigneur?

DON JUAN.

Va dire à l'alcayde de ma part que je le prie de venir ici, que j'ai à lui parler.

CAMACHO.

J'y cours, Seigneur.

(*Il sort.*)

DON JUAN.

Il est fort de mes amis, et il consentira sans peine à vous laisser sortir si je lui promets de vous emmener avec moi.

DON CÉSAR.

Comme voilà le soleil qui s'enfonce affaibli dans les champs de l'Occident, et que la nuit commence à déployer ses ailes brunes, dites-lui qu'il nous laisse sortir promptement.

DON JUAN.

Je ferai à vos souhaits.

(*Entrent l'alcayde et Camacho.*)

L'ALCAYDE.

Que me voulez-vous, don Juan?

DON JUAN.

Vous dire que je ne vous ai pas encore quitté, que je suis toujours votre hôte, car je vis où vit don César.

L'ALCAYDE.

Ce n'est pas bien à vous de m'imposer de nouvelles obligations, lorsque j'en ai déjà tant contractées qui font de moi votre dévoué serviteur.

DON JUAN.

S'il en est ainsi, vous permettrez qu'il vienne avec moi pour cette nuit; mon amitié mérite de vous cette faveur.

L'ALCAYDE.

Il y a bien des recommandations de toute espèce, et les plus pressantes, pour qu'il ne sorte pas d'ici; mais il n'y a pas de consigne qui tienne contre vous. Toutefois vous me donnez votre parole de le ramener avant le jour?

DON JUAN.

Je me porte sa caution en vous remerciant,

(1) Voyez la notice qui précède la pièce.
(2) L'Espagnol dit : *hice quatro galas*.

et s'il survient quelque accident, j'entends qu'il coure pour mon compte.

L'ALCAYDE.

Rappelez-vous bien : pour la nuit seulement.

DON CÉSAR.

Avant que l'aube ne paraisse, vous me reverrez à la prison doublement votre esclave.

L'ALCAYDE.

A cette condition les portes vous sont ouvertes. — Que Dieu vous garde !

(Il sort.)

DON JUAN.

Allons, don César, puisque vous êtes libre, conduisez-moi où votre fortune vous appelle ; je veillerai fidèlement sur votre rendez-vous.

DON CÉSAR.

Il n'est pas juste que vous tardiez pour moi de retourner chez votre hôte où votre future vous attend ; je ne saurais y consentir. Allons chacun de notre côté.

DON JUAN.

Non pas, s'il vous plaît. Il n'est pas juste que je vous tire d'ici pour vous exposer à un danger et qu'après je vous quitte.

DON CÉSAR.

Je désirerais cependant...

DON JUAN.

Ne vous en défendez pas, je vous accompagnerai.

DON CÉSAR, *à part.*

Cruelle situation !... Ne serait-ce pas à moi une véritable indélicatesse de souffrir qu'il veille sur mon rendez-vous et qu'il trahisse, même à son insu, un hôte à qui il doit tant ?

DON JUAN.

A quoi pensez-vous là ?

DON CÉSAR.

C'est que, voyez-vous, don Juan...

DON JUAN.

Qui vous arrête encore, dites ?

DON CÉSAR.

Vous croirez peut-être que je suis un ingrat de me cacher de vous dans mes amours... Vive le ciel ! Pylade n'a pas eu plus d'attachement pour Oreste, ni Euryale pour Nisus que je n'en ai pour vous... Après cette assurance, souffrez que, malgré mon bon vouloir, je ne vous dise pas quelle est ma dame, — car cela n'est en vérité impossible, — et permettez que j'aille seul chez elle.

DON JUAN.

Je serais importun si je persistais davantage. *(à part.)* La ridicule discrétion et la sotte méfiance ! *(haut.)* Adieu, don César.

DON CÉSAR.

Adieu, don Juan.

DON JUAN.

Bonne chance !

(Il sort.)

DON CÉSAR.

Camacho ?

CAMACHO.

Seigneur ?

DON CÉSAR.

Prépare-moi avec soin un pistolet.

CAMACHO.

En voici un que j'ai arrangé de mon mieux pendant que vous causiez ; mais voyez s'il est bien en état.

DON CÉSAR.

Très bien ; la pierre.... la bourre.... l'amorce, rien n'y manque.

CAMACHO.

Et les ressorts jouent-ils bien ?

DON CÉSAR.

Très bien.

CAMACHO.

C'est que, quand on manie un pistolet, on ne saurait prendre trop de précautions, autant pour soi que pour les autres.

DON CÉSAR.

C'est juste.

(Il s'éloigne.)

CAMACHO.

Et moi, est-ce qu'il faut que je reste ?

DON CÉSAR.

Oui, Camacho.

CAMACHO, *au parterre.*

Que toutes vos seigneuries soient témoins qu'il y a eu un laquais qui n'a pas suivi son maître [1].

(Don César sort par une porte, et Camacho par une autre.)

SCÈNE V.

La maison du gouverneur. Une chambre. La nuit.

Entrent LISARDA *et* NICE, *qui tient un flambeau.*

LISARDA.

Nice ?

NICE.

Madame ?

LISARDA.

Mon père est-il couché ?

NICE.

Oui, madame.

LISARDA.

Et don Juan ?

(1) *Todos vuessas mercedes*
Sean testigos que huvo
Un lacayo que se quede.

Outre le compliment obligé qui termine toutes ses pièces, Calderon s'adresse souvent au parterre, surtout dans ses comédies de cape et d'épée, par l'intermédiaire du *Gracioso.* — Cela n'est arrivé, je crois, qu'une seule fois à Molière dans l'Avare.

NICE.

Il repose.

LISARDA.

Et notre prisonnière?

NICE.

Elle est sans doute à pleurer dans son lit, car elle passe toutes les nuits à se lamenter et à gémir.

LISARDA.

Ce sont ses larmes qui causent mon inquiétude. Ce cavalier peut-être... Et Celia, que fait-elle?

NICE.

Elle guette en secret à la porte l'arrivée de ce galant.

LISARDA.

Quand il entrera, traitez-moi l'une et l'autre sans cérémonie. Je ne veux pas qu'il sache qui je suis. Il faut qu'il pense, en me voyant en ce lieu, que je suis la dame qu'on y a mise en prison, et que c'est à cause de lui que le gouverneur m'a arrêtée.

NICE.

Nous nous conformerons à vos désirs.

LISARDA.

Ne l'oubliez pas l'une et l'autre.

NICE.

J'entends marcher dans le corridor d'un pas craintif.

LISARDA.

Ce sera lui, sans doute.

(Entre Celia, et derrière elle don César.)

DON CÉSAR, *à part.*

Que le silence et les ténèbres de la nuit me soient favorables!

CELIA.

Pas de bruit; ma maîtresse Lisarda n'est pas encore au lit et le gouverneur couche ici près.

DON CÉSAR, *à part.*

Que l'amour me prête ses ailes!

LISARDA.

Soyez le bienvenu.

DON CÉSAR.

Vos yeux ont guidé mes pas comme deux lumières resplendissantes.

LISARDA.

Ma chère Celia, placez-vous, je vous prie, à cette porte qui répond à l'appartement de votre maître, et soyez alerte.

CELIA.

N'ayez pas peur.

(Elle s'éloigne.)

LISARDA.

Et vous, Nice, mon amie, tenez-vous du côté de la chambre de votre maîtresse.

NICE.

Je tremble.

LISARDA.

Que craignez-vous, ma bonne?

NICE.

Quand je songe que Lisarda, ma maîtresse, est là, il me prend au cœur un serrement...

LISARDA.

Vous n'avez rien à redouter en gardant cette porte.

NICE.

Il le faut bien. Ma maîtresse Lisarda est un démon... Elle serait femme à se porter à mille extrémités si elle apprenait ce qui se passe chez elle.

(Elle s'éloigne.)

DON CÉSAR.

O madame, combien mon ame soupirait après l'occasion de vous parler! Je vis dans un labyrinthe d'incertitudes où mon esprit sans cesse s'égare... J'ai beau m'ingénier, il m'est impossible de trouver et même d'entrevoir le motif de ma prison.

LISARDA.

Cependant vous devriez comprendre aisément que l'on cherchait une femme que vous avez enlevée et qu'on m'a arrêtée à sa place.

DON CÉSAR.

Une femme, dites-vous!

LISARDA.

Oui.

DON CÉSAR.

Moi, j'ai enlevé une femme!

LISARDA.

Oui.

DON CÉSAR.

J'avais avec moi une femme!

LISARDA.

Oui.

DON CÉSAR.

Quelque esprit que vous ayez, madame, c'est une mauvaise défaite que vous avez imaginée là pour dissiper mes doutes... Quoi donc! serais-je un homme assez vil ou assez peu digne d'amour pour ne devoir pas inspirer de jalousie?... et si j'avais eu avec moi une femme que j'aurais enlevée, comme vous dites, aurait-elle donc souffert si aisément que je pusse vous parler et vous voir?... Vous, madame, au contraire, pleine de trouble, vous m'avez donné à entendre qu'il importait que vous ne fussiez pas reconnue, et aussitôt après, vous avez montré une terreur comme je n'en ai jamais vue. Donc vous aviez sujet de vous tenir sur vos gardes; donc l'on ne vous a pas arrêtée pour une autre; donc si l'on vous retient encore prisonnière aujourd'hui que l'on doit être désabusé, je suis fondé à croire que ce sera probablement quelque cavalier jaloux qui aura voulu par-là se venger.

LISARDA.

Quoi donc! vous dirai-je à mon tour, aurais-je eu, moi, un galant si méprisable et si vil qu'il eût été capable de venger aussi bassement son injure?... Je ne suis pas, moi non plus, une femme si peu digne d'amour que je ne puisse inspirer de la jalousie. Croyez-le ; je suis une dame principale de cette ville, et cela n'a pas empêché qu'il ne m'arrivât le malheur dont vous avez été témoin.

DON CÉSAR.

Je vous crois, madame, mais je voudrais savoir qui vous êtes.

LISARDA.

Est-ce de votre part une vive curiosité?

DON CÉSAR.

Oui, madame, vous n'en doutez pas.

LISARDA.

Tenez-vous beaucoup à avoir satisfaction sur ce point?

DON CÉSAR.

On ne peut davantage.

LISARDA.

Eh bien!... asseyez-vous là.

(Au moment où don César va pour s'asseoir, un mouvement fait partir le pistolet.)

DON CÉSAR.

Dieu me soit en aide!

LISARDA.

Pauvre de moi!

NICE.

Je me meurs!

CELIA.

Je suis perdue!

DON CÉSAR.

Maudit soit le pistolet qui part tout seul!

LISARDA.

Hélas, grand Dieu!

CELIA.

Ah! madame!

NICE.

Madame!

LE GOUVERNEUR, *du dehors.*

Qu'est ceci? qui va là?

LISARDA.

Je n'ai pas la force de répondre.

NICE.

Ni moi.

CELIA.

Ni moi.

LISARDA.

Ah! seigneur cavalier!

DON CÉSAR.

Comment ne pas se désoler d'un malheur causé par le hasard!

LISARDA.

Regarde un peu, Celia... mon père!

CELIA.

A la faible lumière qui est dans sa chambre, il me semble le voir debout qui s'habille.

LISARDA.

Ce sera la fin de ma vie.

DON CÉSAR.

Que dois-je faire, madame?

LISARDA.

Sautez par cette fenêtre. — Elle donne sur la cour, et la cour mène au portique. — Puis vous ouvrirez... Mon infortune est telle que j'ai bien plus à craindre que vous ne présumez...

DON CÉSAR.

Comment cela?

LISARDA.

Vous le saurez plus tard. Je vous donne ma parole que je vous apprendrai bientôt qui je suis.

DON CÉSAR, *s'approchant de la fenêtre.*

Au risque de me tuer, madame... Mais c'est pour vous.

(Il saute par la fenêtre.)

LISARDA.

O ciel! sauvez-le!

(Entre le gouverneur.)

LE GOUVERNEUR.

Qui donc est sorti d'ici tout à l'heure?

LISARDA.

Personne... Seigneur.

LE GOUVERNEUR.

Qu'avez-vous? d'où vient votre trouble?

LISARDA.

C'est ce pistolet dont la détonation m'a effrayée.

(Du bruit au dehors.)

LE GOUVERNEUR.

Et quel est ce bruit?

LISARDA.

Moi, Seigneur... je ne sais rien.

LE GOUVERNEUR, *à part.*

Prenons toujours ce flambeau... bien que, si j'ai perdu l'honneur, je n'espère pas que ce flambeau me serve à retrouver l'honneur.

(Il sort.)

LISARDA.

Retirons-nous d'ici.

NICE.

Ah! madame.

CELIA.

Quelle imprudence!

(Elles sortent.)

SCÈNE VI.

La cour du palais et le portique.

LES PRÉCÉDENTS, DON CÉSAR, *marchant comme à tâtons.*

DON CÉSAR.

Je ne puis trouver cette porte... La nuit

est si obscure et si sombre, mon esprit est si plein de trouble et de confusion, que je ne sais plus où je vais au milieu de ces doubles ténèbres... Fallait-il que pareille chose m'arrivât, et dans la maison du gouverneur!... Quel malheur est le mien!... Je ne trouverai donc pas cette porte?... Je suis bien sous le portique cependant... (*Il met la main sur une chaise à porteurs.*) Qu'est ceci? une chaise à porteurs, si je ne me trompe. C'est sous ce portique qu'on les remise d'ordinaire... Mais voilà quelqu'un... Je n'ai plus d'autre ressource que de m'y cacher... Dans une circonstance aussi critique il faut abandonner quelque chose au hasard.

(*Il se jette dans la chaise à porteurs. — Entrent, d'un côté le gouverneur, et de l'autre don Juan. Ils ont chacun l'épée à la main. Le gouverneur tient un flambeau de la main gauche.*)

LE GOUVERNEUR.

C'est de ce côté-ci que j'ai entendu le bruit. Veillez sur la porte; qu'il ne nous échappe pas.

DON JUAN.

Dès que j'ai entendu votre voix, Seigneur, je suis sorti de ma chambre.

LE GOUVERNEUR, *à part.*

Pour augmenter mon embarras.

DON JUAN.

Qu'y a-t-il donc?

LE GOUVERNEUR.

Ce n'était rien. Je me suis mépris. (*à part.*) O mon honneur! dissimulons!... (*haut.*) J'ai cru que l'on marchait dans mon appartement; je me suis levé pour voir. J'en ai du regret à présent. J'ai parcouru la maison sans rencontrer personne; cela ne m'a servi qu'à réveiller ma fille qui était déjà dans son premier sommeil. Et ainsi, don Juan...

DON JUAN.

Vous ne vous êtes pas trompé, Seigneur. Quelqu'un aura pénétré dans le palais, j'en ai la certitude; car, d'abord, j'ai entendu des pas qu'on tâchait d'étouffer, et ensuite un bruit pesant comme d'un homme qui se serait précipité d'une fenêtre.

LE GOUVERNEUR, *à part.*

Je cherche en vain à démentir ma honte... elle n'est que trop vraie!... (*haut.*) Maintenant que j'ai fouillé la maison, je suis désabusé quant à moi... Mais si vous ne l'êtes pas, prenez cette lumière et parcourez-la de nouveau.

(*Il donne le flambeau à don Juan.*)

DON JUAN.

Veuillez, Seigneur, vous placer à cette porte pour qu'on ne sorte pas; je vais commencer mes recherches.

LE GOUVERNEUR.

Sûrement il n'y a rien ici.

DON JUAN.

On pourrait bien être dans cette chaise à porteurs.

LE GOUVERNEUR.

Il est facile de voir.

(*Don Juan ouvre la portière et voit don César qui lui fait signe de se taire.*)

DON JUAN, *à part.*

Que le ciel me soit en aide! Que vois-je?

LE GOUVERNEUR.

Y a-t-il quelqu'un?

DON JUAN.

Non, personne. (*à part.*) Plût à Dieu!

LE GOUVERNEUR.

J'ai vu le reste.

DON JUAN.

Il est clair, Seigneur, que je me suis trompé; ce sera sans doute le vent qui aura fermé quelque porte. Ainsi rentrez, Seigneur.

LE GOUVERNEUR.

Allez vous remettre au lit, don Juan, bien assuré qu'il n'est venu personne.

DON JUAN.

J'en suis bien convaincu à présent; c'était une illusion; vous pouvez en être aussi persuadé que je le suis moi-même.

LE GOUVERNEUR.

Je vais reprendre mon somme, et je vous conseille d'en faire autant.

(*Il sort.*)

DON JUAN.

Il croit m'avoir trompé, et c'est moi qui le trompe!.... nous employons tous deux la même ruse pour nous céler l'un à l'autre notre commun malheur!... — Que le ciel me soit en aide! qu'il m'inspire le parti que je dois prendre dans une aussi triste situation!... Don César caché ici! don César dans ma maison! Et moi je me suis porté caution pour lui! j'ai favorisé moi-même ma honte!... Il avait bien raison; il ne pouvait pas me dire quelle était cette dame; non, certes, il ne pouvait pas me le dire, puisque c'était elle!... — J'ai là outragé l'amitié, la confiance et l'honneur; eh bien! pour ces trois outrages une triple vengeance! que ce poignard le frappe jusqu'à mort dans cet asile où il s'est réfugié... — Mais comment accomplirais-je ma parole de le ramener à la prison?... — Situation horrible! Puis-je tuer un homme confié à ma foi? puis-je épargner celui dont j'ai reçu cette injure?... O ciel! dans ces mouvements contraires que ne puis-je d'une main le défendre et le tuer de l'autre!... — Mais non, qu'il meure! quand l'honneur est offensé il n'y a plus ni respect humain, ni égards, ni parole... (*appelant.*) Don César!

DON CÉSAR, *sortant de la chaise.*

Interdit et confondu en vous voyant, je voudrais me jeter à vos pieds.

DON JUAN.

Suivez-moi, don César, et laissons là des compliments hors de propos.

DON CÉSAR.

Où me conduisez-vous ?

DON JUAN.

J'irai seul avec vous. Je n'ai que mon manteau et mon épée. Ne craignez rien.

DON CÉSAR.

Je ne crains certainement aucune trahison d'un homme de votre naissance et de votre mérite. — Si je vous adresse cette question, c'est pour vous détourner d'une chose dont vous auriez plus tard du regret.

DON JUAN.

Comment cela ?

DON CÉSAR.

J'ai une excuse.

DON JUAN.

Vous ?

DON CÉSAR.

Oui.

DON JUAN.

Dieu le veuille !

DON CÉSAR.

Daignez m'écouter.

DON JUAN.

Marchons toujours.

DON CÉSAR.

Non ! vous m'entendrez ici ; mais si nous sortons une fois, je n'aurai plus à vous parler qu'avec l'épée. Ici les explications, et dehors le combat.

DON JUAN.

Qu'avez-vous donc à me dire, vous qui avez offensé en même temps mon honneur, mon amitié et ma confiance ?... mon honneur, puisque vous avez osé forcer cette maison ; mon amitié, puisque, sachant que je prétends à la main d'une femme, vous la poursuivez et la servez ; ma confiance, puisque vous avez trouvé en elle une médiatrice dont vous vous prévalez contre moi... Voyez maintenant si j'ai raison de me plaindre, lorsque, ami déloyal et ingrat, vous outragez mon honneur, mon amitié et ma confiance !

DON CÉSAR.

Si l'un de nous ici est offensé par l'autre, c'est moi, don Juan, moi que vous accusez de trahison, de perfidie, moi qui considère l'amitié comme un autel sacré sur lequel je sacrifie en ce moment les ressentiments de mon ame. Je n'ai pas offensé votre honneur. Si j'ai osé pénétrer dans cette maison, c'est qu'il y demeure une dame qui a été arrêtée récemment avec moi ; cela devait suffire pour que j'y vinsse la voir quand elle m'appelait. Quant à l'amitié, ça été par délicatesse que je me suis caché de vous ; plein de ménagement pour celle qui devait être votre épouse, je n'ai point voulu vous dire qu'il habitât chez elle une femme à laquelle je rendais des soins. Et pour la confiance, j'en ai eu en vous une telle, que j'ai eu peur de vous déplaire si je vous avouais seulement mon dessein. Et c'est pourquoi soyez satisfait, car c'est vous qui m'accusez à tort.

DON JUAN.

Ces explications ne me suffisent pas ; donnez-moi jusqu'à demain pour vous répondre.

DON CÉSAR.

Volontiers. Vous me retrouverez là-bas dans ma prison.

DON JUAN.

Veuillez m'y attendre.

DON CÉSAR.

Donc à demain ; adieu.

DON JUAN.

Adieu donc ; à demain.

JOURNÉE TROISIÈME.

SCÈNE I.

Le palais du gouverneur. Une galerie.

DON JUAN, *seul.*

Depuis que la froide aurore s'est réveillée blanche et pâle, en disant au soleil que c'est l'heure qu'il se lève et que le jour paraisse, — je suis enchaîné par mes soucis au seuil de cette porte... Je n'ai pas de meilleur moyen de vérifier mes cruels soupçons... Je parlerai à cette prisonnière avant qu'on ne lui donne aucune lettre, aucun avis... Il faut que je lui parle avant qu'elle ne soit prévenue, moi qui voudrais voir, au prix même de ma vie, mon désabusement... Si en l'imaginant je meurs, que je meure en le sachant... et si j'apprends ce que mon inquiétude redoute, je mourrai du remède sans me plaindre, puisque je dois mourir du mal. — Voilà Celia, je crois. (*Entre Celia.*) O ma chère Celia !

CELIA.

Vous êtes déjà là, Monseigneur, à cette heure?

DON JUAN.

Dis-moi, que fait ta maîtresse?

CELIA.

Elle songe à s'habiller.

DON JUAN.

Sortira-t-elle bientôt?

CELIA.

Je vais lui aider. M'ordonnez-vous quelque chose pour elle?

DON JUAN.

Dis-lui seulement que j'adore, en l'attendant, le seuil de sa porte.

CELIA.

Vous pouvez y compter.

(Elle sort.)

DON JUAN.

Que de peines, que de tourments souffre un jaloux! Je ne saurai jamais aujourd'hui ce que je veux savoir... Mais non; que ce désabusement, de la lenteur duquel je me plains, retarde encore de venir; car s'il eût dû m'être funeste, il n'aurait pas tardé à venir un seul instant... — Oh! quand donc serai-je détrompé? quand est-ce que se dissipera mon inquiétude?

(Entre le gouverneur.)

LE GOUVERNEUR.

Don Juan?

DON JUAN.

Seigneur?

LE GOUVERNEUR.

Que faites-vous là si matin? — Je crois qu'une même pensée nous a éveillés tous les deux avant l'heure.

DON JUAN.

Quelle pensée?

LE GOUVERNEUR.

Vous me cherchez sans doute comme je vous cherche?

DON JUAN.

Que voulez-vous de moi?

LE GOUVERNEUR.

J'ai pour vous une vive tendresse... je songe à ne pas prolonger davantage l'impatience de votre amour... et comme je connais les ennuis de l'attente, vous serez dès ce soir l'heureux époux de ma fille.

DON JUAN, *à part.*

Voilà un souci de plus.

LE GOUVERNEUR, *à part.*

Je m'assure par-là s'il a ou non des soupçons.

DON JUAN.

Votre intention, Seigneur, était de ne m'accorder cette faveur que dans quelques jours; j'attendrai jusque là.

LE GOUVERNEUR.

J'avais à terminer certains préparatifs nécessaires en pareille circonstance; tout est prêt.

DON JUAN, *à part.*

Quelle persécution!

LE GOUVERNEUR, *à part.*

Il y a encore du pis. — Puisqu'il demande un délai, lui qui avait tant de hâte, il aura vu probablement quelque chose cette nuit. *(haut.)* Si vous, don Juan, vous ne dites pas oui aujourd'hui, moi demain je dirai non.

(Il sort.)

DON JUAN.

Comme il est pressé!... Mais quelle est la femme qui s'approche?... Flerida!... Don César m'a dit que c'était pour elle qu'il était venu... Si je l'interrogeais?..

(Entre Flerida.)

FLERIDA.

Vous êtes bien matinal, Seigneur.

DON JUAN.

Oui, et c'est le désir de vous parler qui m'a fait lever si matin.

FLERIDA.

Je suis à vos ordres.

DON JUAN.

Avez-vous assez de confiance en moi pour me répondre avec sincérité?

FLERIDA.

Je me fie à votre loyauté entièrement.

DON JUAN.

Vous avez raison de vous fier à moi; car si vous êtes celle que je crois que vous êtes, vous aurez la reconnaissance de mon cœux sauvé par vous. — Déclarez-vous donc à moi sans crainte. Connaissez-vous, dites, don César des Ursins?

FLERIDA.

Ah! Seigneur!

DON JUAN.

Parlez; le connaissez-vous?

FLERIDA.

Oui, certes, et plût au ciel, Seigneur, que je ne l'eusse connu jamais! car c'est à cause de lui que je suis exilée loin de mon pays, de ma famille, et que ma réputation est perdue, détruite!

DON JUAN, *à part.*

Cette première réponse déjà me soulage. *(haut.)* Dites-moi encore; lui avez-vous donné quelquefois l'occasion de vous parler la nuit?

FLERIDA.

Moi, Seigneur?

DON JUAN.

Oui.

FLERIDA.

Hélas! oui, bien souvent, trop souvent pour mon malheur.

DON JUAN, *à part.*

O mon ame ! réjouis-toi ! (*haut.*) Permettez-moi, Flerida, une dernière question.

FLERIDA.

Laquelle ?

DON JUAN.

Vous me promettez la même franchise ?

FLERIDA.

La même.

DON JUAN.

Dites-moi ; n'étiez-vous pas tous deux ensemble, la nuit, dans un jardin, lorsque....

FLERIDA.

Arrêtez ! n'achevez pas !... Oui, nous étions dans un jardin lorsque s'est accomplie cette déplorable tragédie. Nous ne pensions pas, hélas ! que ces mêmes fleurs, témoins discrets de nos amours...

DON JUAN.

Cela suffit, Flerida ; ne vous appesantissez pas sur d'aussi tristes souvenirs... Vous m'avez rendu la vie et l'ame... O pardonne, ami fidèle, pardonne moi une pensée injurieuse ! Me voilà détrompé pour jamais !... Ne parlez pas à Lisarda de cette conversation, et demeurez avec Dieu.

(*Il s'éloigne.*)

FLERIDA.

Un moment, de grace ; où allez-vous de la sorte ?

DON JUAN.

Je n'ai pas besoin d'en savoir davantage ; vous m'avez complètement rassuré. Il est juste que j'aille voir don César qui m'attend en prison.

FLERIDA.

Arrêtez !

DON JUAN.

Je n'ai pas le temps ; j'y vole.

(*Il sort.*)

FLERIDA.

Il va voir don César, dit-il ! Qu'est-ce que cela signifie ? — Il prend des informations sur nos amours, et après il dit qu'il va le voir !... Mais cela est très facile à comprendre. En m'interrogeant il a voulu s'assurer que c'était bien moi ; mes réponses le lui ont prouvé, puisqu'il a montré tant de joie ; et dire qu'il allait le voir c'était me dire clairement qu'il était venu de sa part... Il a ajouté que don César est prisonnier ; eh bien ! allons trouver don César.

(*Entrent Lisarda et Celia.*)

LISARDA, *à Flerida.*

Où allez-vous ?

FLERIDA.

Ah ! madame, félicitez-moi.

LISARDA.

Sur quel sujet ?

FLERIDA.

Comme je n'ignore pas le généreux intérêt que vous me portez et le plaisir que vous aurez de mon heureuse fortune, il faut que vous sachiez, madame, que celui que je cherche est ici prisonnier et qu'il a appris que j'habite chez vous. Oh ! la bonne idée que j'ai eue de me réfugier dans votre maison et que je fus bien inspirée alors !... Il ne pourra pas m'accuser de n'avoir pas ménagé ma réputation en son absence !... Je suis folle, je vais voir don César.

(*Elle sort.*)

LISARDA.

Voilà un autre chagrin, Celia.

CELIA.

Quel chagrin, madame ?

LISARDA.

Hélas ! ce n'est que dans la jalousie seulement que celui qui est simple spectateur voit moins de coups que celui qui joue... Quoi donc ! n'entrevois-tu pas de nouveaux soucis pour moi et de nouvelles inquiétudes ? Ne remarques-tu pas toujours qu'après chaque incident qui survient ma situation est pire qu'elle n'était auparavant ?

CELIA.

De quelle façon, madame ?

LISARDA.

Ecoute. — Le Virgile portugais [1] a dit dans une douce chanson : « J'ai vu le bien converti en mal, et le mal en autre mal pire encore. » — D'un autre côté un homme d'esprit a comparé le chagrin à une hydre, et il n'a pas eu tort ; car pour un chagrin qui meurt il en naît deux ; je le sais, moi, par expérience. A peine j'échappe à une crise que j'entre dans une autre. Un jour je me crus prisonnière ; il m'arriva si bien que je me tirai de ce péril ; mais à peine en fus-je sortie qu'une dame enlevée a rabattu mon allégresse en réveillant ma jalousie. Et c'est ainsi qu'avec plus de douleur : « J'ai vu le bien converti en mal, et le mal en autre mal pire encore. » — Ce cavalier, il est sorti de sa prison et il est venu me voir. Je l'ai interrogé sur mes soupçons. S'il m'a satisfaite ou non par ses réponses, je l'ignore, mais moi je m'en suis satisfaite. Tandis que nous étions à causer tous deux, la poignée de son épée a poussé son arme, et une détonation s'en est suivie, tant le hasard m'est favorable ! Ma crainte s'est bientôt dissipée ; je me suis flattée qu'il avait gagné la porte sans être aperçu de mon père. Et lorsque je rendais graces à l'Amour de ce succès : « J'ai vu le bien converti en mal, et le mal en autre mal pire encore. » —

1. *Luiz de Camoëns.*

Cette dame est venue ici à la poursuite d'un homme qui lui avait promis le mariage et qui avait été obligé de fuir à la suite d'une querelle. Cet homme, il est venu lui-même, attiré ici par mon étoile qui lui a soumis ma liberté. Il est à la Tour, elle est dans ma maison, et elle veut l'aller trouver. Et maintenant, Celia, maintenant que tu connais mes justes inquiétudes, dis-moi si je n'ai pas raison de me plaindre de ma funeste destinée, de m'appliquer les paroles de la douce chanson du poëte, et de dire comme lui au ciel et à la terre : « J'ai vu le bien converti en mal, et le mal en autre mal pire encore ! »

CELIA.

Vous n'auriez pas tort, madame, assurément, s'il n'y avait qu'un seul *matador* [1] au monde; mais aujourd'hui on ne voit partout que des *matadors;* il y a même un certain jeu de cartes où il y a trois *matadors!...* — C'est la jalousie qui vous abuse.

LISARDA.

Laisse donc, Celia; oublies-tu que l'on dit de la jalousie qu'elle est un habile astrologue?

CELIA.

Non, mais les astrologues les plus habiles ne devinent pas toujours bien.

(*Entre Camacho.*)

CAMACHO, *à part.*

C'est bien le cas de dire le refrain : « Entrons ici, qu'il pleut!... » Vive Dieu! il faut que le charme où je suis ait une fin.

LISARDA.

Quel est cet homme qui entre là? Il me semble le reconnaître.

CELIA.

C'est le domestique du seigneur Fabio.

LISARDA.

C'est lui sans doute qui l'aura prévenue que son maître était prisonnier en cette ville. J'ai à cœur de m'en assurer. Il n'a jamais vu mon visage; en tenant ma mante...

CELIA.

Voulez-vous que je lui parle?

LISARDA.

Non, peu importe. — (*à Camacho.*) Comment entrez-vous ici sans plus de façon?

CAMACHO.

Je suis entré en marchant, mes belles dames; si cela vous a déplu je sortirai en marchant de la même façon. Je suis parti du pied droit, je repartirai du pied gauche. Et ainsi je m'en irai à peu près comme je suis venu.

LISARDA.

Dites-moi, soldat, qui êtes-vous?

CAMACHO.

Si je le savais moi-même, ce serait certes peu de chose que de vous l'apprendre; mais je ne puis vous le dire parce que je ne le sais pas. Un maître que le ciel m'a donné me tient sous un tel charme, qu'à présent l'unique chose que je sache de moi, c'est que je vais à travers les forêts d'amour en guise d'écuyer errant, suivant un soleil qui a toujours la face voilée. Pour parler la langue vulgaire, je cherche ici la plus grande trompeuse et la plus grande inventeuse de l'Europe. Si l'une de vous deux est par hasard une dame que l'on tient prisonnière en ce palais, au nom de Dieu, qu'elle le dise; car je suis venu ici en pélerinage seulement pour la voir. Mon maître m'a rompu la tête de l'éloge de sa beauté, et je voudrais la voir pour qu'il me laisse tranquille à l'avenir.

CELIA, *bas à Lisarda.*

Eh bien! madame, l'astrologue a-t-il menti?

LISARDA, *bas à Celia.*

Non, il cherche la prisonnière et elle ne se croit pas prisonnière ici.

CELIA, *de même.*

C'est une idée bien subtile.

LISARDA, *de même.*

Il est facile de voir.

CAMACHO.

Eh bien! mesdames?

LISARDA.

Quoi! votre maître vous la vante à ce point?

CAMACHO.

Oui, madame.

LISARDA.

Mais que loue-t-il en elle? sa beauté ou son esprit?

CAMACHO.

L'un et l'autre, madame, car elle est docteur en l'un et l'autre genre [1].

LISARDA.

Et il la vante beaucoup?

CAMACHO.

On ne peut plus.

LISARDA.

Souvent?

CAMACHO.

Toujours

(1) *Matador* signifie ordinairement en espagnol un homme qui en a tué un autre. En français et quelquefois aussi en espagnol, comme dans ce passage, on emploie ce mot dans un sens ironique pour dire un homme qui menace de tout tuer. — Au jeu de l'*hombre* qui est d'invention espagnole (*hombre* signifie homme,) on appelle *Matador* les trois cartes supérieures.

(1) *Todo, que es dama in utro que*
Como grado de doctor.

Il y a dans ces deux vers une plaisanterie qui est à peu près intraduisible quoique très facile à saisir. Elle consiste dans le mélange des mots purement latins avec d'autres qui sont les mêmes en latin et en espagnol, ou qui ont une grande analogie dans les deux langues.

LISARDA.

Il est donc amoureux d'elle?

CAMACHO.

Non, madame, je ne le pense pas du moins; il a un autre amour qui l'occupe davantage; et cette dame d'aujourd'hui, ce n'est pas pour peindre, c'est pour effacer.

LISARDA.

Quoi donc effacer?

CAMACHO.

Je n'en sais rien, moi... Mais il m'a paru que ce mot d'effacer vous avait piquée... Si vous êtes cette dame, dites-le-moi.

LISARDA, *à part.*

Je me meurs. (*haut.*) Non, vilain insolent, infâme traître, je ne suis point cette dame, je suis la fille du gouverneur, et l'on ne traite pas ici des affaires d'amour. Tant que cette femme sera dans ma maison, n'essayez pas de lui parler; car cette maison est l'asile sacré de l'honneur. Et si vous revenez ici une autre fois, vive Dieu! je vous ferai jeter par la fenêtre par quatre domestiques.

CAMACHO.

J'en serais bien fâché. — Quatre, madame? trois suffisent... Que dis-je, trois? deux suffiraient... Que dis-je, deux? ce serait assez d'un... Non, pas même un; la moitié d'un, le quart, un bras, une main, un doigt, un ongle, c'est assez. Et c'est pourquoi je pars avant qu'ils ne m'attrapent. Adieu.

(*Il sort.*)

LISARDA.

Mon infortune est telle, que, jusque dans les moindres choses, le bien se convertit en mal.

CELIA.

Cela ne signifie rien pour vous en affecter.

LISARDA.

Non, Celia, il faut que je sache enfin à quoi m'en tenir. J'en avais le projet ce matin déjà. Je lui ai écrit une lettre par laquelle je lui dis que si, par un moyen quelconque, il peut s'échapper aujourd'hui de prison, j'irai le rejoindre où il voudra. J'ai feint dans cette lettre que moi-même je corromprais mes gardes.

CELIA.

A la bonne heure.

LISARDA.

Et en quelque endroit qu'il me donne rendez-vous, j'emmènerai avec moi cette dame; et si mon malheur veut que ce cavalier soit le sien, je renoncerai à ma passion; et si ce n'est pas lui, mon amour vaincra tous les obstacles.

CELIA.

Eh! madame, vous savez bien que s'il vous voit toutes deux en présence, ce n'est pas elle à qui ce nouveau Pâris donnera la pomme et que vous le quitterez apaisée.

LISARDA.

Tu me flattes, Celia.

CELIA.

Non, madame.

(*Entre Flerida avec sa mante.*)

LISARDA.

Où allez-vous donc ainsi, Laura?

FLERIDA.

Avec votre permission, madame, je vais à une prison où est mon âme.

LISARDA, *à part.*

Non, je ne puis souffrir qu'elle aille le trouver quand j'ignore encore si c'est lui. (*haut.*) Eh quoi! suffit-il dans une maison comme la nôtre de prendre sa mante et de dire : Je vais où il me plaît?

FLERIDA.

Je suis tellement préoccupée de mes peines, madame, qu'elles ne me laissent pas le loisir de réfléchir avec attention. Puis, je suis bien venue de Naples ici; il n'y aura rien d'extraordinaire à ce que j'aille d'ici à la Tour.

LISARDA.

Ce sont les personnes chez qui vous êtes qui répondent maintenant de votre honneur; et que dirait mon père s'il rentrait et qu'il ne vous vît pas?

FLERIDA.

Je serai de retour avant son arrivée; il n'est pas tard, madame.

LISARDA.

Il faut que vous m'accompagniez cette après-dînée en visite.

FLERIDA.

Vous voulez que je prenne patience.

LISARDA.

Vous m'êtes nécessaire.

FLERIDA.

Je serai de retour à l'instant. Je ne demande qu'à le voir.

LISARDA.

Je n'y consentirai pas.

FLERIDA.

Je reviendrai aussitôt.

LISARDA.

Cela est impossible; vous avez beau vous obstiner, vous n'irez pas.

FLERIDA.

Eh bien! vous avez beau vous obstiner, vous aussi, quoi qu'il arrive, j'irai.

(*Entre le gouverneur.*)

LE GOUVERNEUR.

Comment! vous vous querellez toutes deux? Qu'est-ce donc?

LISARDA, *à Flerida.*

Vous ferez par force ce que vous n'avez pas voulu faire de gré.

FLERIDA, *à Lisarda.*

Nous verrons.

LE GOUVERNEUR.

Eh bien?

LISARDA.

C'est madame qui voulait sortir de la maison sans vous parler d'abord.

FLERIDA.

Oui, Seigneur, parce que je m'en veux aller.

LE GOUVERNEUR.

Quoi! suffit-il de dire : Je veux m'en aller?

FLERIDA.

Je confesse que je devais vous demander la permission; mais puisque vous savez qui je suis et de quelle manière je suis ici, vous comprenez que je désire aller voir mon époux.

LE GOUVERNEUR.

Je comprends que vous désiriez le voir; mais ce n'est pas pour que vous le voyiez que vous êtes notre prisonnière.

FLERIDA.

Moi, votre prisonnière?

LISARDA, *à part.*

Je tremble que tout ne s'éclaircisse.

LE GOUVERNEUR.

Vous avez bien peu de mémoire. — Vous avez donc oublié la scène du jardin?

FLERIDA.

Non, Seigneur, je ne me la rappelle que trop.

LE GOUVERNEUR.

N'êtes-vous point revenue de là prisonnière?

FLERIDA.

Prisonnière? non, Seigneur; je me suis présentée chez vous de plein gré.

LE GOUVERNEUR.

Quoi! je ne vous ai point trouvée là moi-même?

FLERIDA.

Quoi! je ne suis pas de moi-même venue ici?

LE GOUVERNEUR, *à part.*

Elle me mettrait en colère, si je ne considérais qu'elle est la fille de don Alfonso.

FLERIDA, *à Lisarda.*

Ah! çà, madame, expliquez-moi ce mystère.

LISARDA.

Oui, vous êtes prisonnière, à telles enseignes que vous m'avez dit qu'on vous avait trouvée cachée dans une maison.

FLERIDA.

Moi, je vous ai dit cela? moi!

LISARDA.

De qui l'aurais-je appris autrement?

FLERIDA.

Je n'y comprends rien, en vérité.

LE GOUVERNEUR, *à part.*

Elle le nie encore! (*haut.*) Je vous laisse avec elle, ma fille... Pour Dieu, remettez-la... Quant à moi, j'y perdrais la tête.

(*Il sort.*)

FLERIDA, *à Lisarda.*

Voyons, dites, m'a-t-on amenée prisonnière?

LISARDA.

Non, ma bonne amie, c'était un badinage.

FLERIDA.

Pourquoi me l'avez-vous soutenu alors?

LISARDA.

Pardonnez-le-moi, Laura, j'y ai été forcée. Je devais songer à moi... Vous viendrez avec moi cette après-dînée, et je vous conterai ce qui en est.

FLERIDA.

Jusque là je vous suis comme votre ombre.

(*Lisarda, Flerida et Celia sortent.*)

SCÈNE II.

Une chambre dans la Tour.

Entrent DON JUAN *et* DON CESAR.

DON JUAN.

Je viens vers vous, don César, honteux d'avoir méconnu votre amitié. Mon excuse est que l'on peint l'amour aveugle avec un bandeau sur les yeux, et qu'il se laisse mener par la jalousie. Oui, je compare les soupçons jaloux à ces jeunes enfants qui conduisent les aveugles, s'en font obéir, et leur font accroire toute sorte de mensonges... Mais laissons cela. La réponse que je devais vous rendre aujourd'hui, c'est que je n'ai plus de crainte, plus de doute, et que je vous prie d'agréer mes humbles excuses; — et si vous n'êtes pas satisfait, je vous offre ma poitrine; vengez-vous, punissez-moi!

DON CÉSAR.

J'aurais le droit de me plaindre de vous, don Juan, mais je n'en userai pas. Je ne serais pas un ami, un ami véritable comme je prétends l'être, si je ne vous passais pas un premier tort. J'avoue d'ailleurs que la circonstance était délicate, et qu'il a été généreux à vous de m'épargner en cette occasion... Toutefois, je n'aurais pas souffert d'un autre homme qu'il ne reçût pas mes explications... Mais comment vous êtes-vous désabusé?

DON JUAN.

Souffrez de grace, don César, pour vous, pour moi, que j'éloigne la conversation d'un sujet qui nous rappellerait à tous deux que je vous ai offensé. Parlons d'autre chose. — Savez-vous que votre prisonnière est belle.

DON CÉSAR.

Mais... pas très belle.

DON JUAN.

Si fait, si fait! Mais il est vrai qu'à côté de Lisarda son éclat pâlit un peu. Il n'est rien d'aussi accompli que Lisarda. Toutes les autres femmes les plus parfaites sont à elle ce que les étoiles sont au soleil.

DON CÉSAR.

Alors même qu'elle aurait autant de beauté que vous le prétendez, je doute qu'elle soit aussi spirituelle que la personne en question. Je pourrais, don Juan, vous lire une lettre... mon joli masque honteux m'a écrit... Il n'y aura pas d'indiscrétion, puisque nous avons mis en commun nos biens et nos maux.

DON JUAN.

Vous me feriez beaucoup de plaisir.

DON CÉSAR.

Je l'ai peut-être trop vantée... mais n'importe.

(*Entre Camacho.*)

CAMACHO.

Graces à Dieu, je me suis tiré d'un mauvais pas! Ce n'est pas sans peine ni sans peur.

DON JUAN.

Qu'est-ce donc?

DON CÉSAR.

Quelle peur, dis-tu?

CAMACHO.

Il me semble que j'ai à mes trousses une fenêtre et quatre domestiques. J'ai voulu aller voir tout à l'heure votre prisonnière, pour m'assurer par moi-même si elle est aussi bien que vous ne cessez de me le répéter, et j'ai trouvé à sa place la fille du gouverneur, un vrai diable, qui, furieuse d'apprendre le motif de ma visite, m'a dit : « Ce n'est pas ici une maison où l'on vienne rendre des messages, et si vous y remettez le pied une seconde fois, j'ordonnerai à quatre domestiques de vous jeter par la fenêtre. » Je n'en ai pas entendu davantage...

DON JUAN.

Je la reconnais bien là : elle est aussi sage que belle. — Mais lisons la lettre. Voyons donc un peu cet esprit si merveilleux.

DON CÉSAR.

Ce n'est qu'un petit billet, mais charmant. Ecoutez. (*Il lit.*) « Si vous pouvez gagner vos gardes comme j'ai gagné mes surveillantes, j'irai vous voir ce soir, mais à trois conditions : la première, que vous aurez la précaution de tenir prête une chaise à porteurs à la porte de l'Église-Major ; la seconde, que vous aurez à votre disposition une maison où je vous puisse parler ; et la troisième, que vous laisserez chez vous le pistolet. »

DON JUAN.

Elle écrit fort bien vraiment ; mais il me semble qu'elle a conçu là un projet téméraire et difficile à exécuter.

CAMACHO.

Ecoutez un conte à ce propos. — Un jour un paysan s'en allait portant une corde, un pieu, une poule, un ognon, une marmite et une chèvre. Chemin faisant, il rencontra une grande coquine. Celle-ci l'appela et lui dit : Gil, viens çà, causons un peu aujourd'hui dans ce pré. — Je ne puis, dit-il, avec cet attirail ; je perdrais tout cependant. — A quoi, elle : Que tu es bête ! tu ne sais donc pas t'arranger ! que portes-tu là, voyons ? — Regarde : — un ognon, une marmite, une chèvre, une poule, une corde et un pieu. — Voilà bien de quoi être en peine ! Fiche le pieu en terre, puis attaches-y la chèvre par un pied avec la corde ; puis pour contenir la corde davantage, mets dessus la marmite ; et dans la marmite mets la poule ; et par-dessus la poule et la marmite mets l'ognon. Ainsi tu n'auras rien à craindre, et tu seras bien sûr de retrouver après, l'ognon, la poule et la marmite, le pieu, la corde et la chèvre... Lorsqu'une femme veut, il n'y a pas d'obstacle qui tienne ; elle est capable de l'impossible.

DON JUAN.

Pas trop mal.

CAMACHO.

Je crois bien!

DON CÉSAR.

Tais-toi.

DON JUAN.

Et enfin que comptez-vous faire?

DON CESAR.

C'eût été avec beaucoup de plaisir que je serais allé lui parler si c'eût été de nuit ou si l'alcayde m'eût permis de sortir. Je trouverais bientôt un endroit commode pour la voir.

CAMACHO.

Mais, ma foi! vous êtes aussi embarrassé que mon paysan, et plus que lui encore.

DON JUAN.

Je me charge d'obtenir la permission de l'alcayde et je vous offre mon appartement ; vous n'y courez aucun risque, parce que la porte en donne sur une autre rue. Vous sortirez d'ici en carrosse et disposerez tout comme le désire cette dame.

CAMACHO.

A merveille! Vous prenez si bien vos mesures qu'on dirait que vous avez étudié la leçon de ma fillette.

DON JUAN.

Va, Camacho, arrête une chaise; voici la clef de mon appartement, et arrange tout pour le mieux. Allons, va, ne tarde pas.

CAMACHO.

En vérité, je me fais à moi-même l'effet d'un cuisinier; car les cuisiniers accommodent les ragoûts sans les manger, et même quelquefois sans y goûter.

(Il sort.)

DON CÉSAR.

Vous me donnez là de précieuses marques d'amitié.

DON JUAN.

C'est en réjouissance de mon bonheur d'aujourd'hui.

DON CÉSAR.

Je vous devrai ce bonheur; mais rien n'égalera ma reconnaissance.

DON JUAN.

Vous ne pouvez être qu'à demi content de moi. Vous vouliez voir votre dame la nuit, et... Mais voici le gouverneur qui entre.

(Entre le gouverneur.)

LE GOUVERNEUR.

Quoi! vous ici, don Juan?

DON JUAN.

Oui, Seigneur, je suis prisonnier moi aussi.

LE GOUVERNEUR.

Vous!.. comment cela?

DON JUAN.

Puisque mon ami est prisonnier, je puis dire avec raison que je le suis également.

LE GOUVERNEUR.

Bien!... — Mais à ce compte nous sommes tous prisonniers, car tous nous désirons servir don César.

DON CÉSAR.

Je me tais, Seigneur, et par-là je crois vous mieux montrer ma gratitude. La parole est impuissante à exprimer les émotions de l'ame. Ainsi je me contente de vous dire: Que Dieu augmente et prolonge votre vie!

LE GOUVERNEUR.

Voudriez-vous, don Juan, me laisser avec don César; nous avons beaucoup à parler ensemble.

DON JUAN.

Je m'empresse de vous obéir.

DON CÉSAR, *à part.*

Hélas! quelle occasion je perds!.. si encore je pouvais la retrouver ce soir! *(bas à don Juan qu'il retient.)* Vous voyez ce qui se passe, don Juan. Il pourra se faire que la dame soit déjà à m'attendre avec mon valet chez vous. Allez-y, entrez, car je sais qu'elle aura le visage recouvert de sa mante, — et dites-lui qu'il m'est impossible de l'aller voir. Ajoutez que je meurs de désespoir et de douleur.

DON JUAN.

Comptez-y.

DON CÉSAR.

A propos, don Juan, puisque vous savez qui elle est, n'ayez pas l'air avec elle de le savoir.

DON JUAN.

Soyez tranquille.

(Il sort.)

LE GOUVERNEUR.

Asseyez-vous là, don César.

DON CÉSAR.

Je vous obéis, Seigneur, comme c'est mon devoir.

(Ils s'asseyent.)

LE GOUVERNEUR.

Vous saurez, don César, que j'ai été en ma jeunesse le grand ami de don Alfonso Colona; je viens donc vous parler, non pas en juge, mais conduit près de vous par l'intérêt que je porte à sa personne et à son honneur. Lui-même a exigé mon entremise en cette occurrence. Donc mon ami, en homme sage, faisant de nécessité vertu, a sollicité là-bas votre pardon; il l'a obtenu et vous l'envoie sous ce pli. Il se flatte qu'après cela vous consentirez à rétablir son honneur. Il dit enfin que, pourvu que vous reveniez auprès de lui marié avec sa fille, vous pouvez y retourner sans nul souci, qu'il vous recevra à bras ouverts comme le père le plus tendre.

DON CÉSAR.

Vous agissez, Seigneur, comme celui que vous êtes, et vous m'imposez des obligations éternelles. La jalousie fut cause d'une fureur insensée; je suis complètement désabusé aujourd'hui; et ainsi j'appartiens désormais tout entier à la belle Flerida, et je suis prêt à lui donner ma main.

LE GOUVERNEUR.

Alors ce ne sera pas plus tard que cette nuit.

DON CÉSAR.

Est-ce que vous avez procuration pour cela?

LE GOUVERNEUR.

A quoi bon, si vous êtes ici présents l'un et l'autre?

DON CÉSAR.

Quoi, Flerida ici!... Comment donc, de grace?

LE GOUVERNEUR.

Vous n'y songez donc pas! Oubliez-vous qu'elle est en ma maison?

DON CÉSAR.

Je l'ignorais, Seigneur.

LE GOUVERNEUR.

Allons donc! ne l'ai-je pas trouvée avec vous le jour que je vous arrêtai?

DON CÉSAR.

Quelle bizarre malentendu! Vous vous trompez, Seigneur, en croyant que cette dame est Flerida. Vive le ciel! ce n'est pas elle.

LE GOUVERNEUR.

Comment un sien valet qui l'a vue m'aurait-il menti? Comment le dirait-elle pareillement?

DON CÉSAR.

Vous aurez sans doute chez vous une autre prisonnière.

LE GOUVERNEUR.

Non pas! je n'ai que cette dame qui était avec vous au jardin.

DON CÉSAR.

Eh bien! vous êtes dans l'erreur, elle n'est pas Flerida.

LE GOUVERNEUR.

Ma patience est à bout!... — Mais, — bien qu'elle nie qu'elle soit prisonnière, — si elle-même confesse, avec d'amers regrets, les divers incidents de ses amours et qu'elle en donne le détail, elle ne peut pas m'abuser?

DON CÉSAR.

Les mêmes signalements, les mêmes indices pourraient convenir à une autre femme.

LE GOUVERNEUR.

Cela est impossible. D'ailleurs, un valet qui l'a suivie l'a vue, je dis vue de ses yeux.

DON CÉSAR.

Alors le valet en a menti.

LE GOUVERNEUR.

Vous me feriez perdre l'esprit.

DON CÉSAR.

Conduisez-moi vers elle, et si elle déclare devant moi être Flerida, à l'instant même je l'épouse.

LE GOUVERNEUR.

C'est bien, venez.

DON CÉSAR.

O ciel! tirez moi de cette intrigue inexplicable!

LE GOUVERNEUR.

Secourez-moi, grand Dieu, au milieu de tant d'ennuis!

DON CÉSAR.

Enfin, dites-vous, c'est elle qui était cachée dans le jardin?

LE GOUVERNEUR.

Eh oui! cent fois oui.

DON CÉSAR.

Eh bien! ce n'est pas Flerida.

LE GOUVERNEUR.

Eh bien!... De mal en pire!

(Ils sortent.)

SCÈNE III.

Une chambre dans le palais du gouverneur.

Entrent LISARDA *et* FLERIDA, *le visage recouvert de leurs mantes;* CAMACHO *les accompagne.*

CAMACHO.

C'est ici la maison, mesdames. J'ai traversé la ville en tous sens afin que vous ne fussiez pas suivies. Je gagerais que vous ne savez pas où vous êtes.

LISARDA.

Il est bien impossible que nous le sachions, étant venues recouvertes de nos mantes dans une chaise à porteurs dont les rideaux étaient tirés, et de laquelle nous ne sommes descendues qu'à l'entrée de cette pièce.

CAMACHO.

Mes ordres sont d'aller fermer la porte du dehors dès que vous serez arrivées. Demeurez ici. Cette chambre hospitalière est celle d'un jeune homme qui a du goût, et vous pouvez vous amuser à la regarder. Adieu, mesdames.

(Il sort.)

FLERIDA, *à part.*

Je n'ai pas dit un mot afin de n'être pas reconnue par Camacho. Maintenant je ne doute plus que don César soit ici, puisque ses valets y sont. — Mais pourquoi Lisarda va-t-elle ainsi recouverte de sa mante? Pourquoi, lui, se conduit-il à mon égard avec tant de mystère?... Qu'est-ce que cela signifie?... Dieu veuille que cela finisse bien!

LISARDA.

Respirons un peu ici, Laura. Personne ne nous voit. *(Elle relève sa mante, reconnait la chambre et se trouble.)* Que le ciel me protége!

FLERIDA.

D'où vient votre surprise, madame?

LISARDA.

Je n'en sais rien, Laura. — Je me meurs!

FLERIDA.

Qu'avez-vous?

LISARDA.

Ce que j'ai!... j'ai que je suis dans ma maison quand j'espérais me cacher pour une entrevue que je dois avoir, vous présente, avec un homme. Cette chambre que vous voyez est celle de don Juan. Vous qui êtes depuis peu à la maison, vous n'y êtes jamais entrée et ne pouvez la connaître; mais, moi, je la reconnais bien... L'appartement a une porte qui donne sur une autre rue... Comme je suis venue sans regarder où j'allais et que la chaise nous a montées jusqu'ici, j'ai été prise au piége... Hélas! hélas! je suis perdue! Et je ne puis me plaindre de personne! je suis perdue, et par ma faute!... Laissez-moi bien m'assurer que ce n'est pas une vaine illusion, que c'est la vérité... Mais non, je ne me trompais pas... le mal qui nous arrive n'est jamais que trop réel!... ces siéges, ces tableaux, ce secrétaire, ce miroir, ces tentures, ce sont bien les nôtres! c'est bien dans ma maison que je suis!.. O ciel! ô Dieu! — Mais pour cela je ne me rendrai pas lâchement à la fortune... S'il y a remède à tout, il y en a un sans doute à cela... Une porte de cette chambre donne dans mon appartement. S'il y avait là quelqu'un qui pût nous ouvrir, nous sortirions d'ici; c'est l'essentiel. Après, il nous sera facile de nous excuser d'avoir manqué au rendez-vous. Et quand même... il n'importe. — Voyez un peu à travers la serrure, Laura, je vous prie.

FLERIDA.

Je vois Celia, madame, qui travaille assise près d'une fenêtre qui donne sur le jardin.

LISARDA.

Ecartez-vous un peu, que je l'appelle. *(appelant.)* Tst! tst! Celia!.. Tst! tst! Celia!... *(à Flerida.)* Elle ne nous voit pas, et ne sachant de quel côté on l'appelle, elle tourne autour de la chambre comme une folle... *(appelant.)* Par ici, Celia, par ici!

CELIA, *du dehors.*

Qui m'appelle? qui est-ce?

LISARDA.

C'est moi, Celia. Je te dirai après ce qui en est. Ouvre-moi cette porte au plus tôt, si tu peux.

CELIA, *du dehors.*

Mon maître doit en avoir la clef sur son secrétaire. Attendez un moment. Je cours la chercher.

LISARDA.

Fais vite.—Oh! puisse-t-elle revenir à temps!

FLERIDA.

Il sera trop tard.

LISARDA.

Pourquoi?

FLERIDA.

J'entends ouvrir l'autre porte, et l'on entre. C'est un homme!

LISARDA.

C'est don Juan!.. que le ciel me soit en aide!.. — Laura, ôtez-moi cette mante, et vous, couvrez-vous bien le visage... Quelque chose que je dise, ne me démentez pas, ne me trahissez pas. Sauvez-moi la vie et l'honneur!

(Entre don Juan.)

DON JUAN, *à part.*

Elle n'est pas dans la première pièce; elle aura voulu visiter tout l'appartement *(apercevant Lisarda.)*. Quoi! madame, c'est vous?

LISARDA.

Oui, seigneur don Juan, c'est moi! Comme cette dame vous attendait, je n'ai point voul qu'elle fût seule, et je suis venue, en entrant par cette porte qui donne chez moi, lui tenir compagnie jusqu'à votre arrivée. Vous êtes, sur ma foi! un galant comme il y en a peu. Vous épousez une dame, et vous en courtisez une autre!

DON JUAN.

Mais, madame...

LISARDA.

Taisez-vous, ne cherchez pas à vous excuser.

DON JUAN.

Mais, madame, je ne...

LISARDA.

Vous n'êtes qu'un cavalier discourtois, qu'un amant ingrat et infidèle.

DON JUAN.

Est-ce que vous connaissez cette dame?

LISARDA.

Je n'ai pas besoin de la connaître; elle ne m'a pas offensée.

DON JUAN.

Eh bien! écoutez et sachez...

LISARDA.

Ne cherchez pas à vous excuser, don Juan. Je ne suis pas si éprise!... Ce n'est pas la jalousie qui m'anime, c'est le sentiment d'un juste orgueil blessé. Vous recevez, dans ma maison et presque sous mes yeux, une femme voilée!... Elle entre ici dans une chaise à porteurs dont les rideaux sont tirés, suivie d'un écuyer à pied!... Elle est accompagnée jusqu'à cette chambre par un valet que mes gens ne connaissent pas et qui sans doute vous sert de messager dans vos bonnes fortunes!... Je sais tout.

DON JUAN.

Mais, madame...

LISARDA.

Assez.

DON JUAN.

Apprenez, je vous prie...

LISARDA.

Finissons.

DON JUAN.

C'est un de mes amis, madame, qui...

LISARDA.

Cela est trop vieux, trop usé... Vous voulez me laisser entendre, n'est-ce pas, que c'est un de vos amis qui vous a emprunté votre chambre pour parler à une femme, service que les cavaliers se rendent mutuellement? Voilà une belle excuse!

DON JUAN.

Pour Dieu, madame, écoutez!

LISARDA.

Quand une femme écoute des explications, c'est qu'elle veut être satisfaite. Moi, je ne veux pas l'être. Donnez-moi donc cette clef.

DON JUAN.

Cette dame ne sortira pas que vous ne sachiez d'abord...

LISARDA.

Je n'ai rien à savoir. Éloignez-vous de ce côté. (*à Flerida.*) Allons, madame, partez, et félicitez-vous de ce que je suis celle que je suis. (*bas.*) Pardonnez-moi, ma chère amie, j'y suis forcée.

FLERIDA, *bas à Lisarda.*

Je vous admire.

DON JUAN, *à part.*

O cruelle loi de l'amitié!... (*à Lisarda.*) Eh bien! madame, cette dame ne sortira pas que vous n'ayez entendu de sa bouche mon excuse.

LISARDA.

Vous ne m'y contraindrez pas, j'espère.

DON JUAN, *à Flerida.*

Alors, vous, madame, dites si vous me connaissez, dites qui est votre amant, ou, vive Dieu! je dirai moi-même qui vous êtes.

LISARDA.

Il faut que votre cause soit bien mauvaise, pour vous emporter de la sorte!

(*Entre Celia.*)

CELIA, *bas a Lisarda.*

Madame?

LISARDA, *bas à Celia.*

Que veux-tu?

CELIA, *de même.*

J'ai ouvert.

LISARDA, *de même.*

Un peu tard, mais c'est bien.

CELIA, *de même.*

Qu'y a-t-il donc?

LISARDA, *de même.*

Rien... Devine-le. (*haut à don Juan.*) Vous voyez, la porte était ouverte.

DON JUAN.

Je ne le nie pas non plus. — Hélas! voilà du monde qui vient. C'est votre père! Tout ce que je vous demande, madame, c'est de ne pas me perdre auprès de lui.

LISARDA, *à part.*

Il faut d'abord songer à soi.

(*Entrent le gouverneur, don César et Camacho.*)

LE GOUVERNEUR.

Qu'est ceci donc? J'ai entendu vos voix en rentrant, et cela m'a engagé à venir voir ce qui se passait. — Vous ici, ma fille?

LISARDA.

Je suis venue ici...

LE GOUVERNEUR.

Dans quel but?

LISARDA.

Pour rendre visite à une dame.

LE GOUVERNEUR.

A cette dame, sans doute? Qui est-elle?

LISARDA.

Le seigneur don Juan vous le dira mieux que personne.

LE GOUVERNEUR.

Certes, seigneur don Juan, il faut que vous ayez perdu l'esprit pour vous conduire ainsi dans ma maison!... C'est vous, vous qui osez y introduire une dame!

DON JUAN.

Eh bien! puisque vous m'accusez, vous aussi, je dirai tout, car la loi de l'amitié n'ordonne pas qu'un homme sacrifie pour son ami son honneur. Et comme mes révélations ne sauraient compromettre cette dame, — car personne ici n'ignore qu'elle est l'épouse de don César, — apprenez que vous voyez en elle la dame que vous gardez chez vous prisonnière et qui est sortie cette après-dînée pour parler à don César. Si j'ai commis une faute en favorisant le rendez-vous d'un ami, je vous en demande humblement pardon.

FLERIDA, *à part.*

Moi, j'ai voulu parler à don César!

DON CÉSAR, *à part.*

Quelle peut être cette femme voilée?

LE GOUVERNEUR.

Vous pouvez soulever votre mante, madame; vous êtes connue ici, et il n'y a pas grand mal d'être sortie pour parler à votre époux. Puis, je tiens à lui prouver promptement ce qu'il refuse de croire, que vous êtes Flerida.

FLERIDA.

Oui, seigneur, je la suis. Une autre que moi ne peut pas être cette femme infortunée.

(*Elle se découvre.*)

DON CÉSAR.

Ciel! que vois-je?

LE GOUVERNEUR.

Eh bien! don César, est-ce Flerida? est-ce bien elle? Êtes-vous bien convaincu à cette heure?

DON CÉSAR.

Oui, Seigneur, mais...

LE GOUVERNEUR.

Ce n'était pas bien à vous, don César, de me soutenir là bas qu'il était impossible que ce fût elle, lorsque vous étiez au moment de venir la rejoindre ici.

DON CÉSAR.

Mais, Seigneur...

LISARDA, *à part, après avoir fait signe à don César de se taire.*

S'il faut renoncer à l'amour, conservons du moins l'honneur. (*haut.*) Si vous voulez que je vous dise à tous le mot de cette énigme, — sachez donc que c'est moi qui ai mené ici la belle Flerida pour qu'elle ne se confiât pas à une autre, et pour apprendre au seigneur don Juan à ne pas prêter la maison de sa femme à ses amis.

FLERIDA, *bas à Lisarda.*

A quoi bon chercher le *comment*, puisque je recouvre l'honneur?

DON CÉSAR, *bas à Lisarda.*

Et moi, puisque vous le voulez ainsi, je ne vous contredis pas.

LISARDA, *bas à don César et à Flerida.*

Le plaisir de faire votre bonheur m'ôte ma peine.

LE GOUVERNEUR.

Puisque l'amour vous y convie, don Juan et Lisarda, rapatriez-vous et vous donnez la main.

LISARDA.

Voici la mienne.

DON JUAN.

Ma foi est à vous pour la vie.

CAMACHO, *au public.*

C'est le cas ou jamais, à présent qu'ils sont mariés, d'appliquer le dicton populaire : « DE MAL EN PIRE. » Et ainsi, *Ite, comedia est*[1].

DON CÉSAR, *au public.*

Et, comme une noble assemblée, ayez la bienveillance de pardonner les fautes de l'auteur qui se met à vos pieds.

(1) *Ite, comedia est.* C'est-à-dire, allez-vous-en, la comédie est finie. Il est impossible de ne pas reconnaître ici la parodie des paroles que le prêtre prononce à la fin de la messe pour congédier les assistants : *Ite, missa est.* On pourrait s'étonner que Calderon, qui était dans les ordres sacrés, se soit permis de plaisanter sur un pareil sujet; mais outre qu'une plaisanterie de cette espèce n'est guère dangereuse dans un pays où le sentiment religieux domine, il faut remarquer que celle-ci est en soi assez innocente, et que l'auteur l'a placée dans la bouche du *Gracioso* qui est toujours à demi fou.

FIN DE MAL EN PIRE.

www.ingramcontent.com/pod-product-compliance
Ingram Content Group UK Ltd.
Pitfield, Milton Keynes, MK11 3LW, UK
UKHW021824190726
13853UKWH00003B/1177